新拉丁美洲文学丛书

La Vida Breve

Juan Carlos Onetti

"圣玛利亚"系列之一

短暂的生命

［乌拉圭］胡安·卡洛斯·奥内蒂 ｜ 著

侯健 ｜ 译

作家出版社

新拉丁美洲文学丛书

编委会名单

（按姓氏笔画为序）

于　漫　　杨　玲　　张伟劫　　张　珂　　张　蕊

陈　皓　　范　晔　　郑　楠　　赵　超　　侯　健

程弋洋　　路燕萍　　樊　星　　魏　然

新拉丁美洲文学丛书
出版说明

20世纪80年代末，云南人民出版社与中国西班牙葡萄牙拉丁美洲文学研究会合作翻译出版"拉丁美洲文学丛书"（简称"丛书"），十几年间出版50余种，为拉美文学在华传播做出了不可磨灭的贡献。数十年过去，时移世易，但当年丛书出版说明的开篇句"拉丁美洲是一个举世公认的充满创造活力的大陆"，并未过时，反而不断被印证。博尔赫斯、加西亚·马尔克斯和其他"文学爆炸"代表作家的作品陆续被译为中文，"魔幻现实主义"对寻根文学及先锋小说的影响仍是相关研究者所乐道的话题。拉美文学的译介和接受不仅成为新时期中国文学研究中不可忽视的部分，时至今日仍为新一代的中国读者提供"去西方中心"的文学视野与镜鉴。

作家出版社与中国外国文学学会西班牙葡萄牙语文学研究分会合作，决定从2024年起翻译出版"新拉丁美洲文学丛书"（简称"新丛书"），感念前贤筚路蓝缕之功，继续秉持"全部从西班牙及葡萄牙文原文译出"的原则，以促进世界文化交流、繁荣中国文学建设为指归。新丛书旨在：（一）让当年丛书中多年未再版而确有再版价值的书目重现坊间；（二）译介丛书中已收录的作家成名作之外的其他代表性作品，展现经典作家更整全的面貌；（三）译介拉丁美洲西葡语文学在中文世界的遗珠之作。新丛书主要收录经典作家作品，此外另设子系列"新拉丁美洲文学丛书·当代"，顾名思义，收录具代表性、富影响力的当代拉美作家作品。

序

　　作为乌拉圭驻中华人民共和国大使，我很荣幸能参与到胡安·卡洛斯·奥内蒂的作品在中国的发布工作中来。胡安·卡洛斯·奥内蒂是乌拉圭的伟大作家，他的文学作品滋养了全世界无数西班牙语读者的想象力。

　　胡安·卡洛斯·奥内蒂是现代小说和存在主义文学的先驱，是乌拉圭"四五一代"的代表作家。正如罗德里戈·弗莱桑所言："我认为，可能从潜意识的角度来看，奥内蒂就像一张取得巨大成功的唱片封面上显得怪异的烫金字，不会吸引那些简单的头脑，因为奥内蒂的所有作品都是关于失败的史诗，而人们想要的却总是高奏凯歌。"总而言之，阅读奥内蒂的作品是种享受，但也是一场邀约，它邀请我们挑战自己，拓展文学之乐的边界，了解这样一种文学：它不寻求以简单化来吸引众多读者，而是展现一个忠于自我、独一无二、难以进入但又精雕细琢的世界。

　　在奥内蒂丰富的文学作品中，《短暂的生命》《造船厂》

和《收尸人》组成了三部曲，也就是伟大的"圣玛利亚系列"。这三部小说是他的成熟之作，使他的文学创作生涯达到了顶峰，读者可以在其中看到这位如此独一无二的作家笔下的各种典型的文学元素。尽管"圣玛利亚"并不存在，可乌拉圭人和阿根廷人都感觉它是属于自己的土地。奥内蒂是地道的乌拉圭作家，但作为西班牙语文学巨匠，他又是属于全世界的作家。

我们感谢作家出版社将这三部作品翻译成中文，让中国读者有了阅读它们的机会，它们将为中国读者打开圣玛利亚这一美妙而神奇的文学世界的大门。

胡安·费尔南多·卢格里斯·罗德里格斯
乌拉圭东岸共和国驻中华人民共和国大使

序：圣玛利亚

巴尔加斯·略萨

圣玛利亚是座虚构的城镇，所以它的广度和景色总有种含糊感，就如同梦境一般。这座城镇位于拉普拉塔河沿岸某地，邻近一个"瑞士农民的移民区"，这个移民区并没有完全并入圣玛利亚，但那里的人习惯到圣玛利亚去买卖商品，他们长得与圣玛利亚人不同，一看就有外国血统。圣玛利亚在《短暂的生命》中第一次出现在奥内蒂的文学天地里，从那时起，那里就成了他的多部长短篇小说的故事发生地。还有几座离它不远的城镇，也是虚构出来的，例如位于河岸另一侧的拉万达，还有造船厂港，坐小艇往上游走半小时即可到达。回溯奥内蒂此前的作品可以发现，许多故事实际上也可以被归入到圣玛利亚系列故事中，因为那些故事的背景地蒙得维的亚和布宜诺斯艾利斯看上去都是这座虚构城镇的先声。

这是座外省小城，居民彼此相识，不过正像反复出现的角色之一迪亚斯·格雷医生——他开了间诊所，窗户正对广场——一样，他们都有着强烈而顽固的个人主义意识。在《短暂的生命》中，迪亚斯·格雷医生是唯一一个圣玛利亚人，因为无论埃莱娜·萨拉还是她的丈夫、英国人奥斯卡，都是外来人。

广场上有尊迪亚斯·格雷将军骑马的雕像，他是那位医生的祖先，对于那座城镇来说应当是个响当当的人物，因为城里随处可见他的名字：一条大道，一个公园，一个咖啡馆，甚至有条公路也叫迪亚斯·格雷。在奥内蒂后来的故事中，这位圣玛利亚的英雄消失了，取而代之的是——这是在冲着读者们挤眉弄眼呢——"建城者"胡安·玛利亚·布劳森的雕像，它也就成了尊具有天父上帝般神性的雕像。

圣玛利亚旁边有条河，还有个叫恩杜罗的村子和"圣马丁区"。再往后我们会发现附近还有个造船厂港，是个依托赫雷米亚斯·佩特鲁斯的造船厂发展起来的港口，后来我们得知，它只是个虚有其表的空壳造船厂罢了。经常有乐队在广场上演奏，到了周末和节假日的时候，情侣们和家人们总喜欢在那里散步。有家名唤"进步"的社会俱乐部，是有钱人的去处，还有家层次低一些的，叫作商业俱乐部。那座城镇里最流行的报纸是《自由报》，到处都是咖啡馆和饭店，圣玛利亚人喜欢在里面聊天，谈生意，耍心眼，喝咖啡和杜松子酒，例如贝尔纳酒馆、世界酒馆、巴维埃拉酒馆和贝尔格拉诺之家，至少有一家电影院，叫阿波罗，在那里会上演戏剧，甚至体育表演。城里有好几家药房，一个教堂，一个合作社，一个糖果店，还有"脏兮兮的光脚小伙"和"急匆匆的金发男人"。根据《哈科沃和另一个男人》里的奥尔西尼王子的说法，圣玛利亚"是南美洲的一个小村子，之所以有名字，是因为有人喜欢给所有建了些房屋的地方命名"。但是，在《造船厂》里，圣玛利亚发展了起来，有了酒吧和舞厅，能听到爵士乐，还能喝到黑人查理·西蒙斯调制并命名的菲士酒。那里还有一座监狱，老佩特鲁斯就被关了进去。不过，在《收尸人》里，拉尔森觉得圣玛利亚是座"老鼠的镇子"。在圣玛利亚系列小说的最后一部作品《我已不再重要时》（*Cuando ya no importe*）里，圣玛利亚已经更名为圣塔玛利亚，成了一座重要的城市，分为北、南、东三个部分，已经把瑞士移民区吞并了。

表面看上去圣玛利亚平淡乏味，毫无重要性可言，可它却有多变的特点，在每个故事里都会呈现出不同的维度和特征，有时变得快，有时变得慢：这也是它本身虚构性的表现之一。甚至在《短暂的生命》里，即便那座城镇被描绘得极具现实主义特征，但是在其中发生的事情却不像真实存在的城市布宜诺斯艾利斯一样有内在联系和延续性。在布宜诺斯艾利斯，我们读到的情节是有完美意义的，从头到尾都明白无误：布劳森因赫尔特鲁迪斯的手术而产生的焦虑情绪，他与胡里奥·斯坦因和"妈咪"的见面，他与麦克雷欧的对话，等等。可是一到圣玛利亚，情况就变了。在这座城镇里发生的事情就像梦境一般，情节之间缺乏联系，没有按照时间顺序和特定逻辑发展。在圣玛利亚，有的只是插图、片段、只言片语，它们并列排开，但并没有严丝合缝的内在联系。它们所携带的这种非连续性特征是与那座城镇的非真实属性相匹配的，也与那里梦境般的氛围相匹配，就像我们在神游或入梦时脑海中飘过的一系列画面一样。这样一来，我们也就摆脱了真实生活中的那种常规化的时间模式，过去不再先于当下存在，当下也不再先于未来存在，因为我们生活在永恒的现时之中。因此，在圣玛利亚，我们凭经验而熟悉的时间被另一种时间取代了，这后一种时间并不总是向前发展，而是在不断循环、绕圈，衔着自己的尾巴。这是种非现实的魔幻时间。朦胧感是奥内蒂的文学世界里恒定存在的元素之一，有时会削弱他的故事的张力，不过在《短暂的生命》里却是种合理的存在：它在虚构（圣玛利亚）和现实（布宜诺斯艾利斯）之间划定了界限，那个虚构世界的创造者就生活在现实世界之中，后来却因为"在这个世界上的任何地方都没有一个女人、一个朋友、一栋房屋、一本书甚至一种癖好能让我感受到幸福"而毅然逃往那虚构之地。

在讲述与自己的孤独相关的种种可怕事物时，布劳森撒了谎，就像探戈歌词里唱的那样，他的悲剧是可以用来起舞的。因为他有一个足以拯救他的癖好：幻想，构建并创造一个虚构的世界。他做得越发熟练了，在虚构和现实中来回穿梭，直到创造出了一座迷宫，在那座迷宫里，虚构的世界最终吞噬掉了现实的世界。很多人批评说《短暂的生命》的最后一章是十足的呓语，不仅没能给故事收尾，反倒让它显得更加古怪了起来：布劳森和埃内斯托从布宜诺斯艾利斯逃了出来，要逃去虚构的圣玛利亚避难，迪亚斯·格雷、拉戈斯、欧文和女小提琴家则要在狂欢节那天从圣玛利亚逃往布宜诺斯艾利斯，也就是从虚构的世界逃往现实的世界。这个结尾出人意料，让人惊叹，但却绝非独断妄为。它代表了虚构元素的神化，别忘了，整部小说一直在慢慢展示人们如何借助虚构来抵御不幸，而那些起替代作用的人生，那些海市蜃楼又是如何出现的，有时候，它们拥有足够强大的说服力，能够让人们心甘情愿投身其中，用它们来替代真实的现实。

《短暂的生命》

《短暂的生命》是奥内蒂最花心思的小说，也是拉丁美洲文学里最具野心的作品之一，这部作品构思巧妙，极具原创性，可以媲美二十世纪最优秀的小说家所写出的作品。这部小说的主题从故事开始时就已经在暗中铺垫了，人类向虚构世界的逃亡意味着对理想现实的追求，作者穷尽心思，精心布局，这一主题也就行之有效地发展起来了。故事的中心主题精彩到了极点：生活在布宜诺斯艾利斯的胡安·玛利亚·布劳森一方面正在经历可怕的事情——他的妻子赫尔特鲁迪斯做了手术，失去了一侧乳房，而他即将被广告公司裁员——另一方面则借接受了胡里奥·斯坦因撰写电影脚本的邀约之机，开始创造一座城镇，圣玛利亚，同时还以自己以及几个与他最亲近的人为原型，创作出了几个人物。这座城镇以一项文学－电影计划的形式诞生了，生自被妻子赫尔特鲁迪斯的手术所折磨、急需完成这项委托的布劳森的内心：

"你别哭了，"我想道，"别再难过了。对我来说什么都没变，都还是以前那样。我还不太确定，不过我觉得我有谱了，还只是个初步想法，不过胡里奥会喜欢的。故事里会出现一个老男人，他是个卖吗啡的医生。一切就从那里开始，从他身上开始。也可能他并不老，但是已经结婚了，有些干瘦。等到你好起来我就开始写。"

可是，这个想法后来并没有被写出来，因为布劳森永远都不会为胡里奥·斯坦因写那个脚本。那个想法摆脱了它的起源地，也摆脱了它的创造者，那个虚构的存在开始自给自足了起来，甚至脱离了自身，成了一种占主导地位的现实。因此，利用《短暂的生命》的情节和画面，奥内蒂概述、象征了虚构事物的完整发展过程，它们生自现实，脱离现实，继续发展成一段并不牢靠的现实，也就逐渐脱离了它的创造者的掌控。布劳森不会写出那部脚本，而圣玛利亚也不再需要他了，它可以自己存在下去，逐渐吞噬并取代另一个故事：真实的故事、它诞生于其中的那个故事。

圣玛利亚是一个文学现实、虚构现实、人造现实，或者说是一种非现实。在这座城镇里并没有发生一段连续性很强的故事，只是出现了一些零散的场景和情节，它们生自那位作者隐秘的悲喜，也生自他对黑色电影的热爱。最后，布劳森帮助杀死盖卡的凶手埃内斯托从布宜诺斯艾利斯逃往圣玛利亚，换句话说，从现实逃往虚构。这个结局允许读者把《短暂的生命》视作幻想小说——不过这绝非唯一的读法——，在那之前，它讲述的一直是个现实主义的故事，此时却成为了彻头彻尾的幻想的造物。这次在现实和虚构之间的量的质变还受到了一个中间层次的调节与筛选——这是此书最成功的描写之一——，这个中间层次存在于主观生活和客观生活之间：布劳森与他的邻居盖卡之间的关系。盖卡是个妓女，在赫尔特鲁迪斯在医院接受乳房切除手术的同一天搬到了他们隔壁。在《短暂的生命》那迷人的开头数页中，胡安·玛利亚·布劳森想象着妻子身体上的变化以及这种变化将带来的后果，那个情节中充满幻想又无比残忍的行文里透着股浪漫主义美学醉心追求的有缺陷的优雅。

从一开始，《短暂的生命》就利用连通器法构建出了三个界限分明的叙事层次，随着故事的推动，三者相互交融，最终在结尾处合为一体：

1）胡安·玛利亚·布劳森的世界，由他本人叙述，可以被看作客观叙述，因为我们认定这个人物的可信度最高。布劳森的妻子赫尔特鲁迪斯、他的朋友"妈咪"和斯坦因、他的上司老麦克雷欧以及布宜诺斯艾利斯市中心的那几条街道都属于这个世界。

2）邻居盖卡的世界——集中在她那令人窒息的公寓里——时而客观，时而主观，因为布劳森讲述的与自己有关的事情是他隔着薄薄的墙壁偷听盖卡屋子里的声响后猜想、推测或编造出来的，他并没有十足的把握。我们对这个世界的信任程度低了不少，布劳森已经沉浸在了虚构的元素中。他不清楚在盖卡的房间里到底发生了什么，他利用想象开始构建那个世界——他管那种想象叫"隐秘的需求"——，把那个世界变成了虚构的戏剧舞台。在那个世界里，布劳森不再是布劳森，他成了阿尔塞，这个人物是为了体现波德莱尔式的对恶的渴望而创造出的，这种渴望正是他的生命之源。因此，在进入盖卡和埃内斯托的世界中后，布劳森不再是真实世界中的那个普通的中产职员，和埃内斯托一样，他也成了恶人，一个兜里揣着手枪的角色，还对盖卡做一些他永远不会对赫尔特鲁迪斯做的事情：他殴打盖卡，与此同时他也爱着她，但同时也做好了杀死她的准备，就像那些流氓无赖觉得妓女们已经没有利用价值了或者只是单纯想证明自己的男子气概时所做的那样。

盖卡、埃内斯托和阿尔塞的世界是架在布宜诺斯艾利斯和圣玛利亚之间的中间层次，它已经开始被幻想元素渗透了，虚构世界的实体化已经开始了，但要说真正完成这种实体化，还得看接下来的一个叙事层次。

3）圣玛利亚，一个虚构的世界，不过按照布劳森的说法，那里的居民，至少那些最主要的居民，在现实世界中是有人物原型的：迪亚斯·格雷的原型是布劳森，埃莱娜·萨拉的原型是赫尔特鲁迪斯，埃莱娜的丈夫的原型是斯坦因，等等。

很少有小说能像《短暂的生命》一样精妙地描写出虚构世界的萌发过程，它与现实人生的关系，以及人类从有意识之初，在口头传诵故事的时期，就不断创造并依赖幻想、话语、另外的世界和塑造那些世界的方式的原因。

不仅主人公胡安·玛利亚·布劳森的故事围绕着虚构与

现实之间的这种关系展开，其他一些人物也依赖虚构而生存，例如盖卡，她总是受到一些神秘的"它们"的困扰：幽灵，癔病的造物，布劳森将它们描绘（想象）成半人半动物的形象，"它们"现身来提醒人们，人生只是一场虚妄。相比较而言，斯坦因和"妈咪"用来逃离布宜诺斯艾利斯的追忆多年之前巴黎之行的做法就显得没有那么阴暗了：打开一张光明之城的地图，幻想它的街道、广场、古迹，以自己在布宜诺斯艾利斯的某些经历为基础，幻想出一些生活经历来，将它们安插在他们觉得比平淡的日常生活更加幸福的那另一个世界中去。

《造船厂》

《造船厂》是奥内蒂的作品中结构最好、内容最清晰的一部，因此像埃米尔·罗德里格斯·莫内加尔这样的评论家们认为这是奥内蒂写得最好的小说。小说讲述的是一个美妙而完整的故事，有些情节极为出色，例如对查马梅酒店那悲惨氛围的描写，再如对拉尔森同赫雷米亚斯·佩特鲁斯在圣玛利亚的监狱里的最后那场谵妄而脱离现实的对话的描写，那也许是奥内蒂所有作品中最为出色的片段。不过，尽管从技巧的角度来看更加完美，《造船厂》却不如《短暂的生命》来得潇洒，后者更接近所有小说家最隐秘的理想：全景小说。

《造船厂》结束了拉尔森的系列故事（这个人物在《请听清风倾诉》里又出乎意料地复活了），这个人物在小说最后死于一场荒唐的肺炎，尽管奥内蒂笔下的这个代表性人物——一个失败的皮条客——的人生中最重要的经历出现在圣玛利亚系列小说的下一部中，我指的是 1964 年出版的《收尸人》。

根据奥内蒂本人的说法，《造船厂》的创作灵感来源于创作《收尸人》过程中对一家造船厂的访问：

> 我当时正在写《收尸人》，写了超过一半了，出于偶然，（……）我拜访了布宜诺斯艾利斯的一家造船厂。实际上有两家造船厂：一家在多科苏德港，另一家在罗萨里奥城（……）。我熟悉多科苏德港的那家造船厂，至于罗萨里奥城的那家，我认识数不清多少个曾在那里当过经理的人（……）。（不过我还是想）谈谈另一家造船厂，也就是多科苏德港的那家。那家公司已经破产了。我在那里认识了弗雷塔斯先生，他是个固执的老人，衣着光鲜，始终坚信他们会打赢官司。虽说后来他无法履行诸多协议，只能卖掉一切。但在我认识他的时候，他还在满怀信心地应对债权人们和一张张查封令。我是在某任经理的陪同下去参观造船厂的，那个经理也是那些活在自己利用幻想建构出的世界中的人里的一员（……）。可悲的是，杜佩特里依然照料一切，就好像造船厂还在运转一样。法官已经下了公正的判决。已经无法把里面的任何东西带

出来了，当然也不能往里面添置新东西，但他还是搞到了一把钥匙，时常进入造船厂。他有一间令人惊讶的办公室，就在佛罗里达大街上最繁华的位置（……）。（那里的一切）都被废弃了。油污和灰尘多得吓人。有张桌子，是用歌斐木做的，棒极了（……）。有位新的合伙人，我认识他，也当过经理（……），有一天邀请我去参观多科苏德港的那家造船厂。我在那趟旅程中收获了大量丰富的创作素材，我不确定自己是否在《造船厂》里良好地运用到了它们，但的确十分丰富（……）。我记得那是个锌皮顶的棚子，在某根梁上还挂着个牌子，上面写着"禁止携带和使用武器"。真有意思。[1]

显然，正是这段经历促使奥内蒂暂停了《收尸人》的写作计划，转而开始创作起了《造船厂》。后来他才重拾前一本小说，并将它在1964年出版。他所看到的事情让他如此印象深刻，这并不算奇怪：那家已经垮掉的造船厂，那家员工们假装它还在正常运转的造船厂，难道其中不正蕴含着奥内蒂最痴迷的主题之一吗？那就是虚构世界嵌入现实世界的主题，以及生活只是一场演出的想法，他认为男男女女只是在扮演

---

1 Emir Rodríguez Monegal, "Conversación con Juan Carlos Onetti", 由 Jorge Ruffinelli 引用于 Rómulo Cosse 所编 *Juan Carlos Onetti. Papeles críticos*, op. cit., p.197.——译注（本书所有注释均为译注）

别人指定给他们的不同角色。

在《造船厂》里，虚构融入生活的主题，或者脱离生活的主题，笼罩在所有情节之上，是人物们呼吸的空气，是他们活动的场地。故事发生在离圣玛利亚有半小时船程的造船厂港，"那里位于河岸边一个不起眼的地方，有德国移民区，周围还有混血种人建立的村落，佩特鲁斯股份有限公司的楼房就立在河边"。不过有多个情节发生在圣玛利亚，在那座虚构的城市里，圣玛利亚人如今已经竖起了"建城者布劳森"的雕像。小说的舞台是虚构的，小说讲述的故事则是另一种虚构，那家古迹般的造船厂在过去是由另一个梦想家创建的：赫雷米亚斯·佩特鲁斯，他如今已经陷入了孤独、遗弃、债务、麻痹、恶兽和铁锈的包围之中。董事长佩特鲁斯，总经理拉尔森，技术经理昆茨，管理员加尔维斯，全都依赖幻想和意志力，才能在那种充满谎言的人生中生存下去。

虚构，演戏，"戏"占据了这四个人物人生中的重要部分，在这一点上他们有相似之处，他们决定背对现实世界，分享虚幻的海市蜃楼。他们很清楚自己是在演戏，就像演员在舞台上演戏一样，和演员一样，他们也在努力扮演好自己的角色，把自己融入到角色中。他们每天都去办公室，遵守上班时间，检查已经失效的订单、古老的合同、中止的项目和方案，时间把这些东西变成了幽灵，他们还为工资的数目讨价还价，却从未真正领到过工资。在某个时刻，拉尔森承认这一切都是"谵妄"，哪怕如此，他依然和两个下属昆茨与加尔维斯一样，继续演戏、撒谎，也在继续欺骗自己。后来，这种作戏的行为让拉尔森自己也感到吃惊，根据叙事者的表述，这场戏已经摆脱了出演它的人而独立存在了："那是对作戏的恐惧，是对解脱的恐惧，第一个预示着这场游戏已经脱离他、佩特鲁斯、所有参与其中的人——他们以为自己是凭喜好参与进来的，而且只要说句'停'，这场游戏就能停下来——而独立存在的明确征兆已经出现。"这场游戏是对生活的隐喻，无论有意无意，这场生活中的所有人都在演戏。

他们一边演戏，一边也为造船厂不可避免的消失添了把火，为了糊口，他们一点点拆卸、卖掉了锈迹斑斑的机器。

在《短暂的生命》里只是胡安·玛利亚·布劳森的短暂游戏的东西——那家被创造出来的广告公司——，到了《造船厂》里则成了集体性、持续性的游戏，老佩特鲁斯、他的女儿"疯女"安赫莉卡·伊内斯（疯女人，也是奥内蒂的文学世界里常见的元素）、拉尔森、加尔维斯和昆茨都在玩这场游戏。这是个玩笑，却令讲述这个玩笑的人也笑不出来。所有人都在演戏，好像那家巨大的、已经遭受毁坏的造船厂经营得顺利红火，又或者在某个时刻会重新崛起（在监狱里，在两人的最后一次会面中，老佩特鲁斯就是这样对拉尔森说的）。真正看清一切状况的是迪亚斯·格雷医生，在他同拉尔森的对话里，他说道："佩特鲁斯把总经理职务提供给您时是在演戏，您接受那个职务时也是在演戏。这是场游戏，您和他都知道对方也是玩家。"

为什么他们要这么做呢？既然等到再无东西可卖时，所有人都要开始饿肚子，那么他们又为何要玩这场注定会加速造船厂消亡的痛苦的游戏呢？（他们已经快要吃不上饭了，通过他们生活的悲惨状况可以推测出这一点，他们只能在那座寒酸的小屋前吃加尔维斯的老婆准备的大锅饭）。拉尔森给出过解释，在某个早上，望着巨大、萧条、空荡的造船厂，他感受到了"不幸"。不是运气不好，也和某些具体的事件无关。那种东西在某个特定的时刻占据了他，从那时起，不管他做什么，那种东西都会不断膨大。"不幸"会把他的行动所带有的意义消解，并将之化为虚构：

> 现在唯一能做的恰恰正是不停地做事情，一件接一件地做，没有利益，没有意义，就像是一个人（或者许多人，一件事对应一个人）付钱给另一个人让他做事，后者只需要以可行的最好方式把事儿做成就行，而不必担心所做事情的最终后果。做完一件，再做一件，然后又做一件，都是在替别人做事，不在乎结果好坏，也不在意那些都是些什么事。一直就是如此。

那种冰冷明了、没有出路的绝望，正是奥内蒂的文学世界中人物的基本境况。它使得某些人物自杀了，而另一些人物——大多是女性——则用疯狂来逃离现实，还有些人物，例如布劳森和拉尔森，则选择到虚构的世界里去避难。这种避难方式，对于那些绝望的梦想家来说，是唯一能够享受到的自由。在其他任何一条道路上，他们都只不过是自己人生的奴隶。这些人生不属于他们，他们注定要受他人左右，或者受环境左右，他们无力抵御这一切。唯一对那种"不幸"——命运——的反抗行为就是在思想中逃离到一个虚构的世界中去：只有在那里，人们每时每刻都是自由的。这场逃亡只不过为他们提供了一个短暂休息的机会。在某个特定时刻，虚构会消散，可怕的现实——"不幸"——会再次掌控一切。于是，虚构的游戏结束了，管理员加尔维斯自杀了，拉尔森则被虚构世界中那足以让男人们感到厌恶的一幕吓坏了：一个怀孕的女人，也就是加尔维斯的老婆，在分娩时试图用自己的双手来止血，于是他从圣玛利亚逃了出去，其结果只不过是在两个礼拜后死于肺炎。

就这样，拉尔森，这个奥内蒂笔下最经典的反英雄人物，那曲折的一生结束了，在这部小说里，已经没人再称呼他那"收尸人"的外号了。在《造船厂》里，拉尔森只是个苟延残喘的幽灵，在布景为造船厂的舞台上扮演着总经理的角色，而那个舞台即将消失于大风、禁令、骤雨和劫掠中。他在被执政官驱逐出圣玛利亚五年之后回到了那里，回归的目的不清不楚。也许，他想为自己在那座城市蒙受的屈辱讨个公道，他想成功，想要获得围绕在胜利者周围的尊重和恭维。可是，"不幸"阻挡了他向前迈进的步伐：失败是他的天然宿命。他企图诱惑老佩特鲁斯的女儿、"疯女"安赫莉卡·伊内斯，想以婚姻关系作为打开荣耀殿堂——拉托雷的宫殿、造船厂——大门的钥匙，最终迎来的却是滑稽而凄楚的失败，最后和他上床睡觉的是女仆何塞菲娜。那场诱惑，和跟加尔维斯奇怪的老婆进行模糊的调情一样，为拉尔森的堕落添加了一些恐怖和荒诞的色彩，同时似乎也再次印证了人们给他起的那个绰号的确恰到好处："收尸人"。

《收尸人》

奥内蒂的作品里，要论对圣玛利亚的社会、经济和文化欠发达状态披露最直白的一部，无疑得属《收尸人》（1964）。这部小说讲述了"收尸人"拉尔森开设妓院，并在很短时间之后被迫将之关闭的故事，故事发生地自然就是圣玛利亚，那座短暂存在的妓院——一栋立于河边的朴素小房，窗户涂成天蓝色，里面只有三个妓女：玛利亚·波尼塔、内莉和伊莲内——挑起了居民的怒火，引发了一场严峻的危机。

和贫穷、剥削、愚昧、不公、失德、绝望一样，妓院也是欠发达状态的典型象征物之一。尽管在反对者、清教徒和好心人中引发了对立和仇视，它还是像一个感染了性压抑和女性歧视问题的社会身上生出的疖子一样露了头，在那个社会里，占统治地位的道德思想严惩一切婚姻之外的性行为，而在婚姻关系内部，夫妻之间的性关系也矫揉造作、充满限制。因此，自由又高出女性一等的男性需要以秘密的方式满足自己的性需求和性幻想，于是他们就去找情妇或妓女，而这些女性则因此出让了自由，被妖魔化、边缘化，只能生活在地狱般的禁区之内，给那种地方换个名字的话，就是妓院。在那些充斥着道德和宗教引发的仇视的地方，欠发达状态随处可见，被禁止的险恶之事中透着凶意、欲望和淫念，也正因此，这些事物的周围往往散发着神秘、诗意、传奇般的光芒，成了欠发达地区文学里的短篇小说、长篇小说和戏剧作品始终乐于描写的背景和主题。拉丁美洲文学就是个例子，因为如果我们把妓院和与妓院相关的人物从拉美文学中连根拔除的话，拉美文学就会不够自然、发育不良。

奥内蒂的小说里，《收尸人》是政治元素最浓的一部，借由一个小型妓院的故事，那部小说刻画了圣玛利亚隐秘的政治生活，而实际上那种政治生活已经被走私和腐败的恶疾侵害了。市政议会议员巴尔特先生获得了开设妓院的许可，因为他把自己的投票权出卖给了市政议会里的保守派人士，后者需要他投赞成票来通过一项与火车站搬运工相关的决议，那本来是公家提供的服务，他们想将之私有化。巴尔特开妓院是为了发财，他会保护妓院，以此在私下收取费用。可是贝尔格纳神父和好心人们查封拉尔森的妓院的行动也很肮脏龌龊：他们寄发匿名信，威胁要公开那些到那家带天蓝色窗户的妓院里同三个妓女做皮肉生意的邻居们的身份。

尽管在与圣玛利亚相关的其他故事里我们已经知道教会握有权力并且经常使用手中的权力，不过只有在《收尸人》里才有对天主教教会以及那位充满精力的领袖贝尔格纳神父如何动员邻居、挑唆他们以达到政治目的的细致入微的描写。教会依赖的是听命于它的两股势力：合作行动社的年轻人以及骑士联盟的老年人。后一伙人没日没夜地监视拉尔森的妓院，想要辨识出光顾那里的客人，这些人的名字会出现在由合作行动社的姑娘们撰写并散发的匿名信里。这些行动慢慢挑起了居民的怒火，最后引发了公民集会和街头抗议行动，最终促使执政官下令关闭妓院，并且把拉尔森驱逐出了圣玛利亚。

这个故事很吸引人，不过却并非《收尸人》里的唯一故事线。小说里还有另一条故事线，一个叫豪尔赫·马拉比亚的小伙子的故事线，他是《自由报》老板家的孩子，是个十六七岁的小伙子，他和自己的嫂子胡莉塔·贝尔格纳保持着一种奇特的——充满诗意、真情和性冲动的——关系，后者是他的兄长费德里科的遗孀。胡莉塔疯了，或者她想让人那么觉得，因为有些时候她看上去并不像是真的疯了，更像是装的。豪尔赫在晚上去找她，这种拜访有点仪式性的意味，那位遗孀和这个小伙子专注于——或者最好说是"迷失于"——充满诗意的对话中，对话内容丰富，充满隐晦内涵，有时还会掩饰两人之间的性关系，叙事者从两人的关系出发，以一种逾越式的行为描述它，这几乎也算得上是种乱伦行为。胡莉塔·贝尔格纳在小说最后的自杀——圣玛利亚系列故事里的自杀名单上又多了一个人物——看上去与为费德里科怀上孩子的折磨人的想法有关，不过换个角度来看，她与那个小伙子的同谋关系在某种程度上也促成了她的自杀。

与这第二条故事线交织在一起的还有第三条故事线，胡莉塔的兄弟马科斯或马尔基托斯·贝尔格纳的故事线，他不羁放荡、嗜酒如命、恃强凌弱，还是个反犹主义者——这也是他憎恨拉尔森的妓院的原因之一，因为他认为那是"犹太人的生意"——，他和豪尔赫·马拉比亚之间也存在着一种奇怪的爱恨交织的关系。拉尔森和妓院的宿敌马尔基托斯是个虚伪的人，是欠发达文化中的男性的两面派式道德的代表，他一方面表现出捍卫公共道德的姿态，另一方面又强奸并虐待他的女佣丽塔。

这部小说有着复杂的结构，从叙事视角的层面来看，每条故事线都有专属的叙事者。拉尔森和妓院的故事线由经典的全知叙事者讲述，也就是上帝–叙事者以第三人称讲述故事，叙事者通常位于故事之外，他看到、了解并转述正在发生的事情，它是隐形的，是种不参与也不插手正在讲述的故事的声音。

相反，豪尔赫·马拉比亚和胡莉塔的故事线的叙事者就是小伙子本人，是典型的人物–叙事者，他以单数第一人称视角讲述故事，而由于叙事者同时也是故事的主要参与者之一，所以他的讲述受到自身经历的某些限制。

不过还有第三个叙事者，经常和前两种叙事者交替出现，这个有点像编年史作家或历史学家的叙事者的身份并不明确，他有时会接替前面提到的两种叙事者，以复数第一人称的形式呈现出看待那个故事的另一种视角：邻居们的视角，集体的视角，公共舆论的视角。这第三个叙事者可能是老头子兰萨，他是个嗓音沙哑的西班牙人，负责给《自由报》改稿子，我们已经在《如此令人恐惧的地狱》（*El infierno tan temido*）中见到过他了，他曾经多次透露自己在记录圣玛利亚发生的大事——尤其是关于那家妓院的事——，因为他想要写一部这座城镇的历史书或编年史书。这位叙事者代表的是故事的修辞层面，他给出的是充满谣言、传说和神话版本的故事，虽说他记录的也是拉尔森的妓院运转的短短几个月里发生的事情，可是这个版本的故事呈现的并不是事情的本来面目，而是它被恐惧、和善、不忿或愚蠢的邻居们的流言蜚语、想象推测和解读猜想扭转、变形之后的样子。

就好像奥内蒂觉得《收尸人》里的叙事者还不够多，有时候故事里还会出现另一种和前三种都不一样的声音：一个所谓的作者的声音，来反思他作为文学现实的创作者的工作，那是一个用自己的想象力和文字塑造了一片天地出来的人的声音。在第 191 页，这部小说以及圣玛利亚的经过伪装的作者的声音穿插在编年史家 – 叙事者的声音中偷偷摸摸地出现，突然之间，原本正在叙事的"我们"不见了，出现了一个独立于复述第一人称之外的"我"，那句是这样写的：

> 可是，现在，在讲述这座城镇和移民区在遭受入侵的这几个月的故事之时，虽说我是讲给自己听的，不保证准确性，也不保证文学性，我写这个故事就是为了让自己分分心，现在，在这个时刻，我想象着城镇边有座小丘，我可以从那里眺望房子和人，我可以笑，也可以自寻烦恼。我能做任何事情，感受任何事情，但我插手不了什么，也改变不了什么。（pp.191）

这位所谓的作者的大段独白还持续了一阵子，他一直用第一人称，思索并用权威的口气讲述着他作为幻想出的圣玛利亚的创作者的职责，他创造那座城镇并给它的区、街道、广场命名的方式，还有设计周遭景物以及城内居民的方法。后来，这种声音消失了，再未出现过。

这个声音到底属于谁呢？并不像某些张口就来的专家认为的那样属于胡安·卡洛斯·奥内蒂本人，因为作家永远不会和一部小说的叙事者画等号，哪怕那个叙事者用了他的名字，并且用"我"来讲故事也不行。作者是有血有肉的人，他的生活经历在故事诞生之前就存在，在故事诞生之后也依然会延续，叙事者则是用语言塑造出的"人"，他的生命会随着小说的开始而开始，随着小说的结束而结束。换句话说，叙事者永远只是个创造物。《收尸人》里匆匆闪过的那位"作者"和全知叙事者、人物－叙事者（豪尔赫·马拉比亚）以及编年史家叙事者一样，都是被创造出来的，他只不过是又一个虚构产物罢了。他的匆忙闪现对故事而言是一种干涉，他并没有丰富或补全故事，也没有赋予小说全景化的意义。他只是单纯代表着炫技，这种展示会令读者分神、无措，也就削弱了故事的说服力。《收尸人》毫无疑问是奥内蒂最出色的小说之一，但从技巧的层面来看却没那么完美，因为书中出现了一些不连贯的地方，例如那个凭空出现的所谓的"作者"，它们让读者心生疑惑，正如娜塔丽·萨洛特在《怀疑的时代》里写的那样，怀疑是现代小说读者的典型特征之一，因为这本就是一个怀疑论盛行、缺乏信任的时代。另外，这部小说里的几条不同的故事线始终没能连接到一起，它们都留下了零散的线头，就像没有写完一样，让人觉得作者在某个时刻放弃了自己野心勃勃的计划，仓促给小说收了尾。

献给诺拉·兰赫和奥利维里奥·希龙多

啊，一种危险而可怕的东西！

一种和孱弱而虔诚的生活毫不相干的东西！

一种未被证实的东西！一种还在麻木昏睡的东西！

一种逃脱了铁锚的拘束而自由驰骋的东西。

沃尔特·惠特曼[1]

1　引文摘自：惠特曼，《草叶集》，赵萝蕤译，上海译文出版社，1991 年第 1 版，第 305 页。

第一部分

一

圣罗莎风暴

"真是个疯狂的世界。"那个女人又把这话重复了一遍，像是在模仿，又像是在转述。

我隔着墙壁听她说话。我想象着她的嘴巴迎着冰块或冰柜散发出的冷气开合的样子，也可能在她面前的是窗户上泛黄的卷帘，它把夜晚和她的居室隔开，使刚刚送到的杂乱家具笼罩在了阴影之中。我心不在焉地听着那个女人不间断地絮絮叨叨，并没把她说的话当回事。

当她的声音、脚步、那身家居便服和我猜测她拥有的那双粗壮胳膊从厨房移动到卧室时，一个男人又自言自语重复说着些什么，他应承着女人的话，却又带着些嘲讽的意味。本来女人已经慢慢适应燥热的感觉了，此时那种感觉却愈演愈烈了起来，它钻进每个缝隙，拖着沉重的脚步在所有的房间中游荡，占领楼梯间，弥漫在这幢大楼的各个角落里。

女人在我家隔壁唯一的一间公寓里走来走去，而我则站在浴室里，伴着几乎无声的水流，低着头听她屋里发出的声音。

"尽管我的心已经破成碎片了，"女人嘀嘀咕咕地说着，每说一句就要停上一下，就好像是有什么东西在固执地阻碍她袒露心迹一样，"但是我发誓，我绝对不会跪着求他可怜我的。要是他还想着这场面，那么现在就可以打住了。我也有我的尊严。虽说我比他要更加心痛。"

"好啦，好啦。"男人试图缓和女人的情绪。

我又听了一会儿，隔壁公寓静静的，只是从屋子中央处传来了碎冰撞击杯壁的响声。那个男人穿的应当是短袖衫，肥胖，凸嘴；她大概有些激动，又有些难过，汗水流到了她的唇边、胸前。而在那面薄墙的另一侧，我光着身子站着，身上满是水珠。我没拿毛巾擦身子，只是感受水珠蒸发，同时向门外望去，望着阴暗的房间，积聚的热气笼罩着干净的床单。我此时无助地想起了赫尔特鲁迪斯；亲爱的赫尔特鲁迪斯；长着一双长腿的赫尔特鲁迪斯；肚子上带着泛白的旧刀疤的赫尔特鲁迪斯；沉默的赫尔特鲁迪斯；眨着眼睛的赫尔特鲁迪斯，她有时会像吞咽唾液一样把恨意吞到肚子里去；身着盛装、胸前别着金色坠饰的赫尔特鲁迪斯；赫尔特鲁迪斯，随着记忆不断浮现在我的眼前。

女人的声音再次传来时，我正想着如何去完成那项任务：望着赫尔特鲁迪斯胸前的那道新刀疤，却不能表现出厌恶，那是道圆形的复杂刀疤，带着鲜红或玫红色的脉络，时间也许终将把它变成一种暗淡的困惑，它会和赫尔特鲁迪斯的另一道伤疤变成同一种颜色，只不过更瘦瘪，更没有形状，那条脉络的线条也会变得像签名一样随意，那道伤疤位于她的腹部，我曾无数次用舌尖感知它的存在。

"我的心算是伤透了，"女人在墙的另一边说道，"大概我永远都不会回到原来的样子。这三年里，里卡多让我像个疯婆娘一样哭了多少回啊。有很多事你都不知道。这次的事不见得比他之前对我做过的事更过分。可这次我们算是真的完了。"

她大概在厨房，在冰柜前弯着身子，不断扇着风，让混杂着菜味和油的冷气给她的面部和胸前降温。

"哪怕是心碎了我也在所不惜。就算是他跪着来求我……"

"别这么说。"男人说话了。我猜他轻声走到了厨房门前，把一只毛发茂密的胳膊撑在门框上，另一只手里则握着水杯，他目光下移，望着正弯着身子的女人。"别这么说。人人都会犯错。要是他……怎么说呢……要是里卡多来求你的话……"

"我真不知道我跟他还有啥好说的，真的，"她坦陈道，"我为他受的伤已经够多了！再喝一杯怎么样，嗯？"

他们应该是在厨房里，因为我听到了冰块撞击洗碗池的声音。我又把淋浴打开了，又开始在水流中晃动后背，心里想的却是那天早上，也就是十个小时以前，医生小心翼翼地慢慢割掉，又或者是不无小心地一刀切掉了赫尔特鲁迪斯的左侧乳房。他肯定感受到了手中手术刀的抖动，感受到了刀锋由柔软的脂肪划向紧密干硬部位的过程。

女人喘着粗气，突然笑了起来，在淋浴水流声的干扰中，我听到了这样一句话：

"也让他瞧瞧我有多少男人缘！"她走向卧室，敲了敲阳台门。"哎呀，你知不知道圣罗莎风暴到底什么时候来啊？"

"应该就是今天，"男人没有跟着她到阳台，而是大声回应道，"别着急，明早之前肯定会狂风暴雨的。"

就在那时我发现我从一个礼拜之前开始就在想着同样的事情了，我回忆起春天带给我的希望，我本期望它能带来某种模糊的奇迹。在窗缝中透进的最后一丝光亮和淋浴水流之间，一只愤怒又迷茫的昆虫已经嗡嗡叫了几个小时了。我像狗一样抖落身上的水，又望了望阴影中的房间，被困住的热气肯定还在那里浮动。我没办法静心去写斯坦因委托我创作的那部电影脚本，因为我总是忍不住想起那个被割下的乳房，现在它已经不再坚挺了，像水母一样摊在手术台上，也可能像是酒杯的顶部。我无法忘记那个乳房，尤其是我曾无数次坚持要从它那里假装吸奶取乐，就是那同一个乳房。如今我只能等待，真是个可怜人。在圣罗莎降临之日，所有生灵，刚刚搬到隔壁的那个陌生女人，在弥漫着剃须皂味道的空气中嘶吼的虫子，所有生活在布宜诺斯艾利斯的生物都被罚和我一同等待，无论他们是否对此心知肚明，他们都像傻子一样被困在了这暗含凶兆的炎热中，窥视着那场被过分夸大的风暴以及即将从海岸方向到来的春天，仿佛春天能够把这座城市变成富饶之地，完满的幸福似乎也会随之到来，在人们的记忆中，事情就是这样的。

女人和男人走走停停，又回到了房间里。

"像我们这样疯狂的人绝对是世间罕有。"她在走出厨房时说道。

我关掉了淋浴，我等待那只昆虫飞近，然后用毛巾把它打翻在地，最终碾死在了下水口网罩上，我光着身子走进卧室，身上还在滴着水。

我透过百叶窗看到天空开始自北向南变黑了起来，我计算着每道闪电之间间隔的秒数。我往嘴里塞了两颗薄荷糖，然后躺倒在了床上。

……乳房切割术。我们可以想象那道疤痕是在橡胶杯上切割下的不规则痕迹，杯壁粗厚，材质红润坚固，表面冒出血泡，如果把照射灯调整下位置，我们就会觉得那些全都是液体。还可以想象做完手术十五天后、一个月后，伤口处的皮肤阴暗透明、薄如蝉翼，没人敢把目光长时间地停留在她的胸前。再过些日子，褶皱会扭曲定型，开始让人习惯它的存在；这时倒确实能偷偷盯着伤疤看了，进而在某个夜晚惊异地观察它裸露出来的样子，感受它的皱曲，想象它组成的图案，红润和苍白的色调交织在一起，最终会定性下来。除此之外，赫尔特鲁迪斯也会在春日或夏日里的某一天没来由地站在阳台上再次露出笑容，也会再用她的那双明亮坚毅的眼睛盯着我看，看上一会儿，然后倏地收回眼神和笑容，只剩下嘴角挑衅式地微微上翘。

我右手的表演时刻到了，右手举到半空，做出抓握的动作，感受那并不存在的形状和抵抗力，因为我的手指还没有忘记它。*我的手掌将会极度惧怕空洞的感觉，我的指肚将摩*

擦那圆形伤疤粗糙或易滑、陌生而缺乏亲密感的外表。

"你要搞明白。这与聚会或跳舞无关，要紧的是他的态度。"女人在墙壁另一侧说道，我感觉她离我不远，声音是从我头部上方传来的。

也许她此时也和我一样正躺在床上，我俩的床可能也大差不差，她的床大概也和我的一样紧靠墙壁，弹簧会在夜晚发出让人绝望的吱嘎声；那个高大肥胖、留着深色浓须的男人可能还是窝在椅子上喝东西，或是在女人的裸足边流汗，就像个幻想得到尊重的因犯。他也许在看她讲话，什么也没说，只是点着头；他的眼神有时会游离开去，被女人的大红脚指甲和短小的脚趾勾得想入非非，女人可能正在下意识、有节奏地晃动着她的脚趾。

"你想想看，老娘我怎么会瞧得上那种聚会呢！到了我这个年纪，也就不再发疯似的想跳那么一支舞了。但那毕竟是我和里卡多一起去的第一场聚会，而那又是这场聚会上的第一支舞。我就挑明了跟你说吧，他表现得就像是个狗娘养的东西，当着他的面我也是这么说。你告诉我，明明白白地告诉我他不能去那么难吗，他可以说'哎呀，我还有别的事要做'，或是'我不想去'。这些话要是连跟我都不能说，他还能跟谁说呢？我们女人从来不会骗自己；我们会互相欺骗，当然了，而且经常这么干，但这不是一回事。"她在两声咳嗽之间不无苦涩地大笑了一声，"我甚至能把那些娘儿们的名字告诉他；他如果晓得我知道他多少事的话，肯定会吓趴下的，但我还要脸，所以我什么都没说过。他肯定做梦都想不到我有多了解他。你说说看，我俩一起去的第一场聚会，聚会上的第一支舞。十一点，十二点，那位先生始终没现身。我甚至跟胖姐说里卡多那么晚还脱不开身，我真是心疼他。心疼他，你想想看，我当时心里想着他指不定在哪儿快活呢。我表现得就像古时候的那些贵妇；不过是穿着黑衫，头发花白的那种。"

女人大笑三声，如三股强劲的水流喷涌而出；她的声音中透着焦虑，急匆匆的说话声总是会出人意料地突然停顿，意味着她的那句话讲完了，可是她的笑声像是经过长时间的酝酿，然后一下子放肆喊出，不过却又断断续续，像是马的嘶鸣声。

"可怜的胖姐很生气。她在我们身上浪费了一晚上，最后她走了。我醒来时还坐在我们放在贝尔格拉诺区那间公寓里的大椅子上（我不知道再次看到的时候能不能认出它来），当时天已经亮了，假发掉了，那一大捧茉莉花也散落在地上。门窗紧闭，里面热得很，活像是在守灵。"

……赫尔特鲁迪斯回来时肯定也半死不活了，我想道，如果一切顺利，她会恢复过来的。在这面纸一样薄的墙壁的另一侧生活着一头让人讨厌的野兽。不过明天我在疗养院见到她时，如果我能见到她的话，如果她能讲话的话，如果我确定她不会死的话，我至少还是会握住她的一只手，微笑着告诉她我们有邻居了。因为如果她能讲话或者能听我讲话，而没有过度受罪的话，我也就没什么真正要和她说的东西了，在那种情况下，没什么事比我们隔壁 H 房住进来一位新邻居更重要。她肯定也会微笑起来，她会问问题，会好转，会回家。属于我右手、嘴唇、整个身子的时刻终将到来；那是例行公事的时刻，是悲悯仁慈的时刻，是耻辱恐惧的时刻。因为唯一令人信服的测试、我能给她的幸福和信任的唯一源泉就是在光亮中起身然后俯到被切除的那侧乳房处，露出因饥渴而重新焕发青春的面孔，然后发疯似的亲吻那里。

"这不是头脑发热，"女人此时的声音从门的方向传来，"这次我们算是彻底完了。"

我起身时身子已经干了，还热热的；我在热气中稳住身子，走到门口，掀起门上的猫眼罩子。

"一切都会好起来的，走着瞧吧。"男人依旧没现身，只是语气平静地这样说道。

我看到了那个女人；她穿的不是睡衣，而是一件深色紧身衣，又粗又白的胳膊露在外面。她的声音断断续续的，就像是嘴巴被棉花堵住了似的，她一再重复说这次事情无可挽回了，她一直在冲着那个男人微笑，现在我看到了男人灰色的肩部和深色的帽檐。

"可以肯定的是，到最后女人都会身心俱疲，不是吗？"

二

迪亚斯·格雷，城市与河流

　　床边的小床头灯照射范围很小，我伸长了手臂才把手伸进光亮处。在之前几分钟里，我一直在听赫尔特鲁迪斯睡觉时发出的声音，窥视她朝向阳台的面孔，她干干的嘴巴微张着，颜色深得发黑，嘴唇比以前更厚了，鼻子泛光，不过已经不再湿润了。我够到了床头柜上的吗啡瓶，用两根手指把它夹了起来，摇了摇，清澈的液体反射出某种隐秘而欢快的光芒。此时大概是两点或两点半；到了半夜，就听不到教堂的钟声了。摩托车或有轨电车发出的噪声，又或是某些难以辨别的声音，有时会传到房间里来，和药味、花露水味混在一起。

　　她在夜深前吐了，她用蘸了花露水的手帕紧紧捂住嘴巴，哭了起来，我轻柔地拍打着她的肩膀，没跟她说话，因为白天时我已经把能说的话都重复过无数次了："没事的，你别哭了。"她之前弯腰对着洗脸盆发出的零散的、几近绝望的啜泣声如污迹般积聚在房间角落里，我在玩瓶子的时候还依稀能听到它们，那些声音中夹杂着羞愧和愤恨。我把手放在她的额头上，我感觉手越来越湿了，不过我的心里还在想着胡里奥·斯坦因委托我创作的电影脚本的情节，转而又想起胡里奥笑着拍我胳膊的样子，他向我保证说我很快就会像抛弃年老色衰的情人那样把贫穷丢在一旁，他让我相信我是想做那件事的。你别哭了，我想道，别再难过了。对我来说什么都没变，都还是以前那样。我还不太确定，不过我觉得我有谱了，还只是个初步想法，不过胡里奥会喜欢的。故事里会出现一个老男人，他是个卖吗啡的医生。一切就从那里开始，从他身上开始。也可能他并不老，但是已经结婚了，有些干瘦。等到你好起来我就开始写。一周或两周，不能等更久了。你别哭了，别再难过了。我看到一个女人突然出现在那个医生的诊所里。医生住在位于河边的圣玛利亚。我只是在夏天时去过那儿一次，只待了一天；不过我还记得那里空气的味道，记得酒店跟前的棵棵大树，记得那条河流平静的水面。我知道城镇旁边有个瑞士后裔住宅区。医生就住在那里，那个女人突然来到医生的诊所。她进入诊所的样子就和你进家门时的样子一样，你走到屏风后面脱下外衣，链子上的金十字架晃动起来，你露出了那块蓝色的印迹，那个位于胸口的肿块。就初步诊断来看，至少需要一万三千比索。我会辞掉工作，咱们搬到别的地方去生活，你喜欢哪里咱们就去哪里，也许咱们还能要个孩子。你别哭了，别再难过了。

　　我记得自己一直在讲；我看到了自己的愚蠢和无用，谎言占据了我的肉体，逐渐有了形状。"你别哭了，别再难过了"，我不断重复着，而她也慢慢在洗脸盆那边冷静了下来，只是偶尔抽泣几声，不过身子还在不断发抖。

此刻我的手不断翻动着吗啡瓶，就在睡着了的赫尔特鲁迪斯身边、伴着她的呼吸翻动着，我知道某件事已经结束了，而另一件事则不可避免地刚刚开始；我也知道我无须去想其中任何一件事情，而实际上那两件事只是同一回事，就像生命终结和肉体腐败一样。瓶子在我的食指和拇指之间晃动，我幻想着瓶子里装的是某种毒液，它的颜色也确实像那么回事，再加上它晃动时的样子，随着我手部活动停止而即时静止的特性，还有在光照下泛着光亮的模样。我假装自己从未摇晃过它。

我玩着瓶子，有点难以平静下来，我感觉到自己对幻想的渴求在逐渐增多，我迫切需要接近那个四十岁、形象模糊的医生，他话不多，有些阴郁，他住在那座位于河流和满是瑞士农民的住宅区之间的小镇里。圣玛利亚，给那座小镇起这个名字是因为我在很多年前去过那里，只是没什么目的地待了一天，不过那天过得很开心。这个医生的过往大概意义非凡，但我却不感兴趣；还有他那既不基于道德又不基于教条的职业狂热，想要让他做堕胎手术，他怕是宁愿先把手剁掉；他应当戴着厚重的眼镜，身材和我一样瘦小，头发稀疏，偏黄的头发里夹杂着白发；他活动的场所应当是一家小诊所，玻璃橱柜、医疗器械和不透明的瓶瓶罐罐摆放在不起眼的地方。诊所里应该有个被屏风遮挡的角落，还该有面质量上佳的镜子和一个让病人们感觉从未使用过的镀镍衣架。我终于看到了那两扇可以俯视广场的大窗户：汽车，教堂，俱乐部，商店，药房，点心铺，雕像，书目，深色皮肤的光脚孩童，行色匆匆的金发人群；音乐学院里传出的钢琴声笼罩着午休时刻、乳状夜空和无尽反复的孤独。屏风对面的角落里摆着张宽大的写字桌，桌子上有些杂乱，紧挨着桌子的书架上摆着上千本书，都是些与医学、心理学、马克思主义和集邮相关的书籍。但是我对这位医生在去年来到圣玛利亚这座外省城镇之前的人生经历丝毫不感兴趣。

这位我称之为迪亚斯·格雷的医生形象刚一成形，我就想到要让一个女人在某个早上接近中午的时间进入诊所，她笑着走到屏风后面，脱光衣服，对着角落里的那面无瑕的镜子机械地检查自己的牙齿。出于某个我还不想清楚的原因，医生那时还没穿上白大褂；他穿的是一件崭新的灰色西装，黑色真丝袜子被拉到了脚踝上，他就那样等待着那个女人从屏风后面走出来。女人的形象也已经设计好了，不会再变动了。我看见她表情严肃地在诊所里走动，她戴着条带相片的项链，它垂在她的两个乳房中间，几乎没有摆动，她身材丰腴，相比之下那对乳房则显得太小了，不过她的脸上依旧挂着惯常的自信。女人突然停下了脚步，咧嘴笑了笑；她耸了耸肩，显得既轻松又有耐心。有那么一刻，她那张平静的面孔好奇地转向医生。后来，女人转过身去，又慢悠悠地退了回去，直到再次隐入摆放镜子的那个角落，没过多久她就又走了出来，此时已经穿好了衣服，脸上带着挑衅的神情。

我把瓶子放到了小床桌上的药瓶和温度计之间。赫尔特鲁迪斯的膝盖抬了起来，又放了下去；她在磨牙，在咀嚼饥渴感或空气，她又呻吟了一声，然后才安静了下去。可以想见的疼痛感使她脸颊处的皮肤和眼睛周围的小褶皱不断紧缩。我任由自己轻轻地仰面躺了下去。

……女人展现给迪亚斯·格雷看的走路时毫不颤动的小巧胸部及整个躯体都显得白皙无比；这种白皙的程度不禁让他联想到牛奶和光面纸，也使他的领带显得异常扎眼。太白了，令人惊心的白，和女人面部及颈部的肌肤颜色形成了鲜明的对比。

我听见赫尔特鲁迪斯在呻吟，我凑过身去，正巧瞅见她咬着嘴唇平静下来时的样子。光线没有影响到她。我看了看赫尔特鲁迪斯白嫩泛红的耳朵，肉太多了，太饱满了，一看就是只用来倾听的好耳朵。她还在睡，她的脸一直冲着阳台的方向，双唇紧闭，只隐约看得见一颗牙齿。

……除了医生迪亚斯·格雷和那个女人——她又一次消失在屏风后面，再出来时又裸露起了上身，而后又不紧不慢地再次回到屏风后面，再现身时已经穿好了衣服——之外，两人居住的那座城镇也已经设计妥当了。"我不要那种糟糕玩意儿，"胡里奥是这样对我说的，"不要女性杂志上登的那种故事。不过情节也不能太好，得留点机会给人们来挑问题。"

迪亚斯·格雷的诊所中的两扇大窗户可以俯视主广场，至于主广场所属的这座外省城镇我已经心中有数了。悄悄地，慢慢地，我下床关了灯。我摸索着缓缓走上阳台，摸到了半开着的百叶窗的木框。我当时一直在笑，原因是在这样一个春天的夜晚能够如此轻松地构思出全新的圣玛利亚来，这让我觉得又惊讶又欣喜。那座城镇有斜坡和河流，有新开的酒店，顶着被晒黑面孔的人们在街上自然地说说笑笑。

我听见隔壁公寓传来关门声，女人走进浴室的脚步声紧接着传来，她独自一人在浴室里走来走去，还哼着歌。

我最开始是蹲着的，前额顶在百叶窗边缘处，呼吸着夜晚几乎称得上冰凉的空气。对面屋顶平台上晾着的白色衣物不断摇晃，发出啪啪的声响。铁架，铁锈，苔藓，被腐蚀的砖块，残缺不全的墙壁脚线。赫尔特鲁迪斯依旧在我身后睡着，轻轻地打鼾，我忘掉了她，她摆脱了我。女邻居打了个哈欠，推了下椅子。我又把头扭向涧地与河流，那条河时宽时窄，孤寂骇人，倒映着快速飘动的风暴云，河上漂着不少插着旗子的船，穿着节日盛装的人群挤在岸边，一艘载着木材和木桶的轮船正逆流而上。

在我左侧，那个女人打开了她家阳台上的白灯。*事情没有那么好，但也没有蠢到无以复加，还得再加上点暴力。*女人继续哼唱，此时歌声更清晰了，闪亮的高跟鞋在复合地板上轻轻打着节奏。没有男人的脚步声；她向百叶窗前走来，拉起百叶窗，让那点微弱的白光向着东边阴暗的夜空蔓延稀释，她始终未停止哼唱。她闭了嘴，只是在哼着旋律；她的影子几乎不动，在阳台地砖上拉长，最后破碎在围栏上；她懒洋洋地抬起了手，精准地打着拍子，时而摸摸衣服上的胸针，时而乱抚头发。后来她任由手臂垂落，喘了口粗气。港口的气息随风飘来。女人走到房间中央，开始讲电话，也开始笑了起来。赫尔特鲁迪斯嘟囔了某个问题，接着就又打起鼾来。女人的笑声逐渐变得刺耳高亢了起来，却又突然停止，只留下一片死一般的深沉静默，这种静默近乎完满，填充其中的是某种让人熟悉的仇恨与绝望。

"胖姐，你告诉他，让他有点耐心。他得学会忍耐。他太不像个男人了。你就这么跟他说，"女人几乎没有换气，"你去问问他……算了，没什么大不了的……给他说，他得让你和我单独聊聊。听我说，胖姐；天气已经转凉了，不会再下雨了。你听我说。他一整晚都在唠叨说'我的两只小白鸽'，跟个傻子似的。最后，当然……但他是男人啊。他得表现得像个男人，胖姐，我会好好给你讲讲的。你明天来吗？不，我不想和他说话，你别把话筒给他。我刚才很热，只想把胸罩取下来，可现在我又冷了。我根本不想给他打电话，全当他死了。我也是一直这么给埃内斯托说的……嗯？你给他说，他要是愿意的话我会好好给他上上课的。胖姐，你听我说；你就告诉他让他见鬼去吧。别忘了明天咱们要谈谈周六的事情。你知道在哪儿能找到我。就这么给他说吧。拜拜。"

女人又开始用鼻子哼歌了，她在房间里转圈，现在已经把高跟鞋脱掉了。她又回到阳台上，在灯光熄灭之前我先闻到了一股香水味，这种味道我之前曾经闻到过，那是很久之前的事了，那是在一场混乱的街头聚会上，那些街道上满是土块和杂草，还有一块网球场，街口的路灯摇摇欲坠。

"胖姐"应该是在狂欢节之夜贝尔格拉诺区的那间公寓

里陪她一起出汗、一起等待的那个胖女人，她坐在一把大椅子上，埃内斯托也许知道是怎么回事。

医生说，如果剧烈活动的话，赫尔特鲁迪斯手术过的那侧乳房依旧会往外渗血，这和脂肪构造有关，医生说这话时的嗓音和方式活像个宦臣，他眼球外凸，目光疲惫无神，尽管出于好意，可那副神情还是清楚地表明在面对让他厌烦的事情时他习惯选择退缩。那双盯着赫尔特鲁迪斯的眼睛直到生命终了之时都会厌倦观察女人两腿之间部位的工作，褶皱，曲痕，柔软的肌肤，普通的及不普通的地方。我们为你歌唱，我们为你斗争。他低下头，朝前凑近，又后退一些，新鲜成熟的肉体气味混杂着沐浴液的香味弥漫开来，又或者混杂着的是他某根手指上在之前沾上的花露水的味道。他得去分析那些他听到的含糊言辞、他看到的巴洛克式的形状和细节，以及它们对任何一个恋爱中的男人而言所具有的或可能具有的含义，这种并非心甘情愿去做的任务有时会让他觉得疲惫不堪。

"来吧，想个故事出来，"胡里奥·斯坦因是这么说的，"想点能用的东西出来，得是蠢蛋和聪明人都喜欢的东西，当然也不能是太聪明的人。你可是个地道的布宜诺斯艾利斯人，在这方面肯定比我在行。"胡里奥不动声色地往手帕里吐了口痰。盯着赫尔特鲁迪斯看的那位忧郁又和善的医生曾露出转瞬即逝的笑容，那笑容消失速度之快就如水面泛起的涟漪一般，和他相似，迪亚斯·格雷的眼神也应该显得十分疲惫，目光中停滞着一团静止不动的冰冷火焰，这副模样让人想起已在惊讶中丧失的某种信念。就像我在飘荡着新鲜缓慢的柔风的夜晚中凝神注视一样，他可能也正倚靠在诊所里的某扇正对着广场和码头灯光的窗户前。我听着对面屋顶平台上的衣服发出的声响，听着赫尔特鲁迪斯不规律的鼾声节奏，听着隔壁公寓里的那个女人暂时保持的静谧无声，我讶异又迷茫，迪亚斯·格雷肯定也一样。

赫尔特鲁迪斯肯定还在睡梦中，不过我听到她哭了。*我的女人体态丰腴，母性十足，肥大的臀部让人一见就想把那玩意儿插进去；她紧握拳头，紧闭双眼，下巴贴在蜷缩的膝盖上，微笑睡着。*

迪亚斯·格雷大概正透过窗户玻璃和眼镜镜片望着强烈的正午阳光铺洒在圣玛利亚那些蜿蜒曲折的街道上。他把额头抵在窗户上，偶尔会顺着光滑的玻璃下滑，他的旁边可能是摆放着玻璃橱柜的那个角落，也可能是杂乱无序的写字桌半圆形桌面。他望着那条既不宽也不窄、波澜不惊的河流，从河面无法看出河中劲流涌动，河上漂着划桨小船、小型帆船和小型汽艇，被称作筏船的慢速船舶会在固定时间出现，它们每天上午都会离开长着商陆树和柳树的河岸，船头慢慢吃水，河面不会泛起丁点儿泡沫，它就这样摇摇晃晃地驶向迪亚斯·格雷医生和他居住的这座城镇。船上载着乘客，还会用绳索绑着两辆汽车，再把布宜诺斯艾利斯的早报也捎过来，可能它还会运送几筐葡萄、用稻草包裹好的细颈瓶和农业设备。

现在这座城镇是我的了，包括这条河以及午睡时间停泊

的船只也都是我的了。医生就在那儿，额头抵在窗玻璃上；干瘦，稀疏泛黄的头发，时间和苦闷在他的嘴边凿出的沟壑；他在永远无法确定具体日期的某个日子里眺望着正午景色，毫无疑问我会在某个时刻在筏船边安排上一个女人，一条带着圆形金坠的细链不安地埋藏在她的肌肤和上衣之间，那种首饰现在已经买不到了，也已经压根就没人做了。圆形金坠上，一些小镶嵌爪围成了叶片的形状，它们固定着一块玻璃，玻璃下压着一张照片，照片里的男人非常年轻，厚厚的嘴唇紧闭着，一双明亮的眸子十分狭长，仿佛一直延伸到了太阳穴的位置上。

三

"妈咪"米莉亚姆

　　宽敞的大厅深处稀疏地摆放着几张写字桌和绘图桌，粘着"经理""副经理""媒体组组长"名牌的弹簧门玻璃上泛着白光，胡里奥·斯坦因就逆着白光从深处张开双臂走了过来。

　　此时是下午七点，办公室里除了我和那个奇怪的女人之外再没有别人了。我站在昏暗处等待着，望着一张桌子上放着的半成品设计图：一个躺在屋顶平台沙滩椅上喝着一瓶饮料的泳装女郎。泳装应该是绿色的，和黄色的阳光比较搭配，沙滩椅已经被涂上了漂亮的淡红色。那不是我的活儿，从两个月之前开始我就几乎不怎么设计广告词了。那大概是斯坦因手头的工作，斯坦因肯定会建议用"免费度夏"或"在家里享受夏天"或"屋顶平台上的一月"或"无须收拾行装即可享受"之类的话。在经理室里，老麦克雷欧肯定会摇头，眯起眼来，突然用他那粗哑的嗓音大喊：

"乏味，乏善可陈！还很老套。去喝几杯，然后拿出做事的干劲儿来！"

斯坦因肯定会去喝上几杯，然后就不回办公室了，他可能会找某个女人一起免费度夏，再或者会把某个女人带回家，度过床上的一月，又或者向某个女人证明她无须收拾行装即可享受。再然后他会说服老麦克雷欧前面的广告词里有某一句会使得商品大卖，他还会让麦克雷欧相信那是老人家自己的想法。

暮色越发深沉了，与大厅由一个金属柜子隔开的走廊上传来争吵和擦洗的声音，那个女人就站在那边，正吸着烟等待着斯坦因。我肯定她就是米莉亚姆；这还是我第一次见到她本人。她的面孔和那对裸露在外、依然美丽的胳膊在阴影里也泛着白光；她穿着镂空的黑色上衣，帽檐放肆地遮盖着额头，似乎是被太多花朵和羽毛又或是水果之类的饰品压得坠了下来。

斯坦因快速前进，鞋跟作响，双臂张开。

"太意外了。我还是从老头子那里知道的呢！要不是麦克雷欧告诉我的话，我都不知道赫尔特鲁迪斯做了手术。手术大概是在我们讨论除汗剂广告的某个日子里进行的吧。你当时肯定很担心她，而我却在就夏日涂抹在胳肢窝下面的玩意儿的合适配方滔滔不绝。应该说'腋下'，毕竟'妈咪'在场，她肯定不喜欢我用刚才那个词……"

那个女人把胳膊肘撑在橱柜立面上，笑了一声，笑声中透着苍老。

"你瞧这个胡里奥啊！"她嘟囔道。

斯坦因在桌子间走来走去，弯着腰，寻找着什么。

"还是麦克雷欧告诉我我才知道。显得老头子跟你的关系比我跟你的关系还要铁似的。他对每个月出三千块工资这事儿很敏感，那是我辛辛苦苦给他赚来的钱的百分之三……"

他直起身子的时候手上多了个深色皮夹子；他的视线越过我的肩膀，射向米莉亚姆，厚着脸皮露出了温柔的微笑。

"你对老头子敞开心扉是正确的。咱们这位犹太佬斯坦因就只想着赚钱。赫尔特鲁迪斯怎么样了？好点没？"

跟你在蒙得维的亚和她上床时的样子差别可就大了，我心里这样想着，却并不觉得苦涩，我感觉如今的赫尔特鲁迪斯对他而言已经是个陌生人了。我抓起帽子，然后视线再次移回到那个在屋顶平台上喝饮料的泳装女郎设计图上。

"她还好。手术有危险，不过现在没事了。咱们回头再聊这事吧。"

"太可怜了！"站在橱柜旁的女人评论道。她转过头，眯着眼睛看向周围，然后把烟头扔到地上，踩了一会儿。"太可怜了！我说胡里奥呀，布劳森肯定没心情谈这事，绝对的。"

"他没心情和我聊倒是真的，"胡里奥拍了拍我的肩膀，示意我走到橱柜门边，"不过没关系。对我来说每隔七分钟就是一个新的赎罪日。咱们现在一起去喝几杯、吃点东西，看看'妈咪'迟暮的风韵能不能抚慰一下你……她很仗义，也很善解人意。'妈咪'，这位就是布劳森。"他走近她，摸了摸她圆润的下巴；米莉亚姆低下头，露出了笑容，半眯着的眼睛盯着斯坦因的嘴巴。"迟暮的风韵，瞧瞧我这用词……真讲究！绚烂的晚霞可比地铁里的广告板还要炫目呢。麦克雷欧广告公司。我们相信广告标语和文案内容不是苦行僧布劳森写出来的，毕竟他连对真正的朋友敞开心扉都做不到。"

"胡里奥呀！"她笑着重复了一遍刚才的话，同时还想在阴暗的光线中看清斯坦因的表情。斯坦因吻了她三次，前额一次，两边脸颊各一次；她苍老的面庞微微颤动了一下，舌头快速湿润了一下嘴唇。

"没错，亲爱的，"斯坦因没有放开她，依然用三根手指捏着她肥厚的下巴，"如果'妈咪'那成熟的美感能够起到些作用的话，何乐而不为呢，她和我都是有久经考验的奉献精神的人。"

"胡里奥这家伙……"她挂着微笑的面孔有那么一秒转向了我。

"咱们下楼吧，"斯坦因说道，"喝上一杯；只喝一杯，来敬这位苦行僧。"

在电梯里我终于有机会看清楚那个女人抹了厚粉的圆润面庞，一生的印迹都被刻在了她的脸上，从幼年到老年，没有巨大的改变，饱经沧桑的皮囊之下，骨架依然在支撑着她的美。我望了一眼她小巧而饱满的嘴唇，一双蓝色的大眼睛，近视，鼻子像洋娃娃一样短小。

"布劳森不信任我，"斯坦因说道，"也许是怕我非要借钱给他。所以他宁愿找老头子借钱。布劳森总是习惯三思而后行，他把心事都藏到那顶帽子里去了。不过，你到底为什么去找那个老头子呢？因为我知道你没问他借钱，没向他请长假，也没让他给你涨工钱。"

"我向他请了两天假。"

"为什么一定要找他？我不也一样能借钱批假吗？"

我们沿着挤满人的狭窄街道慢慢前行。米莉亚姆走在我俩中间，她硕大的屁股把我和斯坦因隔了开来，每只脚踏上地面时她都会微微弓起身子，就像是对自己即将踩踏的土地很不放心；从她的黑色丝质上衣、圆润的下巴和帽子上惊人的饰品之间，我偶尔能瞅到斯坦因的轮廓，他的脸上一直挂着微笑，他的下腭比额头更加前凸。借着橱窗的灯光我能仔细观察米莉亚姆染黄的头发、右眼的皱纹以及已经开始下垂的双颊上涂抹的厚粉下的那些细小血管。*五十岁，我想道，犹太人，多愁善感，心地善良但是自私自利，她风韵犹存，不乏追求者，或者说依然能让很多男人产生兴趣。*斯坦因在一个街角停下脚步，搂住她的肩膀，倾斜身子准备跟她说话。

"我发誓你搞错了。事情不是那样的。你知道我没什么错。"

"当然，胡里奥。当然了，亲爱的……"她边说着，边伸出布满青筋的手捋顺了斯坦因的领带，"但你人太好了，所以总有人想占你便宜。"

"人太好了！"斯坦因眨了眨一只眼睛，重复着那句话，"他们占不了什么便宜，因为我压根就不在乎。"

"你拿不回借出去的钱。"

"哪怕如此……"

米莉亚姆转向我，表情逐渐变得忧伤了起来，可旋而露出微笑；她摇晃着白净圆润的脸蛋，想让我和她一起同情斯坦因。

"你知道胡里奥是什么样的人。"她最后叹息道。

"当然。"我答道，要不是那晚他们谈到了钱的事，我可能已经问斯坦因借一百或五十比索了，"但你也别想着改变他了，为时已晚。"

"不，不，"斯坦因笑着抗议道，"他什么都不知道。他是个苦行僧而已；或者更糟，他正要变成苦行僧。了解我的就只有'妈咪'一人而已。"他拍了拍那个女人的脸颊，然后朝她挤了过去，好让一对情侣从旁边走过去。

"瞧瞧这胡里奥……"米莉亚姆朝着斯坦因下巴的方向抬起头来，发出激动的沙哑笑声。

"只有'妈咪'，"斯坦因坚持己见，然后搂着她继续前行，"现在趁我还没醉，我要给你们讲个故事。故事是我昨晚听来的，我当时立刻就想到……"他把米莉亚姆的皮包递给了我，接着拉起了我的胳膊，"走，咱们再走两个街区，那边没有音乐。听完那个故事，我当时想着世界上没有那样一个女人可真是件憾事。不过后来我想到你是本可能讲述那个故事的人，只有'妈咪'本来能够把它讲述出来。"

"我看你最好还是别讲了，胡里奥。"米莉亚姆乞求道。

"因为这个苦行僧在场吗？啊呀，他会喜欢的！要说我和布劳森之间有问题的话，那也都是工作上的问题。除此之外……不过和'妈咪'你嘛……"

"'妈咪'已经老了，胡里奥。"她嘟囔道。我明白说这种话、叹口气、再摇摇头是她的习惯。

斯坦因严肃了起来，他弯腰准备亲吻她。

"亲爱的，咱们去喝一杯吧。布劳森陪咱们一起。要是回家晚了的话，你有办法联系上赫尔特鲁迪斯吗？"

"有的，"我答道，此时我又开始想着我需要一百比索的事了，"没问题。她最近和她妈妈住在坦柏利。"

我可以跟着一起喝几杯，忘掉和钱有关的那场争论，然后向斯坦因借一百比索。米莉亚姆在酒吧里挑了张桌子，然后昂首挺胸，手指间夹着刚点燃的香烟，拖着谨慎又沉重的步伐去了洗手间。

"你之前不认识'妈咪'，对吧？"斯坦因问我道。他对服务生微微一笑："不，我们先不点东西，等那位女士回来再点。我经常跟你提到'妈咪'。她就是'妈咪'。当然了，她已经老了，用言语无法跟你描述她之前的样子。她是我认识的最风骚、迷人又聪明的女人。要说我像爱自己的母亲一样爱她也并不过分；当然了，这种爱要维持在合理的范围内。我有没有给你说过她在夜总会上班？有没有告诉你我二十岁时曾经和她一起去过欧洲？"

"说过很多次了。"我答道。她刚刚走回大厅，手里的烟已经没了，正拿着打开的粉盒照着脸，慢慢向吧台走近。我抓紧时间说道："你能不能借给我一百比索，过几天我就还你。"

"当然可以，"斯坦因说道，"你现在就要吗？"

"现在就要，或者过一会儿也行。"

"你能等到明天吗？明天我大概能把一张支票兑现。这样我就能把钱借给你了，给你更多也行。今晚可真是异常美妙，竟然能和'妈咪'跟你一起度过。我喜欢有钱的感觉，最好是有花不完的钱。你瞧她现在的样子，不老也不丑，真是漂亮，"他起身帮她坐了下来，"'妈咪'，我没敢帮你点少糖的琴费士[1]。女人总是善变的。我刚才一直在跟布劳森说我始终是唯一对你保持忠诚的人。那是种特殊的忠诚，但很持久；这种忠诚上面有很多窟窿，这千真万确，不过正因为有了那些窟窿我们才能更好地呼吸。"

她微笑点头，卖弄风情，她向我投来带有微弱歉意的友善目光，紧接着叹了口气，她要向获得和失去的东西致敬；于是她又迅速点燃一根烟，胳膊肘撑在桌面上，这样就没人会发现她的手在抖了。

我留在空无一人的办公室里等待斯坦因和老麦克雷欧讨论及交换完谎言时，米莉亚姆用指甲敲了敲门玻璃；她立刻走了进来，摇摇晃晃地前行，似乎在很吃力地维持着身体的平衡。她面带微笑，谨慎地点点头，问我斯坦因先生在哪里。

"我猜他很快就能出来了，"我对她说道，"我也一直在等他。"

"谢谢。因为我们没有约好具体的见面地点。我们本来

应该六点半在楼下碰头的，在大门口那里。我想着他可能已经走了，因为时间不早了……谢了。街上的人实在是太多了，要是在下面苦等，人来人往的……谢了。"

不过她不想坐下，她在昏暗的灯光下走来走去，眯起厚厚的眼皮，想要看清楚墙上贴的海报——那都是麦克雷欧和斯坦因的光荣战利品，个别句子是我设计的——，她靠在橱柜上，点了根香烟。我偷偷瞅她，她在笑，脑袋摇了摇，像是动情地念了某句广告词。但是她什么也没说，两根夹着香烟的手指直挺着。过了一会儿，从大厅的深处闪亮的门玻璃后传来一阵笑声；夜晚的凉意和寂寥闪现，占据了空荡的大厅；那个站在阴影里吸烟的老胖女人让我想起了一个让人怀念的故事。我看到阴影在她周围散开，无法触碰她，也不能包裹她，显然连最幽深的暗夜也无力对抗她帽子上那些滑稽的饰品或她婴儿般白皙软弹的面庞。

她在一张广告海报跟前走来走去，海报里的泳装女郎正在休息，她微笑着举着一瓶饮料，我记起了斯坦因那些滔滔不绝又神气活现的描述，我意识到她在青年时期甚至更早的时候化妆打扮都是受到她母亲的影响（如今她对母亲的印象只剩下脸上涂的厚厚白粉和身上散发出的炸鱼味），她就顶着那副妆容在各个广场附近的出租车站来回晃荡。我也知道斯坦因是通过跳舞认识她的，当时他只有二十岁。我知道他俩在相识的那个晚上就上了床；他们十指紧扣地离开舞厅，心潮澎湃，脸贴着脸说着一些寓意肮脏的话语，他们要在蒂格雷的酒店里同居一周。那七天时光结束于一个周六，那天傍晚斯坦因要来账单，然后光着身子大笑着躺倒在床上，边打嗝边问道："可是你知道吗，亲爱的，我连一分钱都没有。"

窗外是水面、划船俱乐部、帆船、快艇、把水果从北边运来的沉重船只，我想象出她走到靠窗户的床边盯着那个裸体男孩看的样子。最开始，她当时还很纤瘦的身体倚靠在一根床柱上，带着恨意盯着他，嘟起妓女般的红唇骂他；可是她的眼神立刻变得忧伤了起来，她依旧在盯着他。最后她结了之前的账，然后继续由她掏钱，一直掏到斯坦因从国会广场回到房间、把她吻醒的那个傍晚——又是一个傍晚——，他微笑着由她进了浴室，他则在外面等待；他在两个酒杯里倒满酒，喝了一口，继续等待，然后起身在房间里踱步，透过小窗户观察里瓦达维亚大道街角的行人和车辆。米莉亚姆比他大十五岁，但那时也还很年轻。他没立刻说出口；他让她喝酒，他就让她光着身子坐在他的膝盖上喝酒，在话出口之前，他把她推倒在床上，一直等到最后，等到她喘息完、脸上露出盲目的微笑的时候，他才说要和她分手。她挑动眉毛，吃惊地张大嘴巴，在床上无力地撑起身子：

"和我分手？和我？"她这样问道，感到既惊讶又好笑，那时的她如今已经变成了在广告公司橱柜一侧倚靠着吸烟的胖女人，烟灰不断跌落到她的衣服上。

她任他说，任他讲道理，他害怕地在空中挥舞双手；一直等到斯坦因无话可说，可怜到了开始做道德评判的时候，她才把衣服穿好，她没有看他，甚至也没把他放在心上，就那样说出了那句斯坦因这辈子听过的最美妙的话：

"咱们乘最早的船到巴黎去。你知道我是怎么把钱赚够的。我现在下楼去，让他们送点吃的和几瓶酒上来，咱们好庆祝一下。"

我仿佛从米莉亚姆的黑色丝质裙子上看到了十五年前的那个下午斯坦因目瞪口呆的滑稽样子，他强迫自己相信那些谎言不仅是为了自我辩护，也是为了在别人面前证明自己的行为是合乎情理的，尤其是向那些他能想象到的长眠于奥地利某个村庄墓地中的死透了的逝者来证明这一点。

在那次旅行之后，在所有那些荒诞突兀复杂解释之后，在令人惊讶的精巧言辞之后，斯坦因已无法再为清苦禁欲的过往——这自然也是他假想出来的——进行辩解或自卫了，剩下的就只是"噢，蒙马特高地"[1]，他会面带微笑说出这句话，他认为谈论那些难以描述的事物时就该如此；着重强调阿拉贡和《今夜》[2]，再抛出句老生常谈的话："这才是生活！"还有些不分国界的琐碎逸事。没有任何解释，她从来就无力去理解为何需要做出解释，她在斯坦因回到布宜诺斯艾利斯两年之后也回到了这里。她找到他，邀请他同睡一张床，每天给他提供两顿饭，还有酒和烟，再往他的钱包里塞一点钱；有时她会给出建议、照顾他，那是种带着嘲讽的热情支持，也许斯坦因从来就没看出这一点。因此当斯坦因在饭桌上说出"噢，蒙马特高地！"的时候，他需要摸到她的手，让她

1　原文为法语。
2　原文为法语。

拍拍他，他又笑又挤眉弄眼，不停追溯米莉亚姆已经不放在心上的幸福过往，于是两相比较，斯坦因突然就变得可怜了起来。在回到布宜诺斯艾利斯时她就已经开始变胖了，同时心境也开始变得平和了，连眼神也平静了起来；至于"妈咪"米莉亚姆，几杯酒下肚之后，她露出宽容而神秘的笑容，然后也会提到蒙马特高地，或是回忆并诗化圣让蒙马特教堂的钟声，她不带一丝幽怨地暗示自己的命运已不可改变，同时还暗示说哪怕那是可以改变的，她也无论如何都不会接受任何改变。

四

拯 救

　　我相信只有支配好那个夜晚才能拯救自己，那个激动人心的夜晚是从阳台的另一侧开始的，是随着阵阵热风开始的。我低头对着桌上的光亮处；有时把头朝后仰去，看看灯罩在屋顶映出的图案，那个图案让人费解，像是朵正方形玫瑰。我用两只手捂着那张为拯救我而必需的纸张、吸墨纸和一支钢笔；桌子上的一侧放着一个盘子，骨头的油脂已经开始在盘子里凝固了；正前方的阳台上，暗夜正在无声弥漫；另一侧，隔壁公寓里充盈着深沉而幽暗的静寂。

　　那个女人大概天亮时才会回来，可能有伴儿，也可能独自一人；赫尔特鲁迪斯是早上从坦柏利回来的。从她打开单元门，从她走进电梯，从我醒来等待她的那一刻开始，整个房间就显得过度狭小了，这次比以往更糟，这里容不下两个人，容不下赫尔特鲁迪斯悲伤的哀叹，容不下她凝滞于那块从不离开嘴唇的手帕上方的眼神。房间太狭小了，也容不下她缓慢而漫长的踱步，容不下她在床边轻轻颤抖着发出的啜泣声，她会在清晨一连几个小时重复这些动作，她以为我睡着了。房间太狭小了，更容不下那些没有希望的颤抖——如今只是种短暂的激烈情绪；和之前的时光毫不相干——，我就那样颤抖着试着从跪姿站立起来，地面似乎已被遗憾和冷淡泡得松软了，那些仍未算清的旧账、正在慢慢变质的亲密关系、长期演练的虚假笑容、久不散去的药味以及赫尔特鲁迪斯身上的味道，所有这些东西都已经与最初的样子截然不同了，任谁都难以辨识。

可是我拥有这一整个周六的夜晚来拯救自己；只要我开始写斯坦因需要的故事情节，我就将得到拯救，我只需要写完两页，或者哪怕一页，我只要写出那个女人走进迪亚斯·格雷的诊所，躲到屏风后面的桥段；也许我只需要写出一句话就行。夜晚才刚刚开始，热风在屋顶刮起旋涡；从隔壁窗户里会传来爽朗的笑声；住在隔壁的那个女人，盖卡，会猛地闯进屋里，唱着歌，一个嗓音低沉的男人陪着她。任何一件简单而突然的事件都有可能发生，而我可以用写作来拯救自己。也许我可以从赫尔特鲁迪斯多年前在蒙得维的亚让人画的那幅肖像画中找到拯救自己的办法，那幅画此时就挂在右侧墙壁的阴影中，就在那盘已被啃光的排骨再过去一点的位置。也许拯救之法就藏在画中人额头和脸颊处的光影中，藏在她眼睛和下嘴唇上的光点里；又也许藏在她隐约可见的肥厚耳朵中或是纤细的脖颈上、法国中学上衣里，遮住狭窄额头的刘海也有可能；再也许会隐藏在画家的签名里或是画中人的年华中。

风卷动由它而生的炎热旋涡，微微吹动百叶窗和纸张；它可能也在坦柏利的树丛中穿行，吹拂着赫尔特鲁迪斯。她躺在床上，还没开始啜泣；她的妈妈在楼梯上爬上爬下照顾她，不断重复那两三句话，劝她接受现实，向她保证一切都会好起来的，她是在柔情与恐惧之中组织出那些话语的，它们就像纸牌一样不断落在赫尔特鲁迪斯的耳畔。而她尽管在拂晓时分大哭了一场，最后还是睡着了，等到早晨睡醒时她会发现，那些安慰的话并没能在夜晚充盈她的心房，而是随着梦境一起消散了；那些话语没能在她的胸膛上变得坚固而富有弹性，没能变成她缺少的那侧乳房。

肖像画中的她侧着身子，因为不能移动而显得有些笨拙，那是她青年时期的末了，那时她已经开始想要一间属于自己的公寓了，里面只要有张能供她休息的床铺就行，此外她唯一追求的就是快乐。她的侧颜美得毫无道理可言。五年前她也在蒙得维的亚待过，从三月到十一月，她穿着丝质上衣和深色百褶裙，扎起的头发披到脖颈处，她混在一群青年男女中间走出学校大楼，她走在中央的位置，胳膊下夹着书和本子，他们边走边谈笑，沿着七月十八日大街一直走到埃西多街的街角，她的身影就消失在了那里。

我倚靠在椅子上盯着肖像画看，我等待着，坚信自己一定能找到用以拯救自己的画面和句子。在夜里的某个时刻，赫尔特鲁迪斯需要从画框里跳出来，到迪亚斯·格雷的诊所里去等着看病。她走进诊所，胸前的圆形金坠晃动不停，相对于她重新获得的少女身材而言，那对乳房显得过于丰满了。隔壁公寓一点声音也没有。她，遥远的蒙得维的亚时期的赫尔特鲁迪斯，最终会走进迪亚斯·格雷的诊所；而我要保持那位医生瘦弱的身躯，这样我才能藏身其中，他整理了一下依旧稀疏的头发，嘴部线条明晰下垂，他为画中的赫尔特鲁迪斯打开了诊所的门。

"我们需要一个姑娘，"斯坦因说道，"我还能给你说什么呢？"

我想起了蒙得维的亚某个广场拐角处的咖啡厅。我想起了斯坦因变了的脸色，想起了他的那件又脏又旧的西服，那衣服对他来说大了，还想起了他那满是褶皱和污渍的衬衫衣领。

"她是个你瞧不上眼、不会喜欢的女孩，而且看在我们的友情的分儿上，她是你绝对碰不得的女孩。她很漂亮，没错。我们是在聚会的时候认识的，我当时试着教几个新来的德国人讲西班牙语，我不知道她去那儿是要干啥。我这辈子从来没有那么疯狂过。等你看到她那张沉思状的甜美面庞时，你肯定也会神魂颠倒。她独自一人，因为她的家人都搬出蒙得维的亚了。我们可以给她打电话。我向她提起过你，我虚构出了一个再好不过的布劳森的形象。后来因为事情变得复杂了起来，她不想再见我了。我是个实诚人，我得向你坦白，你不是我虚构出来的第一个美好的人，我把这种虚构行为当作通行证一样带在身边，好能在她的身边待上几个小时，我想试试运气。她不想再见我了。"

这位赫尔特鲁迪斯－埃莱娜应该正在迪亚斯·格雷－布劳森的诊所里面露微笑，她正是我在那天晚上认识的那个姑娘，我和斯坦因边喝酒边争论，而她就缩在一旁的大扶手椅上观察着我，她抚摸着自己的头，有些胆怯又有些入神，但始终面露微笑。为了让迪亚斯·格雷鲜活起来，这个姑娘把斯坦因打发走了，在和我独处时，她闭着眼睛靠过来摸我。

"我不知道发生了什么，我也不在乎。锁门，关灯，关门。"

她依然在用那盲目而迷人的微笑追逐着我。

于是我明白了自己此时希望用迪亚斯·格雷这个人物来寻回什么。我也理解了那个姑娘当时那可以比拟男性的速度，她如此迅捷，直接省去了前戏以及那些无关紧要的话语和表情。

再坚持一会儿，随便发生点什么小事都行，同一个赫尔特鲁迪斯就会从肖像画里走出来，把我从失落和肮脏的爱中解救出来，把我从肥胖又残缺的赫尔特鲁迪斯身上解救出来；她会引导着我的手，写出新的开头，另一场相遇，描绘她闭着双眼、面带微笑、笨拙地寻找的那个拥抱，她会和从前一样主动而迷茫，就像个梦游症患者一样。再坚持一会儿，随便发生点什么事，我也就得救了；喝杯咖啡或是茶，冰柜里大概还有瓶被遗忘的啤酒。我走过去，在赫尔特鲁迪斯的肖像画里看到了蒙得维的亚和斯坦因，我在那幅画里寻找我的青春和一切的根源，那种根源若隐若现，但依然不可理解，那是在我身上发生的一切的根源，也是我成为现在这样的人的根源，还是把我禁锢起来的那些东西的根源。

我起身往厨房去的时候看到了那个信封。它就躺在门边的地上，上面带着潦草的蓝色字迹。信封上写着住在隔壁的那个女人——盖卡——的全名；信封背面是三个缩写首字母以及一个科尔多瓦的地址。我只在冰柜里找到了红酒，我喝了一口，又坐回到桌边，手里依然拿着那个信封，我用手指捏着它，对着光看了看它，我确信自己不会打开它，也确信不值得去阅读藏在里面的信。

我不想再把笔握起来了。我心里想着隔壁那个女人，想着盖卡，想着她那几乎已被我遗忘的轮廓以及她的嗓音和笑声；我想着自己知晓的关于她生活的每件事情。等到夜结束时，我会站起身来，毫不愤恨地接受失败的现实，接受自己无法通过创造那个圣玛利亚的医生并融入他的体内来拯救自己的现状；在夜的终了的某个时刻，等到只有靠关闭窗户和阳台门才能留住黑夜的某个时刻，嘟囔着在夜里发生的种种事情的盖卡会从外面回来，她可能独自回家，也可能在某个男人的沉默和脚步声的陪伴下回来。无论在何种陪伴下归来，她肯定都很疲惫，还会略带醉意，脱衣服的时候还会低声哼歌。她会出现在隔壁，仿佛是为我一人而哼唱，她会脱光衣服，身体发热，大汗淋漓，笼罩在几小时前出现的湿气中，那时她可能正在跳舞，也可能正坐在某场舞会的某个角落里——脱掉裤袜和蕾丝内裤，拉开某个男人的裤裆拉链，唱片里放出的音乐声突然停止了。

我走到走廊上，顺着H房间的门缝把信封塞了进去。"全都完了。"我重复着这句话，却并不相信这一切。

清晨，盖卡打电话时发出的几近窒息的笑声吵醒了我。她讲了个故事，故事里出现了两个男人和一辆汽车；一瓶酸樱桃酒，一片森林，林子里的湖泊；又是那两个男人，他们傲慢地掩饰着逐渐发酵的怯懦和踌躇。故事里的汽车被粗大的树枝挡住了去路，空气中弥漫着紫藤的香气，甩关车门的响声回荡在这常见的孤寂景色中。

我听见她躺了下来，关了灯，快速嘟囔了几句夜里出现的小错误。于是我笑了，我跨过了这看似无边无际的悲伤，它之前好像在我的睡梦中、在那个女人于电话里的简短独白声中不断膨胀。我没办法写答应斯坦因的电影脚本；也许我永远都没办法用那长长的第一句话来拯救自己，它理应足够助我迎接新生。可如果我不再反复对抗那种突然降临的完美悲伤的话，如果我举手投降，任由自己难过消沉的话，如果每天早上我都要迎接它、由着它从房间一角、落到地上的衣服和赫尔特鲁迪斯的牢骚声扑向我的话，如果我爱上了悲伤，每日带着欲望和饥饿被它填充我的眼神和我发出的每个声音的话，我确信，这样一来我就能摆脱背叛和绝望了。

我沉浸在悲伤中，早上八点，赫尔特鲁迪斯乘坐电梯上楼，向着我所在的地方前进，她高大、壮实，不过在隐秘的部位已经出现了残缺。我在逐渐褪去的黑暗中闭上了眼睛，正午时分的一小时前，我会向着北方望去，在一条河边，在迪亚斯·格雷的候诊室里，一个胖女人怒气冲冲地坐在那里，膝盖上抱着个小男孩。一张不结实的桌子——桌子上摆着一个陶瓶和几本杂志——把胖女人和另一个高瘦女人分隔开来，高瘦女人一头金发，整齐地向后梳去，她面带微笑，正在检查自己的手指甲。我看到金发女人打了个哈欠，在等待时一直在微笑，现在门厅里就剩她一个人了，她听到诊室里传出了小男孩的哭声以及他妈妈下命令的声音；她不起劲儿地望了望，似乎有点不快，陶瓶空空，窗玻璃五颜六色，楼梯伴着铜扶手。后来，胖女人拖着小男孩走了出来，肥皂的味道和前厅的光线及那里摆放的物体给人带来的压抑感混到了一起，我本人，穿着件没系好扣子的长长的罩衣，撑着诊室的门，直到那个陌生女人蹭着我走进来，她走到地毯中央，停下脚步，开始缓慢地转动脑袋观察我的家具、工具和书籍。

五

埃莱娜·萨拉

我打开门让她进来，我及时转身，刚巧看到了她的笑容，她仿佛是在嘲笑屋子里的家具和正午时分从窗户透进来的光线。

"请等一分钟。您可以坐着等。"我说这话时没有看她。我向书桌俯身过去，在记事本上记下了一个名字和一笔钱款数字；后来那位医生，迪亚斯·格雷，冷冰冰地迎向那个不愿意坐下的女人。

"夫人……"他用疲惫的声音发出邀请。

她真诚地笑了笑，寻觅着医生的眼神，她从上到下慢慢打量了他一番。她穿着一袭白衫，没戴帽子也没带包，一头金发——如今在强光的照射下显得发红——绑在颈后。

"我就住在旁边的酒店里，"她解释道，她的声音不带感情，语速有点快，在古老的礼仪束缚下显得有些微弱，"也许我来对了。不过也可能您会嘲笑我……"

迪亚斯·格雷几乎对这段引言感兴趣了起来，他凝视着那个女人放大的瞳孔，他觉得她在撒谎，她似乎是专门来撒谎的。

"为什么要这么说呢？"他回答道，"不管怎么说，哪怕只是虚惊一场……可毕竟您认为该找个医生了解下情况。"

"没错，"那个女人快速接上了话，就好像她不愿意继续听下去了似的，"是在旅途中开始犯病的。好吧，之前也有过类似的情况，很久之前了，有过几次。但从没像现在这样强烈。我很勇敢，我一般不会轻易为这些事情担心。这么说吧，我觉得看医生就好像是接受了我们是病人的事实，就好像我们授权疾病驻扎下来、允许病情发展似的。"

"事情好像并不复杂……您为什么不坐下来从头给我讲讲呢？"

"谢谢，"她答道，她挺直了身子，好像下了某个决心，"您说得对。我不想浪费您的时间。"她倚坐在小床上，开始在胸前机械地晃动胳膊，没有继续说话，好像只是想让没露在外面的手环发出声响。"是心脏的问题；也许是因为紧张。有时我觉得我要死了，我感觉它不再跳动了。我不得不从床上跳下来，我摇晃脑袋说着'不要'。或者相反：我醒过来，发现自己坐在床边，张大嘴巴呼吸着，带着死亡的恐惧。"

"气闷吗？"如果她觉得气闷的话，她早就说了，她会把气闷当作主要症状说出来的。她在撒谎；但是她确实很漂亮，她应该不缺男人；我不明白她为什么要撒谎。

"不气闷。我觉得心脏要停止跳动了。"

"呼吸困难？"迪亚斯·格雷几乎带着嘲笑的意味问道。

"呼吸困难？"她重复了一遍，好像难以决定该说些什么，"也没有。我觉得……我确定我的心脏要停止跳动了。有时候我一整天都在等着死亡时刻的到来。还有些时候，往往会持续几个礼拜，我不会为此烦心。我几乎完全把这些东西忘掉了。但是现在，一出门旅行，从我离开布宜诺斯艾利斯起……我整晚都睡不着觉。我是两天前到酒店的，我感觉更糟了。于是我出来散步，看到了您这儿的招牌，我就突然想要进来了；最后我下了决心。"

医生点了点头，笑了笑，想用笑容宽慰她，也想借此与她建立起友谊和信任，刚才他也是这样冲着那个骨头受伤的孩子和他妈妈笑的，他一整个早晨都在这样笑，每位患者收五比索。

"既不气闷也没有呼吸困难的症状。我觉得没什么大事；不过咱们很快就能验证这个想法了，"他望着她那被束带勒得紧紧的腰部，望着她坐在小床上的臀部，"如果您愿意脱去衣服的话……"他抬起胳膊指了指角落处的屏风。

他瞅了瞅候诊室，空无一人；他的额头紧贴在窗玻璃上，心里想着她是坐船来的，还是乘汽车从北边过来的；她是不是一个人住在酒店里；他试着去想象她从远处第一次望见这座城镇时心里的感觉；这个正方形的广场给她留下了什么印象，这个广场里有几条由沙石和红色碎石铺成的小路，花坛从这里开始向远处蔓延；那座废弃的教堂对她而言又意味着什么呢，教堂被脚手架围了起来，塔楼上还留有炮弹轰击的痕迹。

那个姑娘平静地向前走了几步，又走到之前在地毯上站立过的位置上；她有些严肃，又不是真的严肃，尽管她没看他，却也没刻意躲避他的眼神。她赤裸上身，一对丰满的乳房依旧坚挺，甚至显得有些僵硬，乳头也凸出得有些过分。迪亚斯·格雷看到了那条细链和圆形金坠，压着小照片的玻璃反射着光芒。他也往前走了几步，却似乎忘记了她；他去寻找听诊器，弯腰转动小床那调节高低的杠杆，这时他看到了她赤裸的腿肚，也看到了屏风边的那双黑色高跟鞋。他听着她穿衣服的声音，他开始试着回忆自己是不是故意想看这个姑娘的上身的。*酒店客人要付十比索问诊费，她是不会付给我这笔钱的；又或者她会心不甘情不愿地付钱。她肯定正在屏风后面平息自己的面部和身体体现出的那种突如其来的羞愧感，成年人一般都是这样。*

他坐在写字桌前，打开记事本；他听到她走近了，他看到一只抓着手套的手压在一摞书上。

"我想请您原谅，"她已经穿好衣服了，他抬起头，看到了她专注的目光，"您肯定会觉得……我看到您很忙。"

"不，活儿也没那么多，"*不只如此，事儿还没完；真正的谎言才刚刚开始，*"至少没什么有意思的活儿。您想说什么？"

"没什么。我有些羞愧。但不是因为您看到了我的裸体。"她又笑了，笑容里的不悦要多于羞涩。*我想得没错，成年人一般都是这样。*"这是场闹剧。我不知道我是怎么会生出如此愚蠢、滑稽、不可理喻的想法的。我觉得您可能会认为我是故意脱光了来勾引您的，这种想法太荒唐了。"

"是很荒唐。"他说道。他盯着她，心里盘算着在她的谎言背后有多少可信的东西。*也许她本可以不来的，也许我本可以永远都不认识她的。现在我明白了，我从一开始就觉得害怕，我明白了我最终会变得需要她，我会愿意为此付出任何代价。而她在第一次看到我时就知道这些了，她在真正明白这些之前心里就已经对此确信无疑了。*"是很荒唐，"他重复了一遍，却在心里寻觅着合适的话语来回应她，"您必须明白，对我来说荒唐是种死板的感觉。至少在早上九点钟到中午、下午三点到六点这段时间是这样。除此以外，从很久之前开始，我就只会在想到我自己时觉得荒唐了。"

她没有抗议，她坐在扶手椅的扶手上，一直在盯着他看，她从口袋里掏出烟盒，开始吸烟。*我愚蠢地相信了她的眼神中流露出的忠诚，却只是为了多赢得几分钟时间，尽管那眼神中也表现出了保持忠诚的疲惫感。*她坐在扶手比较高的位置上，她依然耐心地微笑着，就像是在盯着个孩子看。

"我不着急，请继续说下去。"

"荒唐不存在，正如怜悯也不存在一样。所有这些情感都早已不复存在了。但是我不想让您觉得无聊，也不想把您留在这里。您不知道突然出现了一个让我觉得她愿意听我讲话的人对我来说意味着什么。尽管和往常一样，最后我肯定也就没什么可说的了，我也没什么兴趣听别人说话。"

她过于热情地点了点头，这种认同来得太容易了些，反倒显得有些轻蔑了。

"就这样。请继续说吧。也许我们越觉得别人能理解我们，我们就越难开口讲话。至少我是这样……"

成年人一般都这样，没错，但是没什么必要。我们并不真的需要任何人或任何东西，我发誓；这是种自私的成熟，一种建立在丰富经验基础之上的选择意识，一种面对召唤、诱惑、新面孔和独有梦境时新近获得的懒惰感。这些东西与年龄大小无关。

迪亚斯·格雷站了起来，在走向更远处的窗户时慢慢脱下大褂。他站在那里，又露出了笑容，他已经做好了自卫的准备。

"您的意思是，这是出闹剧、是个谎言？"

"没错，我必须这样讲，"她盯着地面，微笑着，"一出闹剧、一个谎言。我对您说的关于心脏的所有事情其实都是我的丈夫讲给我听的。是发生在他身上的事情。这周末之前他就要从布宜诺斯艾利斯过来了，到时候您就能给他做一番检查了。我会说服他来的。我有点玩过头了，因为我觉得很有意思，然后我就把衣服也脱了。可我立刻就想到了您在发现我在撒谎后会想些什么。一想到您认为我很愚蠢我就羞得要命。这些话我能说吗？"她又笑了，她面带微笑打量着医生的面庞，"我们这次是出于很多原因才出门旅行的，这个咱们后面再聊。不过当我决定来圣玛利亚的时候，我就知道您在这儿了，也知道我会认识您。我当时对您几乎完全不了解。有天下午我在酒店的酒吧里看到了您。您可别生气呀。我不知道该怎么解释，您可以让我闭嘴的。"

"我不会生气的。请讲下去吧，您最好还是把话说完。"

"您别生气。我当时想着您肯定是那种乡下医生。您明白吗？磺胺药、灌洗剂、泻药，偶尔再帮人堕个胎。您可能是某家俱乐部的会员，某所学校委员会的成员，是药剂师、法官和警长的朋友。您可能有女朋友，她大概是个老师，已经入行很多年了。如果我猜中了什么的话，还得请您原谅才是。您走路的方式、穿的衣服的款式。所有那些东西都让我产生了那种想法，您明白吗？可等到我到了这儿才突然发现是我搞错了。您当时还什么话都没说呢。我就只是看了看您的眼睛，我就知道自己搞错了。于是，这么说似乎很难让人相信，我感到羞愧，也立即因为自己感到羞愧的举动而更感羞愧。我本以为您是个庸医。我到角落里脱光了衣服。后来我看到了您的脸，您的双手，听到了您的声音，我发现这行不通，我害怕您会嘲笑我。"

"我想我能理解，这没什么。但闹剧指的是什么呢？"

突然，那个姑娘换了副天真的表情，她一边从扶手滑坐到椅子上，一边不太自信地笑着；她跷起二郎腿，费劲地把手塞进了外套口袋里。

"是金特罗斯建议我来找您的。"

"金特罗斯？"

"一个医生。是您的朋友。他对我们说他是您在学校里的朋友。"

"啊，我记起来了。"迪亚斯·格雷说道。

"他还说你们俩曾经在布宜诺斯艾利斯一起接诊过病人。"

迪亚斯·格雷离开床边，用在酒店大厅让她觉得笨拙可笑的走路姿势走到她身边，然后又坐回到了写字桌前。他觉得自己已经全都明白了；他觉得自己理解了那个姑娘，或者说从看到她在候诊室里倾斜着身子看旧杂志时起他就已经理解她了；他觉得他理解了所有的谈话、笑容、她那聪明又冰冷的面孔、她那迎着光线却没有缩小的瞳孔、她裸露的胸部以及此时此刻她晃动着一条腿时营造出的威胁式的氛围。

"当然了，"迪亚斯·格雷嘟囔道，"金特罗斯。他一直在布宜诺斯艾利斯吗？"*不得不承认后来在回想起见到她时的恐惧时，能想到的就只是这种对敲诈的恐惧，而这种恐惧实际上和我一点儿关系都没有，这可太让人难受了！*

她抬起目光，然后开始轮流用一只手的指甲抠另一只手的手掌；不过她的眼神很坚定，她在寻觅着医生的眼神，她的目光在没有耐心地等待着他的目光，它们最终交汇到了一起。她耸了耸肩，向着写字桌倾斜了一下身子。

"他不在布宜诺斯艾利斯了，跑到智利去了，他们当时要把他抓起来。"她陷入沉默，盯着他，嘴巴半张着，做出了一个柔和的同情表情。

原来如此。可这和我有什么关系？我难过，我确实难过，但重点是这事与我关联甚微。可卡因还是吗啡，我得猜猜看。

"金特罗斯，"他说道，"没错。我们曾经是很要好的朋友。我知道他对治疗神经类疾病很在行，他还是一家疗养院的股东或老板。他运气不错。而且他还有留在布宜诺斯艾利斯的意愿，有承受那么多事情的勇气或不可或缺的麻木感。像我和金特罗斯这种年轻的医学生，当时既没有钱，在学校里也没有大佬罩着。"

他对着如往常一样摊放在桌子上的熟悉物件说出了这些话，他确定她——此时已抬起头来望向天花板——并没有在听。那个姑娘站了起来，再次露出了同情的表情。她只迈了一步就走到了写字桌旁，握成拳头的右手撑在桌面上。

"我需要开点药。最好是既有药又有针。"

"行啊，"迪亚斯·格雷嘟囔道，"想开什么药？"

"吗啡。您可以给我开处方，如果您这儿有的话，直接卖给我也行。"

"行啊。"他重复道。

"我和我丈夫到金特罗斯那里看病已经很长时间了。"

她很平静，依然倚靠在写字桌边，就像是站在商场柜台前一样，就像是在等着买丝袜或爽身粉。

"我们在那里中毒，或解毒。随便您怎么说。"她说道。

"金特罗斯没让您给我捎封信来吗？"

"他连去智利都没通知我们。您能明白的。"她一直在用"您"称呼我。

"要是我说我无法照做又如何呢？"

"天啊，天啊！"她克制着嘲讽的语气说道，她晃着脑袋，然后又把头昂得高高的，很有耐心，母性十足。

医生想要站起来拥抱她，他无法不想起她的那对高挺的乳房，想起那根束带和清晰可见的肋部，还有在脖子上垂着的那个圆形金坠以及那张泛黄的照片。*不过我猜想暂时还不是索要那种回报的时候；我知道目前唯一的可能性就在于不要疏远她，不要冷落她，不能表现出羞辱的态度。*

"吗啡……"他说道，"我必须说明一点，我给病人看病的原因是他们想摆脱疾病，或者是因为我想让他们摆脱病痛。告诉我您的名字吧。不要撒谎，因为我能在酒店里搞到它。我可是个'乡下医生'哦。"

"埃莱娜·萨拉。色 – 啊 – 萨，勒 – 啊 – 拉。我想不到有什么要骗你的理由。"

"您结婚了，您丈夫姓萨拉?"

"埃莱娜·萨拉·德拉戈斯[1]。"

迪亚斯·格雷看着那只撑在写字桌玻璃面上的手，心里盘算着。四根手指有意识地用力撑在玻璃面上，紧实的皮肤紧绷在四个指关节上。

"问诊费是十比索，"他最终开了口，"别怪罪我，还得再加二十比索开处方的费用。我给您开两瓶吗啡，但不能注射。"

"请开四瓶吧。"

"开四瓶。但是现在我想要每瓶收二十比索。我不想再纠缠此事了，您觉得如何?"

她停了一会儿才开口作答。她的手还放在那里，四根手

1　西班牙语国家女性结婚后，姓名中会添加夫姓，以"德（de）"连接，埃莱娜·萨拉·德拉戈斯表示她的丈夫姓拉戈斯。

指还撑在那里。

"每瓶二十比索。"她说道，既没抗议也没表示同意。

"二十比索。"迪亚斯·格雷重复了一遍，他快速写了处方，他把处方从记事本上撕了下来，递了过去，"总共九十比索。为的是让您觉得这是桩糟糕的买卖，后面就不会再来了。"

她接过处方，检查了一番，把它保存好，然后从兜里掏出了一张一百比索的钞票。她松开手指，钞票就飘落到了写字桌上。

"我们会在这儿待一阵子，"她说道，"要是能找到的话，我们会租房子住。"迪亚斯·格雷从裤兜里掏出几张钞票，又从中抽出一张十比索面额的纸币出来。"我们想在这儿住段时间，但前提是我丈夫得喜欢这里，我本人是无法想象他在布宜诺斯艾利斯之外生活的。也许我们会在靠近河的地方租间屋子（也许您有这种房子的信息）。我想让您给我丈夫做个检查。"

"不，"医生说道，"我这儿没有这种房子的信息。这边很不错，尤其是春天的时候。把您的丈夫带来吧。我估计就是某种神经紊乱症。有时兴奋，有时压抑。等我给他检查了再说吧。"

六

年迈的卫士；误解

透过饭店的窗户我们能望见人们走出剧院和影院，挤在拉瓦耶街上，他们有的眯着眼走进咖啡馆，有的点燃香烟，有的在酷热的街边边摇晃着闪着亮光的脑袋边等出租车。从我们坐的这张桌子能够看到走进来的人，哈欠连连但热情不减的姑娘们，脸色阴沉、高傲多疑的男人们。

"他们跟我是一类人，"斯坦因说道，"我觉得建设美好未来就得靠这种人。"

十二点半了，我心里念叨着，斯坦因还没喝醉，在他喝醉之前我是抽不开身的。还得继续等待，我得等她睡熟了再回去，她得沉浸在梦乡里，听不到开门声，也感觉不到灯亮。等到喝完酒，斯坦因可能会提议去夜总会。我先拒绝，要是他坚持的话，要是他足够坚决的话，我会同意去。他的眼眶开始湿润了，他已经开始带着侮辱的意味打量女人们了。

斯坦因往后仰去，椅背靠到了墙壁上；他的外套没扣扣子，他笑了，摇头晃脑了起来，他在观察来来往往的女人们。灯光照射在他手中的酒杯上，照射在他的笑容上，也照射在他炙热的眼睛上；光线在他白色的真丝衬衫上扩散、收缩，像水一样被吸收了进去。

"这跟禁欲无关，我不相信那玩意儿，"斯坦因嘟囔道，"这是虚伪。或者是骄傲经历了病态般的变质之后的结果。任何复杂又令人反感的东西都可能用来解释这玩意儿。你要是想跟那个戴白帽子的娘儿们睡觉，难道除了钱就不愿意多给她些别的东西？我除了盯着她们看之外什么也没做，但我起码会盯着她们看。不过你要是想让我高兴的话，麻烦转转你那颗带着哭丧表情的脑袋瞅瞅她们吧。"

大概已经差一刻一点了，我想道，我可不想在赫尔特鲁迪斯还醒着或刚入睡的时候回家。我能不带任何痛苦地张开右手抚摸她；我能说服她什么也没变，或者说服她去感受一切都未变的现实；我还可以为了尊严撒些小谎，拿关于她的记忆来欺骗她。我可以用上现在正在点烟的这只手。但是我不能盯着她的嘴巴看，也不能知道她此时正在凝视墙壁或房顶或自己的双手，她的目光空洞，没有寻觅任何东西。现在的她会绝望地呵护自己的双手，就像照料孩子那样。我还是有理智的。我知道有些事情能做而有些事情做不得。例如，我能够不听她说话，不去搞懂她在说些什么，但是我不能不去忍受她跟我说话时的声音里带的伤痛感和哭腔。如果她死了，情况当然更糟，但好歹一了百了；如果她死了，她起码不会一天二十四小时待在我的身边，静静地让我明白她的心已经死了，还要阻止我忘掉她；如果她死了，我会经常回想起她，但不会是每天，不过至少在开头那段日子里我每天都会回想起她；但只是不会再由她本人不断用独白的方式来向我讲述她的不幸、我的不幸。

"你出事了，"斯坦因说道，"我立刻就看出来你很难过，而且是最极端的那种难过，不过哪怕是那种情绪也可以借由陪伴来缓解。事情跟赫尔特鲁迪斯有关吗？"

"她的事，还有些别的事。但是我现在不想谈这个。咱们再点半瓶酒吧。"

"索利西托，请再给我们上半瓶酒，"斯坦因对一个小伙子喊道，"索利西托，那个服务生好像就是叫索利西托。昨晚我一直在想着咱们在蒙得维的亚荒废的那一年半时间。拉盖尔还在给你写信吗？"

"我已经不记得蒙得维的亚的事了，"我喝了口酒说道，"我从很久之前开始就没再收到信了。我是通过赫尔特鲁迪斯知道她要结婚的消息的，好像是和一个叫阿尔西德斯的小伙子结婚。"

"真不错，"斯坦因用尽可能温和的口吻评价道，"你这个禁欲者和你那个年轻的小姨子之间的关系就像埃留西斯秘仪中的谜团一样。在最丧气时我甚至觉得我们到死都解决不了这个问题。"

"我们都是会死的。"

"你的这个态度说明所谓的绅士风度是把双刃剑。咱们可以去想象随便什么东西。例如去想象要是有人占据了命运之神赋予禁欲者的地位后会发生些什么。"

"我们的确可以这么做，"我表示同意，"但没什么用。也许这只是一场由我主导的肮脏游戏，只不过我没发现罢了。等到我明白正在发生什么事情的时候，我已经来到布宜诺斯艾利斯了。"

"在事情都没全挑明的情况下就走了？连一场感人肺腑的道别也没有？"

"我大概已经开始喜欢上她了。谁知道呢。但是后来我来到了布宜诺斯艾利斯，事情就这样结束了。现在她要结婚了。她肯定有段时间觉得自己受辱了，还想要怨恨我。后来她开始给我写信了。所有的信赫尔特鲁迪斯都读过。"

"真行啊。这就是所有的来龙去脉。不过还是出现了一场你所谓的肮脏游戏。只不过你很难过，你不想讲下去。她现在大概有 18 或 19 岁了吧。她诵读阿尔维斯的十四行诗也已经是五年前的事情了……不过这种情况对于一个禁欲者来说并不算糟糕。再来最后半瓶酒？"

我不想再忍受赫尔特鲁迪斯仰面躺在床上的画面了，她的目光交替凝视天平的两端，她通过天平的这一端计算着每种痛苦的重量，那些痛苦随时会传递给她关于疾病的新信息，从肺部开始，她会再去研究天平另一端的情况，它会告诉她重新生活、参与、提起兴致、征服他人、同情他人的可能性到底有多少。失落的她和失落的我都已经发现——尽管不断的重复已经使得恐惧感得到了缓解——，不管我们聊些什么，话题最后都会回到她的左侧乳房上去。于是我们惧怕交谈，

整个世界都成了对她的不幸命运的影射。

"那不是在同情我,"斯坦因说道,"动物都有这种本能,它们会刻意假装嫉妒。你属于另一种动物类型;你既不嫉妒我,也不为我感到遗憾。要是有人能理解我不得不忍受的事情就好了,理解我受的那些折磨。咱们可以拿最近这个女人作为我所受苦难的象征物。已婚、三十岁,育有二子,丈夫在一家体育俱乐部里从事着我永远无法理解的工作。"

但是这种等待是没有意义的,我想道,因为她随时都可能醒来,等到那时我还是得冲她笑、逗她,让她体验到我在她面前展现的那种幸福感,那种感觉会越来越强烈。我会在房间里踱步,大声说话,我会站在这个或那个角落里手舞足蹈,不断谈论未来、信任、快乐和一些永恒不变的东西。我会找到让我们笑出来的方式,就像五年前在蒙得维的亚的夜晚刚开始时那样,在梅达诺斯街和七月十八日大街的街角,我们站在一起,祝福彼此。没有什么能阻止我在学校门口用一根单调的手指轻抚她的脸颊。我会命令她相信那件事情可能是人生的一部分,但它不会改变生活的意义。也许她会直起身子,要根烟抽,也许她会慢慢吐出烟圈,挑逗我,我会像从前一样眨眨眼,嘟囔出某个漏洞百出的谎言来应付她。

"而我则笑着说对,"斯坦因说道,"我得谨慎小心,以免她从我的眼神里看出我在同她说话时正在想着在她之前的七任女友。很难完美重述她当时的话,不过大意是这样的:你看,我得带孩子去打疫苗,学校要求的,打疫苗排的队看不到尽头,你瞧瞧吧。这时医生走过,他瞅了我一眼,我也瞅了他一眼，这不是没意义的举动，这可能能让我们快点打上疫苗，后来医生又路过，一直盯着我，我当时跟腱拉伤了，打着绷带，我给你说过的，是在蒂格雷弄吊床的时候弄伤的，他过来问我出了什么问题，你瞧瞧吧。我给他说我住在蒂格雷，还说咱们每周日都会到一座小岛上去，会和工友和家人一起去，我当时正在给一个叫路易莎的朋友挂吊床，你听我说，突然来了阵痛感，我觉得跟腱像是撕裂了一样。的确是跟腱拉伤，他们给我紧紧地裹上了绷带，他给我说要是当时治疗我的人是他就好了，并且立刻把我引进了诊疗室。他给孩子打了疫苗，还开了些玩笑，他想约我，不过当时我已经拿到了护士给我的疫苗证明，我对他说我没啥其他事儿了，然后就和孩子一起走了。"

她应该已经睡了，我想道，她不会醒的，她不会跟我要烟抽，我回家她也不会察觉。

斯坦因付了钱，我们站起身来走到街上，一直走到凌晨第一批报纸正在卸货的那个街角。一家咖啡馆里的钟表指着两点钟。现在我确信赫尔特鲁迪斯已经睡着了，而且不会醒来。我邀请斯坦因在一家酒吧的吧台前又喝了一杯，我一口就喝光了我杯子里的酒，我又感受到了平静，同时又带着欲望想起了熟睡的赫尔特鲁迪斯的样子。

"比较而言，付钱比蒙羞更容易接受，"斯坦因说道，"在夜总会里把写有我的电话号码的半张一百比索钞票塞给某个女人更是容易得多。留的当然是办公室的电话，现在我和'妈咪'住在一起，让她吃醋对我可没什么好处。"

丰腴的长腿，宽扁的腹部，赫尔特鲁迪斯在睡梦里像动物一样抽动，她肯定能感受到我上了床。

"咱们去找个女人乐和乐和?"斯坦因提议道。

"不行，我不去了。"

"但不是随便找个女人。得找个能猜到你我的幻想，并且能证明现实比那些幻想更丰富多彩的女人。找个更能让我们感受到整个宇宙、生之极致的女人，而不只是给我们三个洞和十根手指。"

"我得去睡觉了。"我重复道。

"在你家睡觉，我猜你是这个意思。也许我应该学学你，也回家找'妈咪'。她大概正在跟老勒沃尔玩拉米纸牌呢，他是可怜的'妈咪'的倒数第二个调情对象。她会耍点心眼，让老家伙赢，然后他们会把一张巴黎地图摊开放到饭厅桌面上，玩那个有名的只说不看的游戏，如果是散步、约会或做生意，他们会来到圣普拉西德街和切尔切街，如果您想去勃鲁赛医院做梅毒检查，应该搭乘什么交通工具? 我觉得这游戏挺有意思。不管怎么玩，'妈咪'每次都会把眼泪落在塞纳河上。可怜的'妈咪'! 有时候她也会在夜里出门，尤其像今天这样天气不错的时候，她会坐在咖啡馆摆在人行道上的桌子边。她会认为自己就在塞纳河畔。她有时睁大眼睛，有时又把眼睛眯起来，因为她不想从包里掏出眼镜。我知道这些是因为有一次我就坐在另一张她看不到的桌子边观察她。她所做的无非就是让男人们看她，她觉得他们看到她了，过了一小时或两小时，她厌烦了，又或者是在思考，她露出了蒙娜丽莎式的微笑,仿佛在说:'他们要是知道的话!'当然了,既然'妈咪'的二十卷从一战后写到二战后的回忆录还没写出来的话,别人也就没办法知道任何事。还有,每个周六我都邀请你,邀请了上千次了,你从来都不来。你得来认识认识勒沃尔先生。"

"我再喝最后一杯。"我说道。

"那就再喝最后两杯吧……他是个让人恶心的家伙,从灵魂到生活都让人反感。我觉得他给'妈咪'付了一段时期租金。现在他成了个顶着颗红通通脑袋的肥佬。他们每周玩两次牌,也在巴黎的街道中'迷失'两次;有时他会带瓶酒来。很合乎规矩,这是'妈咪'常用的说法;他们是对老伴侣。但是,当然了,在'妈咪'看来他俩之间有的只是迪斯雷利和蓬巴度夫人之间那种纯友谊。那头疲惫的野兽对她就自由变革、原子特质和真正的俄式芭蕾舞——我猜大概是他在维也纳看过的那场——等话题进行过两次或三次长篇大论。不过我不想把这杯带劲儿的甘蔗酒赐予我的力量浪费在老勒沃尔身上。在打烊之前,我还想聊聊……我给你讲过'妈咪'每个周六是怎么过的没有?"

"讲过很多次了。"

"我给你讲过那些聚会、钢琴、*歌剧*[1]和小型剧团?"

"讲过,"我答道,"但是没关系。"

"但我确定我没给你解释清楚。都是忙碌的现代生活害

---

1 原文为法文。

的……现在你就要听到真正的真相了。不只如此，你还会看到它，就在这儿，在吧台、那个加利西亚人的脑袋和酒柜之间。"

"我开始看到了，"我说道，"我看到了'妈咪'身边的那些快乐的姑娘。刚巧现在这里没有女人了。"

"大错特错，"斯坦因否定道，"这都是因为你每次都不来，只会听别人讲，所以才会瞎想。在这个夜晚的这个时刻，我明白了，'妈咪'的周六生活和你能想象出的情况全都不同。她会到老兵中心的小客厅去，只有受邀者才能去。因为如果哪次受邀者确实很多的话……那儿只有老兵，当然了，都是些退伍老兵。我不止一次给'妈咪'说我觉得那些人的名片上应该加个括号，里面写上'退伍'俩字。他们所有人都参加过战争，那个俱乐部的所有成员都至少打过六场仗；他们在不同的前线阵地参加过军事行动……但是我觉得你今晚已经想象不出这些东西了。先讲到这儿吧。就想想这些战役的名字就够了：马伦哥战役、奥斯特里茨战役、博罗季诺战役。还有百日战争。等你想明白了，这些名词还可以换成阿尔梅农维拉酒店、卡萨诺瓦酒店、瑞士酒店、林荫道酒店或者其他没什么禁欲者光顾的酒店。你现在看到了吗？"

"我看到了，"我说道，"不过这个你也讲过了。"

"我提到过拿破仑的老兵了？你确定？今晚之前就讲过？"

我不仅感觉到平静，还觉得幸福，我不再操心赫尔特鲁迪斯的睡眠或失眠的问题了，我试着立刻徒劳而不热情地为她受苦，为了那被切除的乳房受苦，为了那圆形疤痕带来的记忆受苦，为了她左侧身躯时常让我觉得属于某个男人的这种想法而受苦。

"我不确定是否讲的就是这些，"我说道，我把嘴里塞满薄荷糖，等待着酒把糖泡软，"我不确定。不过我确定你提到过撤离莫斯科的事情。"

斯坦因缓慢地耸了耸肩，点了根烟，目光一直锁在吧台后方的一排啤酒瓶上。

"你别担心，"我补充道，"我挑个周六过去。"

"最好是这样，"他冷冰冰地答道，"这个处处都是失败的夜晚。错就错在我们一直在坚持。没什么比这一连串小失败更令我胆战心惊的了。它们没有一个是那种让人长吁短叹的重大失败，但它们全都在证明把我们引向失败的某种意志出了问题。执着于实验性的想法……"

他往吧台上扔了张钞票，走到电话机旁；我把薄荷糖吐了出来，出门到街角等他。

现在她肯定睡着了。明天我得早起，跟麦克雷欧打个招呼，从他的声音里猜测他要把我扫地出门的月份，然后一整天都在走路。谈话、微笑、问候，不要触及我在意的问题，或者触及了也可以，但是需要用虚伪的友善方式来触及，例如用手掌拍拍肩膀，这是唤起人们心中的友爱情绪的正确方式。我记得不管怎么说，赫尔特鲁迪斯的身子都要比我的更长、更强壮；我在胳膊夹着公文包走路时也将不得不想她，我会坐进一家咖啡馆里，想象自己留着浓密的大胡子的样子。如果他们愿意见我的话，我会在那里花好几个一刻钟、半小

时来等待佩雷斯抽完一根又一根烟，费尔南德斯刮好胡子，贡萨雷斯喝完马黛茶，与此同时我会把磨损严重的鞋子藏到前厅的座椅底下去。回到家，进门时不要看她，房间里的气氛会告诉我她是不是正在哭泣，又或者她已经把自己的事忘了，再或者她正坐在靠近阳台的地方望着肮脏的天花板和窗外的落日。

"又一个失败，或者说两个，"斯坦因走出酒吧的时候说道，"我要和'妈咪'玩玩关于巴黎街道的游戏。我陪你走几个街区吧。"

赫尔特鲁迪斯和我那肮脏的工作，还有对丢掉工作的恐惧，我挽着斯坦因的胳膊边走边想，还有账单以及那种难忘的现实：在这个世界上的任何地方都没有一个女人、一个朋友、一栋房屋、一本书甚至一种癖好能让我感受到幸福。

"太不公平了，"斯坦因甩开我，喊道，"我指的是那些小失败。因为恰好就在今天下午我才最终高兴地想清楚我最大的失败是什么。最大失败，作为个体的胡里奥·斯坦因的最大失败。而我也展现出的良好的意志力以及接受这一切的精神。这些都是我该考虑到的东西。"

"没用的，"我说道，"这未免太容易了，要是有用的话，那才叫不公平呢。"

"我才不在乎呢！我就敢这么说。我什么也没做，有人却觉得我要死了。当然了，后悔自然也是有的，但我绝不会不再开心。你要是想回家的话，该在这个路口转弯了。下个礼拜六过来吧，'妈咪'会感谢你的。"

我等到确信我要搭乘有轨电车的斯坦因走远才叫了辆出租车。我靠在椅背上，闭着双眼，用力呼吸，我心里想道：到了这个年纪，人生开始变得像是个扭曲的微笑了。我没有抗议，只是默默接受了那些我理应去爱的人一个接一个消失的现实，赫尔特鲁迪斯，拉盖尔，斯坦因；我接受了孤独，就像之前接受悲伤一样。*一个扭曲的微笑。我在很多年前就已经发现，生活是由无数误解组成的。赫尔特鲁迪斯，我的工作，我与斯坦因的友情，我对自己的感觉，全是误解。除了误解，再无他物；有时我们会有遗忘的机会，会体验到快乐，它们到来，又在受到毒害之后离去。也许我能想象到的所有人生最终都会变成误解。也许吧，无所谓了。我是个瘦小又内向的男人，这无可改变，我和自己诱惑过的唯一一个女人结了婚，不过也许是她诱惑了我，我已经无力变成另一副样子了，连这种意愿都没有了。我是个被悲伤难过搞得乏味无趣的矮小男人，是那个由被许诺会上天国的矮小男人组成的军团中的一员。就像斯坦因调侃我时说的那样，我是个禁欲者，这是因为我无法让自己感受到激情，而非出于那种折磨人的信念。现在坐在出租车里的我是不存在的，只是胡安·玛利亚·布劳森思想的具象化产物，只是个过着禁欲生活的二足动物，而且拒绝一切事物——不要酒精，不要烟草，不要女色——，实际上，我什么人都不是；我只是个名字，三个名称组成的名字，只是父亲机械地生出的某个微小念头，没人反对这种行为，父亲给我生命，为的只是在他死后，他的那些继承而来的负面特质能够继续左右子孙后代的*

那些自负的脑袋。实际上，所有人都一样，都像我这个矮小男人一般要面对各种误解。也许正因如此人们才会在毫无察觉的情况下随着年龄的增长而学会越来越多的东西。也许他的内心已经察觉了，当我们再无希望，决定豁出一切的时候，面对把我们困住的高墙，只要我们还能跳，就能轻易地跳出去；到了这种时刻，我们就差一步就能最终接受这样一个事实了：只有我们自己是重要的。而这是世界上唯一一件应该毫无争议地被人们接受的事情。此时我们隐约感觉到，只有自我拯救才是唯一该执行的道德命令，只有这种做法是合乎道德的；我们终能透过一条意料之外的缝隙呼吸到原有的空气，这种空气一直在高墙的另一侧颤抖和呼唤，我们终能想象出欢乐、轻蔑和自由的模样，也许到了那时我们才会发现我们能够忍受所有误解直至死亡之时的想法是多么沉重，就像骨头里被灌了铅一样，除非我们最终发现我们能够跳出周围的环境，我们可以拒绝、甩走、转移那各种各样的责任。

七

死　景

　　十月开始了，我依然在照以往的样子过着夜生活，充满误解的人生也在继续，我坐出租车往智利街回，和斯坦因、"妈咪"告别的那个街角逐渐远去，我们是拥抱道别的，他们冲我微笑，她还举起一只手来跟我说再见。

　　我乘电梯上楼，在镜子里看着自己的眼睛和胡须，心里想道：她睡了，她不会醒的，我爱她，我必须时刻谨记她受的罪比我要多得多。盖卡的房门敞开着，锁眼里插着一串钥匙，走廊的灯光射过来，在扶手椅的椅腿和小地毯的图案上湮灭。直到我做出了那个动作，我才回过神来。我静静地听着，抬起胳膊到门铃的位置上。我确信房间里没有人，不过我还是呆立在那里，等待着。楼梯上没有人，楼下也没有任何声响传来。我又按了次门铃，然后继续等待；我伸手进去，打开了天花板上的灯。我倚在墙上，眯着眼睛，从门缝处嗅着屋里那难以描述的气味。我闻着屋里的空气，直到那些气息堵满嗓子眼为止，我的整个身子似乎都做好了抽泣的准备，我已经忍耐了几个星期了。我继续等待，直到平静了下来，空屋子里的气味让我生出了平静感，一种特殊而友好的疲惫感随之袭来，它指引着我用一边肩膀向门探去，我走了进去，慢慢地，静静地。

卫生间位于尽头处，门开着，绿色的瓷砖闪烁着温和流动的光芒。我看了一眼拉得严实的百叶窗，旋即发现无序状态就是从那里开始的。我迷惑地看着那种无序的状态，它反应在那对被漆成白色、横着搭在一起的木条上。在我第一次听到她的声音的那个下午，她就是站在那里说话的，也就是站在那里抱怨天气炎热和里卡多的。

有副皱皱巴巴的胸罩掉在了阳台门和桌子之间的地面上；椅子上搭着件女人衣服；在蓝色桌布和白色花边线织餐垫的上方，在一瓶包裹着的基安蒂红葡萄酒旁边，在水果、或满或扁的香烟盒之间，斜挂着一个结实但陈旧的巨大画框，里面空空如也，碎玻璃似乎依然在颤动。我背靠门，又侧耳倾听起来；我等着电梯上升的响声，乃至停留在这一层后的宁静，我等着辨识出盖卡飞快的脚步声，她的小碎步是很容易认出的。

我可以对她说我看到门开着，钥匙挂在门锁上，或者说我听到屋里有人在哭。 电梯还是一动不动，在某个遥远的地方，有人在小心翼翼地拖动某件家具。

和我的床一样，她的床也很大，就像是赫尔特鲁迪斯睡的床的延伸，床铺似乎已经为夜晚做好了准备；但是在黄得泛金色的床单上摊放着时装杂志、新熨烫的衣物和一个手提箱，手提箱是打开的，里面什么都没有。我开始在打过蜡的地板上移动，既没发出声响，也没感到不安，每迈一小步，我就感觉和某种微小的喜悦感产生了接触。我平复心情，可每当我的双脚触碰到地面，我就又会感到兴奋，我相信我是在一段短暂的生命中前进，在这段生命里，我的时间根本就不够用来畅想、后悔和变老。我试着在不碰酒瓶的情况下查看它的内部；我把鼻子凑到酒杯跟前。我又挨近小书架，我看到了五颜六色的书脊，但看不清书名；再后来，我弯着身子往墙上靠去，帽子被压扁了，我把耳朵贴在墙上，闭上双眼，聆听静谧；我屏住呼吸，直到确信听到了赫尔特鲁迪斯的呼吸声和挪动的声音，我仿佛看到了我那被黑暗笼罩的公寓的样子，看到了各式家具之间的距离，也看到了床上那孤独的躯体的轮廓。我离开墙壁，毫不费力地就想通了：我不能动任何一件东西，不能挪动任何一把椅子。

在浴室里，我徒劳地寻找香皂或香粉的气味；我呆呆地面对着自己在镜中的面孔，隐约只能看到泛光的鼻子和额头，眼睛处的黑洞，帽子的形状。后来我不再看自己了，我不再受眼睛所限，而是欣赏镜中那平静、平淡、平和的目光。也许我的心脏还在冷漠地跳动，而那种特殊的愉悦感充盈了我的肺部，在我的体内来回游走，没有激情，也没有目的，上上下下，前前后后，就像是在涂鸦；也许杂音在夜晚遥远的边缘处徘徊，把我独自一人留在了寂静之地的中央。我的目光扩散开来，从帽子看到下巴，有些灼热，又有些苍白，我走出浴室，靠近桌子，再次弯下了身子。

　　灯光直直地从天花板射落下来，触碰到桌上的东西，又轻柔地渗进它们体内。水果盘的边缘处有两个地方被压扁了，从中穿过的提手难看地扭曲着；三个小苹果，显然口感很酸，堆靠在果盘边缘，果盘底部到处都是小凹痕，还有许多污渍，看上去经过了努力刷洗，但却依旧清理不掉。果盘的实心底座看上去很重，那块线织餐垫似乎无力承受它，餐垫上有不少孔洞和污渍，经常出人意料地使上面的图案断开，果盘实心底座的左侧摆放着一个金色小钟表，里面只有一根指针。桌子一角，依然在左侧，在钟表和桌子边缘之间，在有点皱起的蓝色长毛绒桌布最炫目的部分之上，倒着另外两个小苹果，时刻有滚落到地上的危险；其中一个红得发暗，已经坏了；另一个则是绿色的，刚刚开始腐坏。更近一点，在粗方格地毯上，恰好在我的鞋子和桌子阴影之间的位置，那副带着玫瑰花纹、皱巴巴的小胸罩摊在地上，衬垫是橡胶做的，钩扣则是金属和橡胶做的；它很软，扭曲得变了形，似乎在提出无用的抗议。我没动，却已经发现桌子下面躺着个小瓶子，还有几个刚刚滚动过的苹果的轮廓。在桌子中央，两颗干瘪的柠檬正在吮吸灯光，它们皱作一团，灯光在它们身上形成了白色圆斑，在我的眼皮子底下温柔地扩散开来。基安蒂葡萄酒的酒瓶斜靠在某个看不见的东西上，一个酒杯里，喝剩的葡萄酒形成了几条反着油光的紫色线条，呈螺旋状蜿蜒伸长。另一个酒杯是空的，但是杯壁上有道模糊的痕迹，看得出是有人把酒一饮而尽了，杯子底部留下了钱币大小的酒渍。在我的右边，在空荡的银色画框下方，在横七竖八的碎玻璃之间，我看到了一张一比索面额的钞票和几枚金色和银色硬币闪烁的光芒。除了所有这些我能够看到也能够遗忘的东西之外，除了那块斑驳的桌布以及它那映照着玻璃制品的蓝色之外，除了那些由于疏忽或不耐烦而在餐垫上留下的破洞之外，在桌子边，在右侧，还放着几盒烟，有的满满的，没人碰过，也有的已经敞开，空空如也，被揉成一团；此外还有些零散放置的香烟，有的沾上了酒渍，扭曲变形，烟草从烟纸里崩了出来。最后，还有一双女士皮革手套正在桌布上休憩，好似微微张开的手一样，就好像它们曾经包裹的手一点一点在里面熔化消失了，只留下了手的形状，还有一丝温度，手上曾经的汗味经过时间的消磨，化成了思愁。再没什么别的东西了，在这个夜晚，在这栋公寓里，再没有其他什么可以辨识的声音了。

我知道时间到了，是时候走了，于是我离开了桌子；我关掉灯，出门走到走廊上。赫尔特鲁迪斯睡了，阳台开着门，迎向漆黑的天空。我脱下衣服，钻到床上，我抚摸了一下赫尔特鲁迪斯的头发，我感受到她的颤抖和喘息。我用舌头卷着薄荷糖，让它无声地在牙齿上游走，我放松下来，准备睡觉了，我又想到了"妈咪"和斯坦因，我想着斯坦因对我说的话，他的脸上当时挂着悲伤的笑容，盯着手上的酒杯："这是两年前在内科切亚买的纪念品。因为要去沙滩，'妈咪'那天起得很早，我一直在酒店里睡到中午。我觉得她是故意起个大早的，因为她当时已经接受了自己又肥又老的现实，而那个点沙滩上人很少。我醒了，从窗户探出身去，我看到她在下面活动。但是没人能讲清楚她是怎么活动的。有几个家伙正在酒店的外墙上涂鸦，准备吃午饭的人们正走在沙子路上。你得变成动物，这样才能记得以及明白一只试图吸引雄性动物的雌性动物是如何活动的。当然了，'妈咪'需要找到些借口，于是她在道路两边走来串去，从树上摘些叶子，呼唤一条狗，冲着孩子们微笑，眺望天空，伸伸懒腰，跑上几步又突然停下，好像突然有人叫她似的；她弯下腰，装作要从地上捡起某个根本不存在的东西的样子。所有这些动作都是在那条沙子路上做出的，旁边还有几个正在脚手架上工作的泥瓦匠。我当时突然想到，我至今依然这么认为，那是她最后一次做出引诱尝试了，她在绝望地狩猎和垂钓，不管结果怎样，总会捕获到什么吧。可怜的'妈咪'！我明白了这一切，当时就叨念了一句'可怜的"妈咪"'，我继续从酒店的窗户上望着她。楼下除了她再没有别的什么东西了；只有她和那些泥瓦匠、酒店的一个员工以及从沙滩开车回酒店的某个人所代表的某种可能性存在。内科切亚的那个中午我喝得烂醉如泥，我要求自己在午休时刻和她做爱，直到筋疲力尽。这个世界上绝不会再有人能够像我一样了，我当时宁愿忍受最大的屈辱去乞求某个涂鸦者或泥瓦匠去接近'妈咪'，拿一句下意识说出的那种粗野又肮脏的话去挑逗她。"

八
丈　夫

　　许多天过去了，迪亚斯·格雷依然没见到那位丈夫，因此他开始相信那个男人只是埃莱娜·萨拉的另一个谎言，这只不过是关于他和她两人的故事罢了，那是个可以预料的故事，通篇都只是她自己杜撰的情节。他相信，或者说他甘愿相信，这个故事立刻就会开始——在他想起她的那一刻的下一个时刻——，当他抱住她，把她慢慢推向小床的时候，或者在某个夜晚，她从酒店打来电话的时候，又或是两人一起沿着码头散步的时候。他动作笨拙，像好色的单身汉一样急不可耐，他摩擦着她的一侧乳房，又在一侧腋窝处给她挠痒，在任何时刻两人都可能会同时明白他们的故事早在她第一次走进诊所点的那个中午就已经开始了，两人决心铭记它，把它从时间的禁锢中解救出来，将它化为不朽。

　　我自然可以——不过我试了又试，始终无力做好——让某个可以变换长相的面孔往诊所的玻璃门贴去，那位丈夫的体形也没确定好，大概有七八副面孔可以安插到他身上，可是迪亚斯·格雷对此已经不感兴趣了。不管怎么说，另一个男人的出现都意味着某种威胁，医生走到门边，动作缓慢，无精打采，或者只是微微把头转向她。与此同时，我无须指引正在发生的事情，或者压根无须关注它——此时我心里想的是钱、赫尔特鲁迪斯和广告的事情，或者说我固执地想在迪亚斯·格雷和那个女人之间安插上丈夫这个不可或缺的角色，他曾蒸发过数次，有那么多次都只差一步，差了某个细节，差了一口促使他降生的喘息——，与此同时迪亚斯·格雷依然在继续接诊埃莱娜·萨拉，第一场相遇已经重复了几百次，他一直在努力不去看她的眼睛。每一次接诊他都会给她打一针，但都只看肌肉或臀部不得不看的那部分肌肤；每次他都会开处方，等到她离开后，他再到桌前把她留下的那几张皱皱巴巴的钞票收起来，就好像只是个无心的动作。

就这样，毫无变化，每天在脑子里过一两遍，我压根无须插手，不过也无法不去想它。因为我需要找到那个不可替代的丈夫准确的形象，只有这样我才能一蹴而就，一晚上把电影情节写出来，收到钱，消除忧虑。可正是这份忧虑在阻挠我写作，它让我丧气，让我分心，让我远离睡意，一夜无眠，也让我在白天工作时灵感全无，太糟糕了，那个丈夫是个错误，是个无用的人物。太难设计这个人物了，因为不管他是个怎样的人，认识他的人都不会太多。

九

倒　退

　　春天的头几日，天气粗暴多变，冬天仍会时不时地显露余威，就像海水骤然退去后裸露出的岩石、苔藓、死蟹和沙土，赫尔特鲁迪斯似乎生出了某种幻想或希望，她觉得只要能后退一步或两步，就能重新感受到幸福。她好像确信只要她能够适应环境，强迫自己的感觉倒退几年，修补回忆，她就能回到之前的状态，回到她还拥有两个乳房的日子。

　　首先，她直面自己的不幸，就好像这种不幸是有实体的，而且不断从多云的天空、肮脏的光线、雨水敲打房顶和阳台的滴答声中显现出来，试图骚扰她。一个男人，也就是我，每天早上都抛下她，我用噪音和移动，用那种本想小心翼翼进行的来来去去的行动打破了她迷失于其中的梦，也在她的心里种下每日的第一抹怨恨。我每天早晨都在杀死各种各样的面孔、未知的房间、不可理解的景象、各色人等的谈话、变幻莫测的微型世界，那些世界里的她很微小，年轻，不同，她本可以在那里停留、大笑，赤裸着身子征服他人、四处游走。

她醒了，挣扎了一会儿想要重新入睡，没能成功，于是她接受了自己已经醒来的事实，并立刻感到不幸再次将她笼罩。她醒着躺在床上，一动不动，眼睛闭着，好让我相信她还在睡着，好让我别跟她说话，她不耐烦地等待着我离开关门之时发出的轻柔小心的声响。她醒着，一动不动，身躯颀长而沉重，就那样躺在床铺温热的中央，嘴朝上，一条腿弯曲，一只胳膊搭在头上，嘴唇张开，竭力装出还在睡熟的样子，她听着我在房间里移动时发出的声音，听着我为留她独自一人直到深夜而做准备时发出的声音。她感觉我在看表，感觉我坐到了床上——她感觉到的其实并不是我，而是这个形状，这个重量，这个躯体——，感觉我笨拙地穿上鞋子（感觉这个穿着睡衣的男人的背影），感觉我站起来，开启那令人反感的程式。她听着我走向浴室，在昏暗的光线中躲避椅子、桌子、盛着杂志的筐子，她听到我停下脚步，可能是为了望一眼在阳台玻璃上散开的清晨微光。她听见浴室的水声，她幻想着我的样子，只是个没有性器官的轮廓，她想象我倾着身子，仿佛听到了剃须刀在我脸上发出的飒飒声。再后来，她听到我回到屋里，我微微发抖，肥皂的气味慢慢侵袭整个房间。她听着我穿衣服时发出的喘息声，忍受着我在镜子前系领带时的寂静时刻。再后来——我可能在用肿胀的眼睛寻找帽子——，她的肌肉僵硬了起来，变成了沉睡的赫尔特鲁迪斯的石塑雕像，也好让她那蜷缩的身躯里的能量辐射到我的后背上，推动我离去。在离开我，离开某人，离开某种存在，离开某副躯壳，离开那副躯壳的密度，离开它的气味和温度留下的记忆之后，她依然在模仿着亡者那顺从而虚伪的姿势，把手放在腹部，膝盖顶在一起，准备好迎接那宣告她的不幸和溃败的温柔的声音，那是她的肉体缺失的部分发出的声音，那也是整个美好的未来所理应缺失的部分。

她躺在这种种失败的表征之下，在摧残着她的脸颊的寒冷之下，在朦胧白日那永远熹微的光线之下。她不断试图利用关于另一个冬日的记忆来拯救自己，那时的赫尔特鲁迪斯年轻、完整。在每个寒冷的清晨醒来时都自信而充满活力，那些清晨已经属于古老的过去了，和今天之间相隔数不清的时间。

我看到她开始倒退起来，做了些微小的动作，想要逃回到过去时光中，她背对着我，迈着谨慎的步伐，用脚试探每一个被她慢慢踏上的日期。我看到了春天里那些多风的日子，看到了雨季之后最初几个温和的黄昏，它们获得许可，穿过阳台，在房间里安营扎寨。我看到了她，笑着，动情，后悔，面对镜子与那件灰色丝质衣裳纠缠在一起。感谢上帝！我这样想着，从赫尔特鲁迪斯的忧伤中摆脱出来，而摆脱是为了转过身来，全心全意地面对属于我自己的忧伤。

她开始在房间里移动，演练如何发笑，好让笑声和过去惯有、如今已模糊笑声的回响契合在一起。她铺上节日才用的桌布，在上面摆上花和酒，以前我经常能在晚上回家时看到她在桌边伴着酒杯的叮当声哼唱小曲。突然，她又开始诉说自己的不幸了，然后又笑笑，她坚持着，好像希望用笑声化解不幸，进而遗忘不幸。

"我已经不在乎了。"她不顾颜面，坚定而灿烂地笑着说道。

我不在乎了，她在餐桌边快活地说道；在床上时她也试图说服我相信她不在乎了，她动作粗鲁，挑衅光线，赤裸身子，充满渴望地躺在我的下方，收缩紧实的臀部，从所有阴影和怀疑中走出来，来到光线下，来到我眼前。她看着我，不再缺乏自信，不再审视自我，只是在从我兴奋的面庞中寻找幸福感，她随着我嘴巴的活动而抽动，我时不时地爆出几句惯用的粗口，它们与那种仪式十分契合。我最终看到了那个圆形疤痕，我没有任何不快，我把它想象成某种野蛮的标志，它那难以描述的意义足以唤醒我的怒火和妒意。

这是在这个时期和下个时期之间的那段时间里，我突然生出了某种含糊、没有回响、来了又去、浮于表面的想法，那种想法就像春天里时常产生的淘气念头一样，我想杀掉她。可能也不是想杀掉她，我就是想消遣一下，玩一下幻想她死去或消失的游戏；用手部的某个轻柔的动作把她推到根源处，推到出生时，推到她母亲的肚子里，推到她出生的那个夜晚之前的黄昏，推到一片空无之中。她不在；她在房间的气息中占据的那个位置空空如也；我以为自己找到的关于她的记忆实际上只是种幻想。现在我已经停止折磨自己了，她的消失不再能使我有任何获益，也无助于我获取自由。不过关于她死去的念头依然是正当的，被允许的，依然可能让我感到愉悦，因为它能创造出一个身着丧服、举止优雅的胡安·玛利亚·布劳森的形象，他的心已破碎，但却带着尊严背负着不幸的命运。他不允许自己被这种命运击垮，他终将发现屈服顺从带来的好处，他生出了未曾探索过的想法，他心怀悔意地面对这些想法，表现得十分恭顺。

在结束了在公寓里的禁闭生活之后，在进行了几次快速且让人心潮澎湃的短途旅行，到市中心的街道上感受自己新的愉悦之后，赫尔特鲁迪斯开始寻找遇到我之前的那种幸福生活了。她重新体验我俩结婚之前的青春时光，她不断回忆和复制那个骄傲地昂首挺胸、肆意大笑的姑娘，那个无忧无虑、迈着大步的姑娘。她想要成为之前那个赫尔特鲁迪斯，让她重现在蒙得维的亚街头，出现在某个她能够呼吸的月份，出现在这座城市单纯的气息中，热盼着那些属于假期、田野、溪畔午餐、等待着她的友人、将要收到并回复的信件的月份。

我已经不再以她的死亡取乐了，也不再推动她了。但是某一天，她想起了她的母亲，想起了在坦柏利的宅子里思考着自己的无能的那个老女人，于是她又生出了新的焦虑；她确信自己将在坦柏利找到那个可以宽慰别人、永远年轻的赫尔特鲁迪斯，那个赫尔特鲁迪斯就在自己母亲的身边，如今那位老母亲正孤独地和一个年纪比她还大的女佣住在一起，孤独地守在电话旁，等待她的来电。眼前是一扇窗户，从窗户向外望去，视线越过小花园，越过干枯变硬的蔷薇花、尖锐的栅栏，最后落在邮箱和小铃铛上面，每个月有一到两次，邮差会在那里停下自行车，把拉盖尔写的信投放进去。

她慢慢看到自己和母亲一起喝茶聊天、嚼烤面包的画面，日复一日，频率越来越高，几近着魔。在那里，她将回到最初的状态，强壮、心安、和善，她会寻回家中熟悉的气味，从蒙得维的亚搬到坦柏利后的童年的气味；喝着几近溢出的茶水，平心静气地吸烟，品尝柠檬的甜味，闻着羊乳干酪的香气。她幻想着自己虚弱又无幸地带着惬意休憩，就像裸露背部晒太阳时的感觉一样；她幻想着自己听着暖气里热水沸腾的声音，那种声音只有在盛夏才会在房间里消失。她构思着某种未来，某种令人吃惊的幸福生活，因为它将建立在她的残缺之上，建立在对抗某个陌生男人的胜利之上。那是场不需要制定策略就能取得的胜利，那个游手好闲的男人尽管不带恶意，却坚持认为那种残缺是她的躯体令人无法抗拒的特质。

十

真实的中午

　　我正在忍受着埃莱娜·萨拉的丈夫的面孔消失的折磨，忍受着赫尔特鲁迪斯消失的折磨，也在忍受着丢掉工作的现实的折磨，斯坦因有些含糊地暗示了我这个消息。不过，我想要把一切都留住，我要拼尽全力阻止迪亚斯·格雷蒸发不见。我的解决办法是忍受一切，不断重复那个女人来到诊所的场景，准确地说是重复那个中午发生的事情，当时候诊室里空无一人，她只需要用指关节敲敲门，或者用指甲抓挠下粗糙的薄玻璃就能见到医生，然后被医生的那种怀念且邪恶的笑容吓到；她就像是猜到了在许多年前，在蒙得维的亚，在一家妓院的前厅里，在高挂在房顶的电灯的照射下，我伸出苍白的手，重复过无数次同样的动作。

　　埃莱娜·萨拉很快就选择了诊所里靠在墙上、背冲窗户的那把小扶手椅；玻璃柜在她的左侧，病床在她眼前。她从门口走到椅边，坐了下来，打过招呼，露出淡淡的笑容，就像是在愉快又有些累人的散步之后回到家中一样，她想要靠在扶手椅上休息片刻，不说话，也不引起迪亚斯·格雷的注意，后者走到写字台边，检查上面堆放的纸张，把获得的报酬记录下来，假装自己很忙，假装自己已经忘记了她。就在那时，我仿佛能够看见她了，就好像我化身成了掌控着医生的好奇心，偷窥着她放松下来，跷起腿，轻咬项链上的珠子，她的那双明亮睿智的眸子直勾勾地盯着屏风，望着病床和屏风之间的空间，她曾在那里露出一半赤裸的身体，双臂也垂了下来。

我很高兴地印证了一个事实：他们两人都忠实地维系着关于柏拉图式的关系的沉默仪式，那种关系毫不坦率，是生意上的关系。那些仪式随着她的指甲抓挠玻璃开始，随着她露出淡淡的笑容而迪亚斯·格雷拒绝接收开始；仪式随着她的身体在扶手椅上滑动而继续，她滑动到舒适的位置，依然跷着腿，轻咬项链，盯着屏风露出走神的表情；两分钟或三分钟过去了，她任由项链静静滑落，变换了一下跷在上面的腿。于是医生明白他必须结束在写字台上进行的装模作样的动作了，他抬起头，看着她——她依然静静地保持着身体的姿态，用涂成红色的指甲轻轻地敲着一侧扶手——他看着她，明白了，他每次都能明白，就和之前一天一样，他明白了她并没有想起他们第一次会面的场景，也明白了他们两人的思绪并没有联系在一起。现在他得忍耐住，只忍耐片刻，忍到她转头看他，再次冲他露出甜美的笑容，她还会眨眨眼，像是为自己陷入遐想而抱歉，这种事情他俩都习以为常了。

于是迪亚斯·格雷站了起来——*就像是来跟我要杯茶水，问一个老朋友要杯茶水，他就像是位温柔的父亲，那是让人起敬的迪亚斯·格雷，他是无害的劝告者，为自己的沏茶手艺而感到骄傲*——，他慢慢朝着她所在的墙角走过去，点燃酒精灯，给针管消毒。

他们几乎从来不在道别之前进行交谈，道别之时，除了话语之外，偶尔还会做出些微小的动作；医生关门的速度很慢，偷偷摸摸地窥视她，实际毫无必要，她的脖颈、臀部、腿肚，再回到臀部、裙子；他脆弱地渴望她，这种感觉还是第一次在中午出现。后来，他拾起钞票，走到屋子内部吃午饭。在她的丈夫出场之前，再没什么新鲜事儿会发生了，迪亚斯·格雷并不敢询问关于他的事情。

就这样，一个又一个中午平稳地过去了，甚至没留下什么对它们的记忆，没什么激情，但是也并没让二人感到厌倦，每当埃莱娜抓挠玻璃，露出惯常的放荡笑容的时候，迪亚斯·格雷焦急的等待就结束了，尽管他并不理解她的举动包含的意义。她每次都是中午走进诊所，坐到最远处靠窗的扶手椅上，跷起二郎腿，不慌不忙地啃咬项链上最大的那颗珠子，然后冲医生微笑，还带着某种恳求原谅的意思。一次又一次，两个人都陷入幻想——因为那座小城的杂音总会在那个时刻减弱下去——，他们幻想诊所抬升到了一个不可能的高度上，那里只有孤独和静寂；迪亚斯·格雷竭尽全力幻想着，他想道："现在，没有杂音，远离万物，我俩独处一室，完全独处一室了，她把跷起的腿放了下来，站起身子（没理由松开咬着的项链），朝着屏风所在的角落走去。也许应该把餐厅的皮沙发挪过来，但是那个沙发已经破了，还很脏。如果她感受到了这种孤独的话，我就能看到她赤裸着身子从屏风处向我走来，尽管我们所拥有的只不过是双腿、地毯或病床；光线确实过亮了；不过哪怕是在回忆里也罢，我始终坚信关于我、关于她的事情会在这里，会以这种方式发生。"

至于她，埃莱娜·萨拉，她应当能凭直觉感受到静寂中午的非凡之处，在转过身来冲他微笑之前的一秒钟先在扶手椅上嘀咕几句：

"你听到了吗？一点杂音都没有。要不是公交车鸣笛驶过，又或是音乐学校里的那个女钢琴老师发狂似的弹琴，咱们在驳船到来之前根本听不到任何声音。咱们独自处于这种静谧之中。您可以靠近我、亲吻我，您希望我想做的那些事都可能发生，就发生在这种静谧之中，发生在尘世之外的地方。"

这些事情总是在中午发生，因为我始终无法看清她丈夫的面孔；我只是不断重复着那同样风格的会面，只是为了不让自己在失去所有曾经拥有的东西时丢掉它；医生矮小、年长；女人一头金发，个高，在昏暗的前厅一边等待，一边盯着自己的指甲，时不时略带不快地看看挂衣架、脏脏的空陶罐和楼梯扶手。如此多的事物都注定属于我，它们正开始变成我生命力最重要也最真实的东西：整座城、整片区域、整个诊所、广场、泛绿的河流、中午时分相见的两个人，一切都沐浴在极白的阳光下，被街道上歪歪扭扭的深栗色的阴影塑形，得感谢那个时刻的静寂和独特的孤独感，是它们帮我把这些东西保存了下来。

十一

信件；半月

有天晚上我回到公寓，并非在桌上而是在床上那没套枕套的枕头上发现了一张纸，上面写着："亲爱的：我很难过，甚至哭了一场，我想妈妈了，我得回坦柏利住几天。你可以给我打电话，或者来找我也行。我没勇气当面跟你说这事（尽管这没什么大不了的，你别往大了想），也不敢给你打电话。有可能我就要找到工作了，咱们回头再说这个，到时候一切就会变得更好了。我知道在坦柏利待几天会让我心情更好，然后一切就能回到原来的样子了。"我冷漠地想着错不在我。

我往坦柏利打去电话，听到了她母亲的声音，她的声音很苍老，和我料想的一样，不过在这个在她看来不是最配得上她的女儿的男人面前又显得那么坚毅；那个声音向我解释说赫尔特鲁迪斯到几个朋友家去了，那里没有电话，也可能去看电影了，很晚才会回来。我在最近的饭店吃了饭，然后迫不及待地回到公寓，躺到了床上，尽管不甚清晰，但那里依然残留有赫尔特鲁迪斯的味道。我又重新读了信，确认了让我打电话给她的提议被列在到坦柏利找她之前。也确认了"我心情更好，然后一切就能回到原来的样子了"的想法同样来自让她认为自己还能再次长出左侧乳房的那种愤怒而坚定的态度，那个想法也是在这张床上生出的，她还要把新长出的左侧乳房给我看，让我相信它是真实存在的，同时她还想确定她能带给这个世界上的所有男人那种成双成对、均匀对称的感觉。

我躺在床上，体味悲喜交织的感觉，嘴里塞满薄荷糖，舌头不停搅动它们，我承认我们两人之间的爱毫无疑问已经有了裂痕、变了质，已经和最初的样子不同了，就像是被命运残暴拖拽的异乡人；我只能心烦意乱地寻求被单、食物和习惯的保护。我又想到了那句"有可能我就要找到工作了"，如果这种可能性化为现实的话，如果她希望并且成功这样做了的话，事情就变简单了；我就能谨慎地做出某些微小的、厚脸皮的论断，进而接受失败——不是由某种并不存在的特定目的导致的失败，也不是由特殊的生活方式导致的失败——，就能提前接受本应在不惑之年时到来的失败了。如果说她本来需要用死亡来赢得伟大的自由，而现在只需以不再需要我、以放弃已毫无价值的我就能达成同样目的的话，那么我是可以不带任何悲伤情绪来迎接失败的。如果在还来得及的时候，在我还保有对于生活而言不可或缺的微小信念的时候，我没有同赫尔特鲁迪斯一起来到布宜诺斯艾利斯，而是独自一人从蒙得维的亚奔赴北部，到巴西去，又或者我搭乘某艘货轮找到了某个地方，我就可以客观地推测我之后的人生走向了：我曾经付出了那么多，以后也将付出那么多，然后不可避免地走向死亡。

我也许可以抛开烦恼，再次感受孤独与完整，策划出某种迎接生活的好奇心来。因为斯坦因已经暗示我他们会在月底把我赶出公司了，老麦克雷欧带我去喝了一杯，他嗓音低沉，嗓子眼里仿佛堆满了雾气，他跟我提到了布宜诺斯艾利斯广告业的黄金岁月，还把那些岁月和当下这充满限制、荒唐竞争、手足无措的时代相比较。从那时起我就在矛盾中徘徊了，我既有卑微的恐惧感，又希望获得三四个月相对自由的时间；我既渴求又害怕得到辞退我时附带的那张支票，还有一百二十天浑浑噩噩的日子，独自一人，伴着春风走在街上，最后停下脚步，开始思考跟我本人相关的事情，把自己当成某个长久以来未获关注的朋友，又也许是个可能会需要帮助的朋友。

我又收到了赫尔特鲁迪斯的另一封信，从信封上的地址来看，信很可疑，从信被写成的事实来看，信也很可疑。我在吃早饭时读了信，我当时还是有些困乏，从我第一次见到她到此时此刻的五年时间里，我曾经把无数愚蠢字眼抛在脑后，而我又在这封信里发现了愚蠢的字眼，它们汇集到一起，再次浮现在我的身后，形成了一股浓郁的、避无可避的愚蠢气息，开始将我包围。

"我确信我会用比预计少得多的时间来恢复平静，只要我再在坦柏利陪妈妈多待几天，一切就会变回到原来的样子，我也不知道具体还要多久。你不要认为我对你有什么意见，这种想法很荒唐，我的小可怜。没人能比你更理解我、对我更好了，还有那些无微不至的照顾。总之，我会向你解释一切的。我们就隔了几步路远，不过我不会坚持要求你来找我，也不会要求你来看看妈妈，因为我现在觉得自己正飞速远离之前沉浸其中的那种悲伤情绪。你和我只隔了半小时的路程，这边有个大卧室，足够你我舒舒服服地生活。不过你理解我，你一向理解我，我现在想独处一段时间，我之前不敢和你这么说，不过你肯定能明白我的决定绝对没有任何针对你的意思。不管怎么说，我还是希望你能给我打电话，我想你早就该这么做了，除了第一晚，那天我必须得出门。"

我给她打去电话，试着宽慰她，我又一次向她保证一切都会恢复如初的；我倚靠在摆放电话的台子的角落处等待电话接通的时候，想到在某个时刻赫尔特鲁迪斯的信化成了一个复杂而淫秽的句子，不做解释，不提问题，无须回应。

她留在了坦柏利，我每周去见她两次，周六和她一起过夜，我从背后抱着她，直到感觉她已睡熟，我说服自己相信在她住在坦柏利的决定背后隐藏着某个男人，她是为了他才做出这种选择的，但我既不嫉妒，也不难过。其他夜晚我就把自己锁在公寓里，因为身边缺少了赫尔特鲁迪斯庞大的身躯而有些心不在焉，她曾像堤坝一样阻挡住了我的悲伤；我强迫自己记得她，因为现在，夜复一夜，我逐渐发现了自己所拥有的遗忘的能力，尤其是在我独自一人、把头靠向盖卡杂乱的卧室的方向的时候，我感受不到赫尔特鲁迪斯的热度，也感受不到她的呼吸。

就这样，半个月过去了，在这期间我每天早上都出门，我去了公司，跑遍各个客户的办公室，一直忙到天黑。我任由自己被突然袭来的感伤情绪支配，无论是在等候室里把腿摊开欣赏脚上的新鞋子的时候，还是一个浓妆艳抹的女员工用冷漠的声音喊我，我一跳而起的时候，还是我变成开朗、爱笑、多话、和善且有礼貌的蠢货，和或胖或瘦、或年老或年轻——通常都挺年轻，而且所有人都穿着体面得体，偶尔也会对我比较友好——的蠢货交谈的时候，他们经常躲在不透明的玻璃门后面对国家和社会上的问题怨声载道，在各色广告前谈论发工资的日子，就时间、活动、日历、地图、风景照片、彩色印刷图发表看法。

天黑之后我回到公司，递交报告，耐心而卑微地解释当日的行程，同时还要在坚定表示会拿下新客户、取得令人满意的业绩的时候表现得不卑不亢，我慢慢解释如何又为何今日的否定结果会变成明日的合约；我边摸着小胡子边说着，同时还要听着各种各样的声音，门铃声，开关门的声音，此外还要努力在听到"到麦克雷欧先生的办公室去一趟，他请您在下班前过去一趟"的请求时不要表现出惊讶，这第一句话是其后一系列充满同情、虚假、带有保护性质的话语的序篇，那个老家伙将用这类话语告知我被开除的决定。

尽管在那十五天里发生了不少事——和斯坦因喝了不少次酒，和斯坦因及米莉亚姆一道又吃了顿晚饭，在街上吹了次风，闻了次大海的味道，看到天上有条雾蒙蒙的光束——，对我的记忆来说唯一重要的是躺在床上时身体的那种被遗弃的感觉，那种孤独的感觉，我在黑暗中嚼着薄荷糖，同时试图巩固自己对那座临河城市里的那间诊所的掌控权。与此同时，我还在嫉妒斯坦因，他干过赫尔特鲁迪斯，但却没有成为她的囚徒。在那十五天里唯一重要的就是我躺在床上的身体，我抵在墙上的面孔，我张着嘴，好避免呼吸的声响、背部和腰部的疼痛打扰自己，我用耳朵收集从墙壁另一侧传来的噪音和杂音。

十五天过去了，伴随着我强迫自己躺在床上的态度一同逝去了，但是盖卡隔着墙做的和说的事情却在某处存留了下来。那十五天的感觉也留了下来，在迷茫中，在环形的记忆中，在记忆于构成它的各因素中寻得开端和结局的可能性中存留。有人不断敲门，有个女人笑了起来，同时厨房里炸食物的噼啪声被某个男人吟唱探戈歌词的声音压了下去。果盘里的三颗苹果又滚动了几厘米，磕碰，受伤，散发出难闻的气味。男人醉了，他不断为自己重复那几句探戈歌词，他把手放在腰部，想试试还能不能硬撑着再喝一杯。"希望不要有人说你害怕。"女人喊道。一个没那么醉的男人捡起丝绸和橡胶制成的束带，把它扔到了床上。"所有人都一样。"胖姐疲惫又轻蔑地说道。有人敲了一下衣柜的门，光着脚，走近了，想要跳上床，两只脚刚好踏在束带两端。就像是公寓里有三四个房间，而那些人聚在最后一间，从遥远的尽头处传来四个男人打扑克的声音。盖卡从桌子上拿起那个没有指针的金色钟表，开始亲吻它，与此同时床上那光着脚的男人则在移动身子，床垫的弹簧吱嘎作响。最先喝醉的男人摇晃脑袋，努力想要想清楚他应不应当借出去五十比索，但是他并不担心他们不还钱给他。"你害怕，希望不要有人这么说！"盖卡重复道。她把钟表放回到桌上，慢慢费力地戴上了那双皮手套。"借给朋友的钱总是有的。"捡起束带的男人说道。电话铃响了，一个女人的声音响起，她的声音比其他人的声音都清脆，夹杂在她的脚步声中，音量很大，她在门边喊道："你的邮差来了。鲜花抑或糖果。"醉酒的男人把基安蒂葡萄酒的酒瓶举了起来，直到舌头尝到了一滴酸酸的酒水。"这是个钱包，"胖姐说道，"他可能给里面装了钱。"绸子的抖动声响起，钢片掉落到地板上，沉默蔓延开来，那个清脆的声音仿佛想要打破众人的沉默，于是又响了起来："可真响啊。"尽管看上去有些走神，盖卡还是听到了她的话，然后苦涩地补了一句："你害怕了。"她把这话重复了三遍，更柔和，更绝望，然后站了起来，向右侧倾斜身子，摊开手掌，出人意料地在一侧屁股上拍了一下。所有人都围了过来，穿着衬裙的女人们聚在一堆，醉醺醺的男人们面带微笑，看上去不想掺和进来，打扑克的人们胡子拉碴、昏昏欲睡，都在数着自己的筹码。盖卡开始了她的演说，每说上三个音节，九个音节，二十七个音节，八十一个音节，就停下来笑一会儿。不过那不是出自愉快的笑声：它们预示着艰辛的时刻，是在给出明显的警示，让大家做好防范。"现在的年轻人是怎么回事啊！"盖卡说道，"我们那时候可没这么害怕。不管怎么说，人总得豁出去一次。不是吗？为什么不说我们当时也很希望早点豁出去呢？我这番话也是为你而说的，讨厌的娘儿们，你的希望比恐惧要多。恐惧？真是乏味。咱们可是老相识了。别，你可别哭。那个不幸福的家伙愿意相信是他的事情，但咱们不相信。嗯，胖姐？我真的已经厌倦大喊大叫了，最近咱们可没强迫她来。她知道该自己一个人来，她甚至知道洗了澡再来，她穿的那花边衣服哟，我看公主也不会那么穿。所有女人都一样，所有女人都一样，所有女人都一样！她们都只在乎一件事，所有女人都只在乎同一件事。你老是盯着地面，就好像丢了什么东西似的。我发誓要是我能帮忙的话我肯定会帮你找到她……我已经想过了；我那天晚上甚至跟罗贝托说了，我说也许，到了最后一刻……但是欺骗他是一回事，欺骗我又是另一回事。喝口酒吧，你会觉得好一点。"酒瓶空空如也，赤身裸体，在桌子底下滚动，停了下来，在和另一个空酒瓶触碰时发出了细微的响声。"他承认他表现得有些粗鲁，"胖姐说道，"我会原谅他的。"声音清脆的女人抢走了刚刚在床垫上跳跃的男人的位置，她讲了个关于无能新兵的故事。四个人在跳舞，两个人在厨房里准备食物；盖卡的声音从厕所传来，她建议道："好好对他，别太担心了，这事由我搞定。我到时候给你个眼色，你让我俩独处一会儿，我来跟他说说。"房间中间站着的男人不再喘粗气了，盖卡接着说道："我就快死了，没人让我瞧得上眼。充满牺牲的一生。里卡多那个混蛋想冲我泼脏水。杀了我好了，我不在乎：你是独一无二的，独一无二的，是神圣的生物。"说到最后的

"圣"字时她就已经开始啜泣了，所有人都消失了，门甚至都没响。她独自一人留在床上，哭着，又或者踮着脚在空荡的房间里踱步，她伸长手臂，试图挽回走掉的朋友和丢失的幸福；试图抚摸陷于沉思的那个醉汉的脑袋，试图拿到她向他借的钱，试图倚靠在墙壁上，获得动力，赤足奔跑，纵身一跃，在空中笑到岔气。她开始在床垫上跳跃，像那个男人一样翻滚，直到邮差敲响房门，厨房中，鸡蛋被打到热油里，油花四溅。

十二

半个月里的最后一日

在第二个礼拜的后几天我曾经在坦柏利同赫尔特鲁迪斯一起待了半小时,也就是两趟列车之间的时间。我觉得对她来说我已经死了,或者就没出生过,而她在倒退的过程中,最终也穿越了在蒙得维的亚偷偷幽会的那段时间。大概是受到她眼神中新鲜又陈旧的某种表情的指引,又或者是受到她动作中表露出的希望期待或落落寡合的指引,我觉得她应当是回到了在组织球赛时与斯坦因相会的那段时间;或许是斯坦因出现的几周之前,她看上去没什么耐心,不过倒也没有迫不及待,她信誓旦旦地想让他明白她的生活丰富且有品质。

到了那半个月里的最后一天,那时赫尔特鲁迪斯已经定下了回来的日子,盖卡在半个小时的沉默与安静之后,发出了轻柔的笑声。那是个周日的下午。我听到她在笑,还听见她用在床上骑在男人上面的女人的那种含糊嗓音在说话。我确信她的拳头正埋在床单里,头发垂在身前,搔痒着另一个人的面庞；我确信在笑声之后她的脸上依然会挂着深深的笑容，同时还在鄙夷自己的过去，那抹笑容会助她摆脱身下躺着的男人那短促的妒意。

"你告诉我，我为什么要哭呢？"她喊道，"一个人走了，另一个人又会出现。要想让我身边没有男人，除非让她死。尽管听上去像是在撒谎，但我记得我还是个小姑娘时就知道事情会是这样了。我是不会哭的。比起断了男人，我肯定会先断气。"

我突然间大汗淋漓，从床上一跃而下，被憎恨和想哭的感觉所撼动。就好像我刚刚从一场持续了十五天的噩梦中醒来，又好像那个女人的话给这十五天的折磨来了个临门一脚，仿佛我静止不动的那些时刻都凝结到了一起，我的身边发生着丑事，可却与我无关，我只是躺在床上，把头倚在墙上聆听。

我迎着阳台的光线想要看清时间，我需要想想那个日子，想想我正在居住的这座城市中的这条街道，智利街600号，这个老旧街区里的唯一一栋新楼。"圣特尔莫"，我重复着这个辞藻，想要清醒过来，搞清楚自己到底身处何地；最开始是在布宜诺斯艾利斯南边，那里尽是带有黄色或玫红色屋檐的老旧房屋，栅栏，露台，种着葡萄藤和忍冬的小庭院，从小路上经过的姑娘们，街角的那些年轻而寡言的男人，巨大的空间感，最后几座铁制桥梁，还有贫穷。门廊上挤满了人，有老人也有小孩，还有一种濒临死亡的感觉。

"我在这里。"我说道，我相信她能明白我的意思。盖卡边整理房间边哼着小曲；男人从浴室走了出来，说想喝点

94

东西。

"现在该你帮我调最后一杯了。"她高兴地说了句。他走进厨房，吹着口哨走了出来。

在刮胡子、打领带的时候，我看到自己的脸上有羞愧的表情；下楼时我依然是那副表情，门卫拦下我和我谈论破损水管的事情时也是如此。后来我慢慢在时而冷清时而热闹的街区里走动，那时路灯还没亮。我走进佩蒂特·埃莱克特拉咖啡馆的时候，恰好一群看完足球比赛、跑完步、和女友散完步的小伙子聚到了咖啡馆里，他们的话不多，像是在挥霍无趣的周日时光，他们肩靠肩，想望着周一清晨的模样。老板跟我打了招呼，让人给我端来了咖啡和一小壶又冷又生的牛奶。我坐在靠窗的位子上，可以看到外面的景象，我能看到我家的楼门，能看见暗影里门卫穿的那件白色外套。时不时有人从门里走出，有的向我这边走来，也有的沿街向下走去。我用汤匙搅动牛奶表面的浓奶泡取乐，慢慢把咖啡滴入牛奶，改变它的颜色，我又快乐又孤独，羞愧的感觉逐渐散去，转而任由那种需要由孤独来助力增长的快乐占据上风。我望着那些从楼门前走到佩蒂特·埃莱克特拉咖啡馆所在街角的人，一次又一次想到他们大概刚从盖卡那里出来；我试着猜想他们经历了多少痛苦，又或者给那个女人留下了多少苦痛。

至于我，我只能去适应失业的现状，变得天真一些，不去思考；我只能从肩膀上抖掉过去，抖掉帮助我认清自己的一切记忆，权且当自己已经死了，我得用埃莱娜·萨拉的丈夫的准确形象来完善这个世界，那是个焦虑、爱说谎、优柔寡断的男人，是我不幸的往日生活的不良之子，是赫尔特鲁迪斯和盖卡孕育出来的产物。他终于出现了，有点死板，眼神游移不定；不过话说回来，他还是挺顺从的。从万物初始他的命运就已注定，他终将在佩蒂特·埃莱克特拉咖啡馆喧嚣的大厅里，在天黑之时，在混合着开胃酒和汤羹的味道中，在我静坐等待和无趣观察时诞生。至于我，再次言归正传，我也注定要与他的诞生联系在一起，注定要被这种大胆的想象拖着走，毕竟我无意抵挡它；我思索着如何一了百了地同赫尔特鲁迪斯说再见，就像我在离开这个国家时与象征物国旗告别一样。

我注定要把钱币放在咖啡桌上，用两根手指的动作来为老板的笑容付报酬，我也注定要回到自己的公寓里，就像是我要永远脱离穷困潦倒的境地了，脱离那些习以为常的氛围、面孔和预感。没什么不同，也没什么改变，当我在夜晚最初的灯光下重走老路时，圣母教堂的钟声响了起来；没什么不同，我并没有变成另一个布劳森，我只是空虚了，封闭了，自负了，总之，我什么人都不是。我——疯狂，惊恐，慌乱——远离庇护，远离保守，远离用转瞬即逝、终归遗忘的东西去构建永恒的怪癖般的任务。

我按了门铃，两次；我听见脚踩地毯和木板的声响，听见了静寂。我应该面带微笑站在门前，尽最大可能挺直了身子，我心里想的是癌症、中风和梗死；想的是迦勒底人、亚述人和埃特鲁里亚人。

"是马蒂夫人吗？"我向开门的女人问道。我觉得我看到自己的声音在我们两人之间描绘出了文字，跟那封她收到的从科尔多瓦寄来的信封上面的字迹一样。

"是我。您是……？"她答道。她比在圣罗莎风暴那天我看到的她的侧脸更显年轻，比我想象中的她更瘦小，更羸弱。但是声音是一样的。

"我是阿尔塞。我是里卡多的朋友。里卡多应该跟您谈到过我吧。"

她没认出我来，她从没有看到过我进出公寓楼；她的头顶大概到我嘴巴的位置，又也许到我鼻子一半的位置。她好像是突然意识到有人敲响了她的房门，于是她来开门，然后那人同她交谈。她背后房中的情形难以辨别：看不清楚床铺的样子，桌子上只铺了块蓝色长毛绒桌布，摆着个果盘，书架上堆的东西比我上次来时更高更挤。她眯起深色的眼睛，既没感到好奇，也没有不信任感，只是死死地盯着我的眼睛。

"里卡多的朋友？"她抬高音量重复道，就好像在跟身后的某个人递话似的。屋里什么动静都没有。

"对，里卡多的朋友，我叫阿尔塞……也许他跟您提到过我。您叫盖卡，是吗？我不想说是里卡多让我来的。"

我说得很慢，就好像如果在遣词造句方面下点功夫的话，事情的结果会变得更好些，又好像我没看出那张圆圆的小嘴巴上透出的不耐烦的意思。

"我只是想和您聊一会儿，"我补充道，"不过如果我打扰到您的话……"

盖卡开心地笑了，她抬起一只手，又垂了下去，把身子闪过一边，示意我进屋。我不知道她面带微笑、微倾脑袋的样子是不是带有讥讽的意思。她先一步走到桌子边，靠在上面，把椅子让给了我。

　　"就一会儿。"我重复道，我已经冷静了下来，有些后悔了。

　　她倚靠桌子休息，看着我，双手藏在身子后面，又露出了"欢迎"的表情。

　　"还是坐下说吧，"她说道，"想喝一杯吗？"她快速嘟囔了句抱歉，径自走向厨房，空留白色的门来回晃动。

　　我转动脑袋，慢慢观察着房间里的每处变化，我还记得自己第一次进到这间屋子时的情况，还记得那时混乱的景象，尽是回忆的堆砌。不过某种未知的因素依然占据统治地位，它营造出了同样刻意的、无解的欢乐氛围；我感受到了一种超脱于时间之外、可以挽救的人生。她不急不慢地回来了，带着若有所思的表情，一只手里抓着一瓶杜松子酒，另一只手里则捏着两个酒杯。酒杯并没有叮当作响，盖卡默默地把酒杯放到桌子上，开始倾身倒酒。

　　"请坐吧。别跟我客气。"她说话时并没看我。

　　坐在椅子上的我试图揣量她的声音里突然出现的粗鲁和敌意。

　　"这么说您跟里卡多很熟了？"她递给我一个酒杯，说道。

　　"有段时间是挺熟的。我们曾经是很要好的朋友。他现在还在科尔多瓦吗？"

"他从没跟我提起过您。您说您叫阿尔塞是吗？"她举起酒杯，并没有看我，"我不知道他现在在哪儿，我也没兴趣知道。干杯。"

我把空酒杯递还给她，她又给我递来一杯，我谢绝了。她笑着望着我，抿着嘴，几乎看不到嘴唇，她一直盯着我，就好像看穿了我的过去，我的荒唐，我只有过一个女人的人生，她好像在嘲笑所有这一切，但她嘲笑的不是我，她满是怀念，不带恶意。

"可是我刚才就只倒了一丁点儿酒啊……"她说道，她又把手藏到了屁股后面，"您着什么急呢？我发誓，如果您是来跟我聊里卡多的话，恐怕一时半会儿是谈不完的。您是要谈关于他的事情吗？"

每当我打算把我隔着墙听来的事情掺进我要说的话里时，我就觉得自己驾驭不住了。*这张嘴巴说话、做事，那双眼睛瞧东西，这双手摸东西……*我没办法把眼前这个有血有肉的女人和由嗓音和杂音组成的那个想象出的女人联系到一起，也没办法获取我需要从她身上得到的兴奋感，一股怒火涌出并吞噬了我，我想要报复她，就我能记得自己受过的所有侮辱一次性报复到她身上。还有那些我不记得的侮辱，那些侮辱组成了这个矮小且不再年轻的男人，组成了从他踏在地面上的脚一直到那颗比例失调的头颅之间的完整肉体，那颗头颅已经忘记了该如何去尊重一个妓女。

"您真的想跟我谈里卡多……"

"对。如果您不介意的话，还是再给我杯酒吧。"

"当然不介意！"她说道，然后飞快地给我倒了酒。她小腿肚子短而强壮，她的行动速度抹去了我觉得她个子矮小的刻板印象。我不但忘了该怎么对待她，甚至真的像个孩子一样害怕了起来，我害怕她会突然变得粗野起来，冲我喊出我曾听她喊过无数次的那些脏话。

"干杯。"她说道。

"您不认识我，"我开始讲话了，"您肯定觉得很奇怪……里卡多不知道我来见您。我已经很久没见过他了。但他跟我提到您好几次，我知道他爱您，也知道你们之间出了些问题。我不想多谈这个了：既然你们已经分手了，那么毫无疑问这中间是有原因的。"

我闭上了嘴，我突然觉得自己不该继续说下去了，我意识到自己应该静静地坐在椅子上，让那个女人接过话头。她实际比只听声音猜想得要更显年轻，哪怕她干的是那种活儿，她依然算得上单纯，只是从她眯起的眼睛里我能看出自私和怯懦，正是这些东西玷污了她。现在随她怎么做吧。事情如今取决于她了，她将做出选择，哪怕她并不知道自己在做些什么。

她关注着我的沉默，没领会我的意思，还在等着我继续开口。

"如果您和里卡多那么要好的话，"她最终还是开口说话了，"就应该很清楚其中的原因。他肯定跟您说过没人能受得了我，说我骗了他，说没办法跟我一起生活。是不是啊？"我靠在椅子靠背上笑了，这个回应很含糊，我为我的狡猾感到骄傲。"您看吧！他对所有人都是这么说的。这是男人该干的事吗？如果他没这么对您说的话，那您可真算是独一无二了。我大概认识里卡多六七年了，要是没满十年的话。要是我真的能算认识他的话！他从来就没我能忍，这一点是毫无疑问的。"

那个熟悉的声音如今终于抬高了音量，它尖锐、坚定、迅猛，支撑它的既是粗鄙粗俗、恬不知耻，又是轻浮无度。有时我会走神，只顾欣赏她的嘴巴那僵硬而必不可少的活动，以及眼皮下的明亮眸子。

"我知道里卡多是爱您的，"在她说话间歇时我强忍住笑意插了一句，"也许还能挽回。我上次见他已经是挺久以前的事了，大概一个半月吧，他那时还跟我提起过您。"

"您还没明白。一切都完了。不管怎么说，全都结束了……您要是愿意的话，我可以再给您倒一杯。"她喝光了杯子里的酒，开始笑了起来，任由嘴巴颤动着，再用手把它捂上、擦干，"您掺和这事干吗呢？如果说是里卡多请您来跟我谈的话……"

"是我自己突发奇想。我毕竟是他朋友嘛。"我觉得房间里的那种轻浮的氛围开始笼罩住我了；在这种氛围里，我生出了一种荒唐到了滑稽的感觉，但它却能帮助我克服面对这个女人时的挫败感。

"您肯定是疯了。"她友善地说道。她的嘴唇露出了一种迅捷而坚毅的神情，就好像她已经把里卡多和我这次来访的原因抛到脑后了，就好像我们之间的见面只是一场偶遇。"好吧，您别再跟我提里卡多了，连保佑着他的耶稣基督的事儿我也不想听。我已经跟他说得很明白了，我俩已经完了……再喝一杯吧，别这副表情。给我说说您是怎么搞到我的住址的。"她笑了，眼睛睁得大大的，依然十分明亮，她在等待着我来给她一个充满惊喜的回答。

现在我也陷入到丑闻里去了，任由烟灰掉得满地都是，哪怕我并不抽烟；她喝了一杯又一杯，满怀热情在家具和各种物件间游走，时而推推，时而拉拉，变换着它们的位置；我履行着自己卑微的初衷，静坐不动，却也为构建那种无序的状态出了份力，我也走了起来，每走一步就抹掉自己的痕迹，我发现每一分钟都在跳跃、闪光、消失，就像刚拿到手的钱币一样，我明白了，她之前也是在对我讲话，虽说隔着墙壁，原来不靠回忆过去和预测未来也是能够生存的。

"就是这样，"我抬起根手指指着她说道，然后露出了顺从的笑容，"您要是问这个问题的话，事情就复杂了。您能理解我，怎么才能在让您不产生误解、不胡思乱想的前提下把真相说出来呢？正因如此我耽搁了这么久才敢来见您。"

"您真的疯了，"盖卡笑着说道，她的眼睛似乎在寻找着某个人，"疯子……您说什么来着？您说我是能理解您的，理解一切。"

"请不要打断我，"她又喝了一杯，看上去要喝醉了，"我来了无数次了，每次都停在门前，不敢进来。我想和您解释这些事情；我希望您认真听，不要生气。"

她慢慢摇晃脑袋，露出了似乎很坚定的幸福神情，她一直是那副表情，那种表情就像是皮肉之下的头盖骨那么坚硬；她霸道地伸手拦住了我，然后转向桌子，此时她的屁股对着我，显得更大更圆了。她递给我一杯酒，把自己手中的酒一饮而尽，酒水从她颤抖的嘴唇边流了下来。

"请继续讲，"她笑着说道，"我觉得我肯定会发笑的。您不敢见我？不过请别再谈里卡多了。那些男人都很让人讨厌。"她又微微一笑，轻描淡写地把坐在椅子上的我和其他男人区别了开来，"请继续吧。您不赶时间吧？"她的手上戴了只小金表，她看了看时间，慢慢向我靠近，把一条腿搭在了椅子扶手上。她冲着我的脑袋倾斜身子，全神贯注，充满母性，嘴唇上闪烁的酒渍是仅剩的开心的痕迹；她陷入思考，鼻孔忽大忽小，就像是在闻我的味道，想要理解我的气息。

"我不是为了里卡多才来的……"我说道。

"请别再跟我提里卡多了。"

"我是为了您而来的，我想见您。"

盖卡猛地站了起来，后退几步，扶着桌子边缘。我们都听到了电梯的响声，钥匙的响声，关门的声音。她听那些声音时嘴巴张着，就好像那是她的第三只耳朵；后来她又干巴巴地把嘴巴闭上了，咧嘴冲我笑了笑，然后又走过来靠到了椅子扶手上。她用一根手指上面的指甲触碰我的头发和脖子，沿着我下腭的轮廓滑动，我则回想着她专注聆听走廊上传来的声响时的神情，她的眼神里透着恐惧和冷酷，那副怯懦的面具被她飞快地佩戴好，又消失不见了。

"请先别走。"我转头看向她时她说道。我无法应对她的这种带有乞求性质的复杂表述，还有她那充满激情的眼神，狂热狂乱，深不可测。她的薄嘴唇又动了起来，只是微微一笑就驱散了悲伤的情绪。

"请告诉我吧。您为什么到我这儿来？"她嘀咕道。

我又吸了一口房间里轻浮的空气，我只是轻轻把牙齿打开，那股气息就涌了进来，充盈了我。我现在和她一起挤在椅子上了，堕落而幸福，我突然实现了长久以来便有的和盖卡共处的愿望，看看这个房间里的家具和物件，再用用它们。我现在已经无须通过对她撒谎来为自己找借口了；相反，我感受到了撒谎的需要和快乐。

"有天晚上咱们在同一家餐厅吃过饭，"我开始解释了，"您肯定不记得了，您当时没留意我。您和一个男人一起去的，我不记得那人长什么样了，只记得是个年轻小伙。他双手交叉放在桌布上。我也不记得我当时是难过还是高兴了；我一个人吃了饭，买完单后就看到了您，您当时的发型和今天不一样，梳了辫子，把辫子盘在头上。您别说我撒谎；您不知道这事，您不记得了。我已经说了我不知道那个男人长什么样，他是背对着我坐的。在一家饭店里，不是在科连特斯大道上，不过很近，是那种一到晚上就爆满的饭店。您那天很严肃，从盘子上方把头靠向对方，啥也没做，就只是盯着他。而我则在盯着您。您把眼睛睁得那么大，就那么直勾勾地盯着他，您的眼神充满热情，理应能把他灼伤。您偶尔也眨眨眼，也会握紧他放在桌布上的双手；他的手被握过后显得那么苍白，不过随着血液的流动又慢慢恢复血色。然后他又握起了您的手；有时握这只，有时握另一只。我觉得您那时好像有点想哭又不能哭的意思。您最后还是摇晃脑袋哭了起来。后来我搭了辆出租车在后面跟着您，一直跟到这栋公寓楼前；我是在另一天通过门卫打探到您的房间号的。"

"那是什么时候的事？"

"我记不清了。大概是一个月前吧。"

我发现她在摇头否认，而且在慢慢从我身边挪开；她站了起来，她的嘴巴显得更小、颜色更深了，她看着我，陷入思考，起了疑心，启动了防卫机制。

"我确实留过那样的发型。"过了一会儿她说道，她又一次倚靠在了桌子边缘的位置上，再次提出了问题，"您为什么不告诉我是哪家餐厅呢？"她没等我回答就从桌子上把身子倾了过来，"咱们再喝最后一杯。"

我从椅子上站了起来，朝她走了两步，我伸出一只手紧紧地抓着她的胳膊，我看到她有些不安，后来举起酒杯开始喝酒。她没有看我，身子摇摇晃晃的，不过也没有摆脱我的手。*我想知道她会紧闭双眼还是睁大双眼，难道说在这些年里，这事一直就是这么轻易就能做成的吗？*我又伸手抓住了她的另一条胳膊，她颤抖着向后退去，露出了痛苦的表情，我听到了类似啜泣的声音，她的身子依旧在摇晃，她竭力稳住身形，像是防线崩溃了一样向我慢慢靠来。我紧紧地抱住了她，我确信什么事都不会有，确信这一切只不过是我每天晚上为助眠而为自己编造的那众多故事中的一个，确信怀中紧拥着一个女人的这个人并不是我，而是迪亚斯·格雷，他搂抱着的手臂、背部和胸部是属于埃莱娜·萨拉的，地点是一家诊所，时间是中午。终于。

十三

拉戈斯先生

从诊所的窗户可以望见广场，能望见位于这个乏味的景点中央位置的雕像那泛白的空心底座，周围的树木以单纯的几何规律排列，这个底座既逼真又虚假，就像是某个梦境的主题。再往下望去，能看到如太阳光般白炙的码头旁边聚集着几群人，人数时而增多，时而减少。

我并没有带着爱意在等她；她只不过摧毁了我的孤独，陪伴我，但她会在一天中随着时间的推移而逐渐蒸发不见。见到她时，我没想过要亲吻她，她掀起裙子让我打针时我也没有那种想法。但是当她在扶手椅上休息片刻，轻咬项链，用谨慎的目光追寻某种恒久且未知的想法时；当我肆意想象她的双腿以及它们交叉跷起后产生的热度时；当我并未看她，但是需要她在场，以便我想看她便可看到她时；在我增加、修改、夸大、消除、减弱她的肌肉压在座椅上的重量和留下的形状时；在想着丝绸和汗毛闪烁的光芒，想着浓郁的香水

107

气味，想着她可以给予我的短暂且卑微的青春时，作为补偿，在短短几分钟里，我倒确实想过把她选定为我死亡的诱因，我甚至可以立刻死去。没有爱意，也没有什么真正的欲望。

他从第二扇窗户遥望黑白色驳船的细长形状，驳船被泡沫和距离造成的反光环绕，就像是长了赘疣。驳船靠近码头，慢慢地，没有摇摆，就好像它的平底滑到了某个润滑结实的平面上。在听到一阵平和的敲门声后，迪亚斯·格雷从窗户边走开了。

敲门的是个矮胖男人，脸圆圆的，人看上去很精明，可以隐藏住那些转瞬即逝的表情，他的小眼睛闪烁着光芒——瞳仁是他脸上唯一深色的东西，看上去是那副面孔上唯一用坚硬的素材制作而成的东西——，他的眼睛周边满是深深的纹路，再加上引人注目的苍白嘴唇，让人觉得他总会流露出短暂的轻蔑、挑衅、嘲讽、忧郁、惊骇、疑惑、愤怒的情绪，好像想提出建议，又像是言而未尽，嘴巴倒是显示着决绝的意味。

"鄙人是否有幸问候迪亚斯·格雷医生？"男人问道。他倾斜身子，并拢双脚，头却直直地抬着，带着询问的目光，他的表情表明他既想维持尊严，又想与医生建立坚不可摧的友情。

那个男人行动迅捷，但却不显粗鲁，他径直走到地毯中央，也就是诊所中央，这才转过身来，似乎下定了决心，露出了友好的笑容，表示他不会有任何隐瞒，无论我们在未来的关系如何。

"迪亚斯·格雷医生。"他此时进行了确认。

他再次倾斜身子,嘴角愉快地上扬,一双小眼睛又亮了起来,他把一只手放在裤腰处,另一只抓着顶灰色帽子和一双没必要戴的黄色手套的手则置于胸前。医生没有点头,但是也笑了。

"我是拉戈斯,"来客说道,"埃莱娜·萨拉·德拉戈斯是我太太。"

他最终亮了身份,然后带着微笑向前走去,此时他的嘴巴张开了,露出副欢天喜地的表情,就好像他揭露了某个令人讶异的秘密,好像他说出的那两个名字足以在我们之间创造出一种至死不变的古老亲密感。

"我亲爱的朋友……"

他拥抱了迪亚斯·格雷,他们一人轻轻后退一步,另一人则前进一步,然后又退回到地毯中心,观察医生、崇敬医生。

"拉戈斯?"迪亚斯·格雷装模作样。他只是想赢得必要的时间来把那个女人和这个矮胖成熟的男人分隔开来,然后再联系到一起,男人此时似乎正在等待他的笑容和感谢。"啊,我记起来了。拉戈斯太太。在她返回布宜诺斯艾利斯之前一直是我在给她接诊。"

"没错。我是她的丈夫。"

他又向前走来,两人的手握在了一起。拉戈斯观察着医生的表情,然后垂下眼睛,把手套和帽子放到了书架上。

"没错,"他边踱步边重复道,"不过她现在回来了,我们是昨天坐火车回来的。"

他侧身站着，面朝书脊说话；接着突然闭口不语，不信任地望向迪亚斯·格雷。

"她有点不舒服，没什么大问题，不要担心。所以她没和我一起来。噢！不至于劳烦您这样的专业人士来治疗，医生。我们相信您肯定会原谅我们昨天就来到圣玛利亚……"他做了个抱歉的手势，选定靠窗的扶手椅坐了下来，"我需要睡上好几个小时来补觉。她也需要。我向您保证她昨天晚上就想来问候您，不过我坚持不让她来，她当时太累了，她现在依然很疲惫。不过她会来的，我俩会一起来。埃莱娜的毛病您比任何人都清楚，都是些不妨事的小问题。同时我们也确信您是位绅士，能帮她隐藏……"

"请别担心。"迪亚斯·格雷坐在写字桌边说道。*又撒了谎，又演了出滑稽剧；丈夫和妻子。太荒唐了，为什么她一定要让我知道她已经回来了呢？*

"不，不，不。我们绝对没有担心。"男人辩解道。他表情严肃地在扶手椅上挪动身子。

所以说这个脸像橡胶制品一样的讨厌混蛋，这个坐在同一把扶手椅上，与对她肉体的记忆格格不入的家伙就是她丈夫。我在无数个中午时分微小的纵欲时刻里一丝一毫建构出的所有东西，那古老的故事，靠记忆留住的东西，对他来说全都已经陷入遗忘了。因此她在逐渐接近我，接近这座城市，接近背叛；她昨晚乘火车抵达，钻进旅馆里的床上，把这个混蛋赶下床，让他恰好赶在这个时间把她回来的消息告诉我，

她本人却没来撒谎，没来乞求我观赏并治疗她的肌肉和臀部。

"不，不，不，"拉戈斯坚持说道，"她是应该亲自前来的。我们一到这里她就该来，或者我来也行。我知道你们是朋友，所以我不揣冒昧认为自己也算是您的朋友。"

"这个自然。但是其他那些事还是请您忘掉吧，因为朋友之间……"

拉戈斯笑了，他默默露出感谢的表情，慢慢把头靠到了扶手椅靠背上。在这间歇他依然保持着笑容，眼睛也朝着他喜欢看的方向望去。

"您吃过午饭了吗？"医生问道。

"吃了，吃过了，谢谢。您还没吃吗？您还没吃午饭，而我却在这里浪费您的时间……我都不知道该如何说抱歉了。"他小心翼翼地站了起来，像是害怕笑容会被溢出一样，他抓起了帽子和手套。"我亲爱的朋友……真是不合时宜地打扰了您，您肯定是这么想的。我耽误您吃午饭了。这样吧……我请您吃晚饭怎么样？就当是赔礼道歉了。在酒店里吃。我之前无意间发现酒店餐厅的饭还不错。这种事啊只需要嗅觉敏锐，再加上一点点直觉的指引……咱们单独聚聚，可以畅快地聊一聊。不过和她一起喝杯咖啡我也不排斥。可是我说的不算。您会来的吧？就八点半吧，怎么样？这个时间合适吗？太感谢了。那就到时候见啦。"

他倾斜身子——又一次鞠躬行礼，一种犹豫不决的神情在他的面部皮肤上忽隐忽现——，并拢脚跟，眼神友好，把手伸向医生；迪亚斯·格雷忘记了两次类似的问候之间的时间里发生的那些微小事件，他再次握住拉戈斯先生的手时已经是晚上八点半了，地点是酒店酒吧的入口处。

"要是您不介意的话，"拉戈斯轻拍着迪亚斯·格雷，说道，"或者要是您也喜欢的话，咱们就坐到吧台那儿好了。这是人生某个阶段的象征。年轻，单身，朋友……我觉得那位先生调的马丁尼鸡尾酒很不错，要是您不想喝鸡尾酒或是雪莉酒的话……"

迪亚斯·格雷冲着吧台后的那位面带笑容的男人眨了眨一只眼睛。

"晚上好，医生。那就来两杯马丁尼？"

"来两杯，"医生答道，"低甜度，麻烦快点。"

"很好，"拉戈斯说道，"我理解您这么着急的原因，我也很口渴。感谢接受邀请，要不然咱们也没办法在吧台这儿喝酒了。您习惯这样站着喝酒吗？"

"不习惯，"医生笑了，"我不太喝酒。"

"您是贵格会的教徒吧。这么说不太好，因为我没办法确定，"他说话时嘴唇几乎没动，他又想微笑，他试图获得酒保的认同，"他说这样喝酒象征着青春和单身时期。咱们就为那个时期干一杯吧。再然后该来的就是到咖啡馆或是饭店包间吃吃喝喝的时期了。在那里喝酒已经感觉不到兄弟情谊了，就只是为了喝酒而喝酒。而且在那种地方喝酒时，总有人会带着批判的目光盯着我们，爱人自然不包括在内，爱人总会赞赏似的观察我们的放纵行为。那是谁说的来着，'轻视的眼神'是谁说的？所以我很高兴今天能这样喝酒，这都要感谢您的慷慨大度，"他笑了，然后转向酒杯，酒杯逐渐倾斜，他的头却几乎没有向后仰，"我很高兴能越过那条分界线，再次回到属于吧台的阶段。您想和我聊聊埃莱娜吗？"

"我暂时先不要了。"迪亚斯·格雷对酒保说道，然后转向拉戈斯："不必刻意聊她。当然了，作为朋友，我很想知道……"

"当然，当然，"拉戈斯答道，"我完全理解您。我再来一杯，甜度再低一点……对，我理解。但我求您再等等，等咱们的关系更亲密的那个确切时刻到来。根据我关于吧台的理论来看，我觉得可以说至少在布宜诺斯艾利斯找几个志同道合的人一起在吧台边站着喝酒并不奇怪。但事实并非如此。"他摇了摇手指，加强话语的否定性，然后用同一根手指指了指两个空酒杯。

"再来一杯吧，医生？"酒保问道，迪亚斯·格雷点了点头，同时耸了耸肩。

"但事实并非如此，"拉戈斯坚持说道，如今的他，侧着身子，垂着头，像是在思考，可能有点喝醉了，他看上去得有五十多岁了，"并非如此，并非如此啊。如果您站在像这样的吧台边喝酒，下边有可供双脚轮流搭着休息的铜栏杆，身边还有个女人相伴……如果这样的话，前面再摆上两杯酒，那您肯定是在跟那位女士说情话……我觉得咱们还得喝最后一杯。我已经点过餐了，因为您不习惯在酒店吃饭，这我已经知道了。您不会后悔的。我注意到这是座靠河的城市，所以我点了……我要告诉您我点的饭是什么了，为什么不呢？

既然您马上就要看到它了……我点了鱼。那么，我的朋友，"他对等在一旁的酒保说道，那位酒保正带着坚定、崇敬和喜悦的眼神观察他嘴部的活动，"就请您帮我们满上今晚的最后一杯酒吧。亲爱的医生、朋友，要是我看到您在这样的场合跟一位女士在一起，我肯定会觉得您在跟她调情，我将拒绝接受其他可能性。您得理解我，在那种情况下，您肯定不能放开手脚。试想，在吧台前站着喝酒时要是不能放开手脚，那还怎么获得绝对的幸福呢？从喝醉酒的第一时间开始，我们就得和朋友说话，也听朋友说话。我的意思是……其实您不需要我做解释的……自愿放纵的那一瞬间对我们来说就意味着永恒。就像我们不断重复同一句话，但只要这句话的新意还在，它就能被用来解释一切。"

他直接面向医生，微笑的时候带着那种打牌赢了很多钱，又为此表示抱歉的表情。吃完晚饭后，咖啡和几杯白兰地被一起端了上来——迪亚斯·格雷不喜欢喝酒，他默默看着身边那人把苏玳贵腐酒的酒瓶慢慢倾斜过来——，只是到了那个时候埃莱娜·萨拉的丈夫才想起谈论自己的妻子。他把脑袋靠在椅子后背上，让自己平静下来，慢慢寻回那种包含一切可能性的殷勤态度。

"就是现在，现在咱们该谈谈了。埃莱娜病了，但不是真病。如果咱们不是坐在饭桌上的话，我可能会说她只是来了月经。我想说的是这种状况，以及使得她此刻没能陪在我们身边的状况，都是不可避免的，是些常规化的情况，持续时间很短，但并不是什么病。对吗？请允许我问一句，您是管她叫埃莱娜吗？"

"不，"医生说道，"我叫她拉戈斯夫人。"

"好，那咱们就用'她'来称呼她吧。她在很久之前，大概两年前吧，认识了一个男人。我不打算向您隐瞒任何事；您这么聪明，又有绅士风度，向您隐瞒事情是对您的冒犯。而且我希望今晚咱们正在喝的这些酒意味着一段真正友谊的开始及升华。我现在要做的事情如果可能做成的话，也着实十分难做：定义一个男人。对吧？我可以给您讲述逸事，罗列我观察到的东西，大胆提出我的看法，或者请您给出您的想法。但我打算用一种完全相反的方法。我会直接告诉您那是个怎样的男人，然后再把原因和盘托出。咱俩之间也不需要什么医患保密协定了。"他笑着解释道。

"当然不需要。不过我不觉得了解那段往事对我的职业能有什么用处。"

"不，不，请允许我不同意这种说法。您会明白的。那个男人（他叫奥斯卡，奥斯卡·欧文，是个英国人），我这样定义他：他是个小白脸。不管怎样，他到死都是小白脸。我这么说也不全是因为他靠我的钱、她的钱生活过一段时间。哪怕他没从我们身上搞到一分钱，他也还是个小白脸。哪怕反过来是他曾经给过我们钱、食物和衣物，他也同样是个小白脸。别人天生是数学家或画家，但他天生就是小白脸。这是根子上的问题，跟环境没关系。您不感到无聊吧？那就好，太感谢了。再来杯咖啡？再来杯酒？请允许我再点杯喝的。"他跟酒保说了几句，从口袋里掏出个厚厚的钱包来，他抽出一张纸，在上面快速写了些什么；酒保端着咖啡和白兰地回来的时候，他把一张钞票对折交给对方，还说了个数字。"谢谢。那家伙就是个小白脸，我已经跟您讲过了，我从第一次见到他起就开始这么觉得了。就像把病传染给我们一样，它让我们染上了毒瘾。还好并没到非吸不可的程度。从根本上讲，就我来说，我是出于忠诚，想在她状况不好的时候陪伴她。我可以随时把这坏毛病戒掉。但是为什么要戒掉呢？它对我的伤害不见得比香烟大。那个男人赢了？对，我得承认从他的立场来看他是赢了。他们之间连一丁点儿可受指责的亲密关系都没显露出来。这我承认。他赢在让她迷上了他，让他变得不可或缺，这么说吧，他本身就变得像那种他传给我们的毒瘾似的。他年轻，很帅气。他看上去天真无邪，一直在向我们展示他的男性魅力，可最后我们却发现他身上有些娘娘腔的东西。我得再重复一遍，在这个事情里肉体关系是不存在的。除此之外，那个娘娘腔除了钱还会想要什么呢？一次又一次的关怀，那种卑躬屈膝的态度。鲜花，适时而廉价的礼物，帮她坐下、起身，帮她穿上外套、开门上车。无条件地陪她逛街、看戏、看电影、喝茶。相反，他得到的绝不只是金钱。他获得了她的崇拜。一个在那之前毫无存在感、无力获得女人长时间垂青的男人，忽然获得了我妻子的好感，她任由自己深陷这难以解释的巫术之中，最后他借此完完全全获得了我们称之为人格的那种东西，成了和其他成功男人一样的人。"

一个小伙子从电梯里走出来，把某样东西递给酒保，酒保向我们这桌走来。拉戈斯慢慢把那张纸打开，读了上面的内容，把纸塞进了装钱包的口袋里。*他是个狠角色；他在撒谎，整个事情都是编的，我猜不透他编故事的目的是什么。但他无疑是个狠角色。*

"我懂了，"医生说道，"但是这种男人没什么危险性。"

"也不一定。您会明白的，"他喝着酒，眯起来的那双小眼睛盯着自己的手，"咱们不要在这个话题上争论下去了，请允许我这么说。我想说的是那个男人这辈子第一次有了存在感，因为他遇见了两个人，这两个人在文化程度、教养、生活环境和社会地位方面都优于他，但是却平等对待他。咱们待会儿再继续这个话题，咱们有的是时间。我妻子刚刚告知我说她可以见咱们一会儿。她甚至写到说很高兴见到您。所以咱们还是赶快动身吧。"

"好的，"迪亚斯·格雷说道，他毫不犹豫地冲着对面那张红红的脸笑了笑，那张脸倾斜向桌面，表情严肃又专横，"但是您得告诉我一点关于您妻子的病的情况。"

"没错，请原谅。我可以用一句话向您概括她的病，因为我看您似乎对此还挺感兴趣的，我得向您表达谢意……她害的是心病。一般每过两个月左右的时间，她就会因为思念那个男人而饱受折磨，就好像她已经爱上了他似的，又好像他的消失压根就不是某个男仆被辞退那么简单……请允许我问一嘴，您在青年时期经历过那种危机吗？就是心里只想着去死的那种情况？"他站了起来，等着医生起身，他把手搭到医生胳膊上时又露出了笑容，"入睡困难，噩梦连连，冷汗直冒，无路可走，记忆涌来，又消失不见。"两人走到电梯口时，他在此拦住了医生。

迪亚斯·格雷想着埃莱娜·萨拉对那个消失不见的男人的那些记忆的数量。想到了自己的贫穷，他觉得命运把他抛弃在了那座小城里，他成了没有记忆的人。

"我有个地方表述有误，"拉戈斯说道，"他们第一次见面时，她并没有被他迷倒。连一点特殊的兴趣都没有。她依然记得他当时和我一样目光锐利，一眼就洞穿了那个男人身上所有的缺陷和弱点。我还曾替他说话来着。只是单纯出于怜悯。我还曾那么做过。所以说她根本没病，只不过是那些记忆又涌来了，它们会纠缠她一两天，然后再消失不见。"走出电梯时他说道。

女人听到了两人说话的声音，听到了敲门声，知道两人已经等在门口了。她应了一声，她有足够的时间下定决心、脱去晨衣，裹在如节日盛装般碍事的睡袍里微笑着走去，她感觉到丝绸正在摩擦她的膝盖。*但是我生病了；拉戈斯肯定对他说过我生病了，可是并不严重，还没到让他再次见到我裸体模样的程度。他在笑，但是他并不想和我的目光交汇；他努力想对我展示出他的和善态度，但同时又有点轻蔑的意思在里面。我可怜而亲爱的医生啊。拉戈斯不停说着蠢话，事实上却什么也没说清楚，医生则笑着，像是饶有兴致，和善而轻蔑。不停抽动鼻子，想嗅出陷阱的气息，好像我就要求他给我打针或开处方了似的。现在他们谈论起了钓鱼的事，互相说着些关于渔民的故事和笑话，有时他会偷偷瞅我一眼，*

想知道我对他们的谈话内容是否感兴趣。现在拉戈斯说话的音量大了起来，大笑，乱动，打电话叫喝的。我现在就能看见他裸体的样子，他的啤酒肚，弱不禁风的双腿；我能记得他在我面前展现出的所有上了年纪的人有的症状，他自己倒不觉得。生活就是这样啊，医生。您比我上次见时更瘦了些，也更苍白了些；您也不是个小年轻了。在拉戈斯（他又大笑大喊了起来）快活地谈天说地时，他的脸上总有块肌肉活动得有些僵硬，或者不及时活动，在他开心快乐时，或者表现他那不负责任的不成熟性格时！再没有比这更能体现他衰老的东西了。医生，至少您不需要努力掩饰这些；至少我看不出您惧怕什么，我从没听您撒过谎，也没听您把同一个冒险故事讲上百遍。我也从来不需要在出轨时还要费心保持对您的尊重；我不觉得您在我身边时总是活得谨小慎微，您也不会用耳光来代替言语同我交流。

现在我们都笑了，是那个我们刚刚从布宜诺斯艾利斯听来的关于主教和舞女的故事引我们发笑的。真有意思，拉戈斯重复了一遍；他想让自己像个少年那样爽朗地纵声大笑，他情绪激动，椅子随着他的摇摆而晃动。我们三个人聚在一起，您有时会向我的双腿瞥一眼，同时还保持着戒备状态，好在我们向您开口要点吗啡时不表现得过于惊讶。您见过我裸体的样子，医生；您当时应该摸我的，这样就不会在此时觉得我只是个老头子的太太了。糟糕之处不在于生活许诺我们一些从未兑现的东西，而在于它兑现了一切，又突然停了下来。

不应当嘲笑拉戈斯，医生；他比看上去更复杂，更睿智，更难懂。他总是撒谎，撒很多谎，恐怕他只有在孤独死去时才会恍悟自己是怎样的人。他现在还在撒我的谎，因为他害怕，因为他老了，因为他编造出的每个拉戈斯都意味着一种可能性。在最后一种情况下，那种可能性就是遗忘。我们不会向你索要任何东西的，你随便什么时候都可以离开，医生，跟酒店员工打个招呼，跟得了肺病、风湿、下疳的那些人打个招呼。也许你会独自再去喝最后一杯，你会念念不忘我穿睡袍的样子。我看着你的眼睛，我们都累了，我们都有某种预感，医生。现在我站了起来，要跟您握手了，要短暂地观察您的痛苦了。

十四

他们和埃内斯托

　　我们几乎没有说话，哪怕说了话，也都是些无足轻重的事情，能够被遗忘，也能够被删除；她，那个男人和我都很干脆利落，没什么无意义的举动，就好像我们已经花了许多个晚上排练这一幕似的。

　　我们单独在一起的时候，盖卡躺在床上边笑边喝酒，有时否认些什么，有时又许诺些东西，琢磨是否要把某些从未对其他人讲过的秘密讲给我听，她眯着眼睛，像是看着自己被钉进了某口无名的棺木。我冷淡而谨慎，压低嗓音说话，因为我害怕赫尔特鲁迪斯会突然回来，听到我的声音。有时我会靠近盖卡，抚摸她的头发，把耳朵贴到墙上一会儿，试图倾听隔壁房间那寂静的声音。

　　"不，"盖卡下了决心，"我不会告诉你的，也不会告诉别人。我才见了你五六次，我怎么会有把秘密告诉你的想法呢？不只是因为我喝醉了，应该是你看着我时那副圣徒般的面孔引得我有了那个想法。但我最好还是别说出来。你肯定也会觉得我疯了。阿尔塞，你叫阿尔塞，这是我唯一知道的关于你的信息。这个世界真是疯狂。我总是想把秘密说给你们听，你，还有我很熟悉的其他一些人。不过我是不会给你讲的。"

"随你便，"我嘟囔道，"我不会求你给我讲任何事。"*阿尔塞，我不能忘记这个名字；我来找她时最好不要随身携带证件。尽管无论我怎样小心，终有一日她会看到我从我的公寓里走出来，或是从门卫那里得知我的身份。*

"不，最好还是别说了。你今天怎么不喝酒呢？我告诉你件事：我口中的'他们'不过是说说罢了。有时我会跟胖姐说：'再见，我得和他们一起到家里去了。'谁知道她会怎么想呢。我总是担惊受怕的，因为我什么也做不了。只要我一独处，他们就出现了。要是我喝多了，我就会立刻睡着。"

"他们到底是谁？"

"谁也不是。就是这样，"盖卡边说边开始笑，她抬起头来逗弄我，"是空气。你已经知道得太多啦。"

她带着警告般的神秘笑容喝光了杯子里的酒，然后走到椅子边，弯腰把笑脸向我凑了过来。

"他们是谁？"我问道。*如果有人认真听墙壁另一侧的声音的话就能发现她在跟谁说话；她的笑声和说出来的话慢慢禁锢着我的沉默和我的不安，最后会掏空我坐在椅子上的躯体、面庞和双手。*

"这么说你想知道咯？"她晃动着身子笑着，像鞠躬一样快速弯了几次腰，"就像是猜谜游戏。他们。只有我能看到他们、听到他们。你对他们一无所知。胖姐也搞不明白，我已经在跟她解释了，我几乎要把谜底都说出来了。也许哪天你会骑在其中某一个人的身上，只不过你不知道罢了。你会说我醉了或是疯了。"她笑了，慢慢直起身子，头也移开了，不过笑容突然就消失了。她后退几步，和第一天晚上一样站着倚靠在桌子边缘，把手藏到了身后。她观察看我，表情有些忧伤，把头发散开后她显得更年轻了。

"现在由你去给我倒杯酒来给我喝。"我在倒杜松子酒时还留意着墙壁那边的动静，赫尔特鲁迪斯还没回来。"一滴也别洒出来，别那么快，再等会，现在好了。亲我一口吧，小伙。你叫阿尔塞对吧？我喜欢，不过胡安·玛利亚像是女人的名字。你可别生气。你表现很好，但我什么也不会告诉你。我最好还是把那个秘密带到棺材里去。你别笑，再亲我一口吧。你看看我是不是疯了：有时直到我睡着时他们也还没来，因为开始想象某座山里正在下雨，腐烂的叶子地下有块镜子碎片和一块小铁刀片。注意：我不知道那是不是我小时候见到过的景象，还是说只是我某次梦到的场景。但是只要我好好去想它，去想那座小山和所有那些东西，我就能睡得很好，根本不用去忍受他们。但是我不能当作回忆一样去想那些东西。不，你是无法理解我的，你别说你能。我得把它们当作那个时刻正在发生的事情去想，就好像真的在某座大山里正在下雨，而我能感知到它。"

在我靠近她去亲吻她的时候，她比我先听到了钥匙在锁眼里转动的声音。她紧紧地压了压我的胳膊，后退几步，手垂了下去，她又露出了我第一次见她时的惊恐表情，只不过这次我看到的不是她的侧脸，并非只能看到她的一只眼睛、一侧脸颊及半张黑黑的、张开的嘴巴，仿佛把那杂音吞掉了一般。她又向着桌子退了几步，这迫使我在只看到她的表情、后退的动作和杯子坠地的声音的情况下预测接下来将要发生的事情。有那么一秒钟时间，我还能看到她瘦削的脸，那张面孔因为恐惧显得比平时扭曲了三倍；我看到她的眼神试图飞快地传递某些信息，但立刻就放弃了。她抬起手臂，拉着我转过身去，拉我跌跌撞撞地走了几步，在书架前把我拦了下来。拳头击打房门的声音响起，她跑去开门。我看到盖卡消失在了走廊里，我听到一个男人在大声说话，但他的声音突然又停了下来，消散在了她如昆虫般连续不断、嗡嗡作响的声音中。

一个男人，另一个男人。我是阿尔塞。我抓起酒杯，倒满杜松子酒，试着背靠书架边喝酒边等待。她先走了进来，曾经紧张和恐惧的面孔上挂着泪痕，还向我假装挤出胜利的笑容，其中却不带任何喜悦的成分。男人随后走进来，关上门。他比我更高，更年轻，更瘦削；他戴着顶向后颈倾斜的帽子，根本不可能想象他用其他的方式去戴那顶帽子的样子；他深栗色的头发在离眉毛很近的地方闪耀光芒，刚刚剃过胡须的脸显得十分苍白，透着股事先预设好一般的冷漠神情。他们慢慢走近，现在变成两人并排走在一起了，但是谁都没有说话。我朝着桌子，朝着他们，朝着屋子中心走了过去，同时调整着适当的笑容，最终只是冲着他们两人随便笑了笑。他们像是没看到我的笑容；我看到他们迈出最后一步，及时停了下来；她冲我抬了抬下巴，与某种可以预见的愧疚感作斗争，她两颊泛红，小嘴巴轻柔地变换着姿态，她在寻找某个最恰当的表情。寂静的氛围生根发芽，笼罩住了我们三人，却又被从远处突然传来的细雨声侵扰。后来盖卡冲着刚来的男人摇了摇头，但没有看他，却把闪烁的目光向我投来，好像把他晾到了一旁。那个男人在等待着什么，他没想明白，也没下定决心，他的肩膀微微前倾，只是因为有了嘴巴和眉毛的深色线条，他那苍白的面孔才没有变成一片空白。在她重新移动脑袋——受嘴角牵动，而非目光——之前一秒，我终于明白了那个男人在等待什么；我摸黑放下酒杯，慢慢模仿他的姿势，手臂带有欺骗意味地下垂，背部也弯了下去。

"他在这儿，"盖卡说道，"他说他是因为里卡多的事来的，说我应该和他重归于好。我已经跟你解释过了，我真的被这种事情烦透了。"她不想看我，她抬起一条胳膊，又垂了下去，拍到了腿上。"总是威胁我；还好你来了。"

"你现在怎么不说话了啊？"男人的声音显得有些苍老，语气带有些威吓的意思，我才刚听到他的声音，就发现他那苍白的面孔清晰了起来，由失眠和悲伤在上面刻下的阴影逐渐显现出形状来，"现在跟我谈谈里卡多吧。怎么现在不说了啊？"他说这话时有点泄气，像是在想着另外一件事情。

盖卡开始后退，一步接一步，慢慢靠近广播里逐渐微弱下去的小提琴音乐；她倚靠在墙上，头碰到了一幅画，然后就一动不动了。

"我不明白，"我说道，"她不能说……"

她不愿意，但也可能并不想，看我、听我说话。她就像是已经离开了房间，远远地，去到了雨声的另一侧。我看到他动了，影子突然拉长；我感觉到我的肋骨撞到了椅背上，然后才立刻感受到了在那之前我的脸上中的那一拳；我慢慢回过神来，发现自己坐在了地上，手脚都呈张开状。

"埃内斯托。"她嘟囔了一句，却没有任何实际意义。

埃内斯托的帽子依旧斜向后颈，我听到他在喘着粗气，我看到他的嘴巴过分张开，就好像刚跑完长跑一样，又像是听自己的喘息声让他觉得很享受。他朝后退了一步，手臂又垂了下去，他挡住了盖卡。门那边有动静；我搞清楚发生了什么，于是立刻把门的声音抛到脑后了。我一只手撑地站了起来，然后用另一只手朝埃内斯托的胸口打去。我又感受到了下颌右侧传来的痛感，紧接着又撞上了某个家具。一股让人恼火的疼痛感从胃部循环扩散到全身，我无助地仰面朝天躺到地上，我觉得全世界就只剩下我张开的嘴巴和呼吸的绝望需求，我后背和地面之间隔着的那块布料，以及走廊地面的清凉触感了。

她慢慢靠近挥舞着拳脚的那个男人，他一拳击中了我的胸口，我的帽子从他肩部飞了出去，落到地上打转。摔门声响起后，天地间就只剩下雨声了。我坐在楼梯上，等着呼吸变得顺畅，我蜷缩着身子，耐心地盯着自己公寓的房门，倒是不必担心赫尔特鲁迪斯打开门探身出来；我整理了凹陷的帽子，擦干净又湿又脏的手，上面沾满了走廊上的痰渍。

　　我在半秒钟内又想到了刚刚发生的事情，想到了盖卡的身子和她的过去，又想到了我拜访她、冲她撒谎的行为；我以为自己解开了在生活中以前遇到的所有谜团，以为自己又能找到某些微小的日常生活的感觉，然后凭借它们找到答案了，哪怕只是为所有重要的疑惑找到一个答案；一个让人兴奋的答案，一个对我来说如此有用、有说服力的答案，是所有盲目、愤怒和绝望的人都在寻求的那种答案，那些人在那一刻，在这个世界上，都算得上是我的同路人。后来我笑了，我形单影只，手里拿着帽子，就像个坐在门廊前的乞丐，与此同时我又觉得，只要我继续叫阿尔塞，某种最重要的东西就会安然无恙。

十五

微小的死亡及重生

　　天一黑，赫尔特鲁迪斯就从阳台走进卧室，脸朝上躺到了床上，我则正想着刚买的那把左轮手枪，我把它保存在了我在广告公司的写字桌里。这段日子黄昏十分漫长；我很多次都是天还亮着的时候就回家了，赫尔特鲁迪斯则在阳台上，时而说话时而沉默，慢慢向我描述天色变暗的过程。我不能探身出去。我需要保护好阿尔塞。从她庞大而忧郁的轮廓旁，从她朝向河流的侧脸旁，我能看到灰色的房屋和蓝色的阴影，还有天边最后一片如被点燃般的地带；有时我还能从她的身上感受到喜悦、平静，还有对死亡的某种独特好奇心。

　　现在我们正在交谈，在停歇的间隙我又想起了我的那把崭新的左轮手枪，我看到它躺在写字桌抽屉里，躺在纸堆和文件夹中，和玻璃屑与铁屑躺在一起，还有我习惯在每周一次到港口去拜访潜在客户时沿路从地上捡起的螺丝和弹簧。我没再听赫尔特鲁迪斯讲话了，而是去回想那把左轮手枪的型号，那就像是它的名字。她正在冲我笑；她没穿鞋，两腿分开，手则在摆弄晨衣上的带子。

"然后呢？"她嘲笑似的问道。

"啊，然后就没有然后了！"我答道，"我无法去感知，我并不觉得需要去思考'然后'怎样。除非你……"

"我也一样，我连一点感觉都没有。"

她微笑着歪着脑袋，面部被阴影覆盖，她抬高肩部，背对着黄昏。她继续摆弄衣带，她很幸福，她又摆出了少女时期常有的那种柔和的挑衅态度；她盯着晨衣的前部，没人能猜得出乳罩的哪一侧是被填满的。

"我觉得咱们之前都是在谈些理论上的事情，"我停止看她和阳台上天空的景色，说道，"至少我在忠诚方面是亏欠你的。尽管在其他事情方面……请允许我这么说吧……"

"或者说至少在忠诚方面亏欠你的人是我，"她打断了我想用来收尾的话，"这么说怕是更准确吧？"

"不是那么准确，这很愚蠢。"我躺到床上，眯起眼睛，双手合拢放在下体位置上。我看到左轮手枪的枪管里射出不可思议的光芒。如果我能闻到花香的话，大概就表明我已经死了吧；她每次接受的沉默不只意味着我的沉默，也意味着我在倾听方面的无能为力。我注定要这样死去；我的父亲和祖父也是如此，因此我有足够的理由请求他们原谅我。

我透过眼睛缝隙看到她走到了床边，天空的最后一丝光亮照在她的一只眼睛上，又慢慢移到了她强迫自己挤出的笑容上。

"太荒唐了，小胡安，"她嘟囔道，"那种想法确实很愚蠢。我记得很清楚：'你离我越来越远。你依偎在我身边取暖，心思却早就不在这里了。'我说错了吗？这想法多么愚蠢啊！……"

我想着需要把那把左轮手枪带回来，在公寓里找个地方藏它，厨房也好，浴室也罢。

"事情不像你想的那样，"我从死亡的想法中脱离出来，说道，"它与怀疑和否定无关，那些都不重要。我当时什么都没问，也没想过要猜疑什么；我只是告诉了你我看到的、感觉到的以及不由自主去想的东西。"

"好吧，但是你说你不在意那些东西？"她的笑容此时我已经看不到了，只能听见她的声音，"完全不在意？"

"也不能这么说，"我立刻回答道，"也不能这么说。"*每次我们都会以上床来结束类似话题，但这次我不想这么做，现在我很幸福，我可以随时去死。*"我说你坚强又快乐。我说你的表情是那种正在想着别的事情的表情，是那种回忆起了我不知道是什么的事情的表情，但那应该是你快乐的源泉。我说的是当咱们拥抱在一起的时候，你的那种回忆某事的表情让我有种疏远感。"

"没错，但这对你到底重不重要？就按你说的来谈，这些对你重要吗？有多重要？"

"好吧。我不喜欢承受这些东西。你满意了？我不知道我能不能承受住这一切。"也许我的话透着些不明晰的威胁意味，也许她已经听了太多次我坚称她任何形式的不忠都会对我造成伤害；也许她会停止说话，穿上衣服。"咱们要迟到了。"

但是她没动，我往上望去，想象着她那被遮蔽在阴影里的眼神中的笑意。我又开始在沉默中死亡，被碾压，在忧郁的夜色中失去厚度；在我右侧，有人在走廊上走动，也许停在了盖卡门前，然后就再没动静了；几乎就在紧贴我头盖骨的墙壁的另一侧，那间我在里面经历了拳打脚踢，然后被人抓着双脚拖到走廊的房间里依然静谧无人；靠近我左侧太阳穴的地方聚拢了一些刚入夜后的杂音，那是种无害的古老悲伤，此外还夹杂着春风吹拂的声音。

在父亲和我那未谋面的祖父辞世后，到我的死亡那难以想象的开端，在这之间横亘着诸多恐惧，还有希望、鲜血和胎盘的种种短暂形态；在这里，我已死亡，这是关于种种死态的布劳森的理论的最终版本的短暂巅峰，他们的双脚、屁股和肩膀已麻木无感，惨遭碾压，变得僵硬，那是变成腐肉之前的无人称的序章，不过所有那些死尸都叫布劳森。我被他们所有人抬高（不慷慨，不怨恨，也不带任何目的）到地表，就是为了这个，为了给我的死亡盖棺定论，为了谦卑地观察我的面孔，为了在这个夜晚被平静地拉长，然后惨遭删除，最终我又在消亡中变成了自己，是这个女人在我勉强休憩时表现出的冷漠态度帮助了我，她带着渴望和思绪凝视着我这虚假的最后一天中的最后一抹红色霞光，此时她已挺直了身子，心里揣着的尽是些与我无关的事情，圣母啊，圣母啊，活人待在刚死之人身边时总是这样一副样子；被神秘感、恐惧和面对死亡疑惑时曾经抱有的好奇心的碎片压得有些喘不过气来。

"啊，啊！"赫尔特鲁迪斯语气不阴不阳地说道，"迟到了对我们来说又有什么重要的呢？咱们能谈谈吗？没错，当然了：咱们可以谈谈。信任啊，理解啊，诸如此类。但是如果我们可以谈谈的话，我对此也就失去兴趣了。如果我可以把一切都和盘托出，剩下的就是你的理解问题了。如果我说出来，而你又全都理解的话，那么你就无法真正理解我希望你理解的东西。要想真正理解我，你就得愤怒起来，否则你就不可能理解。不过我也并不在乎。我就像是在跟一具尸体讲话，只不过这具尸体会思考问题，而且不会出错。小胡安，我们的问题在于爱没了。咱们都清楚这一点，也都提过无数次了，因为爱情即理解。可是，只有在我们不能把所有事情都理解透彻的情况下，爱情才能持续下去，我们得有些惶恐地预见到再次从头开始理解一切的需求、紊乱和惊异才行。小胡安，就像逐渐感觉到岁月流逝那样，我开始感觉到我的双脚正在冷却。所以说我快乐的源泉不在这里，不源自你？一到晚上，我就把身子蜷起来，背靠着你，难道是为了回想起白天你不在身边时的那种幸福感？不对，小胡安，还没到这种程度。我是该到床上去还是该穿好衣服？我一会儿就来。"

我感到她向前走了几步，躺了下来，一双冰凉的脚搭到了我的脚踝上；她又蜷缩了起来，我听到她发出热情的笑声，用鼻尖触碰我的耳朵。可能在墙壁的另一侧正有人在小心翼翼地移动，试图不发出声响。尽管不情不愿，可赫尔特鲁迪斯的声音和气息还是让我带着遗憾重生了过来。

"你不要动，小胡安。我能看到你，连你的脚我也能看到。我不想碰你。我是那么爱你，你之前说的一切都太荒唐了。我能碰你吗？我知道我能，但我希望由你来告诉我。我希望你求我碰你。没有其他人横在你我中间，没有什么别的男人，也没有什么阴暗的可能性。我这么说行了吧？你喜欢我这么说，对吧？你喜欢。如果你觉得我是在撒谎，我不明白你为什么没有打我。你要是能生气打我可能会更好。但是你不要光是嘴上说，不要光说。要是你这么想，我却那么想，只靠说话怎么能让咱们互相理解呢？不过小胡安你的确是个好人，你讲原则。我如今已经没什么原则可言了。要是说我身上有什么东西变了的话，那就是这一点。"

这时我晃了晃脑袋，与先于我存在的那无数个布劳森的骶骨痛、呼噜声和汗液告别，这些东西属于周期性出现的布劳森们：胡安·布劳森，何塞·布劳森，安东尼奥·布劳森，玛利亚·布劳森，曼努埃尔·布劳森，克罗斯·布劳森，他们原本有血有肉，后来却在欧洲和美洲的腐殖土及漂白土下化为虚无。

"你别再碰我了。"我说道。

"好啊，"她松开手指，她的嘴巴慢慢从我的耳朵和脖子边移开，"我只是想搞清楚你还在不在意这些。我这就穿衣服。"

可能我真的不在意。但是她需要我的妒意，此外还需要

一丁点儿我并未显露出的恨意，出神，目光不自觉地游离起来，没有任何能迫使她让步的爆点。她会需要我的妒意，但又想确定我不会过度难过，难过到用她和另一个男人的关系来反击她，如果说真的有另一个男人存在的话；从另一个角度来看这种确定性也在支撑着她，当她跟我躺在一起，被悔意刺激得兴奋而温柔的时候。

"但我不觉得你会难过。要是我觉得你会难过的话我会感到幸福的。"她冲着天花板大声说道。她等待着；在这完完全全的黑暗之中，我感觉到她全身僵硬，等待着。

盖卡的房门猛地关上了，两个人走了出来；我听见一阵陌生的笑声，还有一句问话。写字桌又小又轻，就像学校里的小黑板，那把左轮手枪就睡在里面，它现在已经知道我为何要每周一次在港口附近狭窄的铁轨边弯腰捡拾玻璃和无用、生锈的机器零件了。

"我要换衣服了。"赫尔特鲁迪斯终于开了口；我听到她打开了衣柜，拉下百叶窗，走进浴室。旁边屋子静悄悄的，没有一点儿声音，只有静寂。我不知道——我也没兴趣搞清楚其中的原因——自己什么时候会再到盖卡的公寓去，去杀死那个叫埃内斯托的男人。相反，我知道我愿意用一百个长着两个乳房的年轻的赫尔特鲁迪斯，再加上这个叫布劳森的男人的一切，去换得重温盖卡躺在我身下用双手帮我泄欲的机会，又或者换取再次在她的脸上看到那种真实可触的怯懦及落魄的机会。

我听见赫尔特鲁迪斯混杂在水声中的歌声，我想象着她身体的样子，我明白她的存在、我们说的所有事情和做的所有事情都只不过是在我的过去出现过的某些无趣时刻的令人厌恶的重复。努力是无用的，悲伤也是无用的。她的声音有时会压倒水声，可有时又会像被雨水打落的叶子一般被压制下去。从那时算起，我永远都不会再和她争论什么了，我会麻木地夸赞她的新衣服，静静嗅闻出人意料的香水味道，我会习惯在天黑之后就爬上床，为的只是去听盖卡的公寓里传来的声响，并在黑暗中等待赫尔特鲁迪斯的回归。

没有失去耐心，也没有迫不及待，我只是在等待着兜里揣着那把左轮手枪敲响盖卡家房门的时刻的到来。在这期间，我习惯了模仿那几十个冷漠横卧的布劳森的样子，把后颈摆好，露出令人肃然起敬的自信表情来，就这样躺在那无数个布劳森曾经躺过的位置上，和他们的姿势一样，他们是他者，也是亲人。我几乎没露出笑容，只是模仿着他们嘴唇的位置，这都是为了维护所有那些先于我出现的布劳森的存在与死亡，胡安·布劳森、佩德罗·布劳森、安东尼奥·布劳森……但是用处不大。

十六

沙滩上的酒店

迪亚斯·格雷在沙地上拖动小船，直起身子，疲惫又滑稽。他的脚上没穿鞋，裤子卷到脚踝处，前臂累得有些酸痛，同时还被烈日照晒。叫埃莱娜的那个女人站在离他有五十米远的岸边，头上围了块彩色头巾，她此时已经把鞋穿上了，正在抽烟等着他，面朝着一条从河边难以看清的道路。最后几丝阳光碰撞在她眼前的深色镜片上。

医生穿上草鞋，把一根桨举高。*够了：过于沉重了，过于可笑了，竟然穿成这样，穿着这种裤子，把桨扛在肩上，和她一起走在海岸边。要是碰上抢劫的话，事情就更糟了。*他把桨靠到船上，踩着依然带着余热的又粗又脏的沙子向前走去。埃莱娜重新迈开步子，但走得很慢，故意夸大走在沙滩上的困难程度，其实是为了等着他赶上来。

"您累了吗？您一直自己划桨，真是任性。不过可别忘了您的承诺：直到世界末日。越过那几座沙丘应该就能看到那条路了，我刚才听到那边传来卡车声了。咱们肯定能在那边找到酒店，或者过去找人问一问。"

"同意，"迪亚斯·格雷说道，"我有点累了，可能是因为被太阳晒的，应该一会儿就好了。"

"咱们从这儿走，"她边说着，边开始走上第一座沙丘，"到了酒店咱们就可以喝点饮料了。最好还是洗个澡。"

他们互相搀扶，默默向上攀去，再次大汗淋漓。爬到沙丘顶部之后，他们看到了那条路，狭窄，曲折，到处都是新立的铁丝网和栏杆。他们休息了一会儿，想要掩饰喘气连连的状态，他们的脸颊仿佛正在平静的空气中燃烧。

"等会儿再走怎么样？"她建议道。

迪亚斯·格雷耸了耸肩，不过他还是弯下身子，最后蹲了下来，他把背包放下，靠在了上面。

"应该是在左边，"埃莱娜嘟嚷道，"那边有栋高大的建筑，还有个网球场。另一边我就只看到了几座农场。"

"坐下来，咱们抽根烟。"

"不了，在船里坐着的姿势让我的腿难受得很。不过还是给我根烟吧。"他很开心，他能休息会儿了，还能抽烟、看她的屁股。"我们到了城墙根儿啦，"她开起了玩笑，"想想那些城市里配有城门、城垛和卫兵的时代吧。"

"我在想呢。"他嘀咕道。*东方故事。阿里·迪亚斯·格雷，一个宦官。*

"要是您想多休息会儿的话……"

"算了，最好还是趁着天亮赶路。等到了酒店，要是真有酒店的话……那里肯定会更舒适。"

他们跑下沙丘，任由自己在沙坡上滑落。走到路上之后，他们恢复了常规步伐，慢慢地走着，路上十分静谧，四周荒无人烟，道路两边是大片吮吸着最后阳光的干瘪的红土地。

"我不理解拉戈斯。"迪亚斯·格雷说道。

"您好像有些担心。为什么要担心呢？因为这次郊游？因为他没陪我来？"

"也有这方面的原因。我现在知道答案了；他得待在布宜诺斯艾利斯，他可以像相信兄弟一样信任我。但是我没问他比较重要的一件事：他最后一次收到奥斯卡的信是什么时候？"

"不到一个月吧。我到圣玛利亚去找他，他在那儿，在酒店里。我回到布宜诺斯艾利斯的时候看到了那封信。于是我和拉戈斯决定回圣玛利亚，想查清楚酒店的具体地址，然后去找他。当然这要借助您的帮助。"

"谢谢。就像您说的，这是种让人难忘、经得住考验的信任。"

"别开玩笑啦。"她笑着说道，眼神望向前方，对待医生的态度显得有些冷漠。

"我没开玩笑，我可不能开这种玩笑，我害怕他。也就是说是一个月前的事了。可能他已经不在那儿了。"

"有可能。他说过他找到了一家更便宜、更偏僻的酒店。"

"'酒店'是这儿的说法。奥斯卡是英国人，他可能住在随便哪个接待住客的房子里。这边一到夏天就有很多这种旅店，整条海岸到处都是。"

"也有可能。"她冷漠地说道。

酒店所在的位置就在路的拐弯处，他们继续向前走，仿佛把阴暗宁静的天空抛在了身后。*你别烦，我不想烦你。划船划得我浑身酸痛，肌肉僵硬，不过我就在这，带着你一步一步向前走，手拉着手，低声下气，走向普里阿普斯[1]的藏身之处，而且是带着你丈夫的许可这样做的。*

"我对您有点不公平，"她转过脸来，冲他笑了，不过并没有停下脚步，"您有权知道这些事情。有什么问题就请问吧。奥拉西奥·拉戈斯跟您说什么了？"

她加快脚步，朝右侧看去，朝一头身上带有斑块的奶牛望去，那侧还有一条正在小跑着远去的狗，几件花衣服晾在葡萄藤上。

"拉戈斯对我说的话我都已经给你复述过了。这么不信任我可是不可原谅的。"

"可我想问的是他来圣玛利亚的事，他到那家还没出现的酒店去的事，他是怎么说的？"

"哦，"迪亚斯·格雷停下脚步，说道，"请原谅。"

他拔出脚后跟上扎的一根刺，又把手帕摊开擦了擦脸。*他们都不能谈论他，他和她都不行。*他们发现在左前方有些桅杆和船尾，那是个停着不少小船和小艇的小河湾。

"酒店应该就在附近了。码头上的人说过了，酒店离航

1　普里阿普斯，希腊神话中的生殖神。

海俱乐部不远。拉戈斯到底跟您说什么了？"

迪亚斯·格雷带着丝微小的怨恨看着她，因为他对她没有欲望，因为她正在消磨那种欲望，她身子微倾，穿着僵硬的灯芯绒外套，硬得像金属，外套勒得紧紧的，裤子大小刚合身，还戴了副墨镜。

"和预想的一样，他说了好几个版本的内容，"医生答道，"您肯定能想到这一点。要是咱们把他说的话整理一下的话，那就是……首先，那个逃走的人从您那儿偷些东西去卖，还跟一个小姐去度了几次假，她的名字倒是没提到；其次，他还从他工作的公司偷了钱，他拿到了一些属于他雇主的钱，然后把它们藏匿了下来，还有些钱是一些显贵要么出于好心，要么在拉戈斯的请求下给他的；最后，更简单的一步，他想要藏起来，让您找不到他，让您留恋他，当然只是精神层面的，毕竟他年轻有活力。他成功了吗？"

"继续说吧，我并没有不高兴。请继续说吧，把拉戈斯说的所有事情都讲出来，要说真话。"

"就是这样。我这个人没什么想象力。还有个版本：看上去那个逃跑的家伙的性取向不太稳定，很可能拉戈斯（或者另一个更年轻的拉戈斯）反倒是比你更受他喜爱。还有另一个版本，最后一个版本，甚至可以当两个版本来看：这两个版本是同时进行的，他通过注射器逃离了您的爱，同时又孤独地投入到这段爱情中，直到死亡到来。如果这样的话，我保证这种爱绝对不会有意思。如果这样的话……不管怎么说，我都不明白为什么他不像您一样来找我，我指的是他在圣玛利亚的时候。"

"他痊愈了。而且他根本不知道您的存在。金特罗斯跟我们提起您的时候他已经走了。"

"我明白了。金特罗斯从来没向您提到过我因为他的过错坐过牢？"

"没有。"

她的脚步停了一会儿，她踮起脚尖，眺望那栋坐落于倾斜坡面最高处的建筑物，裸砖使得建筑物表面布满方正的印痕，那栋建筑离一片小树林的起始处不远。

"挺有意思，"医生嘀咕道，"我之前一直以为您是知晓此事的，而且还在某种程度上利用此事来威慑我。"

"我完全不知道。"她的声音有些愤怒，又重新迈开了步子。

"这么说来……因为我从一开始就嗅到了谎言和敲诈的味道。也就是说那就只是类似外交施压之类的东西，您是拿胸部当武器了啊。顺便问一句，您的乳头有没有感到难受过？灼烧感，刺激感……？"

"好吧……"她又停下了脚步，这次脸上露出了包容忍耐的笑容，"您知道我有时候是怎么看待您的吗？您想让我说出来吗？"

迪亚斯·格雷点了点头。她把双手搭到了他的肩膀上，盯着他，带着几丝浓情蜜意，又显露出了一些优越感。

"医生，这些事不值一提。咱们应该成为朋友。如果你和我的关系里有什么错的话，那么错都在我。不过咱们没有理由为此受伤；随便什么时候，只要您想，我就能帮您去除那种痛苦的感觉，今晚就可以，就在那家酒店里。"

迪亚斯·格雷想要冲着那个包裹在头巾里的头颅挥去一拳，天色渐暗，头巾上的图案已经看不清楚了；就一拳，打在那双正盯着他眼睛的又黑又圆的眸子下方。

"好吧，"他终于顺从地应道，"别再为此担心了。"

她平静了下来，快速在他的肩膀上按压了一下，然后两人继续朝前走去，此时他们已经走到了一段松脆作响的地面上，一个骑手骑在马上，用胳膊比画着圆圈，向他们靠近，从他们身边经过。

"那应该就是那家酒店了，"迪亚斯·格雷说道，"我已经把拉戈斯所有版本的话都说给您听了，都是假的，唯独一个是真的。但是您还没告诉我关于这场追捕行动和这位逃亡者的真相。拉戈斯倒是按他的风格办事，他一直等到火车开动才开口请求我陪您'到周围转转'。他很清楚您要找的是什么人，您自然也很清楚。不，不对；我不问了，我也不感到好奇。我觉得我最好还是置身事外吧。我只是想着信息越多，就越能帮助到您。请别向我致谢，要是您向我请求建议或是把一切都对我和盘托出的话，我可能会在某个时刻生出您在依赖我的幻觉（按拉戈斯的说法，应该是'靠我滋养'）。酒店到了，祝您好运。"

楼梯也是用裸砖铺成的，修在沙土地上，有点坡度，但并不陡。他们朝上看去，看到了花园里的几张小铁桌，里面还有几片不规则的草坪，酒店楼顶立着巨大的广告牌，他们还看到了一条木头长廊，此时已经笼罩在了阴影里，几个慵懒的身影正在里面休憩，一条小狗在里面吠叫，一阵凉意袭来，让人不禁想要闭上眼睛，嗅闻长日将尽时的气息。

"好吧，"她下了结论，"我不会把真相说出来，不过我既不绝望又不紧张，您相信吗？"

他们开始向上爬去，迪亚斯·格雷每登上一个台阶，就更能觉察到自己的虚弱，他的腰弯得越来越厉害了，这种感觉实在让人受不了，他的裤子已经湿了，咖啡色的衬衫上也渗出了斑斑汗渍；他感觉到摇晃的背包不断碰击肾脏的位置，也能感觉到那个女人在陪他一起向上爬，她比他更快，多爬了两级楼梯，她穿着紧身裤，将他抛在身后。她灵活又自信地朝着目的地向上登去，想要重温往日时光，仿佛已经预见到了在酒店里的某个温暖的房间中的那场重逢，已经开始体验到了最初几分钟里的那种敌意，然后是几句解释和责备的话语，这样的开场再好不过了。

迪亚斯·格雷已经爬到中间位置了，他开始明白为什么这座酒店要把房间排列成 L 形了，那些房间有的是木头搭的，有些则是用砖块垒的；他看到了位于侧面的一栋老旧建筑和它那被涂成绿色的大门，也许那只是一间仓库，用来存放废旧家具或是停放夏季游客的汽车或自行车；此时他已经能够看清那些男男女女脸上露出的好奇神情了，他们有的在喝东西，有的则只是坐在长廊里吹风休息，夜色渐浓，一切都笼罩在宁静中，一张张阴暗的面孔转向连接着酒店和小路的石头台阶。埃莱娜已经踏上了和长廊平行的地面，她停下了脚步，挺直了身子，与此同时医生则惊异地想起了一个从前做过的梦，那场梦就像是幽灵般不断重现，那是唯一一件把他和未来联系到一起的事情。他梦见自己坐在一家酒店的露台上，酒店是用老朽的木头搭建的，梦中的酒店要比眼前的酒店离水源更近，更潮湿也更破败，黑色的贻贝贴在半腐坏的房梁上；他坐着，独自一人，无欲无求，他怀着种喜悦式的好奇感直直地望去，望着一堆陌生的情侣从沙滩归来、走上台阶。毫无疑问那个男人和那个女人除了背着颜色绚烂的包之外，还拿着遮阳伞，挂着照相机，而他们会改变孤独的迪亚斯·格雷的命运，他在那个黄昏，在海边，只能心不在焉地喝着一杯又一杯饮料。在梦里，秋天才刚刚开始。

但是此时此刻，爬上楼梯的却是他，也许改变其他人命运的也是他，他就这样毫无遮掩地出现在了那一道道麻木地射向他的目光之下。他和埃莱娜一起走进长廊，徒劳地寻觅着梦中那个毫无思想准备的迪亚斯·格雷。他们没有说话，坐了下来；她卸下背包，问他是不是有些累了；她微笑着等待他做出否定回答，同时摘下了头巾，从裤兜里掏出了镜子和口红。

十七

发　型

下午结束公司的工作后，在洗手间和斯坦因聊天时，我才得知那个消息。

"我现在赚了很多钱，"斯坦因边往手上打肥皂边说道，"而且我还能赚更多，想赚多少就赚多少，我可以打包票，只要我出去单干就行。不过虽然说的确有人为了图乐把人生搞得乌烟瘴气的，可到了最严肃的传记作家、禁欲主义者、倡导多饮水的人、奉行一夫一妻制者那里……"

"也不见得有那么多乐子，"我反驳了一句，我盯着镜子，对斯坦因和他侃侃而谈的事情没什么兴趣，我只是客观地预见了将要发生的事情，猜到了布劳森－阿尔塞将会回到他的写字桌前，带走那把左轮手枪，"也许不像外表看上去那样有乐子……"今天赫尔特鲁迪斯要在坦柏利过夜。

"见鬼去吧！"斯坦因笑道，他用纸巾擦拭着手掌，"问题是我暂时还不能雇人，不能扩大规模。住在蒙得维的亚那会儿，我始终非常真诚，哪怕如今我正在尝试丢掉信仰，可我依然真诚。'剩余价值'依然比一个单词所包含的意义要多。当一架机器上的小齿轮是可以忍受的，我能够在麦克雷欧给我画大饼时保持冷静。我把事情讲给'妈咪'听，她是这个世界上唯一有能力相信我的人。'你看到他们是怎么剥削我的了吧？'我这样对她说，'你没发觉这个社会就是头怪兽吗？'"

斯坦因倚靠在洗手间墙壁的细砖上，大声笑了起来。

等到我的腿感受到左轮手枪的重量之时，我肯定会觉得自己是这个世界的主宰；我会闯进屋子，等着那个混蛋，然后干掉他。事情肯定很容易，也很无趣，不过将来只要我想起这件事，我就必然会为我的所作所为感到骄傲。我现在提的这些事并不是我做的。

"咱们走吧？"斯坦因碰了碰我的胳膊，说道，"'妈咪'觉得我言之有理，她坚信资本主义社会就是头怪兽，只会压榨我；当她理解了这个社会问题之后，她生起气来，不过也钦佩起我来。我提到的社会问题指的是全世界都联手把不公压到穷人头上，好吧，虽说'妈咪'眼中的胡里奥是战无不胜的。事实就是如此，你可别笑我。我真心觉得自己对金钱没什么兴趣。我怎样会感到更加幸福呢？只要……"

"等一下，"我打断了他，"我把明天要用的一张纸落下了。"

我去找那把左轮手枪；我走进我的写字桌所在的那间办公室，没有开灯，闭着眼；我毫无困难地来到抽屉边，除了左轮手枪之外，我还捏起一小块深绿色的玻璃，它的边缘很锋利，瞧瞧我前一天在港口附近找到的是个什么好东西啊。也许此时这个面带微笑、双臂下垂、自信满满、在粗布地毯上缓慢前行的男人是阿尔塞，他在空荡大厅里的写字桌和普通桌子间蜿蜒穿梭，心里重复着他记得的唯一一首狐步舞曲的拍子。

斯坦因低着头，手指用力按压着电梯按钮。我们跟那个小伙子打了招呼，我跟在斯坦因后面进了电梯。

“而且，”斯坦因继续说道，“人们通常只会日复一日地拖延，把问题从今天拖到明天可不是什么难事，但终有一天你得把问题解决啊。”

我的帽子被电梯里的镜子压折了，我盯着他的下颌一开一闭，他的眼神闪烁，但却很柔和。

“没错，”我漫无目的地说道，“你不在乎金钱。哪怕你再一次在蒙得维的亚饿得要死，但只要为党效力，偶尔再有像赫尔特鲁迪斯那样的十八岁少女来补偿你一下，在内心深处你也是幸福的。”

他不敢相信听到我说出了这样的话，他盯着我，想要用笑容来扳回一城，他噘起嘴巴，摆出了一个幼稚的姿态。

“我确信那样的话肯定会更幸福。”他用孩子气的嗓音说道。

我呆呆地站在盖卡的家门口，没有刻意去听，只是在盘算着编织出一个发生在深色木地板之上的淫秽故事所需的步骤。我按响了门铃，在等待时默数奇数数字，我推了开门的女人一把，然后就闯进了屋子，再次让她体验到了惊讶、讶异和愤怒的感觉。我用力踩着地面，走到我上次站立的地方。我深吸了一口房间里的空气，慢慢扫视了一圈家具的形状，也看到了毫无生气地把它们分隔开来的那些许空间，还看到了投射在墙壁上的亮光。再后来，我心满意足地转向那个女人，表现出和平的姿态。那是盖卡本人。

"我来了，"我说道，"把门关上。"

她没了惧意，冲我一笑，插上门闩，微微向后仰靠在门上，只是眯起眼睛盯着我，却没有问话，内心虽然在盘算着什么，嘴巴却微微张开，装出一副顺从的样子。

"请不要害怕，"我说道，"您没必要怕我。我只是想再来看看您。"

她没说话，而是调整了一下站姿——一条腿弯曲，双手背到身后——，那是休息的姿势，她在等待着，没有不安，甚至也没表现出有多么好奇。

"您知道我是会回来的，"我信誓旦旦地说道，"我是今晚才明白这一点的，就是刚才。"

我把头转向那堵把她的公寓和我的公寓隔开的墙壁，心里想着在某个遥远的春日前夜低声哼唱的那个女人，她和我眼前的这个女人完全不一样，这个女人靠在门上，一动不动，就像是幅褪了色的画像，像是招贴画里的人物，而那幅招贴画又与我脑子里想象的色情情节很匹配。她继续等待，考虑微笑能给她带去多少优势；她穿着件旧睡衣，从领口处就把扣子扣得严严实实的；唯一一只我能看到的脚上蹬着人字拖，指甲涂成了红色。她显得有些犹犹豫豫，但是没有挑衅的意思，她总是那样一副表情。

我又冲她笑了，我没有控制住自己喜悦及友善的情绪，不过我也没对她说话；我把帽子扔到床上，开始翻看杂乱地堆在桌子上的杂志和小摆件。

"您肯定是疯了。"她嘀咕道。

"咱们现在不再以你相称了。"我有些忧伤地说道。

她从门边走开，显得有些难过；她走过来把帽子从床上取走，把它搭在了椅子的扶手上。

"你疯了。"她边说着，边观察着我。

"这事很有意思……"我笑着打断了她，看了看周围，我在寻找"他们"的痕迹或气味，"你那位朋友会来吗？他叫埃内斯托对吧？他会来的，他会把我赶走。他很有个性，这千真万确。咱三个今晚要一起玩玩。"

"你是在找麻烦吗？如果是这样的话……"她岔了口气，话没说完。

"不管怎么说，也得把事情干得漂亮。咱们可以先喝点杜松子酒。"

她盯着我，却生不起气来，后来更是露出了甜美的喜悦神色，有限但足够的理解，再加上轻易流露的善心，使得她的眼神明亮了起来，这些态度也能从她嘴巴张开的动作上看出来。

"什么人啊这是！"她说道，"真是个疯狂的世界……"

我坐到了她的一只胳膊靠着的那把椅子上，我的帽子掉到了地上，我的肌肉感觉到了左轮手枪坚硬的质感，我放松下来，微笑着，我身后的那个女人也没有说话，只能听到她的某个指甲在我耳畔抓挠长毛绒的声音。

"您怎么还不把杜松子酒拿来？……我说的都是谎话，我压根就不认识里卡多。您那天晚上在饭店里提起过他，就是我跟着您的那个晚上。您穿着件深红色的衣服。"

"好吧，"她说道，"但是我从来都没留过您对我说过的那种发型。我当时就一直在想这事，我从小时候起就没留过那种发型了。您知道我很想笑却又不能笑出来吗？我从没见过像您这样的家伙。那天晚上的事我可没什么错。我编了些故事出来，就是为了迎合您，接您的招。"

"为什么你不拿来点杜松子酒呢？"我伸了个懒腰，问道，"冰箱里没有杜松子酒了吗？"

盖卡身上的香水味开始扩散，灯光微弱，洒在我的一只鞋子的鞋尖上，洒在桌布的紫色三角形图案上，也洒在地上的空烟盒上。我听到电梯门开关的响声，每当我注意到这种响声，我就能感觉到风从阳台吹入，继而飘出。她依然在用指甲隐秘而固执地抓挠长毛绒。

"我当时离开饭桌，走到吧台那边，就是为了偷听你们的谈话。你后来再没去过那家饭店。"

"我不记得我留过你说的那种发型，什么梳着辫子，还把辫子盘在头上。也许只是小时候留过，在某张照片里可能会找到。"

通过她的声音，我想象站在身后的这个女人的脸色也发生了变化。

"咱们可以喝点杜松子酒，然后埃内斯托就该到了，"我说道，"我最近不断梦到这个场景；人们知道某事终将发生，但却无力改变它。"

她不再抓挠长毛绒了。厚重的窗帘在阳台上飘动，发出木头在火焰中燃烧般的响声。

"那玩意儿不会再回来了，"她说道，"再也不会回来了。大门关了，您是怎么进到楼里的呢？您肯定是跟着某个回家的人一起进来的。有时我忘了带钥匙，也会一直等着回家的人，谁知道要等几个小时呢……厨房里还有杜松子酒。"

"我什么人也没等。楼下的门还开着。我知道门肯定开着。"

她的笑声有些颤抖，就像是从远处传来似的，然后突然停止，这和我在隔壁另一侧听到的笑声一模一样。

"我差一点儿就相信您了，"她说道，"我去取杜松子酒。给我一根火柴。埃内斯托再也不会来了。我俩打了一架，我把他赶走了。您是不会相信我的话的，但我这段时间一直想着要找到您，给您做番解释。我很清楚我没什么错。请等一等。"

她拖着拖鞋，毫不犹豫地穿越房间，还在厨房门上撞了一下。我又独自一人留在房间里了。沉闷的空气充盈了所有空间，压在大小物件上，长此以往，给它们留下了各式各样的痕迹和污渍。一种不可动摇、令人畏惧的自由感自布满尘土的地毯上升起，同时从阴暗的屋顶上降下。浴室门边依然摆放着被特价书压弯了的书架，估计那些书都是从某个死了人的房子里收购来的。我微笑着，盯着那些小说的红色精装书脊，它们同时拥有大团圆结局和象征时间流逝的悲伤气味。

盖卡不慌不忙地回来了，手里端着杜松子酒和酒杯。

"虽说我把地拖过了，但您最好还是把帽子捡起来，"她在倒酒时说道，"随便把它放到什么地方去，就是别放到床上。"

我看到她重新梳了头发，细小的辫子盘到了头上，凸起的肚子摩擦着桌布。

"也就是说关于里卡多的事都是谎话对吧。的确不可信，我本来也没太相信。管他是谁，只要一撒谎我就看得出来。"

她的笑声和风声颤动到了一起，旋转、融合，又出人意料地戛然而止。我想脱光衣服，光着身子静静微笑。我松开领带，把衣领处的扣子也解开了。

"我的确想知道里卡多死到哪里去了，不过没你认为的那么想。"

她突然转过身来，努力在大笑时保持酒杯平衡。

"干杯，"她用命令的语气敬酒，然后等待着我的回复，"咱们很快就会再喝一杯，这几杯酒可是不得不喝啊。"

我慢慢地喝了第二杯酒，同时盯着她那在睡袍的束腰带下微微隆起的腹部。

"没人会来，"她平静地强调道，"真是个疯狂的世界……您肯定把我想成最不堪的一番样子了。我可以解释。"

不可能她之前就怀了孕，而我却没发觉。如果她真的怀

了孕的话，长到这么大已经不好堕胎了。就像盖卡脸上挂着的微笑和心里默默进行的盘算一样，也像吹动印花布窗帘的风一样，我觉得自己也有些癫狂，有些懒惰，这些情绪大获全胜，又不留痕迹地逃得无影无踪。*我想像扒开冬天的外皮一样脱下衣服*。就在这时她开始踱步了，手里把玩着空空的酒杯，她从上次倚靠着看我被人打的那面墙壁走到了凌乱的床铺边缘。

"我想不起来那天晚上是和谁在那家饭店聊里卡多了，"她嘀咕道，"我不知道您说的是哪个小伙子。我晚上一般都是和'胖姐'一起到饭店去，她是我朋友。您想让我说什么呢！我真是对男人越来越绝望了。我很希望您能认识她。要不是她的话，可能在某段时期……她总是支持着我。找个晚上咱们一起出去，到时候您就知道她是怎样的人了……我说个不停，您却一直不开口。当然了，您肯定还在因为那晚的事生我的气，不想听我解释。"

"我听，请讲吧。"

我站了起来，想把酒杯添满，我拿着酒瓶靠近盖卡。她的手上戴着两枚戒指，她的手不大，指头却很粗壮，像男人的手指一样，她把手保养得不错，不过指关节处却显露出老态。我觉得她的肚子好像小了些，不太明显了，就像哥特式圣母像那样。我等着她举起酒杯说道："干杯。"新发型削弱了她面孔上的那股野性，她试着把细薄的嘴唇嘟起来，眼皮眨来眨去，像是生了老茧的薄膜，又像贝壳一样干巴巴地一张一合。我们喝了酒，我又瘫坐到了椅子上，我对着记忆中年轻的赫尔特鲁迪斯微笑：*我想到了你憎恨谎言，谎言会使你暴怒；我想到了在需要拯救生之意义的时候，你是如何发怒到破声的，你想要挖掘出没人命名可无处不在的那些谎言，然后像捏死昆虫一样摧毁它们，哪怕挖断了指甲也在所不惜。*

"您为什么不让我解释呢？"盖卡坐在床上问道。

我转过头，看着情绪激动的盖卡，她相信此时此刻可以一劳永逸地定义让人难以置信的东西。

"我不在乎，"我对她说道，"你没必要解释。"

"您想知道什么？您瞧见了吧，您压根不让我说话。您认定了我喜欢那天晚上发生的事情，认定了我当时想做什么就能做什么。您带着个谎言来到我这儿，而我一直在倾听，我当时觉得您和别的男人不一样，最开始我还以为您是半个疯子。今晚我也这么想过，就是您站在椅子后边的时候，我听您讲话，不知道您是认真的，还是说您疯了。请理解我。我那天晚上是很喜欢听您说话的，时间不知不觉就过去了，那是您的错。埃内斯托曾发誓说如果我跟其他男人好了的话，他就要杀了我……想笑就笑吧，我了解您的性子。所以当时听到他到达的声音我简直吓得要死，我除了把您的事情告诉他之外再没什么别的想法了，因为我太害怕他了，现在我不怕他了，他才是半个疯子。事情就是这样，我以圣母的名义起誓。现在想起来我当时那么怕他，我自己都觉得好笑。我把他甩了，我俩完了，他让我过不下去日子了。您不相信我吗？您为什么不愿意相信我呢？"

无论是一天行将结束时，还是在黎明时分，我都感觉自己模糊而麻木，电梯门关上了，一切归于平静。不期而至的风吹过我的身体，也拂过靠在床边的盖卡的肚子以及她张开的双腿。从我记忆中的那些悲伤语句中，从几句笼统的话中诞生出的男女之间单纯而稳定的关系中也起了一阵风，它笨拙地把双方的独立意识、自私自利的态度和微不足道的牺牲精神越吹越强，然后就该说拜拜了。

她站了起来，走到桌子边，往酒杯里倒满酒，却没跟我一起喝。

"您不相信我，您会继续按之前那样去想，这是肯定的。所有男人都是一个样子。"她以一种内敛的挑衅作为结尾。

"事实是我并不在乎，"我在椅子上挺直了身子，"你跟我，这就行了。"

"亲爱的，"盖卡转身盯着我说道，她向内收了收嘴唇，好让它湿润些，"你得相信我。"

"最好还是把阳台门关上。"

我看见她又看了我一眼，举着酒杯晃了晃身子；她把酒一饮而尽，把手背到身子后面，寻思该说些什么，却没想到合适的话语。

"亲爱的。"她在移动之前又重复了一遍这个称呼，然后伴着拖鞋拖地的声音慢慢走远，她缩着身子，却并不显得卑微，而只是像任何一个被抚摸的女人那样弓起身子。我听见阳台和百叶窗发出响声。我看到了她的肚子和臀部，看到了在某个令人窒息的旧日午后曾被我偷窥过的那张面孔，鼻子短小不直，嘴巴狭窄纤薄，和被我偷窥时的样子相比没什么变化。

"嗯。"我大声应了一声，却没站起来。

她在关上门的阳台边没动，腰弯着，就像是背了什么重物，她的耳朵应该在聆听夜晚的声音，听起皱的窗帘上的那些自负的鸟儿和树枝讲述的故事。我摘下领带，脱下外套，走到桌边又喝了一杯。我在脱衣服的时候用口哨吹了首曾听她唱过的华尔兹舞曲。她似乎没听到我的鞋子掉到地上的声音，她肯定也猜不到我把左轮手枪藏到了枕头下面。再次站直身子的时候，我又看到了那个堆满书的书架（*赫尔特鲁迪斯，我记得你很讨厌旧时小说的那些结局，也许原因很简单，因为你猜想到自己会在故事终结时感到恐惧*）。盖卡转过身来，开始挺直身子，向我露出绝望式的微笑，她的嘴巴再次动了动，却依然没说话，然后立刻向前走来，她的表情向我表明了她的渴求，她撞到了桌子，然后靠在上面，不过却依然在看着我，她的呼吸声粗重了起来。她扭动腰部，避开铺着蓝色桌布的桌角，继续向我走来，她举着手，仿佛是在黑暗中摸索什么。

"亲爱的。"她嘟囔了一声，又磕绊了一下，膝盖压扁了地上的空烟盒。她盲目地晃了晃脑袋，想要再次露出笑容，粗壮的手指抚摸着盘在头上的辫子。她开始吻我了。

十八

离　别

　　我已经接受了电影脚本计划胎死腹中的现实，我笑自己竟然真的曾经以为可以通过写那种东西来搞到钱。我精确而冷酷地为迪亚斯·格雷、埃莱娜·萨拉以及她的丈夫设计了波澜起伏的经历，如今已经确定都是无用功了。我们四个永远都抵达不到计划中的结局了，它只能躺在我写字桌的抽屉里，有时和那把左轮手枪躺在一起，还有些时候则躺在一盒子弹旁边，躺在发绿的玻璃和无用的螺丝中间。

　　但是，尽管失败了，可我已经无法丢下对埃莱娜·萨拉和那位医生的兴趣了；不知多少次，我甘愿付出一切代价，只为能不间断地投入那场巫术活动中，全身心地投入他们的荒诞行动、谎言、毫无理由地不断出现又不断修正的场景中；只为能看到他们来来往往，不断重复某个下午发生的事情，那是某种欲望，也是某种沮丧的情绪，一次，又一次；只为能把他们的经历变成一种旋涡，然后任由自己同情他们、喜爱他们，去证实，去盯着他们的眼睛聆听他们，而他们则开始明白自己只是在空忙一场。

那天下午赫尔特鲁迪斯比我更早回到公寓，抢占了我在床上躺尸的位置；边摘下帽子边向前走时，我感觉自己变成了她，而真正的我则躺在床上，一下午都没动过，我安静地横躺着，却想象自己在街上溜达、拜访一间间窗户向着春日敞开的办公室，那里的气息和视野要比我家阳台的更好。她冲我笑了，她眯着眼睛跟我打招呼，好像我们是第一次见面一样，又好像她是突然之间出现在我面前似的，从深邃无垠的地方来，而我对她完全陌生。她就那么大大咧咧地躺在床上。

"我本想诱惑你，"她不再看我时说了这么一句，她凑近阳台的光线，观察起了自己的指甲，"也许那是有可能的。不过现在我已经没了欲望。我做不到。现在，这个下午，直到你回来之前，我都一直在回想你裸体的样子，想着你的手，你呼吸的节奏。那时我还是有欲望的。但等到我看到你的脸，那种欲望就消失了，我又想起了所有发生过的事情，我又明白我们已经待在一起太长时间了。我熟悉你的表情，坚毅和懦弱混杂在一起，你的下巴是最能体现你懦弱的地方。还有你的眼神，它们什么情绪都展露不出来，你的嘴巴似乎总是透着股热切的渴望，但事实并非如此。我知道你永远都不会给我任何东西，你给不了，你的脸也给不了。所以就不想再诱惑你了。"

"好吧，你说的我明白，"我回答了一声，靠墙坐了下来，坐在她和阳台之间，回想起在斯坦因看来，老麦克雷欧已经下决心要把我扫地出门了，"但起码对你来说诱惑我是件重要的事情……且不说这事能不能成，咱们先聊聊真正的诱惑是什么吧。"

"不，不，"她情绪激动，"我已经不想了，不能想了。为什么不能成呢？就因为你和我太熟悉了，已经在一起睡了五年了？要是我妹妹想勾搭你，她肯定会动手，我确定。就因为拉盖尔才二十岁，而且没和你一起睡过五年？我对这事有些兴趣：我想知道对于男人来说，是不是所有陌生的亲密关系都带着股神秘劲儿，还是说只要知道哪个女人曾经和其他男人（哪个女人过了二十岁还没有过性生活呢？谁能离了它生活呢？）好过，那种神秘感就消失了呢？还是别聊拉盖尔勾搭你的可能性的问题了，你永远都在回避这个问题。"

"她没勾搭过我。"我回答道，隔壁房间里的电话响个不停，但是没人接。*也许她不在家，也许她正躺在床上。*"诱惑是可能的；现在出了什么问题不重要，有可能是大小问题堆积引发的结果。我觉得最根本的问题是咱们已经过了游戏人生的时候了。"

"咱们不能游戏人生了？"赫尔特鲁迪斯支起身子，重复了一句，"我还能玩呢，而且我要玩。"

迎着阳台微弱的光线，我看到她衣服上的装饰物和她手上的戒指在闪烁着光芒。

"你是从街上回来的吗？"我问道。

"不是。我一整天都没出门。我一直在思考，然后穿戴好了等你回来。我当时觉得我想要诱惑你。小胡安，我曾经诱惑过你吗？"

"当然，从肉体到灵魂，全方位的诱惑。"

"而我现在已经做不到了是吗？"

"咱们已经不能玩了。不过你之前诱惑我时也并不是在玩乐。"

"之前每次都是以游戏一小会儿开始的，可现在我们突然发现咱们已经玩不到一起了。可我之前做到过，那么我现在就还能做到。"

我觉得她要走到阳台那边了，但是那具黑漆漆的庞大躯体扭了扭，坐到了我的腿上。她轻柔地吻我，嘴巴沿着下腭的轮廓一路吻着。

盖卡唱着歌进了家门，有人在墙壁的另一边走动，走在她身后。

"我不懂你为什么不明白，"赫尔特鲁迪斯继续说道，"我穿上了新衣服，绸子衣服。可既然我已经开口把心里话都说了出来，这些也就全都失去意义了。"

"为什么我会难过？"盖卡说了句，然后笑了，一堵墙把她和我后颈隔开。男人的声音忽高忽低，显得十分轻松。他们中的一人坐到了床上，床响了。

"没错，小胡安，"赫尔特鲁迪斯边轻咬我的耳朵边说道，"我甚至专门把头发搞成这个样子。下午五点钟的时候我还觉得我想诱惑你。我想着今晚我不会出门了。我有个约会，不是那种死约会，是和一个朋友约的，她叫蒂娜，我跟你提

160

起过她，还有另一个人也要去。"

"放心吧，"盖卡的声音再次传来，"我什么都碰，但绝对不碰宗教。等我有了点钱，我就给你点根蜡烛。"

赫尔特鲁迪斯又吻了我，依然轻柔，这次吻的是下巴和脖子，我想象着盖卡面前的那个有耐心的男人开始脱衣服的动作。

"我就像个小女孩似的，"赫尔特鲁迪斯继续说道，"一想起你的样子，我就知道你永远都给不了我什么，而我也永远无法完完全全地吸引你，我之前在蒙得维的亚的时候也没做到过。我用一只手就能压住你、困住你，但是我想要的东西却依然会从手中溜走。"

"我不习惯老是盯着时间看，"盖卡说道，"但咱们该去吃饭了，我今晚想见见'胖姐'，我感觉自己都好久没见她了。"

"不是这样的，"我对赫尔特鲁迪斯说道，"我给你说了你对我的吸引是全方位的，从肉体到灵魂。"

我们都站了起来，我盯着她的脸，她的面孔在黄昏时分显得十分苍白，甚至比我的还要更加苍白，我闻到她身上有股淡淡的香水味，但我无法通过那种气味想到任何具体的东西。

"问题出在想讲的话不是自然而然讲出来的。"

"那是因为已经不能讲什么了，"赫尔特鲁迪斯说道，"已经没有意义了。"

"对，对，对……"盖卡开始在墙壁另一边重复起来，每次都比前一次音量大，最后一声发出后就安静了下来。

"看上去他们很开心，"赫尔特鲁迪斯没有笑，只是评论了一句，"你至少可以吻吻我的手吧。"

我吻了她的手，我把手放在她的肩膀上，把她推倒在了床上。

"不要。"赫尔特鲁迪斯说道，我笑了，又推了她一下，"不要。"她又大声重复了一遍，不过并没有反抗。我看着她，慢慢垂下胳膊。我听到隔壁公寓没再发出声响，我想象她刚才的肯定回答被堵回口中，我终于能看到盖卡被压在那个陌生男人身下的样子了。

"我今晚要出门，"赫尔特鲁迪斯快速解释了一句，"我得去见蒂娜。现在我什么也不在乎了，我不想骗你，我知道我还能玩乐。"

"去玩乐，然后忘掉那只是一场游戏？"我问道。

"对，我确定。这听起来很让人难过，但很有意思。"

她起身去开了灯，我们对视着，脸色都苍白而茫然，然后又都笑了一会儿。

我又靠墙坐了下来。*也许的确是那样，至少她又会感到幸福*。我看着她走进厨房，又走了回来，开始往桌子上摆东西。我呆坐不动，只是盯着她，嘴里塞满薄荷糖，直到我听到道别声和关门声，又听到盖卡在对着电话笑，我这才站起身来，我强迫自己去渴求赫尔特鲁迪斯，去感受她悲伤的情绪。我在桌前倾斜身子，摆弄着盘子和沙拉，脸上露出了表示冷静的微笑。

"我不会问你任何问题。"我说道。

"好，这样更好。咱们可以坐下来。"

她停了一会儿，看着我，没有敌意，也不感到好奇，完全摆脱了我的影响。

我们一起吃饭的时候，我一直在观察赫尔特鲁迪斯那张圆脸上露出的柔和的胜利表情，她沐浴在胜利的荣光中，就像置身在蒸汽里，又像是在默默开怀地品味自己的胜利。那张幸福的面具的完成度已经很高了，与她的面部线条、肤色和眼睛的形状很相称，那张面具不可能是在那个夜晚刚刚打造成的。它早就每日每夜躺在我身边，只不过我没发现而已，也许已经有一两个礼拜了。一个小时之前，她用平静又不合时宜的口吻说着关于诱惑的事情，脸被阴影笼罩，我那时无法想象她的样子。但现在的她，真真切切，在餐桌的另一边倾斜着上半身吃着盘子里的东西。而我已经一连几天把她当作隐形人一般的存在了。也许在她住在坦柏利的那段日子里，那张面具就已经出现了吧，它诞生自一个眼神、一句话、一个不耐烦的跪姿，又一连几个礼拜在咖啡馆、偏僻的街头和酒店里得到滋养。我带着绝望的好奇心，怜悯似的盯着那张轮廓不可挽回地变得奇怪的脸，出于突然出现且转瞬即逝的姐妹情谊，那张脸仿佛攀爬到了墙上挂的画上，与画中人的脸融为了一体，可画中人的表情却如此庄严，热切而平静，完全不受这个充满威胁的世界的影响，洋溢着快乐的气息。

生机又重新在那幅画像里出现了，那种生机在她年轻的双手里和双腿上变得顺从了起来，她用我以为已经永远消失的那种旧时的炫目光彩使之震动。我已经不可能再对她产生欲望了，也不可能再为了她而感觉嫉妒和受罪了。但是我带着无人称式的兴奋感、人类特有的稀疏而深邃的骄傲感凝视她。她显得高大又强壮，我看到她关上了衣柜的门，吹着口哨，停下脚步，站在不知道围绕阳台刮着的风能不能吹到的地方，她把围裙系在了腰上。*如果我把她忘了的话，我可能会渴望她，命令她留下，让她把那种隐秘的喜悦传染给我。我的身子会压在她的身子上，她会跳下床看我裸体的样子，感受我，裸体的我就像雕像一样和谐而耀眼，表皮和黏膜都透着青春的气息，充沛的活力四射而出。*

我坐在沙发上，隔着报纸问她是不是要出门。她静悄悄地走过来，经过我身边，但却并没有停下，在把围裙放好前先仔细地把它叠了起来。

"你不想让我出门吗？"她问道。

"也不是，"我嘟囔道，"我只想让你做你想做的事。"

"我想做的事？"她重复了一遍。

我站了起来，走近阳台，盖卡的公寓里既没有光亮也没有声音。

"我想说的是，"我说道，"去做能让你感到幸福的事情。"

"原来如此。"她说道。

她呆立了一会儿，看着我，就好像我让她想起了什么，她显得很专注，很有耐心。再后来她找出大衣，开始戴手套，手离身体远远的，脑袋微微倾斜，很像之前在蒙得维的亚时的样子。我叫了她的名字，想要笑一笑。

"这样一切就都能解释了。"她嘀咕道。她把戴上手套的手伸进口袋，带点挑衅意味地直起身子，仿佛把某种莫名其妙的罪过甩到了我身上。

"什么也解释不了，"我这样说道，"只不过人不去行动也就生活不下去了……"我看到她嘲讽式地冲我笑了笑，不过这并没阻止我继续说下去。*只要不让她觉得我是在怜悯她，发生其他任何事都可以接受。*"既然我们除了追求幸福之外再也没有其他什么必需的伟大目标可去追逐……"

此时她的笑容里已经没了嘲讽的意味，只剩下了无趣。她似乎已下定决心，向我投来了一种让人迷茫的道歉式的表情。

"你是幸福的。"她说道。

"现在我不会这么说了。"我小心翼翼地回复道。*施舍怜悯的人变了，这可真是有趣。*

她盯着我看了一会儿，作势要摘下手套，可她立刻就后悔了。她坐在沙发上抽起了烟，脸上只剩下浅浅的微笑，她的心思让人一眼就能看穿。我倚靠在桌边，害怕自己会全盘皆输，只能静静地盯着她。

"小胡安，我不想再谈你和我的事了，也不想谈过去这几年时间了。我觉得咱们都只是把对自己最有利的东西摆了出来而已。"

她在冲我说这番话时，我很明显地感觉到她害怕让我难过，她开始精妙地玩起了怜悯那套把戏。

"小胡安，你是知道的，一切都表明我要走了，不光是今晚要离开，以后也一样。"

从楼里的另一处地方传来重重的摔门声，不是从盖卡的公寓传来的。我们单独待在屋里，扮演着自己的角色，用尽浑身解数，想要搞清楚某种再简单不过的境地。她吸着烟，在吸烟的过程中始终坚定地维持着笑容，同时注意不让火星和烟灰落到那双花边手套上。*你讨厌巨大的噪声和说话声。只有在你在我怀里趴着睡，任由头发垂下，作沉思状的脸朝向远处微小的亮光时，我才能回忆起你年轻时躯体的样子。我不知道你是否能激起所有那些已被摧毁的东西，那排书，墙上的画，某场慵懒的争论中的话语。而我则只能记得那些被摧毁的东西，也只能根据那些模糊但强势的模板来塑造新的世界。*

赫尔特鲁迪斯任由香烟落地，在起身时把戴着手套的手指蹭了又蹭，她的身子摇摆了几下。*太难了，因为更重要的是，那些围绕我们的无穷无尽的事件实际上要更加简单，好像不是发生在我们身上一般。我只能凭借新衣服上的某块污渍、一块破损的指甲、发烧的日子、突然降下的大雨、冰冷的双脚、海岸边的空气和你的腰部来构建那个被摧毁的微型世界。*

"那我就去坦柏利了。"她说道，此时她好像是在嘲讽自己，同时又在冷淡地同情自己。

我给了她点钱，凑近过去看着她，我发现自己并没有从遗憾和责任中摆脱出来，她曾被具象化的不幸折磨，后来她熟悉并接受了它，和从前的她相比，站在我眼前的这个全新的赫尔特鲁迪斯实际上要更加脆弱。

十九

聚 会

米莉亚姆家的小客厅此时非常闷热，充斥着香水味。不只是为了聚会。我看着胡里奥的脸想道。他邀请我来肯定不是想和往常一样搞搞荒唐的聚会就完事。还有别的目的：老麦克雷欧也许已经决定了，毕竟对明年的展望很难让人乐观……

"我还以为你不会来呢，"胡里奥说道，"但是和往常一样，'妈咪'还是帮助我坚定了信心。"

今天的胡里奥有点和平常不一样，他说话的声音要更大一些，他总是动来动去，不想让我看他的眼睛。

"你先别进去，"胡里奥继续说道，"咱们先一起喝一杯，聊聊这炎热的天气。她们并没全到，不过来这么多姑娘也就够了。你要是脑袋里一点酒精都没装，就这样进去的话，肯定会被吓到。"桌子上摆着一簇玫瑰花，我们就在那些花上方饮酒，我感觉连花都热得有些蔫了。"你这就准备好了？先

168

把鞋子上的灰尘拍打掉吧，把你那广告人的多愁善感抛到一边。你需要来点耐心，还要专注地投入到这五彩缤纷的场景中去。"

在米莉亚姆身后，在客厅的尽头，窗户前的薄窗帘已被拉上。米莉亚姆的座位边有盏点亮的灯，灯罩是玫红色的。在这凝重的气氛中，我走在胡里奥身前，我试图冲着在我左手边阴影中的三个女人微笑。胡里奥抢到我身前，想要在我之前抵达"妈咪"所在的那片光线柔和的区域，他推开装着线团和毛衣针的小筐子，站到一旁好让我看到"妈咪"，她挺直了身子，理了理头发和胸前的宝石，举起一只手来跟我打招呼。

"我想让您来这儿已经太久啦！""妈咪"拉着我的手嘟囔道，她半眯着的眼睛里快速闪过某种带着绝望和温情的眼神，压倒了她在那半分钟里在其他人面前表现出的态度和天性，"不过，就像您对胡里奥说的那样，我明白一个老女人并不是那么有趣……"

"你可别抠字眼啊，"胡里奥说道，"那只是思想上的担忧，而且其实是他要面子的体现，是将如今的和平时期跟之前的英雄岁月相比较的产物。从统计学的角度来看，这并不算是什么好性格。"

米莉亚姆没听明白，但是她很和善，还是微笑着说道："胡里奥这人啊……"

"仪式的这部分就算是结束了吧，"斯坦因说道，"我能把他介绍给姑娘们吗？"

三个女孩都胖胖的，貌不惊人，风格相似，她们高兴地叫喊起来，坐在中间的那位帽子上的羽毛摇摇晃晃的。

"这位就是布劳森了，人很单纯，因为胆小而过着苦行僧般的生活，他害怕的就是第二天会后悔前一天的所作所为。他纯真无瑕，信奉禁欲主义，不过却拥有无限爱心，"斯坦因说道，"这样一来，作为结果，有时就显得不够主动……"他握着只剩一半液体的玻璃杯指了指，"你们中会有人证实我的话的。这位眼神羞涩的姑娘……"他指的是其中最胖的一位，她脸上涂的粉潮乎乎的，在阴暗的光线下显得越发灰暗，此时已经开始变干、皱裂、掉落。"这位大美妞叫埃莱娜，和旁边这位一样青春无限。而这位……"他的话引起了所有人的调侃，他此时指的是那个帽子上插着羽毛的姑娘，她点了点头，显得很有耐心，正盯着斯坦因的嘴巴看，"这位叫丽娜，丽娜·毛瑟，喜欢固执己见。她明白我指的是什么。尽管我无比慷慨，而我的提议又美妙非凡，可她从几年前开始就一直拒绝我的提议。也许和你在一起的话……"

从被提到名字起，那个姑娘就堆起了笑容，不停抚摸我的手，不过她的眼神里还是透着种不信任感。

"您很了解他，"丽娜·毛瑟说道，"您知道他是在说疯话，所以压根没必要理他。"

最后一位姑娘穿着件白衣服，浑圆的胳膊裸露在外面，笑时嘴巴张着，脸上始终挂着种幼稚的表情，她的额头窄窄的，松垮的下巴颤颤巍巍。

"生活就是如此，现在该介绍'小虫'了。"斯坦因又开了口。

"我是'小虫'，很高兴认识您。"她迫不及待地说道。

"'小虫'，"斯坦因重复了一遍，"总是像个处女一样急不可耐。她老是慌慌张张的，把艺术氛围都给破坏了。不过也许，我是说也许，我不想骗你，随着时间的推移……"

"胡里奥，你别那么讨人厌。"坐在椅子上的"妈咪"插了一嘴，此时的她已经拿起了那个小筐子开始织起了东西，眯着近视的眼睛看向我们这边，却似乎看不太清楚。

"去吧，[1]"胡里奥说道，"咱们俩喝一杯去。也许再晚些时候，如果'妈咪'发善心的话……你还不累吧，亲爱的？"

"我为什么会累？""妈咪"问道。

"那就为我的朋友唱支歌吧。"

三个姑娘打断了"妈咪"谦虚的笑声，轮番请求她，想让她答应。

"快算了吧！""妈咪"喊了一声。她耸了耸肩，高扬起头，道了声抱歉，把眼睛睁得大大的，还是有些不好意思。她重新拿起毛衣针来，转移起了话题："应该为你的朋友和姑娘们喝一杯，当然我就不喝了。"

"也许再晚些时候您就想唱了。"胳膊浑圆的姑娘说道。

"太热了……"青春无限的埃莱娜说道。

我坐在一个小板凳上，只坐了半边，我的目光穿过一簇玫瑰花，看到了一架小小的亮木色钢琴。

---

1 原文为拉丁语。

"咱们得等到她们喝醉了才行，"斯坦因边分发酒杯边说道，"不给'妈咪'，她不喝，她的心脏啊，老是……"

"妈咪"抬起头，肆意地将目光和笑容投向斯坦因，感受并回馈他的殷勤。

我们又开始喝酒了。我观察着酒杯表面弥漫雾气的程度，玩起了猜测自己流了多少汗的游戏。戴羽毛帽子的姑娘刚压低声音说了些什么，她的声音中透着股思念劲儿，颤抖，流泪。

"请注意，所有的鬼故事都是一回事，讲的都是同一个故事，"我开口说话了，我感觉她们的目光全都集中到了我身上，斯坦因笑得前仰后合，而我则根本停不下来，"讲鬼故事的人刻意表现得好像那些故事各有不同似的，就好像他并没有把同一个故事听了十遍。我们赋予细节太多重要性了：是男鬼还是女鬼，死时是年老还是年轻，他的表情是悲是喜，当然无论悲喜，都是非人类的表情……"

"非人类的表情。"斯坦因附和道。

"我觉得鬼故事也不是全都一样，"丽娜·毛瑟回应道，她的脸对着地面，羽毛指向我，"而且这个事情还是在大白天发生的。"

"人们讲的所有故事都是鬼故事，"斯坦因在我旁边嘟囔道，"只不过别的故事要更有意思，也更恐怖，这一点没人怀疑吧。"

"没错，"青春无限的埃莱娜说道，"她说他刚吃完午饭，在农村人们午饭吃得都早。"

"不是正午，"丽娜·毛瑟说道，"而且目击者也不只有我一人。我碰了他的手，还碰了那枚戒指，我感觉我见过那枚戒指！"

斯坦因说了句什么，"妈咪"抬起荣光焕发的脸来，想要祝贺什么或是忍耐什么。丽娜·毛瑟慢慢摇了摇脑袋，羽毛也跟着摇晃，脸上挂着容忍式的微笑。"你们的意思是那人没死？"她重复道，"我当时很小，但我印象很深，那就像是今天刚经历过的事一样。当时是午休时刻，那玩意儿从牧场走来，他是我们当地的人，他来告诉我说他在昨晚死了。后来我爸爸对我说：'如果说那不是某种警告的话，如果说这一切都只是谎话的话，我肯定会揍你一顿'。"

"可是你有什么错呢？""小虫"笑道，"要是换成我的话还讲得通……我可是个撒谎精……"

"该死的苍蝇。""妈咪"摇动手指，温柔地说了句。

"我爸爸是个正直的人。"丽娜·毛瑟答道。

我看到在妆容下，在多年在风月场所的经历背后，她依然有着农村人那朴实诚恳的一面。我说道："而且她当时年纪还很小，还编造不出这种故事来。"

"我觉得那个鬼长着教父的脸，脖子上系着条黑色手帕，不停地用鞭子抽打自己的腿脚。"

我后来又跟斯坦因喝了酒，我俩独自待在洗手间旁边阴暗又狭小的前厅里，黄褐色的墙面上挂满照片，都是些几乎可以确定已经辞世之人的相片，就像是情人和女性朋友们的埋骨地，是汇聚着"妈咪"凌乱、狂热和泪水的岁月篇章，那些照片如今退化成了一颗颗白发苍苍的脑袋，照片里的人永远摆着照相的那一分钟摆出的死气沉沉的姿势，模糊的眼睛投射出威胁式的目光，里面也同时混杂着爱意和沟通的意愿。那只不过是个错误的时刻，一种在某个无法重来的时刻做出的对终极理解的幻想，它化成了某种深色的东西，对抗着坚硬的墙壁，延续着它蕴含的誓言和记忆，这些东西难以言说，宛如墓志铭一般。穿着挽起袖子衬衫的斯坦因用指甲抓挠杯壁，以一种很不舒服的姿势躺在窄小的木质沙发椅上，他笑了，他的头上仿佛萦绕着"妈咪"在遥远的幸福时光里疲惫不堪地做出的表白。

"所以说没什么好担心的，"他坚持说道，"老麦克雷欧已经承诺要保留你的职位两个月了。两个月过后支票就会来了，这正是咱们一直在讨论的事情。他还是像纽约人的那种做派，大家说那该是张三千比索的支票，我坚持说是六千，当然了，我的意思是他们得大方点。你至少八个月生活无忧了。在八个月里……就是这样，这还不算在两个月期限结束前癌症说不定就会让他永远变成哑巴。他倒是可以试着在地狱里偷偷给自己辩护。当然了，从个人的角度来说我不希望事情发展到那个地步，因为我其实一直能和老头做到互相理解。"

"我不担心，"我说道，"说真的，我还有点高兴。"

"咱们肯定能找到什么更好的活儿。我甚至能帮你一把，咱们自己搞家广告公司出来。"

"赫尔特鲁迪斯自然会……"我暗示了一句，希望让他再多发点慈悲，继续去争取六千比索；谁知道这句话是不是墙上那些盯着我看的肮脏又悲伤的面孔替我说出来的呢。

"当然，"斯坦因嘟囔道，"我要是你的话，就暂时什么也不告诉她。"

我沉思着，把酒杯向后缩了缩，我看着斯坦因高兴又困乏的表情，他的脸仿佛突然变小变暗了，和墙上其他的面孔混到了一起，变成了"妈咪"的种种经历的又一证明，证明她踏上过这片土地，上过床，坐过沙发，坐过车，去过角落和公园。

"说真的，我打心眼里不担心，"我说道，"想起赫尔特鲁迪斯来只是个避免不了的下意识动作。"

可我根本没想起她。我只是试着评估被辞退的消息对于我的那些隐秘需求来说可能蕴含的威胁：继续在盖卡的公寓里当阿尔塞，继续在那座河畔城市里当迪亚斯·格雷。也许我从来就没想过别的事情。在那个时刻——我很不幸地被困在了斯坦因友善、侦查式的、引人遐想的表述中，他躺在沙发椅上，头顶是他的伙伴们被排成扇形的死气沉沉的面孔，以及这个狭窄的前厅里积聚起来的阴影，我觉得自己仿佛看到了他被客厅里那几个女人的话语淹没的样子——，我明白自己在这几个礼拜里实际上始终很清楚一件事，我，胡安·玛利亚·布劳森，和我的生活，实际上只不过是些空心的模具，它们只不过代表着一个在街头和时间中被人群和常规化的动作裹挟的没有信仰的人冷漠保存的某种古老价值。

不知哪一天，我对赫尔特鲁迪斯的爱终结了，我也在同一天消失了。我在阿尔塞和那个乡下医生的双重隐秘生活中继续存在。每一次，我进入盖卡的公寓，把手伸进裤兜，脸上夸张地显露出年轻人的傲气，甚至显得有些怪诞，陪着愉悦的笑容，径直走到房间中央，然后慢慢转身，验证家具和各种物件的存在，也验证那种存在于永恒当下的气息。我无力滋养记忆，无力强忍心中的愧疚，可每当我做出那一系列动作时，我就感觉我又复活过来了。嗅着那个房间中各种各样变换不停的气味，躺在床上喝杜松子酒，同时听着从盖卡的嘴里说出的消息和评论，还有她的笑声，我已经很熟悉那种笑声了，那种笑声总会像撞到软垫上一样戛然而止，我总能在那种时刻重生。

我们在停顿时刻互相对视，然后把那种时刻变作特殊的沉默，那种沉默最后再被盖卡沉重的呼吸声和一句脏话打破，只有在那片刻时间我才是布劳森。只有在远离日常生活中的微小死亡、忙碌生活、在街头接受采访的人群以及我从未拥有过的职业热情时，我才能再次活过来，我感觉自己长出了几缕金发，就像几根羽毛一样，透过眼镜镜片，透过位于圣玛利亚的那家诊所的玻璃，我任由陌生的段段往事轻抚我的后背，同时盯着广场和码头，观察着太阳的光束和糟糕的天气。

二十

邀　请

"胖姐"并不那么粗胖笨重，就像盆栽种在罐子里的植物，此时的她正站在厨房门口大声笑着。

"您能把她借我片刻吗？"她甜蜜地请求道，"我有个八卦忘了告诉她了。"

"去吧，她是你的了。"我对她说道。

无论是她的长相、声音还是笑声，都和她那粗鄙、放肆而警惕的眼神很不相称。

盖卡去了厨房，只留我一个人在房间里，我清楚地意识到自己穿着裤子、赤裸胸膛、躺在床上。我可以动动胳膊，把盛着杜松子酒的酒杯抓过来。我也可以打开放在小桌子上的微型风扇。还可以就这样静静地躺着，嗅着刚刚被使用过的床铺和我身体的味道，闻着房间里浑浊的空气。

春天早已到来，天气又干又热。浓密的暮色自极度纯净的天空降临，占据了整座城市，在各栋建筑物中弥漫，啃食墙壁和街道，像雨水一样清晰明显。我能呼吸到已消失的大汗淋漓的阴影、转瞬即逝的怒火、难以持久的解决方案、爱与罚的誓言以及醉汉的呼吸滋生出的气息。我能够听到各个房间里的声音，想象出说话人的体态和表情，这是种传统的口头传诵形式，就像闪传给亚法撒、亚法撒传给撒拉、撒拉传给希伯，希伯又传给法勒。[1] 尽管世界轰鸣不断，我还是能分辨出他们的声音，那些声音不断传到我的耳朵里："我太受罪了，而你让一切变得更加艰难了。""要是咱们在床上的时候我死了，我一定会去亲吻上帝的双足。""不管怎么说，不论怎么样，哪怕一切都完了也不要紧。""咱们为何如此幸运？""有时我想杀了你，有时又想让你把我摧毁。"这些话语和声音从地毯的灰尘中、墙壁中、家具下方的阴影中、恐怖的笑声和流动的空气中耀武扬威地涌出、停留，直到在某张悲苦的面孔下重生，再被他人那迷茫的眼睛和嘴巴发现、创造。

"它们"，是些矮小、放肆、迅捷又难以捉摸的怪物，只要盖卡一独处，它们就会吓唬她、引诱她。"我知道屋里没人，没有人在，也没人说话；但只要晚上我独自一人在家，它们就会开口说话、四处移动，它们的速度太快了，搞得我头昏脑涨的，它们既不理我也不谈论我，但它们的的确确是因为我才存在于这个房间中的，哪怕我理睬它们，它们也不会离开，也不会闭嘴，不过会冷静下来。""它们"理应和来

1　均为《圣经》中的人物。

访者的汗水、愤怒、谎言一同被抛弃在那儿。也许一个小怪物要成形，需要两三个男人或女人在场，他们在活动中赋予它嗓音和个性。也许还要再给它们加上但凡是动物就都有的恐惧以及死亡，还有自盖卡某段被遗忘的或在这个房间之外经历的肮脏往事中诞生的悔意。也许"它们"中的每一个都需要的生命、黏度和簌簌声正是造成盖卡那绝对绝望的危机的罪魁祸首，在那些时刻，盖卡能够明白生活只不过是对她的冷酷嘲讽和羞辱。

　　总而言之，每一只多嘴好动的小侏儒都有好几位爸爸妈妈。我在炎热的午后躺在这间屋里，听着持续滴落在厨房水池里的水滴发出的声响，慢慢辨识出了那个衣着光鲜但摇摆不定的胖子的形象，他小心翼翼地吸着廉价雪茄烟，很懂得及时从生意中抽身。我看到了那个穿靴子的帅小伙，鞋底是双层的，衣服很时髦，系着花里胡哨的领带。我看到了那个戴着手套和珠宝的五十多岁的男人，他十分吝啬，总是在云雨过后在漆黑的房间里说些浪漫的长篇大论。我看到了那个爱搞政治的小伙子，他应该是个犹太人，他总是毫无耐心地迫近，嘟囔着宣言式的话语，把盖卡当作泄火的工具。我看到了那个面带微笑的男人，看到了他灰暗的太阳穴，丝绸衬衫是他身上唯一值钱的东西，他是混迹在女人堆中的行家。我看到了在盖卡平静的身躯旁抽烟的男人，他不断起誓，想让自己相信他在完事之前有为自己辩护的权利。我看到了有条理的人、开朗的人、坚毅的人、忍耐的人、轻信的人、悲伤的人、所有那些将在不知不觉中死去的人。

我知道盖卡和"胖姐"正在厨房里接吻、爱抚，她们安静了好一阵子，不过我还是听到了那种无害行为发出的声响，她们缺乏想象力，笨拙地模仿着那些现成的东西。水怒气冲冲地滴落在池子里，冰箱门子开开关关，藤编窗帘上上下下，击打在窗户上。我不算好奇，不过却有种被戴了半顶绿帽子的感觉，没动静的时候，我就想象她们被撩起的衬裙和蓝色上衣，盖卡的小胸脯盲目而贪婪地寻找着"胖姐"硕大的乳头。不过她们从来没耽搁这么久过，我想道。我在离地半米的地方大汗淋漓地躺着，看着自己伸到床外的光脚，我又开始有意识地嗅闻房间里的气息了，僵死的记忆已经没了效力，记忆中的那些面孔都变了形。沉浸在这种气息中，我可以毫无缘由地大笑，从怜悯、职责和各种各样其他"依赖"的同义词中摆脱出来。

　　"九点钟。""胖姐"喘着粗气，她错以为我听不到，此时滴水声已经停止了。

　　我又喝了口酒，然后等待着。透过玻璃可以看到一片悲伤的景象，那是片广漠而炎热的土地，是片长着黄色矮草的平原，被一阵突然刮起的干涩强风碾平。"胖姐"先走了出来，她依然笑着，那庞大的身躯使得身后盖卡那不带表情的微红面庞若隐若现。

　　"终于。"我说道，我确信她们会喜欢我的反应，同时还不会生疑。

　　盖卡走到床边，把手拢到腹部，友善又充满母性地看着我。

"太懒啦！"她喊道，"瞧瞧我这是找了个什么男人啊，整天赖在床上！"

她跪在床边，开始吻我的脖子，她有时在我耳边说话，有时又冲着正背对我们化妆的"胖姐"说话。她几乎是在边说边唱，也几乎沉浸在了她伴着那幼稚的歌声说出的话里，与此同时，她呼出的气既让我觉得清爽，又让我的皮肤感受到了热乎乎的感觉。

"我最好还是走吧，""胖姐"说道，"等你们开始的时候……我周一再给你打电话。"

"周一或周二。"盖卡答道，此时她轻咬起了我的耳朵，连说话时也没松开牙齿，只是舌头在舞动，然后声音就从嘴巴里出来了。

"你们要去看电影是吧……""胖姐"在镜子前整理着帽子。

"还不知道去不去呢。"盖卡说道。

"我穿戴啥都显胖，""胖姐"嘟囔了一句，"注意，今天我看到过三个比我胖的女人，肉店里的那位还想少找我钱，这事儿我都忘了给你说了。"

"我们要出去吃晚饭，因为家里没东西了。"她松开了我的耳朵，笑了，又从我的太阳穴吻到了下巴，再从下巴吻到另一侧的太阳穴。

"你们进行到这一步了，我觉得你们应该不会去看电影了。""胖姐"用一种保护人式的口吻说道，"七点了，我得飞着走了。"

盖卡站了起来，在她女友擦满粉的脸颊上吻了一口。*她们约了九点碰头，不是今天就是明天。如果是今天的话，那就还差两个小时。她会编个什么借口把我甩开呢？她们又在门口互相亲吻了一下。*

"记得刮胡子，还要学会跟客人打招呼。""胖姐"冲我喊了一句。

"瞧这女人把话说的。"盖卡从门口回来后说道，她脱去睡衣，抖了抖它，好让自己赤裸的身体凉爽一下，"她是个不错的朋友，这毫无疑问。要是咱们去看电影的话，我想先洗个澡。你可以给街角那家店打个电话，让他们送瓶酒和一些香烟过来。咱们吃饭的时候喝酒，当然得看看家里的饭够不够吃。要是你喜欢的话，可以买杜松子酒。家里的烟全都抽完了，你口袋里也没了吗？"

她又笑了，我也回她个笑容，她开始用睡衣角给双腿扇风。那是件带绿色和玫红色衣带的睡衣，这衣服在早晨看是很漂亮的，在晨光的照射下会闪耀着欢愉的光芒。她去了厨房，又走了回来。我想看看她的眼睛、嘴巴和走路时露出的左侧膝盖，我渴望拥有她，而且是带着妒意地渴望她。窗帘之外，下午时光已经死去，在阳台上方，短暂而深邃的蓝色宣告了夜晚的降临。她不停地说话，打开了落地灯，她挠着头，想要帮助自己接受屋子里的无序状态，她最后决定在地面上铺一张报纸，好把烟灰倒在上面。

"要是有人说他喜欢怀孕的女人，那他肯定是个堕落分子，你也同意吧？'胖姐'给我说过了。你当时真的以为我怀孕了？应该是衣服的缘故，要么就是我胖了。我是永远都不会要孩子的。'胖姐'给我说她和那个已经大了的男孩生活在一起，她成天给他编故事，说他爸爸是个医生，可那孩子已经六七岁了，肯定明白是怎么回事了，"她把垃圾袋带到厨房，带了块抹布回来擦拭家具，"女人喜欢男人是天经地义的事，这是生活的法则。不过还有些事情……想想那个小天使吧。疯狂的世界，疯狂的人生。你别因为我老是这么说就笑话我。你想想吧。当妈妈可不是什么容易事，我说得不对吗？再加上她喜欢的那个男人正是当时她肚子里七个月大的宝宝的爸爸。不过这样的话……你也别觉得我就一定永远都不会生孩子。有时候人就是喜欢找罪受。你会给那家店打电话的吧？替我把我该做的事情做了吧，那位先生肯定不会烦的。"

也许她们的约会就在今晚，"胖姐"在拿着粉扑把鼻子擦亮的时候都看过表了。盖卡打电话叫了东西，然后坐到床上，咬起了我的胸部。

"为什么我这么喜欢杜松子酒？"她的头发散着，有点脏，苦味混着香水味，"我觉得我是为了你才习惯喝它的，不过现在我已经没办法离了它过活了。我能做什么呢？自从认识你之后我就越来越疯狂了。我唯一不喜欢的就是你不爱抽烟。有时我甚至会回想我之前的生活是怎样的。"

她招呼了把酒和香烟带来的小伙子，然后把书架上不多的几本书取了下来，开始拿抹布清理书架。我看着她裹在睡袍里的臀部的曲线，还有那颗小脑袋，以及挂在上面的头发，她虚伪又虚假地表现出奴性来，我因此而怜悯她。同时，我又很欣赏她掌控自己生命中每个不重要的肮脏时刻的能力，我也嫉妒她所拥有的天赋，她能够利用那些神话般的生物、虚构的记忆、在任何目光的注视下都将化为灰烬的人物来创造和主宰每一种环境。

她把开了瓶的杜松子酒给我拿来，手里还拿着抹布和一本书，冲我做了个鬼脸。

"我之前没问过你，"她说道，"你在蒙得维的亚待过是吗？我从没去过那里。我有个男性朋友，你可别多想，他是位老绅士，他想带我去蒙得维的亚待几天。我俩就是朋友，没别的关系。他需要我陪着，他之前就已经给我解释过了。我一直给他说我去不了，因为我没兴趣去那儿，后来则是因为我不知道你会怎么想。不过他很有钱，总是去那边做生意。我的意思是你也可以一起来，咱们一起好好玩几天。你不用担心花销的问题。我刚才说过了，他上了年纪，碰都不会碰我一下。也不见得立刻就要去，你什么时候想去咱再去。他每隔半个月左右就会去一次，如果你不去的话，我也就不去了。"

我笑着耸了耸肩，她喝了口我杯子里的酒，用手掌拍了下我的胸膛："有时我真想把你杀了。你想什么时候去都可以，看看你能不能请几天假出来。等到那边再暖和点更好，你觉得呢？我给你说了他是个老绅士，他对我只有尊敬……我受不了了，太热了。"

她把自己关进了浴室，我立刻就听到了淋浴的声音，我想到了夏日的某场雨，那是青年时期的某个夜晚，也许是和赫尔特鲁迪斯在一起的时候，我想到赫尔特鲁迪斯已经到坦柏利去住了，我似乎回到了那些充满信任、艰辛和选择的遥远的日子：你又孤身一人了，又和我分开了，你忘了孤独只有在我们无力忍受它、对抗它、乞求它结束的时候才能发挥威力。我就在这，我能在这张床上发现之前来过的人的气息混合到一起的气味，它们在互相排斥，我听着水流到那个无足轻重的女人身上发出的声音，她是我的情人，她将在某天把我带到蒙得维的亚去，想要利用一个尊敬她的老年朋友的钱来帮我回到青春岁月，回到陪我度过那段岁月的朋友们的身边，回到我和你一起走过的一个又一个街角，也许还会回到拉盖尔身边。此时此刻，你可能正在完成周六午后及夜晚那关于可怜的爱的仪式，又或者正从你母亲的脸上辨识未来向你保证的唯一一件将要发生的事情。你大概能从那贪婪的鼻子、喘息着的塌陷嘴巴及充满卑微和忍耐的、厚颜无耻的话语中看到你自己的影子。你能看到一具无用的躯体和突然涌出的寡淡泪水。与此同时，我们就在这里。生活没有结束，还有遗忘的可能，我们能在早晨闻着熟悉的气味，能够检阅一天的行程安排，能够睡上一觉，把回忆统统抛在脑后，也能在醒来后露出笑容，因为我们刚刚从荒唐的幸福中摆脱了出来。

二十一

盘算落空

迪亚斯·格雷坐在椅子上过了一夜，面冲着酒店房间里狭小的窗户，阵阵灰蒙蒙的冷气从那里飘入。他一连几个小时盯着床的模糊而固定的轮廓，想要想象出她的样子来，她是醒着还是睡着呢？头发和枕头被她压在了脑袋下面。天刚蒙蒙亮，他就静悄悄地摸黑在楼里寻找可以解渴的东西了，同时还避开了面朝河面阴影、撑着身子在走廊抽烟的守夜人。后来他在餐厅入口处的两张藤椅上躺了下来，他感觉到清凉的微风一次又一次吹拂他眯起而发热的眼睛和疲惫的面庞，就像是已经用手验证过一样。

因为昨晚他洗完澡后——他在洗澡时喘着粗气，像个孩子一样玩水，反复给身上打肥皂，坚持要好好放松一下，阻止自己不去猜想她在卧室里做出了什么表情，说出了什么话——，他走进房间，不停用毛巾擦着头，他清楚地看到了她在昏暗的房间中那清晰的身形，也看到了她盯着他看时脸上挂着的微笑，就和她坐在诊所里的扶手椅上，倚在被屏风遮住一半的墙壁上时的表情一样。她没再看他了，也许她只能模糊地辨识出他来，他穿着裤子和衬衫，拿着毛巾擦头，就站在浴室门边，身后没关紧的水龙头还在滴水。那种静止的、心不在焉的笑容使他明白任何事情都有可能发生，而且她并不在意这一点。同样的冷漠——与轻蔑无涉，她甚至没把他放在心上——无时无刻不扎根在这个女人的心底，她欢欣时、合作时都是如此，哪怕他下定决心去拥抱她、躺到床上睡觉也是一样。她没说话，半小时后她关掉了微弱的床头灯。床脚边，椅子上，迪亚斯·格雷觉得自己无法刻意进入这个女人的世界，不仅因为他在那个世界里——从她的身体的角度来看也是一样——无足轻重，还因为他的存在终将难以持久，而且会冒犯到她。

　　所以他倾向于离开卧室，他当然不会忘掉她，悲伤，再没别的了，那种驱使他做出这种选择的需求、疯狂和奴性时常会变得鲜活，此时却无比强烈了起来。在室外，他任由疲惫感、寒气和有时会拖拽他、吞噬他的困意袭来，他注视着一小片可以下锚的地方的黑影，想要通过想象那里停泊的小船的形状和颜色来分神，他甚至觉察到了我的存在，厌烦地嘟囔着"我的布劳森啊"。他挑选了几个平和的问题，为的是有朝一日遇见我的话好来问我。他可能起了疑，觉得我正在窥视他，不过，哪怕他想确认我的位置，往灰色天空映衬下的下锚地的黑影处去找也是找错了方向。他睡了会儿，又醒了过来，想要坚定自己的想法，他思考着无数种几乎不可能使用的卑劣手段，可是他已经准备好利用它们了，只要能换得那么一刻，她火急火燎地扑到他身上来，那就行了。他不再想那个女人了，只是徒劳地默念我的名字。他睡了，在醒来时一下子蹦了起来，他活动着胳膊和腿，试着让身子暖和一点，他寻找香烟，依然执着于那些想法，执着于填充满内心的那些需求，它们困住了他，督促着他，不停地向他灌输某些微小的自杀理论。他没有想起埃莱娜·萨拉的身体，在他看来，她那痛苦的欲望是某种具体的东西，要比那个女人本身更加真实，它自她而生，但二者却是不同的个体，它就像是她身体上的气息，像她在海岸沙滩上留下的脚印，像人们谈论起她时使用的话语。实际上欲望是肉体之子，可后者如今已经无法抚慰前者了。没有什么能改变这一切了，她任由自己被利用，或者把它当作某个没有面孔的男人去利用。没有什么能被用来替代那些不切实际的想法，那种征服的欲望和掌控的感觉。

清醒着，酣睡着，到了某个时刻，各种各样的事物开始自黑夜中浮现出来。一个穿白衣的男人走了过去，把一根浇水管子举了起来，然后停住不动了，仿佛消失在了刷了白石灰的墙壁上。我能以"爱"命名的那种执念实际上并不属于我，我在那种执念中辨识不出自己，我只能利用他人的语言、大众的语言来代表它：我这辈子一直在等待那个时刻的到来，只不过我没看透罢了。它眼神模糊，但依然是胜利者的眼神。在以疯癫铸就的台基上，甜蜜的和平开始蔓延。我能以"恨"命名的那种执念同样奇怪；我像是在伺机报复它，通过给它

*寄送报纸刑侦版的剪报和被杀害女子的照片来消灭它，让它知道、阻止它忘记我永远不会犯的那些罪行正在世界各地发生，而且还会一直发生下去。*河湾依旧笼罩在阴影中，沙滩与河流显得简单明了了起来，迪亚斯·格雷前一天曾经盯着看过的那条海岸也是一样。在右侧，在柠檬树倾斜的树干之间立着头静止不动的奶牛，田野上能被望见的景色也仅限于此了。

她头发湿着，走了过来，她的笑容嵌入到了前夜最后的景色中，她点燃了第一根香烟，倚靠在树上。迪亚斯·格雷叫来服务生，点了早餐，和进进出出的人们互道问候，又喝了两杯热咖啡。空气变得炎热了起来，还混杂着香水的气味。迪亚斯·格雷缩了缩身子，感到阵阵倦意，又盯着她的裤子边看，看着卷起来的短袜，她的鞋底很厚，湿湿的，沾着些沙子和青草，很有些田园气息，不过也有点滑稽，就像是被刻意展现出来似的。医生伸了伸懒腰，觉得有些窒息，于是深深吸了口气。他一边打着哈欠一边想道："我已经没有嗅闻春天气息的那种鼻子了，春天只存在于我的记忆中，那些往日的春天带来的都是些无用的感觉，我在那些日子里闻到的也许是更早之前的春天的气息，不过那种感觉却让我和未来的十月亲近了许多。"

埃莱娜刚醒不久，嗓子还有些沙哑，听上去语速缓慢，她的声音像是从他头顶某个遥远的地方传来的。

"事情变得复杂了，因为老板还没回来。午饭时他大概能回来，到那时候我肯定已经被热死了。我没带换的衣服。

我得嘱咐女佣几句。我梦见自己就像征猎队一样，天一亮就离开海岸，钻到林子里了，到蚊子中间去了，在午饭前我就抵达了通布图。"

"可实际上您并没把握。我们无法确定是不是该离开海岸。你要找的那人可能就在河边，从这往下走或往上走都有可能。您怎么没问问我昨晚过得怎样呢？"

"看看您的脸色就知道了。黑眼圈，有些燥热，倒是显得年轻多了。太蠢了！我睡了一整晚。您说得对，他也可能逆流而上了。不过梦中的我离开了海岸，到树林和黑人中间去了。也许真的就只是场梦吧。您一晚没睡吗？"

"睡了一点，足够了。我不困，房间里太热了。我走了下去，走到河边，在草丛中溜达了几圈。"他这样说道，就好像撒谎能顶什么用一样，又好像借助谎言可以否认她期待的某些事情。

埃莱娜小心翼翼地用鞋子在地上把烟踩灭，又把烟头丢到了沙地边。她骑在栏杆上，突然笑了起来，她把两只手放在膝盖之间，双腿紧紧地夹着，试图以此保持平衡。

"您不想和我谈谈吗？"她有些严肃地发出了邀请，脑袋依然在摇晃着。

"不想。"

"永远不想还是现在不想？"

"永远不想，"迪亚斯·格雷说道，"没什么用处。可悲的是您并不觉得那种谈话是无用的。"

"好吧。您是个男人。男人都是那样，一旦发现自己的盘算落空了，就无力再重新回想盘算过的事情了。"

"我不明白，"他嘟囔了一句，又向下方望去，狭窄的岸边小路上可能正有人在他不知道的情况下向他走来，"就算我明白，我也会说只有女人才那样。"

"不对，不对。女人才不这样呢。小可怜，您连这事都没搞清楚。不管怎样，就'盘算'来说，女人会认为哪怕自己看不到某些'数字'，最后的结果也肯定如她所料。不过她每天都会验证一下，一有机会就去验证，她知道纸面上的错误只是表面现象罢了。我知道要是我摸您的头的话，您肯定会生气，所以我从没那么做过。此外，女人总是很清楚使盘算落空的问题到底出在哪里。"

"您可别那么做。"他说了一句，并没挪动身子。

"我现在不会那么做。顶多用手掌轻抚过你的头发。咱们到河边去吧。往右走，那些停着的船再过去一点，那边有几个淋浴间。咱们可以在房间里换衣服。仔细看，这里的人几乎都是光着身子的。"

"我晚点再去洗澡，中午的时候再去。"

她跳到地上，开始跑了起来，我不愿意看她。*我的心里就只有她，就好像其他女人都死光了一样，就好像从开天辟地以来，做爱就只意味着和埃莱娜·萨拉做。我愿意为此付出任何代价，可之后却无法寻求补偿，因为她已经给不了我补偿了。我也解释不了这一点，因为她说得对，因为我的盘算的确落空了，因为也许我已经不再受罪了，不再因为她而觉得自己肮脏了，因为我的心中只剩下了一片空虚，我不得*

不承认自己已经死去。还有，和以前一样，我根本就做不了什么，只能机械地将事情一推再推。意念对我来说也不起作用了，说什么心诚则灵，都是骗人的。不断推迟各种各样的事情，推迟到随便哪一年，好像随便哪个春天都可以进行全面的检讨，我现在就可以去做，去拯救自己，只要走下去，走到那头奶牛在拂晓时分站立的地方就行了，这些也都是谎言。如果说这还不够的话，虽说应该够了，那么我就继续走下去，走到下午，走到入夜，然后把午后和夜晚也检视一番。像一只动物或像布劳森一样在花园里移动，检查每一抹绿色，每一片虚假透亮的叶子，每一根娇嫩的枝条，每一种花香，每一朵堆积而成的小块云朵，每一处河面倒影，并为它们命名。这事不难。动着，看着，闻着，碰着，说着，纯正的自私，自己帮助自己，自私到底，抛开一切利他的愚蠢想法。在这个从天地初始就存在的循环中触碰、观看，直到感受到这段人生那无足轻重、难以理解的表征，这段人生是如此怪异，它诞生自任性、内向的造物主之手，那是个叫布劳森的人，他沉沦在爱情的游戏及个人的激情中，却同时玩着永生的把戏。我一锤定音地理解了自己，又立刻把自己遗忘，然后继续像之前一样生活，不过到了那时候，我得把此刻因为不安而张开的嘴巴闭上。

二十二

短暂的生命 [1]

现在赫尔特鲁迪斯只在我的梦中出现了，她的脸上洋溢着青春的笑容，让双颊都显得浑圆紧实了，那种大笑时脑袋随之激动摇晃的样子又回来了。

盖卡向我发出的前往蒙得维的亚的邀请让我和阿尔塞分离了开来，让我不再需要对他所想所做的事情负责了，我完全乐于看到他慢慢堕落成实打实厚颜无耻的人，成为绝对意义上的恶人，在这之前并不行，因为我一直需要脱离他而重新扮演我自己。那份邀请还有助于我发现自己的一个成熟而古老的愿望——它在暗中生出过如此多次，却又都遭到抗拒——：在拉盖尔身上重新找到赫尔特鲁迪斯，我要重新和我的女人走到一起，和她身上最重要的东西重逢，她那瘦弱

---

1 原文为法文。

的妹妹就是媒介。她和赫尔特鲁迪斯如此不同，但与她认识我时年龄一样，她的体内流的更多是她父亲那北欧人的血，因此也就更蠢，不过如今，到了今年，她肯定已经长成地道的大姑娘了。

老麦克雷欧吮吸着他的那根空烟斗，低声吩咐斯坦因月底时把我扫地出门；他已经让步了，同意给我张五千比索的支票。与此同时，我几乎已经算是撂挑子了，差不多变成空气人了：和盖卡声色犬马的是阿尔塞，最近通过打她获得的快感愈发增强了，让人吃惊的是对我来说打她并不是件难事，甚至变成了必须要做的事；至于另一件让人吃惊的事，也是能展现我的能力以及生活的丰富性的事，是不断地去书写、去思考，而这件事是迪亚斯·格雷在做。现在，盖卡那位慷慨的老年朋友每周六下午都来拜访她——我厌倦了隔着墙壁偷听，因为盖卡的房间总是静悄悄的，这会扼杀足以创造一切的想象力——，到了那时候她就把我赶到街上去，我会买束便宜的花，坐地铁去把它送给"妈咪"，在整段旅程中我都会觉得这种举动有点滑稽，我会略带不快地看着斯坦因冷漠地问寒问暖，他总是穿着卷起袖子的衬衫，像男主人一样接待那些浑身伤病，却依然带着英雄气概的幽灵般的老兵。

我向"妈咪"问好，也向那些青春无限的姑娘问好。那里除了她们还有个小个子犹太人，秃顶，戴着金框眼镜，也许他就是那个玩纸牌游戏和巴黎地图游戏的勒沃尔。斯坦因走来走去，和姑娘们调笑，他把衬衫袖子放了下来，手里握着杯子，可能有点破坏"妈咪"在一个又一个周六凭借耐心和细致营造出的氛围。我心里想着，姑娘们穿着五颜六色的衣服，嗓音各不相同，她们陪在"妈咪"本人和那个沉默寡言的小个子犹太人身边，好像变成了她凭个人喜好在饭桌、钢琴、地面摆放的花瓶中的鲜花。

我在那儿感觉很无聊，心里一直想着丢掉工作带来的后果，想着盖卡、阿尔塞、少言寡语的老人、变胖了的拉盖尔和更加年轻的赫尔特鲁迪斯。"妈咪"同意把一扇窗户半打开，大家可以看到夜空了，她还让斯坦因把钢琴旁的灯也打开，她最后架不住大家起哄，冲着我和那个秃头客人眨了眨眼，放下针线，走到了钢琴边。她走动的时候身子摇摇晃晃的，慢慢拉了拉腰带，向我们投来了宽容的微笑；她轻轻拍了拍斯坦因的脸颊，他冲我抛出嘲弄式的眼神，然后她又俯身在丽娜·毛瑟耳边说了些什么。"妈咪"伴着笑声挺直身子，走近钢琴一角，脸上始终挂着微笑，虽说她的表情依旧带着股悲伤劲儿，可显得更加容光焕发了，如今那种宽容的情绪已经不是外露给别人看的了，而是赋予她自己了。她倾斜着脑袋，身后是玫瑰花束和一枝晚香玉，她在等待着。

"来首歌唱游击队员的歌吧！""小虫"喊道。

"拜托……""妈咪"答了一句，却没有动弹，表情依旧平静，就像是在默默祷告似的。

斯坦因站到了青春无限的埃莱娜身后，把一只手放到了她的头上。

"'妈咪'想唱什么就唱什么，"他这样说道，同时撩起了埃莱娜的头发，让它散在酒杯周围，"不过第一首和最后一首是献给上帝的。"

"老是唱情歌，""小虫"抱怨道，"还都是我奶奶那辈唱的老歌。"

"我想唱的歌，我想唱的歌……""妈咪"甜蜜地重复着斯坦因的话，又露出了和之前不同的笑容，更缺乏激情，更谨小慎微，她也冲我笑了笑，"麻烦您点一首吧……"她最后把目光投向戴眼镜的小个子男人。

"啊呀，"这个男人挥手驱赶苍蝇，说道，"说真的，您并不需要我。"

"咱们都是这么要好的朋友了……"斯坦因模仿"妈咪"的口吻说道，"都是过硬的交情，互相辱骂对方一天大家也不会生气的那种交情。"

"咱们在埃斯特家听您唱过的那首歌怎么样，"小个子犹太人说道，"大家都不记得了吗？"他开始摇晃身子哼唱了起来。

"啊……""妈咪"还记得，她眨了眨眼睛，下巴刻满皱纹，"是《下一次[1]》，没错。可那连歌[2]都不是啊……"

"不管怎么说，他的提议很不错，"斯坦因俯身在青春无限的埃莱娜的脖子上亲了一口，"那旋律很好听。"

"对吧？"小个子男人赶忙应和道。他笑了，但是并没有

---

1 原文为法文。
2 原文为法文。

失态。

"确实好听，胡里奥，""妈咪"亲切又强硬地说道，"可那不是一首歌[1]。"

"啊呀。""小虫"喊了一声，"在她眼里，不忧伤的旋律就算不上歌。"

"我也觉得不行，亲爱的，"丽娜·毛瑟附和道，她的脸上挂着放荡的笑容，"女人忘不了的永远都是悲伤的歌曲。"

"我们还在等着呢，"斯坦因说道，"女士们，先生们，咱们已经不想再等了……"

"妈咪"摇了摇手，就像是在摇扇子一样，以此打断了他。她眯着眼，老态毕现的面孔随着身子一起摇晃。她应该唱出的词语自钢琴上方让人难以忍受的花香中升起，自她的心灵深处浮现。

"那么您想唱的应该是《如此渺小[2]》吧，""小虫"十分笃定，"刚好也迎合了您的品位，是首略带伤感的歌曲。"

"没错，那首歌很动人，""妈咪"说道，"不过大家还是别再猜了。没人能知道我想唱哪首歌，又为何要唱它。"

"'妈咪'，这头野兽在咬我呢。"美丽的埃莱娜尖叫道。

这时"妈咪"的脸上又露出了宽容的微笑，那是成熟之人的笑容，是殷勤地带着一群孩子玩耍时的笑容。她笑着环视一圈，最后目光停在了那个正用指肚敲打膝盖、哼唱着

1　原文为法文。

2　原文为法文。

《下一次》的小个子男人身上。突然，她仿佛听到了引她开始的节奏，她缓缓把头后仰，看上去完全投入进去了，于是她开始唱了，在微弱的怀念心情中歌唱，在已死的个人世界中歌唱。在那里，她顶着张稚嫩的娃娃脸，远离所有人，如此孤独，不过，对于我们来说，对于这三男三女六位听她歌唱的在场者来说，对于这些浓妆艳抹、在听到那首老歌后表情扭曲、陷入沉思的妓女来说，"妈咪"又回到了三十年前，又变成了那个从散发着胜利荣光的巴黎移居而来的女青年，她想要通过夜总会，通过从罗萨里奥、圣费尔南多、马塔德罗斯来到此地的忧郁客人去了解一个崭新民族的语言和灵魂。她在这里遇见了她的男人，斯坦因，还把他带回到了欧洲——那是为时短暂、有苦有甜的回溯往昔之旅，和此时此刻的这趟旅程很像，如今，她站在钢琴边，脸上挂着笑容，似悲伤，似喜悦，似挑衅——，她养着他，用不断重复的歌和往日的姿态来装点他。

也许我们都没反应过来自己正在听她唱歌，也许某人凭借某种怜悯或荒唐的感觉觉察到了这一点。在一首歌持续的漫长的五分钟里，在配合想象中的管弦乐适时出现的停歇中，她褪去了一身的脂肪和伤痕，以及岁月的痕迹，她歌声中那极具侵略性的安全感暂时赐予了她年轻的皮肤。她的歌声中还包含着热爱，那种热爱由自体内诞生的绝对投入和冒险精神塑就，只有被那具身躯选中的人才有机会享受这种歌声。

我望着她，既激动又疑惑。她的一只胳膊肘撑在钢琴盖上，左臂成弓形下垂，与臀部的曲线相得益彰。她憔悴但坚

定，她引吭高歌，恍惚的精神被往事侵蚀，又痛苦又享受，
她这样唱道：

> *回来吧，好吗？*
> *你不在，我的生活也毁了。*
> *你知道，没有任何女人，*
> *能在我心中代替你，朋友。*
> *回来吧，好吗？*
> *我的痛苦无穷无尽。*
> *我想寻回失去的幸福。*
> *回来吧，回来吧，好吗？* [1]

　　她没再转向我们，而是直接唱起了另一首歌，因为此时
她的脸颊已经又湿又红了，有个女人嘀咕了一句："她这是
在自杀！"于是斯坦因抛下美丽的埃莱娜，走上前疯狂亲吻
"妈咪"的脖子。他笑着，并没松开她，开始说道：

　　"诸位，我指的是在场的姑娘们，你们明白这是场怎样
的游戏。玩这种游戏最好是晚上，而且越醉越好；当然了，
今天还有这几位受人尊敬的绅士在场。让人骄傲的所有品质
都会在这场游戏中被调动起来。不仅是五感。灵巧的手、想
象力、逻辑和推理的潜能都能发挥作用。规则虽然简单，可
是也很严苛。要是再算上参与者的良好意愿，那这游戏就更

1　原文为法文。

加无可比拟了。游戏是这样的：挑选一个所有人都认识的东西，最好体积小一点，理由显而易见，玩过的人都懂。选出一个寻找者来，他得离开房间，大家把东西藏起来，然后寻找者再回来。他明白自己得找到那个东西，他也会得知藏东西的地方的首字母是什么。什么地方他都可以去找，无论是静物还是动物，也无论是无生命之物还是有生命之物，就凭名字去找，凭它们的名字去找，从大家告诉他的那个首字母入手，也就是那个巨大秘密的首字母。"

但是她们不想玩——她们盯着"妈咪"，她一动不动，面带笑容，眼睛湿润——，小个子犹太人也摇了摇头表示拒绝。斯坦因又在"妈咪"的脖子上吻了一口。

"他们不想跟我玩，"他抱怨道，"亲爱的'妈咪'，你在哭吗？"

"没有，没事，"她轻轻推开他，嘟囔着回了一句，"胡里奥，我真蠢，"她又冲那个小个子男人笑了笑，"请您原谅……"

"夫人，请别这么说！"

"我打赌，"斯坦因说道，"他正在想自己能用几门语言玩那个游戏。"

小个子男人坐在椅子上笑了起来，手放在腿下，身子左右摇晃。"妈咪"在大家刚刚安静下来时叹了口气，把圆圆的小嘴巴嘟了起来：

"要是您愿意的话，先生……"

小个子男人走到钢琴边，把琴盖打开，在凳子上坐了下来，他的手指压了下去，琴音响了起来，他的两根无名指压在琴键上。

"夫人，您唱什么都行。"

"他就是勒沃尔吗？"我向斯坦因问道。

"不是，"他嘟囔道，"太美妙了。我爱她一日比一日深了。你感受一下这情感，发自内心，美妙无比！"

"随便我选是吗，""妈咪"说道，"请等一下。您先随意弹着……弹到我想好自己想唱什么为止……"

"即兴演奏，"斯坦因在我身边低声道，"不过大家昨天都排练了一整晚了。要我说她就像变成了世界上最后一个女人似的。"

小个子犹太人慢慢弹着琴，双手无精打采地在胸前摆动。他感觉到在上方，在自己的肩膀和花瓶之间，"妈咪"的脑袋微微后仰，于是他的动作变得清晰利索了起来，也更轻柔了起来，几乎让人觉察不到琴声。"妈咪"唱道：

> *生命短暂，*
>
> *有一点爱，*
>
> *一点梦想，*
>
> *然后道句早安。*
>
> *生命短暂，*
>
> *一点希望，*
>
> *一点梦想。*
>
> *再道一句晚安。*[1]

---

1 原文为法文。

二十三

麦克雷欧那类人

老麦克雷欧依然面色红润，也依然彬彬有礼，他一只胳膊肘撑在吧台上跟我打了招呼，其实他心里更想做的是同我道别。要耐心、从容地和他周旋，让人难以抗拒的亲和力总能吸引更多朋友及合同；在意他的问题，用乐观的态度评价它们，绝对不能随意妄为。从他的眼神里我看不出他知不知道自己就要死了，还是说他信了是生气和尼古丁让他生病的谎话。

"来杯威士忌？"老头子笑了，"还是说您有胆量试试我喜欢的特调酒？这酒可是很有名的。"

他的声音很微弱，就像是小孩子的声音，又也许是年迈或醉酒引起的，是那种永远无法让人信任的低语声。服务生的大拇指搁在鸡尾酒调制器上，等待着。我给出了肯定回答。老头子抿了抿嘴，他很满意，他把空烟斗衔得高高的，借着烟筒呼吸。他把一只手放到了我的肩膀上。

"我不想在办公室跟您谈这事，其实也不愿意在这里谈。您明白这对我来说也很艰难。不过这里……"他指了指吧台，上面放着两个浑浊的酒杯，杯子底部被丝纸包裹着，"事情还是得说。我和斯坦因说过，布劳森不一样，*您是我要好的朋友*[1]。咱们算是老朋友了，我本想更深入地了解您、和您交流。不过，您知道的，我的生活就是如此。我和公司账目的关系就像……"他环视周围，他举起手来想叫人，不过没能成功，于是他放下手，示意我喝酒，"就像老马和它拉的车一样。"

他摇了摇头，牙齿咬住空烟斗，使它保持平衡。我在他那双明亮而疲惫的眼睛里，在双颊的静脉上，在下腭和笔挺的衣领之间那松弛的皮肤上都看不到死亡的迹象，有的只是成年累月饮酒及做蠢事的痕迹。我想帮帮他，我一边冲他笑，一边心想：*你和公司账目的关系就像普罗米修斯和那块岩石的关系一样，像公狗和母狗的关系一样，像我们永生不死的灵魂和神性的关系一样。*

"干杯，来，"他请我喝酒，"说说您觉得这酒怎么样。"

*我什么都不懂，不到两个月前我才刚开始接触杜松子酒。这杯可能是曼哈顿酒，然后随便加了点什么东西进去。不管怎么说吧，肯定比威士忌要便宜。*不过我已经嘬了两口这杯永恒友谊之酒了，过去以及那场没被声张的漫长战争都被埋入土中了。老头子故意让我听到他完美地咂了下嘴，我顺从地让舌头发出声响，却没能模仿出他发出的那种声音；

---

1 原文为英文。

我朝前方看去，毫不费劲地模仿出了老麦克雷欧的欢快表情。

"非常棒，"我自己也吃了一惊，"非常不错。您应该把配方告诉我。"*也许年龄或地位上的差异使我没能从背后给他一下子，或者用胳膊肘顶他的肋骨，又或者把他的帽子拉下来，遮住他的眼睛。他平静地听了我的意见，冲着服务生眨了眨眼，又对着镜子检查了一下自己的脸。他看到那个六十岁老头子的脸时，会想到什么呢？这个老头子马上就要死了，帽子下的头发都变灰了，皮肤泛红，蓝色的眼睛透着天真，用烟斗呼吸空气。*"非常棒，"我奴性十足地又重复了一遍，把空杯子放回到吧台上，"对我来说劲儿可能有点太大了，毕竟我最近才开始喝酒。"*在粗壮的麦克雷欧的阴影下，我展现、夸大自己对艰辛生活的恐惧，向这位谨慎的老人、我们的向导和保护者、公司的支柱来求取安慰。*

"不，不，"他不再看向镜子，转而拍了拍我，"劲儿不大，刚刚好。这堪称是我有名的杰作，对吧？"他又冲服务生眨了眨眼，寻求他的认可。

"酒非常好，"服务生边调酒边说道，"已经有很多客人点名要这种酒了。不仅是先生您的朋友，如今许多其他客人也会说'来一杯麦克雷欧那种酒'。请原谅我直呼您的名字。"

"要小心，要非常小心才行，"老头子说道，"这可是最高机密。配方不可以泄露给任何人。要是他们付钱的话，自然可以调给他们喝，不过配方绝对不能告诉他们。"

"这个自然，"服务生说道，"那个卖轮胎的先生有天晚上给我说他觉得秘密就在于用了苦啤酒。"老头子突然发出了浑浊的笑声。

"苦啤酒!"麦克雷欧重复道,"哈哈……奇怪的想法,苦啤酒!"

他转向我,我俩都觉得那种想法奇怪异常,于是都摇起了头。

"苦啤酒!"在开始喝第二杯酒时我又嘀咕了一句。

老头子又想望向镜子了,他抿了抿嘴,一双小眼睛坚定而专注。也许他已经知道了,也许他正在问自己那张脸上的哪一部分会先被摧残。他就那样望着那面周围贴满五颜六色长方形贴纸的镜子,那些贴纸就像马赛克一样,他试着猜想在这个夜晚,自己在女人眼里是什么样的,怀揣悸动激情的他在她们眼里是什么样的呢。

已经七点钟了,酒吧里开始挤满吵吵闹闹、自信满满又目中无人的人,他们和麦克雷欧是同类人。他们慢慢在吧台前挤成一排,肩靠肩,胯靠胯,时常用力拍打吧台的金色台面,经常能听到他们飞速抛出一句抱歉,还能看到他们夸大自己和服务生的熟悉程度,他们嚼着花生米,同时啃咬能帮助他们保持清醒的芹菜。他们聊政治,聊生意,聊家庭,聊女人,他们相信永恒,就像相信他们此时所处的时刻是无比真实的一样。酒吧里越来越热了,再加上各种吵闹的声音,无序的状态,敲击桌子的响声……在彩灯的照射下,数量不多的几个行动迟缓摇晃的女人边喝啤酒边化妆,要么就是边打电话边喝果酒。

麦克雷欧从镜子上回过神来,和某个人握手问好,露出笑容，然后把脑袋凑向我的脑袋。他的嘴边还留有几滴酒，蓝色的眼睛里闪过一丝犹豫。他要开口了，实际上我们都心知肚明，不过他还是要开口说出来。男人对男人，真心对真心地说。既然这时间必须得花，他为什么不像设计广告标语、处理广告事务那样换个花样来说？举个例子，把用有名的手术刀在每个春天切开阴囊的事情与社会责任、卫生事业和爱国情怀扯到一起，这样就没人能不欣然接受了。令人难忘的是[1]，这种花招全世界都在用，尤其是美国军方，他们是梅奥诊所的老熟人。那事一定要趁着丁香花盛开的时候做。那是最佳时刻。不能等到夏天。干净利索地把阴囊切掉，任由柔和的春风……

"不过我从很久之前就知道了，"老头子说道，他此时的笑容更像是在宽慰自己，原谅自己那其即将失去生命力的躯体，也原谅自己一辈子犯下的种种错误，"我不想骗自己。其他很多人也知道了，不是吗？他们只是不承认罢了。出于虚荣。我知道我不是……我想说我不是那种人。当然要说一点都不虚荣也不可能。我做事和纽约人一样。我会抗争，没错，斯坦因一定跟您提起过，我是那种不畏抗争的人。我从来就不害怕什么。您可以去问问斯坦因：我为了您的事抗争了整整两个月。直到那边的人下最后通牒为止。钱啊，钱啊，都是钱的事。他们不听我的解释，不听事实，也不管真正应该做些什么。他们根本不听我说。九个人围坐在一张桌子边，

1　原文为英文。

给布宜诺斯艾利斯五分钟时间，听听关于麦克雷欧那家伙[1]的事。钱啊钱。不照办的话，麦克雷欧就滚蛋，再来另一个人。啊？就是这样。斯坦因把支票给您了吗？他拿着呢。那已经是我能搞到的最大金额了。再来一杯？好吧，我也不喝了。我今晚必须把话说出来。好吧，我无法对您否认，我的确真心喜欢这份工作。布宜诺斯艾利斯分公司当时已经要垮了，是我把它变成了现在的样子。纽约那边可以拿咱们现在的账目和三四年前的做一番比较。一个人要是不能忘我，就什么都做不成。我不是在抱怨您什么，否则也就不会在这儿跟您谈这些事了。不过我还是要给您个建议：如果您不能忘记自己是布劳森，然后全身心投入到生意中去的话……要想好好工作、好好做事，这是唯一的方法。回头再聊吧，让最后一个版本的麦克雷欧跟您聊，咱们今天才聊了不到八成的内容。听着，这对您有好处，斯坦因对此也心知肚明。"在等着服务生再倒一杯酒的时候，他又茫然地望了镜子一会儿。*对我有好处，斯坦因对此心知肚明。借用柏拉图、卡内基、苏格拉底、洛克菲勒、亚里士多德、福特、康德、摩根、叔本华、范德比尔特的某个不容置疑的公式之后，他会给我补上我期望得到的钱数和支票上写下的钱数之间的差额。* 老头子回过神来，笑了笑，给人一种踏实的感觉："就是这样。您很清楚，在几年前，艺术还只是宗教的副产品。"

"艺术？"我把酒杯停在空中，问道。

---

1 原文为英文。

"艺术。音乐，绘画，图书。在中世纪时，这一切都视作为教会服务的，"他享受着我崇拜的目光，点了点头，确认了自己刚刚说出的话，"就是这样。现在，艺术服务于宣传工作，还没到这种程度，不过已经在朝着这个方向发展了。音乐为广播服务；绘画为广告和海报服务；文学为教科书和小册子[1]服务。不是吗？在巴黎和纽约，人们已经开始用一流的诗人的诗句来做宣传工作了。所以说，咱们这行不仅是跟账目打交道、以赚钱为目的的，还牵扯到很多别的东西，这里头复杂着呢。"

老麦克雷欧神采奕奕，表情严肃，我无精打采地重复了他的话，他则频频点头表示认可。只是为了表示友好，他再次把手搭到了我的肩膀上。他猜到我要装出付钱的样子，于是阻止了我，他把我带到门边，叹了口气，同情起了美国人，他说他们不明白以后不会有那么多纸张被用来印刷报纸，也不明白做广告的人是没有未来的。小伙子，他们可没那么幸运，能兜里揣着金额优渥的支票赢得自由身。

他在街角叫到了出租车，我看到他摆手做出最后的道别动作，看到他逐渐远去，在这个夜晚开始的时候，去往那个属于诗歌、音乐、绘画和雕塑的未来世界；去往有更多汽车，更多牙膏，更多泻药，更多毛巾，更多冰箱，更多钟表，更多广播的我们共同的目的地；去往满是蠕虫的苍白、死寂、狂热的空间。

1　原文为英文。

二十四

旅　行

一打开门我就看到一张纸条掉到了地上。我吹了声口哨，盖卡不在家。窗帘是拉上的，一下午的热气都被闷在屋里。我打开灯，脱下衣服，拿着纸躺到床上。纸上只写着一句话："我会给你打电话的，再不然九点钟的时候我会来。埃内斯托。"我笑了起来，就好像收到了最好的消息，仿佛我长久以来就在等待着再次和他相遇，又好像我和盖卡的关系——我对她以及这个房间的气息的需求似乎只不过是背景——只是在浪费时间，虽说并非徒劳，这样做只是为了能让我再次接近他，看到那张苍白、冷漠、额头窄小的面孔。我感受到了憎恨，却同时生出了一种无与伦比的平和感。

我在裤子里翻找左轮手枪，游戏似的检查了子弹的上膛情况，还看了看枪管反射的亮光。我把枪藏在枕头下面，从厨房把杜松子酒拿到房间里，又躺了下来。离九点钟还差一个小时多一点；我明白一切都取决于盖卡，她禁止我主动找她，所以我必须等待，就像是在赌桌上一样，要么赢，要么输。我站起身子，把纸条放在门边，眼睛盯着地面上的这块长方形白色剪影——我喝着酒，回忆着曾经在这个房间里经历过的事情，我要求那些组成我的人生的幽灵在未来要公平公正、不带偏见地对待我——，直到我听到她回来的声音，听到她把钥匙插在钥匙孔里的声音。我眯着眼睛，看到她停下脚步盯着我，她捡起纸条，走过来跟我打招呼，还笑了笑。

"有人找你，"我嘟囔道，"后来他没耐心了，就走了。"

"关我屁事！你在睡觉吗？我没想到你这么早就来了。我刚才和'胖姐'玩儿呢。我快热死了。你怎么不把帘子拉开呢？你都喝了半瓶酒了，还没睡意？我得先去冲个澡了。"

她打开阳台门，大口呼吸外面的空气，声音有点大，而我则把那种憎恨感情中极小的一部分转移到了她的身上，因为她愚蠢，她厚大的鞋跟发出巨大的声响，还有她走路时发出的其他短促干涩的声音。我害怕自己不再喜欢她了，于是我在床上转了个身，在看不到她的背影的情况下开始想象她的样子，她穿着柔滑睡衣的样子，她赤裸而恭顺的样子，还有她把厚厚的小嘴巴张开的样子。

"我要热死了，"她又重复了一遍，"你等我一会儿。我想不到是谁来找我。"

她去洗澡了，她把浴室门关上了，好阅读那张纸条上的内容。我独自一人，想着埃内斯托的脸，他的样子从一开始就一直萦绕在我的脑海中，从九月的那个夜晚开始，从我坐在走廊里擦掉他吐到我身上的唾液开始，我那时短暂地想到刚刚现身的阿尔塞已经有了最重要的使命。

盖卡光着身子从浴室走了出来，头上倒是裹着毛巾，她把香皂的气味带到了我所在的床边。

"我不知道，"她说道，"我预感今晚会发生些事情。你不觉得吗？"

"对，我也有这种预感。"

"会发生什么呢？坏事还是好事呢？"她关掉了顶灯，她摊开手掌，正在把水滴往腹部皮肤的方向擦拭。她跪在床边，开始吻我，她的声音从下方传来："到底会发生坏事还是好事呢？"

"我不知道，我不可能知道，总之有事会发生。"

"太奇怪了，"盖卡嘀咕道，"你和我竟然有同样的预感。真是个疯狂的世界……"

我目测了一下钟表的分针和数字"9"之间的距离，又回想起了最初的感觉，那种感觉已经模糊了，离盖卡的身体已经很远了，她那又小又硬的身体，浑圆的胳膊和腿，还有背部的曲线。我感到自己的怒火在下降，需求却在上升；我惊讶地想到亲密关系和习惯带来的成百上千个特点及新的意义已经几乎覆盖住了盖卡第一次在我面前裸体时的形象。我觉得某件重要的事情就要发生了，我们两人那虚假的预感有能力改变命运的走向。

"你和'它们'处得怎么样了？"我问道。

"你别跟我提它们。它们会来的。你一走，它们就会来。你得明白这事是无法解释的。它们不是有血有肉的人，我明白这些都是谎言，实际上房间里根本就没人。可如果你经历过的话也就会明白了，那些小生物讲话时嘴巴也会动，它们从一边走到另一边，跟我说话，我知道我有一次真的听到了它们的声音，但我不记得是什么时候了。所有的事情都混到一起了，我还是个小姑娘时的事情和现在的事情，都混到一起了。它们还调侃一些我从来就没说过的事情，我只不过曾经想说那些事而已。把酒给我。"

她还湿着的头发散开遮住了脸，手握着酒杯；我开始感到孤独了，所有的动力都烟消云散了，我害怕那种憎恨和轻视的感觉，可正是那些感觉把我和她联系到了一起，我也害怕她的贪婪，她的低贱，这些东西随时都可能终结，也许就在这个夜晚。我祈求活着的宁静感和喜悦感能一如既往地从这个房间的屋顶降临到我身上。我计算着从躺着到压在盖卡身上休息之间需要多少个动作；与此同时，我抚摸她，听她嘀嘀咕咕，慢慢发出惯常的笑声，最后笑声再化为没有眼泪的哭泣声。她从床上跳了下去，走到桌子边，强烈而无声地抗议着。

"怎么了？"我问道。我知道她马上就要撒谎了。

"太可怕了，太可怕了……"

我看到她后退了几步，显得那么娇小，她真是蠢到家了，此时她用手抱住了脑袋。我往酒杯里倒满酒，开始喝酒，这时电话铃响了。她任由手臂垂了下来，一条腿悬在了空中，她看了看表：九点二分。我手里依然握着酒杯，感受到了她身上散发出的热气，我走过去抓起话筒。是同一个声音，同样模糊的面孔，像一摊白色的圆形污渍。

"不行，"我说道，"今晚不行。今晚她不能见你。她不在家，"我边重复着，边转身盯着张大嘴巴向我走来的盖卡，"你来了她也不在家。"

我挂断电话，又浅浅地喝了几口，我望着桌布和墙上的画像，家具上那些熟悉的掉皮的部分，墙上和屋顶上的绿色污渍，我一直记得它所在的位置。

"是个男人，"我说道，"可能是埃内斯托。你还记得埃内斯托吗？"

她的脸开始颤抖，怒意逐渐上升，莫名的褶皱也随之慢慢在她的整张面孔上蔓延开来。

"谁打的电话？"她为了赢得时间故意问道。

"不是什么重要的人，不知道是谁，他没说。"

"为什么你要说我不在家？"

我耸了耸肩膀，深吸了一口气，这让我觉得很幸福。我有些走神地想着也许我喜欢她的原因就是她比赫尔特鲁迪斯更加瘦小，也比我更加瘦小；我喜欢呼吸，喜欢微笑，喜欢居高临下地看着她。

"为什么你要说我不在家？"

还没说到点子上，这还不是她想说的话。她的右脚向前迈了一步，脚趾摩擦地面。她的身子靠在桌子上，微微后倾，看上去马上就要跳起来或者喊起来了。

"我给你说了我有预感。奇怪的感觉，不好也不坏。"我慢吞吞地解释道。气氛更轻盈而冷淡了，摆在桌子上的东西蠢蠢欲动，一个肮脏的针线盒像是要在椅子扶手上立起来了。"有事要发生了，我给你说过的。我突然想到埃内斯托可能会在九点钟给你打电话。要是他有钥匙的话，可能他就来了。你觉得他会来吗？"她还不能说话；她深吸了一口气，半开半闭的嘴巴发出了类似口哨的响声，她看着我，低下了头；等到她把头抬起来的时候，她露出了绝望的眼神，好像是因为听到了什么或想起了什么：她嘴唇干裂，眉毛上扬，下腭轻轻抖动。房间里的每一块木头，每一块金属都在抖动，收缩，涨大，空气中多了一丝事不关己的意味；一阵慵懒的风吹过，一个缓慢转动的旋涡自我光着的脚的位置升起，困住了我。我很兴奋，高兴地发起抖来，我结结巴巴地说道：他要是来的话，可就太好了。

这时她的脸色和身体都放松了下来，再次走进浴室，等到回来时身上已经多了件粗线条的彩色浴袍。我看到她倚在墙上发抖，放在腰带上的手指在不自然地活动。

"你算什么人，怎么能说我不在家？"她开始发威了，说完这句她立刻停了下来，再次大口喘气，那话不是冲着我说的，也不是冲着任何人说的，她只是试图让自己生起气来，让自己失去理智，把理智丢到一边，让辱骂的话涌到嘴边，"混蛋！你是个十足的混蛋！"她破口大骂起来。

我在房间两边踱来踱去，一会儿是左侧身子对着她瘦弱的轮廓，一会儿是右侧，也这样交替对着时而绿色时而红色的墙面，在我走到大门和阳台边时，身后传来了咒骂声，等我转过身来，咒骂声又向我胸口袭来。我理解房间中的氛围，就像理解一位老朋友一样；我也算得上是这个房间各种气息的老朋友了，在缺席了整整一辈子后，我回到了它这里，我坚持庆贺这次回归，清点之前嗅闻它和拒绝嗅闻它的所有次数；我听到她骂岔了气，停了下来，喘息声中夹杂着愤怒的啜泣声，还有咒骂声和无尽的悔意。她喋喋不休，还说了不少意料之外的话，她咒骂阿尔塞，也咒骂自己，咒骂生活；她不断剖析不同的男人和女人，常常做些让人吃惊的比较，她检视自己之前对爱情和牺牲的想法——拒绝承认，继而再次确信经验的作用——，她盛赞新颖的生活方式，却完全分不清好和坏的边界，只是不停地用那种虚无主义的说辞（"疯狂的世界"）作为各种话语的结尾。我在桌子边停了下来，再次给杯子里倒满了酒。

"有个女人竟然为了一个天生要戴绿帽子的混蛋牺牲了这么多！他觉得她不该有朋友。好像有了他就够了似的。"她骂的是阿尔塞。我在阳台边又喝了口酒，从窗帘的缝隙处观察已然变黑的天空，夜幕被框成了四边形，距离、回忆、不带不安的希望依然清晰可辨。她在我背后啜泣，借此休息片刻，故意让我听到擦鼻涕的声音。

这还不是结局，这只是*此刻*发生的事情；等到她发泄完了，我们还是会和好的。埃内斯托是不会来的，我从来就没真的认为他会来。我看到了几颗星星，看到了街上的灯光；一阵类似雨中劲风的声响落到了阳台上。盖卡把一个杯子或烟灰缸摔到了地上，我听到她笑着向床边走去。

"绿帽乌龟，"她说着，重复着，强迫我回过头去，她把酒杯举在胸前，"绿帽乌龟！只配戴绿帽子……你是只戴绿帽子的小乌龟！"

她喘息着，虚弱而愉悦；她停止冷笑和说话，喝了口酒。我哼唱起了《短暂的生命》，回想着"妈咪"那虔诚又滑稽的面容，回想着她向后仰去、触摸往事、在往事中休憩的身躯，我开始穿衣服了。盖卡的嘴唇一离开酒杯，就又开始说话、大笑、发出声响了。

"赶紧穿上衣服，绿帽乌龟。别忘了领带，绿帽乌龟。整理下衣领，绿帽乌龟。你不想知道我给你戴了几顶绿帽子吗？我这就去蒙得维的亚。我永远都不会在乌拉圭给你戴绿帽子。我去给他打电话，咱们明天就去。"

等我走到门口时，我听到她跑步然后摔倒的声音，她就像是在睡梦中一样啜泣了起来。

"明天就去。"她说道。她的一侧脸颊贴在地毯上，光着腿，把一只手举得高高的，防止酒洒出来，她哭着，不停吐着口水泡。房间中的空气开始吹拂她蜷缩在地面上的躯体。我慢慢靠近，戴着帽子，手枪装在裤兜里，沉甸甸的；我坐到了地毯上，看着她涨红的脸，看着她的嘴巴有规律地颤抖。

"我明天就跟他走。我现在就要去死。混账的一天。我要吐了……"她用胳膊擦拭嘴唇，声音低了下去。

我把酒瓶从她手里拿走，扶她站了起来，我把她仰面推倒在了床上。我知道我的恨意已经消亡了，如今在这个世界上只留下了轻蔑的感觉，阿尔塞或是我可以杀死她，一切都是为了让我杀掉她而安排的；我俯身盯着床单上的那张扭曲得不成人样的脸，感到一阵快意，我几乎笑出声来。*我能杀了她，我能杀了她*。这是和我进入赫尔特鲁迪斯的身体时同样的感觉，当然是在我还爱她的时候；同样完满，同样汹涌澎湃，足以消弭所有疑惑。

我到浴室把海绵浸湿，把水挤到盖卡的脸上，水流进她的眼睛和嘴巴里，直到她清醒过来，再次倚靠在墙上发起抖来。她嘀嘀咕咕，又想起了那个脏词，又开始骂我。于是，我怒火中烧，开始打她的脸，先是摊开手掌打，然后握紧拳头打，一直打得她像孩子那样哭了起来，眼泪化作两条细细的血线，我一直用膝盖撑着她的身子，不让她倒地。

从她家出来后，我不像往常一样小心翼翼地先乘坐电梯下楼，再悄悄地爬楼梯上楼。我喝了杯水，躺到了自己家的床上，断然决定只去想我该想的那件事，我确信自己应该杀了她，我知道如今还没到确定她死期的时候。我花了一整晚去思考是否有人能把我和阿尔塞联系起来；我慢慢回想，一刻接一刻地回想，从圣罗莎风暴降临的那天下午开始，当时盖卡还只是住在隔壁公寓里的邻居。天亮的时候我才睡着，我很平静。第二天我又去找她，还带了瓶香水送她；她的嘴唇上留有伤痕，她很要面子，不肯轻易和好，她吐出一连串简短的句子，说的还是关于她应得的东西、命运不公和人生坎坷之类的事情。

周末的时候我们一起去了蒙得维的亚，她和她的那个朋友坐飞机，我则乘船前往；我们早上在那座城市靠近港口的一个地方会合，她要求我把脸凑到她的胸口处，确认她用的正是我送的那瓶香水。咖啡馆里有不少小伙子和客人，搞得我心惊胆战的，我闻到盖卡的衣服上、两侧太阳穴处都有香水的味道，于是我毫不怀疑自己将从某个时刻开始永远记得那种味道。那种香气透着股宁静的感觉，和她的气质不相符，也让人联想不到任何种类的花。

第二部分

一

酒店老板

埃莱娜·萨拉和医生与酒店老板一起在凉亭里吃午饭，老板是个五十多岁的胖男人，眼神透着虚荣，脸颊和下巴油光闪亮，微微泛红，被阳光晒得发烫。

"我非常担心，"女人解释道，"因为我知道他当时肯定非常绝望。"

老板不知道那个逃亡者此时身在何处，他提到那人时总会不自觉地微笑、皱眉，他感到有趣，但又没能力搞清楚到底发生了什么事。从吃第一口卤鱼开始，从喝第一口酒开始，迪亚斯·格雷就发现酒店老板就是老麦克雷欧；是个没刮胡子的麦克雷欧，衣领并不直挺、衣着并不昂贵的麦克雷欧，他没有老麦克雷欧聪明，不过可能更强壮一些，也更真实一些。

迪亚斯·格雷坐在位子上，不想参与到对话中，也不想被另外二人注意到，他默默观察那个男人的动作——那些有些粗鲁的动作——，听他说话——更加直接、大胆——，他认出了那双细小的蓝色眼睛。老麦克雷欧的衬衫袖子是卷起的，衣领敞开，头发灰白，皮肤泛红，在诗意的紫藤的下方露出十分吃惊的表情。

"我当然记得，"老板说道，他清理了一下牙齿，把牙签拿远了一点，观察它，等待着，回忆着，"不用再给我描述他了，我已经想起来了。他躺在沙滩上的样子，坐在走廊上的样子，在前面这里溜达的样子。他几乎不开口说话，我管他叫'梦游症患者'。倒是没发生什么特别的事，不过从行为举止来看，他是那种能让我过目不忘的人。还有我认识他的方式，我第一次看到他的时候。也没什么奇怪的，您别担心，夫人，不要这样看着我。"他的笑容和老麦克雷欧为人们遭受的苦难而表示难过时露出的笑容一模一样，他只是想让我们明白活着是值得的，或者说我们应当去体验人生，看来充满活力的麦克雷欧军团无所不在，他们掌握着关键所在，有激励人心的能力；正因此我们才降生到人世。"虽说当时天气已经在慢慢转好，可酒店里依然几乎没住什么人；周末的时候来了一对情侣，还来了几个朋友关系的人，几乎都是从圣玛利亚来的。有什么好说的呢，这些瑞士人的后裔已经和他们的先辈大不一样了，相信我的判断吧。如今我几乎能够确定那是个周一，所有人都离开了，我坐下来望着小路和在河里穿梭的几艘小艇。船过去了，没靠岸，所以有旅客来看上去已经是没谱的事了。我倒是不在乎，因为真正赚钱的时候是夏天。不过要是其他季节也有客人来的话，我保证我也绝不会觉得心烦，"他没笑，他的笑容已经随着旅客一同远去了，因为是淡季，他的眼神显得空洞、真诚，"那天下午我就坐在您坐了一上午的那个位置，"他看着迪亚斯·格雷，没有嘲弄的意思，而是表示他理解他，他能理解的东西比医生更多，"尽管当时我很困，而且我有午睡的习惯，但那天却睡不着。我预感到有人会来，可能是一对情侣，也可以是某个孤身一人的旅客；肯定有人要从沙滩上来，沿着小路来到这里。我不睡倒不是为了等着赚钱，一个客人也不可能让我发家致富。来的人正是他，也就是你们的那位朋友。当然了，你们很了解他，但肯定不像那天的我一样看到他那副模样。我猜他大概只有二十岁出头吧？"

"二十二或二十三岁。"埃莱娜低声道，她只有眼睛带着笑意，而且这种笑意也是礼节性的，很刻意，只是为了不打断他的话。

"我就说嘛。二十岁出头。全世界我都走遍了，啥事儿我都见过，见到一个人我就能想到另一个人，已经很久没有事情能让我感到惊讶了。但是我从没见过谁比那个小伙子穿得更好。那种浪费时间在费心纠结到底要穿什么衣服、打什么领带、跟什么潮流的人总让我觉得好笑，但那个小伙子不在此列。我一看到他就心想他就像是在布宜诺斯艾利斯的佛罗里达街上散步，又或是要到某个聚会上与哪位姑娘相识一样，而突然之间，在某个奇迹的作用下，他出现了那条小路上。当然了，他当时身上并不干净，全是土；他是乘船来的，从圣玛利亚来，当时没什么风，不过他也可以选择坐车或是骑马来。我当时在走廊里。你们的朋友慢慢步行前来，手插在兜里，没带手提箱，也没带手提袋，什么都没带，他走路时身体挺得笔直，头抬得那么高，我还以为他肯定要继续朝前走去，我当时也想不出来他还能去哪儿；我觉得他疯了，又或者是我在做梦。"

也许老板起了疑，又或者只是单纯不信任我们；后来他的嘴里塞满了李子，故意无视我，直挺挺地向着埃莱娜倾斜身子，当时她的脸上正挂着嘲弄式的笑容，眼神则有些游离。

"我就像是又见到了他，"他继续说道，"就好像他又有血有肉地出现在了我的面前。他目不斜视，径直走到楼梯边，转了个弯，开始登上楼梯，他走得如此坚定、自然，就好像他每天都在走这段路一样。您明白我的意思吗？就好像在淡季，穿着绸子衬衫、价值五百比索的西服上衣和开汽车时穿的那种鞋子在这里行走是他的习惯。就这样，就像是在首都的佛罗里达街头散步那样，我只是举个例子，走着走着突然想要到哪个咖啡馆里喝杯咖啡，就是这么自然。就他的年龄来说，他的神情有点过于严肃了，后来我看到他面色苍白，体形瘦削；他没生病，或者说哪怕之前生过病，那时候也已经痊愈了，他来这里是为了放松休养的，所以没带行李，穿着那样一身衣服就来了。我倒是希望您能见到他的那副样子。很严肃，又很疲惫，就好像他是在逃避什么，我当时是这么想的，不过我不觉得他在担惊受怕。我脑子里想了许多事情，但是并没有挪动身子。您可能会笑话我，我没挪动身子是因为我当时脑子里最强烈的念头是：这是个玩笑。所以我静静地待着没动，就是睡着了似的，但其实我一直在观察他，他边吹口哨边上楼梯，最后在旁边停下脚步，他的帽子是反着戴的，手还是插在兜里，腿分开站着。"

"嗯，"她嘀咕了一句，"请继续讲。"她咬着嘴唇，像是想到了什么，又无法承受那种回忆。

"好了，就是这样。我想着他会说些粗鲁的话，又或者是嘲讽的话，我暗暗算计要让他从哪一级台阶滚下去。您是知道的，他不是第一个来找事的人，这种人在夏天尤其多，没办法，那时候酒店里肯定住满了各色人等。不过他和我想象的不一样，他不是来找事的，我一看到他的眼睛就明白这点。他很平静，就那样等着，好像觉得我真的睡着了，而他不想把我吵醒。我站起身来，我们开始交谈。他想在酒店里住一阵子，不过他也不知道想住多久。我觉得一切都取决于某件事是否会发生，具体是什么事，他并没有给我解释清楚。他也没问我价格，后来我从一个女佣那里得知他的钱包里装着五千比索。我们聊过天，每聊一次我就愈发好奇一些，尤其是他压根没带任何行李。不过后来我们成了朋友，还一起喝了一杯，我很庆幸当时什么也没问他。一切都很奇怪，我不知道该怎么描述。你们自然很熟悉他，不过并不是所有人对同一个人的评价都是一样的。我可以说在认识他之后不久我就想到他做的所有事情，哪怕是最疯狂的事情，都不会令我感到惊讶。有些人对自己的所作所为总能保持清醒的认识，他们明白自己为什么要做那些事情，不过有些人则相反，这些人只是自认为自己清楚一切。请原谅我这么说，不过我的确不止一次感觉那个小伙子疯了，可是他很清楚自己在做些什么，至少我是这么认为的。他一直很清醒，连一般人不会在意的那种最微小的事情都了然于胸。不管是多喝了一杯，还是睡了一整天，或者疯到在清晨跳进河里，冻得要死。他一向清楚自己在做些什么。我识人的本事很强，只要看看人们的眼睛，走路的方式，坐在餐厅角落听一百次同样的唱片的做法，我就知道那是个什么人。要是有谁要对他说他肯定不会喜欢的话，他立刻就能觉察到，他会露出笑容，就好像他在想着另一件事，虽说我也应该觉察得到，但时间上我可说不准，所以我什么也没跟他说，我闭上嘴巴，只是问他对服务满不满意，觉得这地方漂不漂亮。等到他对我说他想走的时候……"他把酒倒进咖啡，叹了口气，斜倚在凉亭的木头上，"他大概花了四百比索，住了将近一个月时间。"

"不会吧！"埃莱娜喊道，"他在这儿住了一个月？"

"漫长的一个月。"

"那我就不明白了。"她转身寻求迪亚斯·格雷的帮助。

"为什么不明白？"医生问道。

"好吧，没错，"她说道，"事情似乎就应该是这样。"

"漫长的一个月，"老板重复道，"我可以把账本给你们看。"

"不用，她刚才是有点糊涂，没必要给我们看账本。为什么说他做任何事情都显得自然而然呢？还有他笑起来是什么样子呢？"

"我刚才已经讲过了。"酒店老板冷漠但不带侵略性地说道，和麦克雷欧解释合同条款时的态度一模一样。

"讲过了，而且您讲的很好，来龙去脉就是如此。"她俏皮地说道。

"我要再喝杯酒。"迪亚斯·格雷说道。酒店老板抢了先，他坐在走廊里，怀揣希望盯着那条小路，预感到有什么事将要发生，预感到有人会准时出现，进而改变我的命运。

一束阳光穿过杯中酒。埃莱娜跷着二郎腿，点燃香烟，开始吸烟，她不再提议，只是露出无聊的表情，把心里的感觉传递出来。我独自一人，你们都不在那，我听不到你们可能说出的话，也猜不到你们在想什么。老板想再来杯咖啡，蝉开始鸣叫，叫一会儿，停一会儿，迪亚斯·格雷不由得想起了黎明时分的那头静止不动的奶牛。后来，医生心想，又出现了另一个人。这个人也会抢走属于我的东西。我现在明白了，我才是应该穿着舞鞋、迈着大步、昂首挺胸沿着那条小路前行的人，好像只有这个决定能迫使我把帽子往后颈拉去。我安安静静，交叉着腿，从高处俯看这头装睡的猪。

"对，他待了一个多月，"老板说道，"甚至没有跟我道别，只是突然有一天让某个女佣告诉他他已经走了。要是说我知道他在格雷森那边待过，也不是他告诉我的。他这个人有点怪。"

"所以说他已经走了一个礼拜了？"埃莱娜问道。

"周五走的。前天他还在格雷森开的酒店里。他大概一直醉醺醺地跟那个英国人和他的女儿们住在一起，直到他再次想胡言乱语为止。因为对于我来说他总是在胡言乱语说着些什么，不过他并不害怕。"

"这是有可能的，"她没忍住，开口应道，"您不记得他听了上百次的那张唱片的名字了吗？"

"不是那么回事，"老板快速说道，"且让我解释解释。我并不是想说他一直听同一张唱片，听到唱片坏了为止。不是这样的。他一直在听一些我不熟悉的唱片，谁知道是些什么曲子。不是说哪张唱片让他想起了什么，然后他一直在听同一张唱片。他在这边走来走去，从一边儿走到另一边儿，又或者钻到屋子里一整天都不出来。他有时候高兴，有时候严肃，严肃到几乎算得上滑稽的程度，就像是他在其他人中间穿行，却看不到那些人一样。他没有因为某个具体的原因而感到悲伤或高兴，完全凭意愿来。我就任由他把我当笨蛋那样骗。不过就像您说的那样，他一点儿都没表现得绝望。"

埃莱娜站了起来，冲着两个男人露出了幸福的笑容。她看着酒店老板，就像是想感谢他什么，她更愿意这样默默地感谢他。

"往格雷森的酒店去的路很难走，"老板说道，"得穿过那座山。不过既然你们想要步行前去，不到一个小时就能到。午休过后我给你们指路，你们肯定迷不了路。"

迪亚斯·格雷跟在她后面走出凉亭，差一点就能碰到她、闻到她，就像是他终于开始进行迟来的春日体验了，慢慢体验着树脂、花朵、河流和肥料的气息所带来的微小快乐；他嗅闻这个世界，也嗅闻欲望以及萦绕在埃莱娜外衣周围的生之气息，她刚刚沐浴过，身上还有沐浴液的味道，再加上汗液的味道和洗发水的味道，种种味道混合在一起，他迷失了，不过在迈出下一步之后，在每一次为前进而做出的摇摆动作中，气味就会再次更新。他们穿过空无一人的阴暗大厅，走上楼梯，走入卧室，嗅觉和香气也跟着一起进来了。她坐在床上，慢慢解开上衣；她不想躺下，也不想看他，她等待着迪亚斯·格雷做些什么或是离开，她满怀信心地等待着这个矮小、虚弱、由于外出皮肤被晒红却并未变色的男人做出错误的第一个动作，他后退几步，后背几乎碰到上锁房门上的暗色污渍。

"最好还是睡一个小时，"她说道，"然后咱们一起去那儿。把钥匙插到门里，把窗户关上。我不想有光亮。"

"好，咱们一起去。听着，我想和您说一下。别做解释，您知道原因是什么。我想告诉您，您是只放荡的母狗。您能明白吗？"她转过身来盯着他，似乎是在笑，表情很专注。迪亚斯·格雷觉得某种荒唐感似乎从门楣上降下，洒到了他的身上。"您是我认识的最肮脏的母狗，也是我能想象的最肮脏的母狗。"

她把上衣扣子扣上了，躺倒在了床上，双腿悬空，一只高跟鞋掉到了地上。

"我一直就对此心知肚明，"他必须坚持自己的说法，"从我第一次看到您，我就知道这些了。我根本无法欺骗自己，我也不想自欺欺人，请您明白这点。"

"您怕是疯了吧，"她简单嘟囔了一句，觉得很疲惫，"您不想继续陪我了是吧？是因为这个吗？"

"我从您最早打着幌子来到诊所那次开始就明白这些了。

对于一条肮脏的母狗来说，所有那些不必要撒的谎言都是必须要撒的。我就在这儿，帮你找那个衣着光鲜的绝望的人，他为了得到你的身子什么都愿意做，又或许他不是为了你的身子，他不为任何东西，他需要那么做，但我不想这样，那些欲望对我没用。"

"我之前邀请过你，想跟你聊聊，但是你不肯。"她说道。她把腿抬到了床上，点燃了一根香烟。

他继续说着，语速缓慢，没有激情，无力离开门口的位置，也无力离开那片满是荒唐感的区域，那里逐渐变硬，顶着他的身体，让他的嘴部在活动时都变得不灵活了。*就像个坚守岗哨的士兵，他心想，固守壁龛的圣像，所在蓄水池阴影里的圣胡安像。*

二

新的开始

列车驶离宪法广场站时，暴风雨刚刚开始：雷鸣，暴雨迅速结束，无情的狂风扯断枝条，刮来呼去，犹犹豫豫。更晚些时候，在位于坦柏利的住宅露台上，赫尔特鲁迪斯穿着花边睡袍准备咖啡，在她背后，真正的暴风雨降临了，我任由自己被淋透，被风推着前进，感受到我想要大醉一场的愿望迅速消散。我呼吸了一口湿润土地最早散发出的气息，我听到了赫尔特鲁迪斯在房间里的笑声。

我走进房间，感到马上就要筋疲力尽了，就像是刚刚摆脱一场能够让我化为虚无的危机，我用手帕擦干双手，脸上还贴着一小片失去生机的树叶。

"这是所有我能从山里带来的东西，"我笑了，瘫坐在椅子上，把两条脏腿抬高，伸进满是煤灰的冰冷壁炉里，好让姿势变得舒适一些，"我不知道如果你回到蒙得维的亚的话会怎样。很遗憾你也无法知道答案。会和我一样吗？还是说什么也不会发生，抑或是比什么也不会发生还要更加糟糕？必须要说服自己从来没去过那里，说服自己相信在那里的街道上、朋友的家里没有你的任何痕迹。阅读报纸也一无所获，无论是在带有缺陷的排版方面，还是在印刷方面，你都找不到自己去过那里的证据。"

"你别喊叫，"赫尔特鲁迪斯说道，"咖啡并不算很烫。活该你经历这些，因为你自己决定回去寻找那些东西，而我就永远都不会做这种事。你刚才说拉盖尔还是老样子？"

"在她之前还有个赫尔特鲁迪斯。我也许可以花五年时间来注视她，最后看着她端来咖啡，一如既往地穿着像节日盛装一样的睡袍来调情。但是一成不变的东西对我没用，那些变了的东西也对我没用。因为我跟那些东西根本毫无关系，我并不存在于它们之中。"

赫尔特鲁迪斯的手停在咖啡壶的上方，转过身来看着我，审视我，觉得我变得陌生了。但是她用微笑表明她会高兴地接待和认可这个浑身湿透、荒唐地把脚伸进壁炉的陌生男人，此时他正用一根手指揉搓贴在脸颊上的玫瑰花的叶片，害怕自己会和她分开。

"我说不准，"她说道，"在你身上发生了某些事情，你和以前不一样了，你在蒙得维的亚肯定经历了什么。"

"什么也没发生，"我嘀咕道，"要是真的发生了什么的话，我就不会出现在这里了。一切如常，只不过……不是因为什么东西发生改变了，只是因为它们腐化了一点，腐化了五年。而我虽说与那些东西无关，却也以另一种不同的方式腐化了。"

"看上去腐化是不可避免的。"

"看上去是这样。"我说道，我一口就把温热的咖啡喝光了。我觉得自己那迅猛的兴奋感又复苏了，毫无目的性，就像是从损坏的水龙头里喷射而出的水柱一般。

"你要是没去过就好了，"赫尔特鲁迪斯说道，"妈妈好些了。"我看着她那高大的身躯在椅子上弯了下去，沉重但灵活，胳膊肘撑在大腿上，平静的目光落到杯中，有点悲伤，有点幼稚，不过，在手擦过脸颊时，她的眼神中流露出了轻微的嘲讽意味。我看着她，她问我正在发生什么样的事情，她指的不是她，也不是我，而是在这个房子里、在把我和她分隔开来的这段距离中正在发生些什么。"医生很高兴。她不想谈起你我。她很快就结束了与你我相关的话题。我不知道要是她得知你在这个时候来找我的话会怎么想。这一切都太荒唐了！我工作了一整天，想要让自己平静下来。周末则要留给她。她知道我很幸福，我并不恨你。但是她无法理解这一切，因为她已经老了。她是不会改变自己的想法的，她会一直说那种事不能做，不应该做，那不是体面人可以做的事情。"

她没看我。她放下杯子，不过眼睛依然盯着下方。她眼神中的那股嘲讽意味化成了笑容，可能是回忆起了什么。不管我们是否开口说话，我们都只是暴雨和树木间的强风交织而成的深邃背景中的两个瘦弱的身影或两张剪影而已。*就像我在拉盖尔身上寻找她的影子一样，我也可以借助她来摆脱*

拉盖尔。

"总之，希望一切都好。"我开口说道。

"一切都好，今天一切都好。只不过你不爱我了。"

"不是这样的。"我说道。我靠近雨水的声音，我原以为我能理解同赫尔特鲁迪斯一起度过的五年时光，理解死去的布劳森，理解位于波西托斯区的那个公寓里开始的这段故事，故事就是从她关上房门、脱掉浴袍开始的。如今我已经摆脱了过去，远离了布劳森曾经历过的一切，我与赫尔特鲁迪斯的生活已经脱离了谜团和命运。从第一个夜晚到我们伴着猛烈的暴风雨交谈、沉默、丧失信心的这个夜晚，她曾经选择过我，曾经接受过我。在许多年里，她还在继续选择、接受组成一日又一日的每件事物，组成我们一起生活的两千个日夜的每件事物，组成她脱光穿在硕大身躯上的衣物或命令我将之脱下的每一个夜晚的每件事物，无须言语，无须注视我，也许只是简单想一想交合之事，在进入卧室前对着浴室的镜子看看自己的脸就够了。尽管没有计划，尽管没有想望，尽管她本来更愿意获得另一个男人的能量，面对完全不同的呼唤和应答的方式。也许真正选择我、接受我的并不是她，而是她那白皙硕大的身躯，她的骨头和肌肉，沾着血迹的高跟鞋和宽大坚挺的衣领。宽大的胯部骨头，浑圆的胳膊，被紧绷的皮肤毫不掩饰地揭露出来的变化过程，结实的双腿传递过来的压迫的感觉。

"我可以再煮点咖啡，"她打着哈欠说道，"你在想什么？这儿也有一瓶酒，不过我不知道是什么酒。要是雨继续下的

234

话，你可以在沙发上睡。一切都好，我什么也不在乎。"她笑着盯着我。一丝困意从眼部蔓延到唇部，她直直地坐在椅子上，情绪平静。

我可以告诉她我是如何诱惑拉盖尔却又没碰她的，告诉她为何只是知道这些我就满足了的，又是如何又惊又怕，无比冲动，搞得我不得不落荒而逃的。我可以给她描述她妹妹在咖啡吧台边的那具瘦弱的身子，以及她在呕吐之前冲我露出牙齿的那种毫不喜悦的表情。也许赫尔特鲁迪斯能辨识出那种表情，进而理解它。浴袍下面的硕大躯体，灵活而充满精力，也能在做出各种动作时保持平衡。她不会那么做的，她不会要求我吻她，不会脱下浴袍，如果她那么做的话，我绝不会在意右手可能会遇到的困境。可能另一个男人，另外很多个男人也不在乎这点，谁知道呢，我就是这么卑微。不过她并不会那么做，因为她在另一个夜晚曾那么做过，那个夜晚并不遥远，对我来说有些陌生，但我没有忘记任何一个细节，因为她当时那样做了，而且一直表现得很主动，事实是我不爱她了，尘埃落定，我永远不会再爱她了。

"如你所说，一切都好，我很高兴，"我继续说道，"对我来说一切都很不好。不过最近我觉得所有的事情都与你无关，与任何人无关，也与我无关，我就感觉好些了。那个叫小胡安的男人曾经爱过你，他幸福过，也受了罪。不过他已经死了。至于叫布劳森的那个男人，我们可以确定他已经迷失了。我这么跟你说，就好像是在把自己的名字报给警察，又像是在跟海关申报自己的行李。"

"跟年纪有关?"她问道。我想她是不会明白的,我记起了她已经不爱我的事实。

"和那个没关系。那可能是一次失败,不过算不上衰败。现在我倒的确要喝那瓶不知道是什么的酒了。"

"也许就是衰败,小胡安。也许和他们从我身上拿走的乳房无关,和你的冷淡态度无关,也和所有事物那不可避免的结局无关。"

"并不能说这个男人就完蛋了,"我说道,"所以不是衰败。是另一回事,人们相信自己注定拥有某段人生,一直到死,注定拥有一种灵魂,一种人格。其实一个人是可以活许多次的,可以体验多种漫长的人生。你应该慢慢明白这一点。我会喝一口这玩意儿。要是你烦的话,我就走。"

此时起风了——赫尔特鲁迪斯硕大的白皙身躯穿过把我们两人隔开的餐厅帘子,越走越远,她身上的那些我需要利用来重新拼凑她裸体样子的部分也慢慢陷入黑暗之中——,风就像是生自颤抖的怒意之中,而雨水似乎被迫无法触及花园和街道,只能停步、拐弯,敲击窗户、树叶和树皮,只有路灯那微弱的光芒在展示它们的存在。此时起风了——赫尔特鲁迪斯从阴暗的房间里取出一件男士睡衣,摇摇晃晃地向我走来,哼唱着某支难以辨识的歌曲,酒瓶抵在胸前,面带困意和笑容,仿佛在宣告和嘲讽正在上演的这场滑稽剧:顺从、耐心,还有她无法理解的宽容——,现在风蔓延开来,伸向四面八方,就像在摇曳歌唱的松树的树枝一样。

"那就喝一口吧。"赫尔特鲁迪斯提议道。

我抬眼望去，想看看那张带着笑容的面孔，不带任何指向性的友善与自我保护从上面流露出来。我又看到了她赤裸的双脚，静脉血管向脚踝延伸过去，指甲油的颜色已经脱落了。我心想她应该从一开始就是光着脚的，从她下楼踩在入口处的瓷砖上接我时就光着脚，踩着雨水和落叶时就光着脚。她把一个大枕头扔到地上，坐在壁炉前，环抱双腿，微笑的面庞搁在并拢的膝盖上。她说道：

"所以说你刚刚在一段生命中死掉了。是这个意思吧？那么下一段生命，刚刚开始的这段生命，你打算如何度过呢？"

"没什么打算，"我说道，我没兴趣跟她谈论此事，起码不想在起身亲吻她之前谈论这些，"就只是生活下去。可能只是另一场失败，因为人们总觉得自己有事可做，总觉得自己能够完成某项特定的任务。所以说死亡并不可怕，并没那么可怕，那不是什么不可挽回的灭亡，因为怀揣信念的人可以发现生命的真谛，并服从于它。不过对于这段已经开始的微小生命来说，或者对于所有之前已经过完的生命，那些注定要重启的生命来说，我还没发现什么可以为我所用的东西，我还没发现信仰的踪影。当然了，我可以多次进入游戏之中，我几乎可以说服自己为了其他人去扮演那个假装秉持信仰的布劳森的角色。任何一种激情或信仰都能帮助我们感受到幸福，因为它们可以令我们分神，还因为它们可以让我们对一切都满不在乎。"

"可我们还活着，"她嘀咕道，"而你却已经给幸福下定义了。"

"这真的那么重要吗？"

这时她撑直胳膊，屁股着地，开始摇晃身体，与此同时她依然静静地笑着，多愁善感，又有些挑衅的意味：

"你这个语气，很像是有人问另一个理应知道某个地址的人某条街在哪，而那个人却说：我不知道那条街在哪，我不在乎，我不想告诉你。"

潮湿的风在挺进，吹拂赫尔特鲁迪斯的发丝。雨越下越大，下在由裂缝、苔藓和泥团组成的昏暗景色中。她穿着宽大的睡袍，仿佛回到了在波西托斯区度过第一个夜晚后的某个礼拜。那时的她比现在的拉盖尔还年轻，对自己的热情和幸福有十足的掌控力。她如此确信自己也能掌控未来，还可以掌控苦行僧般的布劳森的未来，她觉得自己只用双腿就能禁锢住他。*我们无法回到最开始的时候了，所有的好奇心都在两个夜晚得到了满足。但我还可以修改故事的开端。她白皙的硕大身躯对于故事的开端来说一直是个沉重的负担。持久的女性天赋，个性的缺乏，与大地的紧密联系，永远仰面朝天，永远新鲜如初，在我们的汗水、步伐和短暂的存在之下。我也许可以修改故事的开端，这次要强迫故事以一种不同的方式进行下去。就用今晚这个开端去替代记忆中的那个开端吧，还要相信这个新的开端足以更替对那五年的回忆。只为了让这一切对我来说成为可能，为了让我更加接近死亡，召唤出某种深刻的隐秘情感，也许这才是适合我们的故事，不带任何复仇的诱惑。*

"我要关灯了，我要吻你。"我对她说道。她的表情没

238

变，依然带着倦意微笑着，毫不掩饰自己已经困了。我站了起来，被风和风声环绕。我的脖颈感受到了雨天的凉意。我关了灯，等待着辨识出赫尔特鲁迪斯蜷缩起来、摇摇晃晃的身形。

"你别过来，"她说道，从声音判断不出来她的情绪，"一切都好。但是我不想和你做那事。"我跪了下来，想要亲吻她，她僵硬地把舌尖从双唇间伸了出来，"我不想和你做那事。"她挪开身子，重复了一遍。

潮湿的空气笼罩在我身上，刺激着我，我试着把这种空气和从远处传来的风声联系到一起，在这具一动不动的硕大身躯之上，我感到十分孤独，又非常清醒。在我确信自己已经失败之后，我又一次想到了她的死亡，我和她在一起，但是背对着她，我知道自己已经被她遗忘了。我听着，在她的眼睛里和脸颊上感受着再次来袭的暴风雨的怒意，雨水和狂风暴怒地呼啸，风弥漫天空，暴击大地。恶劣天气的力量有能力穿越黎明，侵占山头，扫过我、忽略我，好像我那已死的激情分量还不及曾经贴在我的脸颊上、被我揉搓的那片叶子。如此冷淡，如此陌生，就像这个弓着身子躺在大枕头上安静休憩的女人一样。

三

抗　拒

　　"现在到了感到害怕的时候了？到了小家伙说'先生，为什么你要抛弃我呢'的时候了？"斯坦因在我们一起吃饭时这样说道。

　　"没错。""妈咪"表示认可，但她搞错了。她面带微笑，注视着门口，有些走神，看上去像是要睡着了。

　　"要是咱们停下来一会儿，"斯坦因继续说道，"要是你的救赎能等上一会儿的话，我觉得很可能会出现另一个人，那人会边搓手边小声说：'小家伙，没人能猜透我的想法。'"他突然笑了起来，同时拍着"妈咪"的肩膀，"是不是很绝？今天我觉得自己像个犹太人。你什么时候借用我这句话的时候，可别忘了'小家伙'这个称谓，这可是缺不得的，它能让人集中注意力，或者引出人们的注意力，就像我做的这样。虽说不如前一次好，不过也很不错了。要是我能变成那另一个人，听到这话后满是惊讶……总而言之，有件事得去做，是件很具体的事情。我不知道你经历了什么，我不想勉强你说出来，只希望你'不需要索尼娅的推动就走向善良的波菲里奥''不需要索尼娅的推动就走向善良的波菲里奥'……"他听着自己吟诵了一遍又一遍，"也许只是某个音节的差异，影响不大。你很年轻，容易冲动。我当时还以为你有了一堆好消息，又或者麦克雷欧的钱翻了百倍。等到我再次见到你时，我发现你变了。能看出来你有些焦虑，就是刚开始秃顶的那种焦虑。我当时怀疑你可能蠢到了为工作的事悲伤难过，所以我提议你创办斯坦森有限公司，而你却拒绝了。我问你是不是因为赫尔特鲁迪斯，你也说不是。不过，不管怎么说，有件事埋藏在我心里已经好些年了。那是通往救赎和完美犯罪的真正路径。但是魅力无穷的'妈咪'让我得不到感到绝望的机会，时间飞逝，我的秘诀也就从无用武之地。是这样的：悔罪之人在某家酒店租住下一个房间，再让另一个人去买衣服。全套衣服，包括鞋子、帽子和手帕。要是咱们穿得不够得体，也就谈不上什么救赎了。要生把火把旧衣服烧掉，有必要摧毁它，倒不是出于对他人的爱，而是因为旧衣服要是落到别人手里，肯定会拖着它的新主人来追寻我们。我知道很多让人印象深刻的经典案例，我听说过许多追命鬼般的旧衣服穿越大洲向旧主人释放'毒液'的故事。只需要轻轻一碰，就中招了。所以得烧掉旧衣服，全套衣服连同饰品一起烧掉，这是十分必要的，然后用很热的水洗个澡，再吃点泻药，很抱歉在这个场合让你们听到这样的表述。当然了，根据特性不同，处理方式可能也有差异。回到悔罪之人身上，他睡了一觉，带着微笑醒来，打扮一番，开始新生，新到宛如刚降生一般，他已经把过去像飞灰一样扬到身后去了。我敢对我说的这些负责。"

但是我不想洗澡，不想把污渍洗掉，不想用灰浆遮盖身上肮脏的东西。我不想伪装自己，只想保持清醒，保持紧张状态，用我的意愿和金钱来滋养阿尔塞，我把支票兑换成了许多纸币，把它们藏在了一个钢质的小盒子里，保存在了银行的地下室里，那把左轮手枪也在里面，还有我捡回来的那些螺丝、弹簧和玻璃碎片。我慢慢明白我要勇敢地支撑起阿尔塞，就像是死去之后，分解后的我滋养一株植物一样。我用成百上千张绿色的钞票支撑着他，用不断拜访盖卡支撑着他，还有那无数个日日夜夜，"它们"入侵盖卡的孤独生活之时，我还会贴在房间墙壁上听她跟这些男男女女纠缠在一起，听她也跟"它们"撒谎、飞速对谈、摇摇摆摆、烂醉如泥、低声啜泣，我就是这样支撑着阿尔塞的。我还用迪亚斯·格雷和那个女人在我创造和放置人物的那片土地上漫游探索的经历来支撑阿尔塞。钱、盖卡、圣玛利亚和那里的居民。但是我清楚——我并不为将来的吃饭和住宿问题发愁——阿尔塞生命的最核心动力是银行里存着的那笔钱，那笔我理应存好然后小心翼翼地去花的钱，直到那个不可避免的时刻降临，急不得，也缓不得，在那个时刻，阿尔塞将倒退几步，凝视盖卡那具失去生命力的静止身躯。

在某些炎热的早晨，我会带着轻视和否定的心情沿着银行的台阶向下走去，每当我需要钱的时候，或者只是需要看到那些钱、用指尖触碰那些钱的时候，我就会到那里去。我慢慢走进凉爽的地下室，一个腰带上别着枪的男人过来接待我，指引我走过一道又一道栅栏，一堵又一堵厚重的墙壁，带着温和的期待，我们在慵懒的氛围中前行。那个男人斜戴着顶黑色帽子，好像对银行生活感到有些厌烦。我走入一个房间，把自己关到里面，把小盒子放在桌子上，我手里的那把小钥匙起了作用。我向着钞票倾斜身子，没有什么贪婪的神情，就像是偶然看到了镜子里自己的面孔那样自然。但是我不够信任自己的眼睛，我在打开盖子前闭上了它们，我的手指在钞票和收集的物品间来回滑动，想要辨别出埃内斯托写的那张字条："我会给你打电话的，再不然九点钟的时候我会来。"我觉得那张字条的边缘会提前告知我阿尔塞出场的准确时刻。我找到了它，用两根手指的指肚捏着它，心想："真是个疯狂的世界，真是个疯狂的世界……"我回想起了盖卡的脸，大笑，说话，享受，撒谎。我的手指没有感应到那种预告。我看到了盖卡的脸，让我惊讶的是她露出了从未有过的、带有强烈个人色彩的一些表情。有时候我会回到银行，把自己关在房间里，跟那个盒子在一起，只是为了看到盖卡做表情，看她从未向我展示过的、令人惊讶的眼神，相信自己在一分钟内就能熟悉她，让她属于我，尽管没有激情，就像被端上桌的一盘菜一样。

这时出现了某种东西，它威胁要把一切都毁掉。于是我敲响她的房门，占有了她，呼吸她房间里的空气，我能够看到并触碰她房间里的物件，一样接着一样，感觉它们鲜活有力，非常适合用来营造那种不负责任的氛围，而我将在那种氛围里化身成阿尔塞。可是，从某种意义上来说，旧秩序也变得混乱起来了。缺了某样东西，又或是有什么东西插了进来，失去了活力。*所有这些都很愚蠢，全都很蠢*。我脸上挂着嘲讽般的笑容，边走边想，想要借助盖卡的愤怒和她的过去来让自己重新兴奋起来。

她的情绪变幻不定，看到我后可能高兴，可能郁闷，可能愤怒。我来回踱步，检查家具、图书和各种日用品，就像是个在为某台机器寻找缺失的零件的技师，时而相信推断，时而相信偶然。我知道她在房间中的某个位置静止不动，面冲着我，直到我看到她为止，她的神情疲惫又讽刺，眼睛眯得小小的，装出神秘的样子，又像是在评判我。不仅评判我，评判这个扭动钥匙、胡乱嘀咕着"疯狂的世界，疯狂的世界"进入房间的友善又滑稽的人，也评判我的命运，评判人性，评判她和其他人的区别。她一直静静等待，直到找到我的眼睛。然后我转过身来，躺到床上，或是清理家具和永远都不会被阅读的书。

我慢慢向前走去，寻找失去的和谐，回想往日的秩序，可能被弃置不顾的永恒的现在的氛围，忘掉旧时的法则，不再变老。我慢慢向前走去，用虚伪的善意回应盖卡的表情里隐藏的虚假智慧。我贴着墙慢慢前进，引诱那拒绝行动起来的陌生元素。就像是胜利者行走在已被征服的土地上，饱受折磨，无法欺骗自己，因为那里的人民心中有股无法定位的、隐秘而坚定的对抗情绪。*当我的手指在盒子里接收到信息，*

知道那个时刻已经到来的时候，那个房间依然会和之前一样，反抗机制会再次启动，但就只有这一次了，一个白天或一个夜晚，持续时间不会超过二十四小时。

我和她打招呼，带着股漫不经心的放荡感亲吻她。有时盖卡的脸和嗓音会准确复制我俩最开始在一起的几个礼拜的那种欢乐和饥渴的感觉。我怀疑在这个房间里死去的那种东西还在盖卡体内，还会复活过来，而那种东西只听她的话。因此我斜倚在床上，听着盖卡焦虑地给我讲述一连串微不足道的人、微不足道的事件和日常生活中的不要脸的事情时，表露出的那种感兴趣的眼神也并非全是伪装的结果，她爱抚我，时常发出那种可预见的大笑声。我没有撒谎，因为我的眼神里充满希望，因为我坚信自己很快就能回到那个让我无比怀念的、已经失落的世界。

我记得在第一次进入那个房间时，也就是盖卡不在家的那个晚上，我就发现了或者说感受到了房间里的那种奇迹般的气息。这场短暂的生命中的特殊时刻从无序堆放的酒杯、水果和衣物中到来了。*不是她，不是她促成的。我这样说服自己。是这些物件促成的。而我要带着它们无法抗拒的爱意抚摸它们，一个接一个，我如此坚定地相信它们一定是喜爱我的。*我在默默念叨这些事物的名字时就开始了我的诱惑行为。我把那些东西分成两类：对阿尔塞的存在具有决定性意义的东西和谈不上有利无利的东西。最难的部分是在想着那些物件和它们的名字时选对情绪，要从卑微感和过剩的掌控力之中逃离出来。*画，桌子，这段距离，书架，书脊，桌布，*

椅子，床，用过的杯子，插着花的瓶子，杯子，小雕像，鞋刷，灯，已经凋谢的廉价花，倒放的鞋子。我每想到一个物件就会停一秒钟，想想它的名字，向它传递我的爱意和我为之牺牲的意愿。在向所有物件展示过那种爱意之后，我从床上下来抚摸它们，把它们摆到最舒适也最美观的位置上，还像恋物癖者一样低声跟它们说话。

但最后我明白我完全没有成功，我的记忆和双手都没能找到最关键的那样东西。万事俱备，很快就可以用我最初几次到访时的那种无法比拟的喜悦、遗忘跟和平填充满那个房间。然而某种东西遵从了我神秘的复仇欲望，抗拒那么做。

我在那儿，害怕又难过，小心翼翼地、慢慢地用目光扫过整个房间，就像是在审视一个毫无理由就不再爱我的情人，又像是我就应当在她身上找出原因来。于是我回到了我最初提出的理论上，我接受问题出在盖卡身上的想法，而且问题是她刻意制造出来的。因此我才强迫她喝醉，强迫她羞辱我，又总是在友好的话语和爱抚之后出人意料地殴打她，一次比一次更享受，我像学徒般耐心，重复着同样的出拳角度和速度，创作出大师级作品的欲望让我窒息，我必须抗拒借由提前杀死她，看着她死去而活的最终的、永恒不变的快乐的想法。

四

遇见女小提琴家

门的上方悬挂着一串鲜红的倒挂金钟，一个小女孩打开了门。她梳着硬邦邦的辫子，戴着蓝色领结，显得有些诧异。她瘦瘦小小的，迪亚斯·格雷后来心想她是另一个女孩的缩小版，是那位女小提琴家的小号复制品，就是这个瘦小女孩边把泪水往回咽，边让他们进屋时，他们看见了正在大厅巨大的钢琴边拉小提琴的那个女孩。瘦小女孩像是分别用一只眼睛盯着他俩，似乎很不信任他们，又似乎有些犹豫。

瘦小女孩声称格雷森先生正在睡觉，她试着露出微笑。"可是他并没有在睡觉。"体形正常的那个女孩说道。她的身子紧贴在小提琴上，手里拿着琴弓，微微欠身害羞地向我们打招呼，就像在演唱会前回应掌声时做的那种动作。不过如果有一天，这位年轻的独奏者的表现超不过前人的水准、达不到众人的预期，那么这种礼貌的问候也自然会被那些人毫不困难地遗忘。

"可是他并没有在睡觉，"她又重复了一遍，仿佛此时正是谈论这个话题的好时候，"他的确在午休，但这时候应该已经醒了。要是你们愿意稍微等一会儿……每天下午我都在这个时候练琴，他睡着觉，听不到琴声。哪怕他还没醒，时间也差不多要到了。爸爸的午休时间是很规律的。应该去看看他是不是已经醒了，然后告诉他有人来拜访……你们要不要坐一会儿？……随便找你们觉得舒服的地方就行。"她笑着，身体离琴身和琴弓远了一些。

瘦小女孩模仿着那个女孩的笑容，贪婪地抛出一个眼神——并非抛向他们三人，也没抛向被大钢琴占据的客厅，而是抛向她将要离开这里的可能性——，她没发出声响，静静离开了。

拉琴的姑娘孤独而坚毅，再次欠身，还把双腿并拢到了一起。

"女士们，先生们……"她说道，"你们介意我继续练习吗？"

埃莱娜和迪亚斯·格雷回答说不介意，他们彼此抢了对方的台词，又同时摇了摇头，以此消除女孩的疑虑。她转身面向敞开放在乐谱架上的乐谱，摆好纤瘦的脚踝和双腿的姿势，把小提琴在下巴上架好，手握琴弓静止不动，就那样停在二人必经之路的半途上，假装毫不在意，耐心地等待着迪亚斯·格雷畅想那段本应属于钢琴的模糊的前奏。（有人，是外来人，踩在林子里的落叶上；我们为多雨夏季的最后一朵玫瑰举办花葬，但并不铺张。）小提琴先是扬起一段疯狂的旋律，随即戛然而止，像是心生悔意，只得再次耐心等待。迪亚斯·格雷心里想的是撕裂的钢琴声，与此同时，女孩还在等待，只不过此时几乎是背对二人了，她非常有耐心，她的臀部饱满，那是她瘦弱身躯上唯一的财富。她回应沉默不语的钢琴的方法是说，或者说试着说出某种难以表达的东西；她明白自己犯了新的错误，于是她准备撒谎，不为别的，只为了更加接近那可以企及的精确性。她说了能说的话，毫无怒意地忍受着钢琴的抱怨声，那是迪亚斯·格雷想象出来的乐声，他在想象那种旋律时眼睛死死地盯着姑娘的臀部，把因埃莱娜·萨拉而生出的欲望转移到她的身上。埃莱娜此时正有些嘲弄般地站在他身旁，对午睡之类的事几乎毫无兴趣，只是在等待着那个绝望的逃亡者的出现，又或是格雷森先生的否认，她咬着项链上最大的珠子，假装在听。

姑娘再次拉起小提琴，她试着拉出漫长的充满思愁的乐音，不再疯狂，只剩回忆。这次她没有等待回应和答复，突然拉出两个欢快的音，然后再次等待钢琴的旋律，继而又把乐音拉高，然后再让步于静静的钢琴，突然，她停下手来，让自己的嗓音和钢琴的乐音混合在了一起，一切都让位于那必须被听见的声音，它在慢慢诉说——伴着微小的退让和诡计，友善的问题，关于气温的观点，对病人的祝愿——那些已经有结果的事情和注定要被诉说的事情。然后她相信或是愿意相信我们已经能够互相理解了，借助的是那种老朋友们围在火炉边畅谈的节奏。迪亚斯·格雷盯着她的臀部，它如此宽大，好像只需要拍上一拍，娃娃们就能从里面蹦出来。

他利用旋律间歇的时间来打量她那并不性感的身形，挺直的鼻子，无神的眼睛，金黄的卷发。只是从嘴角处显露出一丝可怜的性感来。

她怀着和解的愿望任由钢琴诉说，希望钢琴能演奏出这个陌生的小个子男人想象出的旋律，这个男人戴着大眼镜，头发稀疏，坐在那个令人反感的女人旁边。但是钢琴也好，这个陌生男人——眼睛盯在她的屁股上——也罢，都永远无法理解。因此女孩最后把脸靠在小提琴上，然后挺身向前——她那漂亮的臀部能弥补她那飘忽的态度，迪亚斯·格雷的痴迷和冷淡的苦痛能引发出种种自白与暗示——，她的下巴靠在小提琴上，站直身子，毫不费力地把心中的激情吟唱出来，那种激情迅捷坚定，不加掩饰。她的声音缓慢地飞荡在这个宽敞的为音乐而设的客厅里，她自己是否能听到这种声音、是否能理解它都没那么重要，她发泄出的激情存在于她的记忆深处，哪怕她如今已将之忘却，它却依然会去了又来，讲述，发声。

迪亚斯·格雷把那些磕磕绊绊的音符和怀孕及钢琴的失败联系到了一起。他的眼睛湿润了——"至少，我能在梦中看到，我不熟悉的那张面孔。"她不断重复道——，因为他从听到的旋律中感受到了安定和欢乐，还有那些词句里蕴含的曾被埋葬的能量，它唱的是他坟头的花朵以及沧桑的身影和污渍。

那个姑娘在简短地高喊两声之后停止了放飞歌喉，她再次站立在二人面前，双腿并拢，微微欠身，屁股已经转到后方，看不到了。

"谢谢，"她平静地说道，"另一部分更加柔和一些"——可能她想用的词是"克制"。"也许也更动人"——可能她想说的是"忧郁"。"爸爸这就来了。请原谅我以这种方式来迎接你们。"

格雷森先生的衬衫外面套了件肥大的丝质外衫，他眯着天蓝色的眼睛观察他们，那是他脸上唯一一闪烁光芒的地方，又像是在从午睡中带着坏情绪醒来后唯一洗涤过的东西。他声称那个绝望的逃亡者已经在一天前到拉西耶拉去了。他要去找一个主教，要带封信给他，又或者那位主教是他的亲戚，格雷森先生不太确定。

当他的女儿们在钢琴旁的阴影里用英语窃窃私语时，他有些警惕又有些悲伤地观察这个房间，就好像小提琴的乐声对这里的空气造成了破坏一样，又好像是在寻找被拉错的音符的痕迹。他看着被拉上的薄窗帘，想象着窗外干燥而炎热的景色，以及其中蕴含的意义。

"你们应该喝点冷饮才对，"他说这话时并没有再看他们，而是抚摸着露出胸前衬衫外的灰色毛发，他让他们明白喝冷饮的时间已经彻底过去了，"拉西耶拉的一位主教，太太，我不知道具体是哪位。"

五

等待的第一部分

现在是等待时间，毫无成效，缺乏条理。一切都混沌模糊，都具有同样的价值，同样的比例，同样的意义，因为一切都不重要，发生于时间和生命之外，如今那个掂量斟酌的布劳森已经不在了，设定秩序和意义的阿尔塞也还未出现。

那个房间不断给出否定答案，而我也不断殴打盖卡，愈发索然无味，悔意也越来越少，同样减少的还有憎恨和轻视，也不再那么需要让她先喝醉酒了。

这座城市迎来了盛夏时节，我们所有人都觉得它永远都处于静止不动的炎热当中，躺倒在地，气喘吁吁，从红彤彤的清晨到疲惫不堪的深栗色的夜晚，我们每一个人都在努力留住最后一口气，来迎接充满不确定性的未来，树叶、街道和广场上宽敞的空间都开始枯萎、萎缩，恼人的汗水悄悄沿着皮肤滑落。

作为连接布劳森和阿尔塞的桥梁，我需要独处，我明白如果我想重生，那么就必须与世隔绝，只有独自一人，不要有太多欲望，抛开不耐烦的心态，只有这样我才能成为自己、重新认识自己。我躺在自己的床上，隔着墙听着盖卡活动的声音，又或者躺在她身边，冷漠地听着她自言自语，或是听她在房间里来回踱步的声音，我继续等待——我想着自己已经不知不觉等待了一辈子了，要是我早些意识到自己一直在等待的话，我肯定会中断它，也许许多年前就不再等待了——，我还保持不修边幅，保持着某人在我身上留下的那种感觉，有点柔弱，有点羞耻。我不再操心那些物件，开始怀疑是"它们"在搞乱房间里的气息，目的是要伤害我。

　　"可'它们'到底长什么样儿呢？"在我俩关系还不错的时候，我坚持问道，"要是你能把'它们'画出来，或者你曾经在电影里见到过'它们'……"

　　"就是'它们'该有的那副样子。我从来没有看见过'它们'。"她说道，在我们相处的几个月里，她只有在提到"它们"的时候才能显露出一些智慧的光芒来，"就是该有的那副样子，而我能感应到'它们'的存在。我可以对你说我能听到'它们'、看到'它们'，但那是在撒谎。这跟我能看到你或者看到别人是两回事。有一次你问我'它们'是不是说话声音很轻，这让我想了半天，好像你猜到了什么，或者你也了解'它们'，因为那正是最让我疯狂的点。'它们'说个不停，有时以绝不可能的速度在说话，不过我全都能听懂。有时'它们'一个字一个字地往外蹦，就好像根本没说话似的，'它们'说得那么慢，好像压根什么都没说。不过我总能听到'它们'，我知道'它们'就是想惹我心烦。'它们'中的一个从角落里开始讲话，然后所有的同伙就开始到处走动了，'它们'叫我的名字，但是却不理睬我。最开始非常缓慢，我得非常仔细地去听、去看。等到'它们'发现我知道'它们'是什么东西之后，'它们'就开始飞速行动起来了，为的就是让我发疯，我必须满屋子跑，好保证不让任何一样东西丢失。"

"'它们'是你认识的人？是你记忆中的人？与那些人相似？"

"不是。你还是不理解我的意思对吧？我就知道没人能理解我，"谈起"它们"时她就没办法撒谎了，只有在那些时候我才感觉真相要比她给我讲的每个奇思异想更加重要，"我不知道。要是我给你说有个晚上这个房间里挤满了'它们'，连天花板上都是，你会怎么想呢？'它们'无处不在，只是因为我当时正在回忆小时候向妈妈淘气的事情，而且我很害怕自己会在睡梦中死去。不过我几乎永远都不知道'它们'是谁。我感觉我好像有了两种生命，我只能记起这么多了。你能明白吗？"

也许把我和阿尔塞分开的就是"它们"，"它们"拒绝我完全占有那短暂的生命中的那种氛围，那种不负责任的气息。我有时躺在这张床上，有时又躺在另一张床上，夏季、街道和这个世界让我慵懒起来，我等待着，有时会分神去探究那些名字、面孔和记忆，去想赫尔特鲁迪斯、拉盖尔、斯坦因、我的兄弟、蒙得维的亚的街道和时间，遥远的往事袭来，还有那些注定要追寻我的幽灵。有一些是阿尔塞的雏形，由于我的懒惰而未能成形。我知道不是其他人，而是所有人，他们全都是添头。在我努力过后降生的生物在出生时就已经死了，在散发着恶臭。对于好心人来说，任何形式的上帝都是不可或缺的，哪怕只是为了在合适的时机做合适的事情，所以冷酷地只忠实于自己，这也就足够了。

从焦虑的状态中摆脱出来，放弃一切寻找的可能，放任自流，把一切交给命运，我慢慢保护着扮演了一辈子的那个布劳森抵御住了那种不确定的卑劣性，我让他的人生完结，以此来拯救他，自我消融只是为了让阿尔塞降生于世。我在两张床上都流过汗，我从那个谨慎、有责任感、坚持遵循他人设下的界限来塑造自己的那个男人的体内苏醒过来，我提到的"他人"指的是之前的那些人、未曾存在过的那些人以及他自己。我曾从住在蒙得维的亚波西托斯区的一间孤寂公寓的布劳森体内苏醒过来，旁边是赫尔特鲁迪斯如恩赐之物般的赤裸身体，承担起了让她幸福的荒唐责任。

我也应该想一想盖卡，因为她的那些满是毫无新意的辱骂及指责的无尽独白已经成了我生活的一部分，它们填满了我们在一起的几乎所有时光，我几乎无法——哪怕是在那家银行的地下室里——想象出她安静的样子。我借助被迫听她说出的那些污秽而零散的句子，借助如今她的笑声里蕴含的那种新的攻击性腔调回到她那里。我看着她，证实她的存在，确信我可以杀死她，确信在那场我们两人已注定永远参加的游戏里，她已经开始预感到我要杀死她了，她不停地口吐污

255

言秽语，只是为了引发那个时刻的降临。我也确信自己在之前想过这件事，确信某种不可更改的未来在她住进这个公寓时就已经打开了大门，那种未来像家具、猫、狗、鹦鹉、滋养和定义那些如侍从般追随她的男男女女的室内气息一样和她一起搬来。（那种气息同时又被那些呼入、吐出它的男男女女来维持和创造；通过那些男男女女的呼吸、话语和行动，通过他们点燃又熄灭的香烟，通过他们的热情和恐惧，通过那些难以避免的思想的萌芽。）

　　于是——如今我体内已经有了阿尔塞的某些成分——我创办了布劳森广告公司，我在维多利亚街上租下了一间办公室的一半面积，承接名片和信纸设计工作，我从盖卡那里偷了张照片，上面是她跟三个生在科尔多瓦的侄子的照片，他们全都试着摆出笑容。我把照片放进相框，摆在他们让给我的那张写字桌上，我没有一天不记得无比骄傲地注视照片，确信死亡已经在我三次延期后失去了效力。我成功地说服斯坦因、"妈咪"跟赫尔特鲁迪斯每天都给我打电话，从早上十点钟起，我就精力十足、充满雄心地在工位上办公，准备好不休息地斗争，好搞到一个向阳的位置。斯坦因每天中午准时给我打电话，我们讨论一些色情广告的可行性，一起迎接完善图画、文字和添加到上面的漫天大话的挑战。我幻想着一些约会和生意聚餐，出门光顾五月大道上的一家又一家咖啡馆，又或者是坐到某个广场的长椅上喂鸽子。天似乎从未如此蓝过。慢慢地，经过广场的人们感受到了我默默向他们传递出的友谊，我没有看他们，只是哈欠连连，面带笑容，挠挠头发，眼神迷失在那个时期那里种植的树木上，或者迷失在楼房的外墙、报刊摊和卖花摊上。有时我也会写东西，还有些时候则去幻想迪亚斯·格雷的冒险故事，我通过广场上的落叶与河边建筑物的屋顶来接近圣玛利亚，诧异于医生近来一次又一次卷入同一事件的趋势——这也传染给了我——，我需要删除某些话语和场景，以此获得能表达一切的那唯一一个时刻：总之，对迪亚斯·格雷和我本人来说都是如此，对全世界所有人都是如此。还有些时候，在吃完午饭后，我会下到港口附近，捡拾螺母和螺栓，以及一些耀眼的酒瓶碎片，我会把它们带去银行，在我不得不取出某些钱款时把它们放到那些钞票本来所在的位置。

在写字桌上，我把相框摆在墨水瓶和日历之间。盖卡那三个令人恶心的侄子脸上的笑容等待着那个租给我一半办公室的男人——他叫奥内蒂，他从来不笑，戴眼镜，让人觉得他只会对迷人的女士或亲密的朋友表现出友善的态度——能在某个中午或下午饥肠辘辘的时候愚蠢地做出我想象过的那个举动，履行对照片众人表现出兴趣的义务。但是那个整天摆着冷漠脸的男人从来没问过我照片中孩子们的往事和未来。"孩子们漂亮吧，嗯？"我本来可以主动出击，"这位姑娘也很美。"他则应该会眼睛不眨地盯着那个戴着宽大发带、眼神成熟、上唇永远抬起的姑娘。但是他没有发问，没有表现出任何跟我搞好关系的意愿。奥内蒂总是用单音节词跟我打招呼，里面夹杂着某种说不真切的亲切感，却也带着种不针对谁的嘲讽意味。他早上十点钟跟我打招呼，十一点钟点杯咖啡，接待访客，接听电话，检查稿子，平静地吸烟，用一种沉重、不变、慵懒的嗓音和人交谈。

日子就在炎热的天气里慢慢过去，我的钱也在慢慢减少，有时我会和斯坦因聚在一起吃饭，在他的面前模仿他的那位怯懦的朋友布劳森。他从没怀疑过什么，不管"妈咪"有没有出席，我们的相聚总是充满喜悦。我的钱在减少，我放入盒中的旧铁器和旧玻璃不足以使我平静下来。我不太同赫尔特鲁迪斯见面了，仅有的几次见面我也只是通过她的笑容和她的样貌来猜测她的爱情生活是否顺利，计算着还剩多少时间才会到达那一时刻，到了那时，我们的相聚就真的变成互相欺骗了。

六

秋日三天

一天又一天，每天都一个样子。重复的表情，等待，模仿布劳森，继续漫不经心地等待，这种生活脱离了我的掌控，在空气中，在物件里，在我无事可干的双手的颤抖中展现出来。

当我开始想着夏天之后随之而来的是三个寒冷的日子——只能通过微弱的想象去猜测那是四月还是五月——它们打着寒战，像受惊发狂的马一样穿越大街小巷。我是不会看到那三天的，就像一场我永远无法遇见的虚假的暴风雪，在那些令人不适的清晨和午后，城里的其他男人也许会把某个姑娘带上床，不去预想汗水沿着胸膛啪啪流下，相信冰凉的双脚和膝盖会让双方不自觉地产生亲近的需求。我在街上走动，从我的公寓或写字台前的窗户眺望其他楼房，任由自己去懒散地幻想在那寒冷的三天中的第一天里，在我还不熟悉的城市里的秋日中将出现的一见钟情。我想象绵绵细雨和那些苦甜交织的事情，两者急切地杂糅到一起。我看到有个男人在酒店窗户里吸烟，还看到个女人膝盖顶着下巴蜷缩在床上等待着。我看到那个男人焦虑地环视四周，张望楼外湿气腾腾的景色，商店和咖啡馆的招牌，法式建筑，汽车和骑自行车的人，雨衣和雨伞，保安亭，人行道旁杂乱的脚印和树上的叶子。他只在窗帘边站了一会儿，鉴定秋日第一场雨能够为新的爱情提供的滋润能力，坏天气给他带来了各种各样的回忆。

我望着那个看不清长相的男人，还有床上姑娘的身形。我开始辨识酒店招牌上的图画和色彩。潮湿、寒冷、多风的三天对我来说似乎永无止境，困住了我的脚步，动摇并模糊了所有我想说的话。直到某个周日的下午，迪亚斯·格雷来把我从那种着魔的状态中解救了出来，为了我或是为了他自己，他做了我不能做的事情，他跳出了他的时间线，大概跳脱了一年时间，他离开了圣玛利亚，就像是断了一只胳膊一样，又好像他真的能离开那座外省城镇，离开那里的那条河流，把埃莱娜·萨拉留在再也不会重现的往日时光中：

出租车从阿尔维亚尔大道开往雷蒂罗区和埃尔巴霍区，从窗缝里渗入的空气夹杂着夜晚的第一丝凉意向我涌来，增强了我身体的快感，它是如此、如此危险，我担心那种快感自此终结，我又要不情不愿地望向那个姑娘。她在微笑着等我。街上路灯的灯光在她的眼睛里忽明忽暗。我不想再次看到那张发黑、肿胀的嘴。我任由自己靠到椅背上，靠到那个姑娘的肩膀上，幻想自己正在远离这座满是妓院的小城，远

离这座小花园和长满苔藓的地面上尽是赤身裸体的情侣的小镇，在灯光亮起时，他们用张开的手掌遮掩自己的面孔，他们与恋童癖男仆擦身而过，他们爬上博物馆的台阶，穿过展厅，两侧是几乎难以辨识的画作、沉睡的雕像、一排床铺、痰盂、床头柜、毛巾和镜子。"我们在这儿，我在这儿，"我对自己说道，"又一次来到了这儿。"姑娘抚摸着我的手，用一根手指在我潮湿的手掌上勾画着立刻就被遗忘的图案。

"亲爱的。"她说道。

"嗯。"我答道。

"迪格。"她嘟囔道（那是用我姓名的第一个字拼成的名字）。

"嗯……"

她冲着吹过我牙齿的空气微笑。我不想思考，不想知道怎样能让我感到幸福，也不想知道怎样会摧毁这种幸福。我记得杯子里还剩多少酒，我总能准确测量这种东西。

"亲爱的。"她说道。"我应该更醉一点才好。"我心想。

"嗯。"我答道。我弯腰亲了她的头一下，闻到了她的气味。

"要是我能告诉你……"她欲言又止。

"我已经知道了。"我说道。我摩擦着她的一侧脸颊，她喘息着，靠近了一些。我明白过不了多久我就会鼓足勇气亲吻她了。

"我会出事吗？"

"不，我觉得不会。"我对她说道。

"我不在乎什么。我知道不会出事的。迪格，"她抬起脸来好让我吻她，"不会发生什么的，不过一切都很重要。一切。"她坚持这样说道。我留意到在走过几个街区的过程中，我们两人都带着些微弱的绝望感想着言语的无用，想着我们两人那他人难以超越的笨拙。我用姑娘凌乱的头发没有遮住的一只眼睛从上往下看着她的脸，看到了她双眉之间那宽而短的鼻子，看到了她嘴唇性感而哀伤的形状，还有圆形凸起的太阳穴。

"就到这儿还是说要掉头往回开?"司机问道。

我扶她下了车，我们在五光十色的街角待了一会儿，然后慢慢向下走去，走向从河上飘来的空气。我看着她，她在我身边，眼睑低垂，不过没有挨着我。我惊讶地看到她还是按一贯的方式在行走，和以前一模一样。身子歪向一侧，一条胳膊夸张地甩动着以帮助走路，下腹不雅地向外凸出。我记得一个小时之前我曾确信自己已经永远改变了她走路的方式、微笑的方式、她过往的种种：我羞于承认双臂的力量让我感到十分骄傲，我精准而幸福地在她身上开辟出了一条道路。"也许我相信自己也正在改变她在童年照片里的模样。"我心里想着，自嘲着。

我毫无必要地引导她穿梭于咖啡馆里的桌子之间，我们要坐到靠窗的那张桌子上。我跟服务生随便点了喝的，点了我需要的那杯酒。她坐了下来，耸了耸肩，又把自己的笑容展现给了街道，那个屋外的世界。我想到了埃莱娜·萨拉，我的妻子。我数着她等待我的小时数，盘算着我即将对她说出的谎言是否牢不可破。

此时那个姑娘握住我的一只手，把笑容投向了我，她默默回忆生命中快乐的时光，安抚我，告诉我回国后要站稳脚跟、把我们在国外学到的那套理念带到这边，遇见困难是再平常不过的事了。不过一切都会好起来的，她面带笑容，手指用力，坚定地说道。我们不仅一起回忆了我们的母语，还想起了许多俗话、有趣的发音以及能让我们变得年轻或者回到青年时期的那些简写和缩写。

"迪格……"她说道。她喝了口酒，停下咳了起来。

我这时心里想的是迪亚斯·格雷医生，他静止不动地坐在这张桌子边，一侧是秋日深沉的夜晚，他看着姑娘的笑容和她嘴巴内侧微微泛红的嫩肉，因确信自己有能力做出一切不公平的事情而感到骄傲。她看着我，向我投来毫无缘由的愤怒表情，短小的嘴部线条流露出苦涩的意味，每个人都想在其他人脸上复制那种表情，把它当作模板复制下去，直到死亡，甚至在爱情结束许多年后，它还依然清晰可见。一切都是可能的，我们可以这样想。又或者毫不悲伤地去想我们可能最终什么也做不到，然而这也没什么可令我们担心的。"现在你又要冲我笑了，又要把玩酒杯了，又要整理那些与夜晚相关的记忆了。我试着像个女人那样不断重复说爱是比我们自身更重要的东西，想以此让自己强大起来。我还通过想象那个男仆进入房间更换床单时吐出的脏话来让自己强大。我爱你，可是我不说出来，我只是模仿你的手指轻抚我的手掌时的动作，我想要试着在你的眼睛里看到我在两个小时之前见过的那种眼神，那种纯真又淫荡的眼神。那种眼神也能令我强大起来，让我信任你。我没能再次看到那种眼神，不过对我来说倒也没那么重要，因为我心里正想着静静坐在这张桌子边的迪亚斯·格雷医生，想着一个男人，随便哪个男人，这个男人，与'四十岁'这个词匹配的男人，被保护他人和自我保护的需求折磨的男人。一个四十岁的男人，坐在桌子的另一侧，打开钱包准备付钱给服务生，以此完善第一个不在场证明，他有点恶心，还感受到了某种让人愉悦的不安全感，那是重生的感觉。"

七

绝望之人

　　迪亚斯·格雷的故事中的那一部分从没被写出来，在那段故事里，一个女人陪着他，或者说他跟随着那个女人的脚步，两人来到了拉西耶拉，在主教的宫殿里获得了接待，他在那里看到的、听到的事情可能直到今天他也没能全搞明白。关于那次拜访，版本有很多，不过不管在哪个版本里，他们都得带着假意的决心从两排个子矮小的持戟士兵之间穿过，他们几乎算不上是军人，也都很清楚自己身上穿的制服已经破破烂烂的了，甚至连布料也褪了色。在每个版本里，他们都是在第一个大厅得到了一个戴白手套、体形硕大的人的接待，那人带着笑，话不多，引导两人前行，直到一个穿长袍、鹰钩鼻的人把他们接了过去，这人长着一副狡诈的面相，那股狡黠气甚至吞没了整颗头颅。不过无论如何，事情再没被耽搁。他们来到了主教吃午饭的餐厅，主教迅速站起身子，显得很高兴，他亮出戒指，两人在上面短暂亲吻了一下，他邀请两人一起用餐。她婉拒了，脸上露出的是迪亚斯·格雷梦想中的那种笑容，但在那之前却从未在她的脸上见到过。医生感受着这种无可比拟的荒诞感，他后悔了，沉默不语地盯着炖母鸡和红酒。主教身后只站着一个仆人。正午的阳光和钟声在巨大的餐厅尽头迅速消亡。

主教只发出了一次邀请，然后便抽回手，又把手伸向大盘子了。后来他想知道他们是否留意到了这座城市独一无二的氛围，衰老及柔和成比例地与居民们不间断的仁爱融合在了一起的那些特点。没错，他们留意到了。也许一开始有些心不在焉，询问式地皱起过眉头，后来就毫不犹豫地嗅闻起了这里的气息，是鼻子把他们指引到了这座城市的中心。主教边吃饭边听他们讲话，还不时表示赞同。玫红色的区域渐渐在他的脸上扩散开来，他的眼睛里闪烁着坚毅的光芒。

"时间、信仰、如此多堪称典范的死亡……"他这样解释着。

他几乎立刻就承认了自己曾让那个逃亡者坐在他的桌子边，他举起双手补充说自从不久之前喝下那顿午饭中的最后一杯咖啡之后，自己就不知道那人的下落了。

"他是您的亲戚吗？"他向埃莱娜·萨拉问道。

"他的母亲和我的母亲是好朋友。我到最后也没能搞清楚在他身上到底发生了什么，他为什么要逃……他显得很绝望，这让我有些担心。"

"神会赐福他的。那个小伙子……"主教大人边说着，边把桌边的椅子推远了些，"没错，他很绝望。那次我们聊了

266

不少。我要是您的话，是不会感到害怕的。"

"可是他的状态并不好，"埃莱娜·萨拉鼓起勇气说道，"为什么他要逃离一切呢？他就像得了温和的疯病，带着忧郁的怒火，就好像这些东西毫无缘由地袭向他，搞得他不得不逃。"

迪亚斯·格雷穿的衣服就像浆过的丧服，他坐在自己精心挑选的一把不起眼的椅子上，利用这一便利略带嘲弄地望着那个女人，他瞧不起自己，想要试着理解自己，他把埃莱娜·萨拉的大腿和冲着主教的那张天真而痛苦的面孔加以对比。主教大人漫不经心地清洗指尖，仿佛有些幸灾乐祸，但也可能是心怀怜悯。他点燃一根香烟，只吸了一口就丢进了洗手盆里。水火相遇的噼啪声硬生生地打破了两种沉默的氛围。

"绝望，"主教一个字接一个字地念出了这个词，"我知道存在着一种十足的绝望。但我还从没遇到过。因为没理由十足绝望之人的道路会和我的有交集。如果有的话，我们也只会是擦肩而过，互不相识。我觉得我配不上去了解……"说到这时他适时地笑了，没什么恶意，倒是显得更年轻了些，"了解我们那场注定毫无结果的相遇产生的原因。"他用谦卑而有力的眼神消弭了埃莱娜·萨拉的抗议苗头，那种眼神牢牢包裹住了她，仿佛是要帮助她抵御她自己的所思所言。"我们现在配不上的东西，从万物初始起我们就已经配不上了，而这都是为了我们好。要是我们把虚荣之罪剔除掉的话，许多其他的罪过也就不可能存在了。不会有问题，不刨根问底就不会有问题。咱们可以到图书馆转一转。"说这句话时，他分别看了看两人，公平分配着那种不言而喻的许诺。仆人低下头，贴着拉上窗帘的落地窗慢慢走远，最后突然消失在了柔和的阴影之中。"上帝希望我可以消除彻头彻尾的绝望。以前我经常祈求让这场相遇降临。我高傲地相信能用以宽慰和拯救绝望之人的所有力量都汇聚到了我的身上。我不了解那种人，哪怕到了现在那种人也对我有诱惑力。我想象他们缺乏所有东西，被他们称之为不幸的那种情绪淹没了，无法再挺直身子。他们也没有足够的智慧去接近那种可以帮助他们治愈伤口和痂的神恩。还有些时候，我想象那种人具有人们称之为天赋的东西，同时具有真正可称之为天赋的东西，但他们依然无力享受它们、因它们而感恩。我就不离题太远了。十足绝望的人有很多种。有时我只是张开双臂呼唤他们、接纳他们，让那种使我相信自己对他们来说是可以停靠的港口的那种高傲感有清楚的形状。也许我不应该这么做。又也许我依然还留在那个等待这种相遇降临的世界里。但是请不要相信你们听到的或读到的东西，也别相信经验。因为除了这种绝望以外，还有微弱的绝望和强烈的绝望。有的人被绝望压在下面，有的人——他自己并不知道这一点——则把绝望压在身下。很容易把它们搞混、弄错，因为后者，也就是并非十足的绝望，只是经历过那种感觉，不过在那个过程中绝望是很强烈的，甚至要超过十足的绝望，它也就成了两者中更折磨人的那种绝望。微弱的绝望会让你每说一句话、每做一个动作都透出缺乏希望的状况。从某种角度来看，微弱的绝望要比强烈的绝望更缺乏希望。迷惑就产生自这一点，也因此微弱的绝望能很容易欺骗人们、侵袭人们。因为尽管强烈的绝望会让你更加无止境地受罪，它却不会把这一点展露出来。它知道或者说坚信没人能使它减缓。深陷强烈的绝望之中的人不相信自己能够拥有信念，但是他还保有希望，绝望之人能在某个难以预期的时刻面对绝望，隔离绝望，直面绝望。时机一到，这种情况就会出现。他可以在这场对决中摧毁绝望，可以借助这种方式接受恩赐。但我指的不是神恩，因为神恩是留给十足的绝望的。非十足的绝望和微弱的绝望表现绝望的方式是系统性的，很有耐心。人们被焦虑和虚假的卑微感拖拽，最后随便找个东西来支撑自己，来说服自己相信身上的缺陷、怯懦、抗拒注定永生的灵魂并不构成对人类真实存在的障碍。他最终会找到属于他的机会。他总会有能力创造需要的那个微型世界，然后屈服、昏睡。他总能找到它，或早或晚，因为迷失是不可避免的。也许我会说，对于微弱的绝望而言，解救办法并不存在。至于另一种，强烈的绝望（我迫不及待地说她母亲的朋友的那个孩子就属于这种绝望），陷入其中的人能够笑得出来，能够继续生存下去，同时不把其他人拖下水，因为他明白他不需要其他人的帮助，哪怕是在日常生活中和他有密切关联的那些人。他在没有察觉的情况下与绝望分隔开来了。同样在没有察觉的情况下，他等待着那个与绝望四目相对的时刻降临，等待着杀死绝望或被绝望杀死的时刻降临。您的那位朋友并没有被天赋压垮，也没有拿出耐心来应对那些表面看上去让人难以忍受的重复性的试验。不幸的是，没有哪种疥疮能把他从脚底到头顶全部吞噬进去。他没有坐在灰烬之上，没有机会获得治愈一切的神恩……他的身边没有女人对他说'向上帝祷告，然后死去'这样的话。他还没到十足绝望的程度，没有像以利法[1]一样喋喋不休地说些令人动情的话。每一种难以想象的环境、每一个人都能够让他感受到绝望。于是就出现了一场危机，他可能会通过杀戮来拯救自己，也可能会通过自杀来迷失自我。也许您和我都有能力面对十足的绝望，和他一起与它抗争，进而拯救他。但是那种非十足的、微弱的绝望是没有解救办法的，因为它太微小了，存在于感官层面。强烈的绝望可以被拯救，也可能它自己就会先行投降。"

他站了起来，就像是摊形状不规则的紫色酒渍，他邀请般地等待着，面带微笑。他显得臃肿了许多，耐心中透着股冷漠。

"尽管种类繁多，还会引发混乱，"开始行进时他这样补充道，在触碰埃莱娜·萨拉的肩膀以示意她跟他往图书馆去时还以微笑表示抱歉，"非十足的绝望和强烈的绝望有可能转变成微弱的绝望吗？或者说，如果转变发生了的话，那种转变是否永远都是在内心深处完成的呢？……这个问题把我困扰得时常睡不着觉。"

他摇了摇头，向自己忏悔，只用力摇了一次，并不期待得到什么答案。他用指甲碰碰二人，引导二人来到图书馆，

---

1 《圣经》中的人物，曾劝勉约伯。

仆人已经挪开了摆放着装订成册的报纸的书架，搬来了摆放着咖啡、酒杯、白兰地酒瓶的桌子。

这个场面在每个版本里都会出现，哪怕有些没被讲述出来的细微差别。一次又一次，我在属于我的那一半办公室里假装工作，不断窥视奥内蒂的后背，我把埃莱娜·萨拉和医生放置到某个山区正午白亮的光线中，把他们从一个仆人身边带到另一个仆人身边，从家人身边带到主教身边，从关于绝望之人的长篇大论到图书馆里的停歇消化时间。主教大人谈论了一些无趣的话题，埃莱娜饱受折磨地盘算着那些她之前不敢问出的关于逃亡者的问题。在那个空旷得令人昏昏欲睡的图书馆里，三人被拖延着，我却从中发现了某种奇怪的幸福感，而这种幸福感又使得他们相信他们的会面成果将仅限于已经发生过的事情。*她和他有时间耽搁，有时间打哈欠，用上我一辈子的时间都行。在死去之前一分钟我也能够再次想起他们，我会发现他们和现在一样年轻，一样无趣，主教还会发出掺杂着塞壬女妖般邪恶气息的声音，眼神中也闪烁着同样的邪恶，只不过他们不会留意到。*但我最终会同情自己，会想起自己背负的债务，还会想到把他们从停歇的状态中抽离出来也就意味着缩短了我自己的等待时间。于是我利用作沉思状的天使、令主教精神一振的吟诵声、某个令人恐惧的侧影和天蓝色及淡紫色的光束来补偿那个男人和那个女人。

至此，有悖于我的意愿，这个我从没写出的故事应该出现了分岔。因为如果说主教在没有阴影的天使雕像下方吟诵的东西只不过是让人起敬的可笑事物的话，迪亚斯·格雷和那个女人理应坐到图书馆的最深处去，背部摩擦着旅行书、词典和霍纳斯·温格特[1]的作品全集。他们在阴影里，所处的位置要比主教所在的位置低了一阶，天使雕像如今已经可以被视作模糊的白色轮廓了。可如果主教大人——此时正在观察天使那独一无二的轮廓，想要辨识出天使是在表示认可还是不悦——说的是（哪怕仅对他们二人而言）事实真相的话，就不得不安排医生和埃莱娜·萨拉令人意外地偶然出现在这个场景中了。在这个版本里，他们出现在了这座宫殿里用来在冬季的几个月里演奏音乐的房间。音符仿佛在那个房间里飘荡，尤其是在墙边，就像把二人隔开——这是在第二个版本里出现的情况——的厚重帘子上的污渍一般，他们用手和呼吸来感知彼此，因为窥探到天使的美而感到惊恐。他们最终相信了那种美是可能存在的，他们把它当作光一样投射到了他们身处的场景中。他们开始聆听，完全被那种好奇心占据，在梦境中，它引发的恐惧比任何意外事件所带来的恐惧更强烈，它拖拽着我们，直到总是十分模糊的终了之时，直到醒来的时刻。

主教的话听上去没什么错误，天使雕像保持着微笑的姿态。若是主教用错了词，天使那唯一可见的眼睑便会垂下，无精打采地眨眨眼，厅里的光线也会随之减弱。在那张抄有主教独白内容的羊皮纸的上方，天使那带着胜利表情的嘴巴

---

1 霍纳斯·温格特（Jonás Weingorther），奥内蒂虚构出的神学家。

缓缓拉长、拉直，显得坚硬起来，就像是根控诉别人时伸出的手指。

"不在之前，不在之后，"主教的强调声来得早了些，"过去的日子，还没到来的日子，就好像它们从未出现过，从没成为它们该有的样子。可是，在上帝面前，每个人都有罪，因为从分娩时的血液流出，到临终时的汗水淌下，在这之间的时间里，人们彼此营造出了永恒的感觉，并且将它保持了下去。可只有上帝才是永恒。每个人都只是偶然出现的短暂时刻罢了。卑劣的意识让人们有了任性、分裂、欢愉的感觉，他们管它叫'过去'，它帮助他们勾勒希望的形状，为人们称为'时间'或'未来'的东西提供补偿，哪怕我们承认这一切都存在，那它也只不过是种私人意识。一种私人意识，"主教重复了一遍，他把一条胳膊直直地举高，指向房顶，他看了一眼微笑的天使，平静了下来，"也就是说，那恰恰是条与人们从一开始就假装渴求的目标相偏离的小路。我在谈论永恒的时候，指的是神的永恒。在我提到天国的时候，我只是在肯定它的存在。我不会把它奉送给凡人。他们用记忆和想象塑造了一个上帝出来，他们说了太多亵渎神明的荒唐话：上帝可以被征服，可以被理解。就是这人造的假上帝，这个带有神性的可怕生灵，每当人类前进一步，他就能让人们再后退两步。上帝是存在的，但人类是无法触及他的。只有明白了这一点，我们才能真正成为人，并且在体内保存下天主的伟大品质。除此之外，我们又该往何处去呢？为什么去呢？"他涨红了脸，面孔湿润，却瞥见天使的眼睑似乎起了变化，于是赶忙修正自己的说法，"往何处去？哪怕有人找到了值得一探的方向，我们又为什么要追随他呢？要是有谁能明白永恒即当下，而他本人则是唯一的终点的话，我绝对愿意亲吻他的双脚。他接受、坚持做他自己，因为，没错，他无时无刻都在抵御那些反对的声音，被强烈的情绪带动，被记忆和幻想欺骗。我亲吻他的双脚，为他接受不为他而设计的那场游戏的所有法则的那种勇气而鼓掌，毕竟设计游戏的人甚至没有问过他是否希望参与其中。"

埃莱娜·萨拉任由帘子垂下，她打开皮包，开始搽粉。她费劲地从在前厅里吸引的人群中穿出，径直走向出口。一阵疾风使得广场上的空气骤然变冷，她向下朝着火车站所在的区走去。

"您不觉得很有意思吗？我觉得很有趣，很有趣，"她挎着医生的胳膊说道，"当然了，我不认为我全都听懂了。不，我不想进糖果店。他就是那样，就是主教描述的那种人，他想做自己，他愿意接受一切游戏规则。"

他们沿着广场一侧行走，闻着树木在夜晚散发出的香气，不过被脚下踩的红色沙土发出的沙沙声搞得无法全神贯注。他们看到了电影院的广告牌，并不理解上面的内容，街道有一定坡度，他们就这样毫不费力地向着酒店走去。

"我不明白为什么，"她说道，"这种想法很蠢，但我确信他就在这儿。我还确信要是运气够好的话，我能看到他坐在某家咖啡馆里，又或者我随时都有可能遇到他。"

"您为什么不待在拉西耶拉呢？"他建议道。

"我不能，我和奥拉西奥在圣玛利亚有约，就在河岸边的那家酒店里。而且留在这儿也没什么用。起不到任何作用。只能说如果刚巧……我不应该跟在屁股后面找他。我确定自己是赶不上他的。我和奥拉西奥通过电话了，他说他有笔好买卖想跟您谈谈。"

在离酒店招牌和灯光半条街区远的地方，迪亚斯·格雷决定搭乘早上第一趟火车逃离，回到诊所，回到医院，在满是朋友的愚蠢环境中休息一段时间。他要忘掉这个女人，忘掉那些以她为代表的不可能实现的承诺，等到某个早晨再从河上划船来到酒店门前木头搭建的小码头，爬上台阶，吓那位还在睡觉的老板一跳，再回到格雷森先生的音乐厅里去，看着那位女小提琴家的屁股，更正关于那个矮小姑娘的故事。

"我带您去睡觉，"埃莱娜停在酒店门口说道，"对我来说一切都结束了，"她害羞地笑了，双手环抱胸前，看了看四周，忽略了他的存在，"一切都结束了。我不知道是什么时候结束的，可我刚刚才醒悟过来。也许您想做别的事。我一直对您不太好。您想做什么吗？"

"我想抱紧你，"迪亚斯·格雷嘟囔道，"有点想。"

"好，咱们走。"她抓起他的胳膊说道。

她高挑而漠然，脸上挂着平静的笑容，就像是件易碎品，睡意紧绷在嘴部和眼部，他们一起从门卫的办公桌前经过。迪亚斯·格雷没敢和她说话，她也一言未发，两人走进电梯，他觉得自己——这个被埃莱娜·萨拉用力抓住胳膊，甚至抓出痛感的男人——对她而言只不过是这个世界的某个脆弱象征，是这个世界中存在的某段关系的脆弱象征，从背景来看，没有比他更好的象征物了，他是这种馈赠行为中不可或缺的部分。他带着惊讶的表情慢慢经过走廊，轻轻地倚靠到了床上。

八

世界末日

但是我还在布宜诺斯艾利斯的时候，天气糟糕的那三天就降临了。我忘记了广告公司的滑稽剧，只要可能，我就待在家里，欣赏灰色的空气，阳台门没有关严，小水坑里的水越积越多，我感到孤独在甜蜜地蔓延，蔓延向我必须强迫我审视自己的那个时刻，独自一人，全身赤裸，精神专注。在那个时刻，我会行动起来，通过行动化身成其他随便什么人，也许是最终版的阿尔塞，只不过我无法提前了解他的情况。

我躺在床上，环顾凌乱的房间，我在帮助自己摆脱现在的身份，扑灭自身生命的火焰，我在潮湿的空气中推动布劳森，隔绝布劳森，反复拉拽他，让他像水中的肥皂块一样消解。

到了下午，我隔着墙壁听到了盖卡的哭声。我没听到她进门的声音，但我确信家里只有她一人，她是坐在床上哭的，咧开的嘴巴对着枕头。也许她也被阴雨天象征的种种失败压得透不过气来了吧，又或者潮湿滋养繁衍了"它们"，再或者她预感到了阿尔塞的崛起和她自身的毁灭。她可能正在揣测那些突然出现、占主导地位的记忆究竟何时会结束，感受着它们是如何到来的，一个接一个，慢慢膨胀，胀大到让人无法支撑的地步，变得坚硬而厚重，它们扎根下来，却又消失不见，这次将是永恒的消失，每一张面孔，每一个场景，每一种经受过的感觉。因此她——跟我一样——无法再用过往发生的事情来填充自己，无法通过它们来推测未来，她最终会认清自己，这是她这辈子第一次做到这点，她被迫注视自己的一个又一个特性，在手指上感受肉和骨的真实形状，那种形状总能令人感到惊奇而忧伤。不过，更重要的是——我依然能听到她的哭声——，"它们"就在墙壁的另一边，落落大方，活泼开朗，就像是在进行第一次约会，又像阴雨天简单单纯的附带物。

也许盖卡已经打开了带着红色罩子的灯，那灯离她哭泣、试图逃离的床很远，她开灯，就像是想要像吸引昆虫一样把"它们"吸引过去，让"它们"远离她。"它们"盘旋飘舞，又或是呆立原地，沉重、繁多、柔软，嘲笑盖卡无力数清"它们"的数量，"它们"为她这位慷慨的母亲而摇摆，她是因又是果，是甜蜜的总体，她简单的一个表情就可以囊括"它们"所有的面孔，又或者囊括的是她在幻想中放置"它们"面孔的那片飘浮的区域。我还没认识"它们"就会死去。"它们"可能会在一个暴风雨的夜晚，在某栋住宅的烟囱前聚成一堆，"它们"的身材高低不一，堆成金字塔的形状，为

"它们"获得的生命和庇护表示感激。"它们"的表情也在表达谢意，那种表情独一无二，永恒不变，"它们"柔软多油的面庞随着表情的变化或拉长，或收缩，口鼻部的小圆孔也随之震动。

她跳下床，想挥掌吓唬"它们"，这时"它们"看到她停在了房间中央，好像突然被击垮了，觉得无能为力了——她用紧握的拳头捶打大腿，要自己露出僵硬的笑容——，只是在这时"它们"才开始不停地用单调的声音来跟她说话，"它们"不求理解，不求回应，只为了高兴而喋喋不休。

"它们"就那样用"嘶嘶"的声音在她的耳边发声，或是从遥远的地方嗥叫她的名字，从冻住的星星上传来，从第一块骨头沉入的海底墓地中传来。"它们"呼唤她，冷淡，温柔，急切，恳求，嘲弄，需求，把她名字的两个音分得很开，就像是小孩子在牙牙学语，"它们"不断重复她的名字，把它变成像临终喘息一样的声音，直到最后连"它们"自己都变成了那个名字。*"它们"是我的名字，是盖卡，是我本人。*"它们"最终会使她产生这样的想法，然后在她平静地抚摸自己、露出笑容时消失不见，*"它们"就是我本人，再没别人了，"它们"并不存在。*"它们"跑到床上等着她，快速触碰她的身体，用食指指尖模仿雨水滑落的节奏，轻轻柔柔，"它们"不想表达别的想法，只想让她保持清醒和害怕。

已入夜，她还在墙壁另一侧哭泣，哭声偶尔会被泪水浇灭，被盖住嘴巴的头发遮挡，被咬入口中的指关节阻隔。在天气不好的那三天中的一天，我决定起床啃食厨房里的面包皮和奶酪皮，我用两根手指把一根发黑的香蕉夹扁，对着散发着恶臭的冰箱喝了点水。*也许是明天，也许我不应该再继续相信预兆之类迷信的东西了。不过杀死她的人必然不是我。是另一个人，是阿尔塞，或者不是任何人。我是所有那些东西，不过那些东西只不过是化成人形的忧郁，是没有目标、间歇出现的焦虑，是要伤害我、让我明白自己还活着的那些有用而温和的残酷。*我在衣柜的香气中间寻找装有拉盖尔写的信件的包裹。我在厨房里的洗碗池中把它们一封又一封地烧掉，甚至没把它们展平，我大声念着随机进入我视线的文字，不明白自己看到了什么、正在做什么，我有时会停下手，徒劳地感受悲伤：*这几天妈妈几乎没和我说话。和他在一起的喜悦和独处的意愿都同样强烈。他曾在巴西待过，他向我谈起过和他同住的朋友。我记得自己在"谈话"过后总想试着把那些东西交给妈妈。赫尔特鲁迪斯比我聪明，而且聪明得多，但她也从来都理解不了这些东西。于是氛围完全变了，有些让我们愉悦的东西也变了。我总在聚会时坐在角落，掏出钱来买我根本就不……*

我打开水龙头，帮助那些化为灰烬的纸张和未受损伤的费解话语烟消云散，那些话语带上了些哀伤的气息，强大而不祥。我冲着阳台走去，用光着的双脚踩踏雨水，我强迫自己接受了回忆蒙得维的亚之旅的责任，看着自己搀扶着拉盖尔，帮助她呕吐，看着自己钻进盖卡在酒店里的房间，演出她默默忍受的吃醋喜剧，我认为那也是我的责任之一。

盖卡依旧在哭泣，在睡觉的鼾声和拉盖尔信件里的那些荒唐话语中时断时续。*哪怕我在烧掉它们之前慢慢阅读它们，哪怕我和她一起度过了五年时光，事情也会是同一副样子。水流落在纸页那坚硬却脆弱的残骸之上，水流的冲击强劲而欢愉，黑色的片段粉身碎骨，绕着下水口旋转。她现在已经不哭了，应该已经睡着了，一条腿暴露在灯光下，直到中午她才会发现灯没有关。*

　　我回到床上，没有睡意，决心删除迪亚斯·格雷这个人物，哪怕要淹没那座外省城镇也在所不惜，在他的故事那温和而充满希望的开头处就用拳头击碎他倚靠的那扇窗户，他总是靠在那里心不在焉地注视着广场与河岸之间的那段距离。迪亚斯·格雷死了，我也躺在床单上将要老死，听着雨水在呻吟，那是云朵流下的甜蜜汗水。从我在蒙得维的亚第一次拥抱赫尔特鲁迪斯的那个夜晚开始，我就变得怯懦了，那场姻缘是斯坦因撮合的，地点是一栋两层小楼，楼里的木头被漆成了很庄严的颜色，或者说被雕成了很庄严的形状。在二十年里，那里不断上演各种各样的家庭聚会和仪式，也就一直带着庄严感，不断表现出"家庭即世界"的想法。在我同意跟赫尔特鲁迪斯结合的那一刻，衰老也就开始了，我不断重复自己，庆祝周年纪念，为拥有安全感而欢欣，为生活中没有冲突和选择的预兆乃至新的约定而高兴。我拖着迪亚斯·格雷、埃莱娜·萨拉、她的丈夫、那个无处不在的绝望之人还有那座我设计出的带有通向河边的斜坡的城市一起进入到了我本人的腐坏过程中。那场几乎未被预料到的冲突慢慢同我一起死去，它爆发于瑞士移民区的那些沉闷无趣、精力充沛、简朴严肃的居民和城内居民中间。也爆发于圣玛利亚的那些冷漠懒惰的土生白人和滋养那座城市的人群中间，那些人会在盛大节日（不是他们、他们的父母、他们的祖父母和外祖父母带着梦想和希望、封皮掉落的祷告书、背面写有日期的模糊照片从欧洲带来的那些节日，而是那些属于他人的盛大节日，他们并不十分尊重那些节日，但只能忍耐、分享）期间成群结队来到圣玛利亚，在里面大肆购物，他们谨慎小心，压抑着激动的心情走遍广场、河边步行道、电影院、商业街区，他们以"市中心"的名字来统称这些地方，黑色头发的人们倚在"市中心"的墙上，表情里透着股嘲弄劲儿，还有点带有罗曼蒂克意味的嫉妒，他们看着那些人身着盛装慢慢走过，那些人通常是全家人聚在一起，给人一种他们的家庭牢不可破的印象。那场生自两拨人相互的虚假蔑视的冲突只不过体现在微笑中，体现在黑色头发的人们那讽刺式的腔调中，金色头发的人们把那种微笑和腔调视作殷勤而忧心的态度，和他们因做生意、购买汽车和脱粒机而掏出钞票时的态度很像，那些人在咖啡馆的桌子上留下数额夸张的小费，既不显得友善，也不带什么好意，只因为那种行为有助于增强蔑视的意味。

一切都在既无疼痛又无怀念的可能性的情况下消失了：*我们在这儿，这个新生的男人也在这儿，目前为止我对他的了解仅限于他脉搏跳动的节奏和出汗胸膛的味道。盖卡睡了，还在打呼噜——要是她记得自己的梦，而且第二天早上愿意跟我分享的话，她会这样对我说："'它们'就像海里的浪头*

一样涌到我身上，我根本来不及开口说话，因为同时我们猜出了只要我说出'它们'的名字就能杀死'它们'，我指的是一个接一个地说出'它们'的名字。"——；雨停了，风从阳台那边刮进来，吹打墙上赫尔特鲁迪斯画像的鼻子和脖颈。应该是明天了，如此确定地知晓这个日期着实让人吃惊，天空会变得清澈，这个男人会出门上街。我会睡着，我会醒来。我会试着发现自我，在浴室的镜子里惺惺作态地看着自己，紧盯自己手部的动作，故作惊讶。我会试着弄明白自己到底会依赖什么，就好像这是必须搞清楚的事情，我会狡猾地问自己关于上帝、爱情、永恒、父母、公园三千年的人类的事情，还会装作毫不在意。我的脸上会挂着扭曲的笑容，只是为了表明我对自己还活着而且不知道这种现状意味着什么感到有点羞耻，我会坐下来吃早餐，确认自从喝得大醉的胡里奥·斯坦因吟诵《圣经》中先知的话语，却在街头盯着新升的太阳惊讶地发现自己身边连个女人都没有的时候开始，没有任何重要的事情发生，我会用提及讦告、孩子们的头颅和心爱之人的放荡的词句来把那些话语替换掉。

我会向着南方走去，任由自己被把迪亚斯·格雷从始于今晚的世界末日排除出去的想法驱动，也许在这个早上，这个想法就会最终变成现实。(挎着包和筐子的女人们以及情绪糟糕、急急匆匆的男人们正在穿越早晨的第一缕光线，他们丝毫没有想到自己会因为我的死亡而死亡，而他们脚下的街道也将被熔岩和洪水吞噬)。我将再次坐到宪法广场旁边的那家咖啡馆的露天座位上去，我会买点香烟，点燃一根，夹在嘴巴里，让它保持静止，让烟在我的眼睛和周遭的树木之间飘动，工人、旅客、出租车、购物者来来去去，我看到的一切动作都那么让人难以参悟。我连动动手指和转头的动作都不必做，迪亚斯·格雷就会在拉西耶拉酒店的房间里醒来，他会发现自己身边的那个女人死了，他踩扁了地上的几个空玻璃瓶和一个注射器，弄伤了脚后跟。他会带着羞耻以及一种让人崇敬的公平感想明白为什么埃莱娜·萨拉会在前一天晚上给出肯定的答复。他会被一种如同演戏般的强烈感觉笼罩，还会假想出某个在未来听他忏悔的朋友的形象："她已经死了，你明白吗？在我抱着她的时候她就已经死了。而她也知道这一点。"在灰暗的光线中，他后退几步，想要离那个死去的女人远一点，好看清她躺在床上的姿势。光线越来越亮，他能够看清楚她的脸了，他发现她的表情平和而亲切，就像是刚刚从某个远离疑问、尽是田园气息、未被任何人涉足的区域远足归来时的那种表情。她死了，从死亡中归来，如同过早暴露的真相一般僵硬而冰冷，她放弃了吹嘘自己的经历、挫败和战利品的权利。

九

拉盖尔来访

出了点血，可以确信鼻子会慢慢肿起来，一秒又一秒，肿胀越来越明显。盖卡任由无精打采的拳头有规律地落下，再也没了反抗或自卫的念头，就只是笑，几乎不间断地笑，恨意只是通过她的谨慎和顽固展现出来，它们是她用来把笑声同孕育笑声的深切哭声进行剥离的工具，一声又一声，她小心而专注地清理着带着泪水的软弱笑声。

她和往常一样趴在枕头上，捂住笑声，让舌头触碰嘴唇，抑止血水和汗水流动带来的瘙痒感，然后用充满热情的明亮眼睛盯着我。

"没错，"后来她说道，"我是条醉酒的母狗。真是个疯狂的世界……我是条醉酒的母狗。"

她又笑了，然后在走进浴室清洗面部的时候，在慢慢穿衣服的时候又各自重复了一遍那句话，她把打湿的棉球塞入鼻孔，尽管她给鼻子上擦了粉，但鼻子还是又红又亮。

"一条醉酒的母狗，"她在门边说道，又笑了一声，"你是走是留我都不在乎。我会去找别的男人，把他们都带来，什么肤色的男人我都能找到。"

我穿好衣服，在房间里溜达，检查了各个口袋，觉得自己需要送给她点什么，留下点什么来纪念这段开始把我和她暴力地捆绑在一起的迷信式的爱情。一声摔门声过后，房间里就剩我一个人了，摔门的动作扇动起房间里的空气，活跃起来的空气从各个角落扑向我，使得我的面孔和胸腔重新感受到了那种神奇的气息，它消失太久了，始终抗拒再次出现。我在裤子口袋里找到了一个生锈的螺母，它躺在一条手帕下面，我让它在我的手掌上跳跃，让它在床底下翻腾。

我徒劳地隔着我的公寓的墙壁听隔壁的声音。那天晚上盖卡没有回家，黎明时分，受到突然出现、持续增长的爱意的驱动，我觉得需要在被我扔到她的床下的螺母之外再添加点礼物送她，于是我找了个剃须刀片，对着浴室里的镜子在自己胸口斜着划了道口子，挤出她摔门离开前的那种笑容。于是我又能睡着了，那种细小的灼热感宽慰了我，只有几滴血从那道口子里渗出来。

可是在接下来的几天几夜里，盖卡总是在从街上回来时有男人陪伴。每当出现一个新的男人，一种新的走路声，伴着每一次钥匙插入门锁的响声，我就会感觉到那种把我和她联系到一起的感激、仁慈、严酷的爱意在上涌。我听到她努力对抗那充满羞涩和愚笨的最初几分钟，急匆匆地完成床上动作，然后迅速把来客赶走，用谎言和承诺把他们引到门前。

我听到她旧时的声音和笑声，那些声音往往戛然而止，就像是急刹车一样。我听到她在监听男人在走廊上行走的声音，计算着男人离开这栋大楼需要的时间，男人会坐上出租车，或者钻进某家咖啡馆里喝杯烈酒，贪婪地平衡着刚刚享受过的快感，担心纵欲引发的后果，体会着骄傲的兴奋劲儿，却又因为往日常生活里塞入了刚刚发生过的那种事而感到疲惫，青春短暂的恢复和怀疑感交织在一起。因为在每场交易里，她都只象征性地收一张发绿又发黄、肮脏的一比索钞票。我进到房间里拜访她的时候，她笑了，盯着我的眼睛看，手摩擦着桌子上的深色钱包里的一厚摞皱皱巴巴的钞票，为自己迟缓的进步感到骄傲。

"我是只醉酒的母狗。"她只是这样说了一句，冲着我露出几颗牙齿，不过整体来看态度是温和的。

我想象她在前一个与后一个男人之间补妆，条件反射式地把薄薄的嘴唇嘟起来，用肩膀的一个动作来表示沉思和放弃沉思。我听着她开门，摔门，好像在怀疑我可以听到她的动作，好像那种轰响声可以帮助她算清接待了多少个男人，往之前接待过的男人上面再添加一个，得出某个数字。

我在正午刚过不久时来到银行门口，排队等待银行开门的人中又多了我一个，我从肩膀和脖颈之间滑过，我回过头去张望斜对角处白色的阳光，小广场上的纪念碑，建筑物的尖锐线条刺入澄清的天空中，也许这是夏日的最后一抹蓝。然后我的目光掠过我周围人们脸上静静挂着的或吝啬或高傲的表情。像是在摸武器一样，我的手指在裤兜里移动，触碰一张上面写着当天日程安排的纸，我用数字和字母标记出了接下来要做的事情以及完成它们的时刻，它们为我指明并清空了通往终了之时的道路，直到21:30，我离开盖卡的身体，开始大声呼吸，在房间里踱来踱去，变成一种空隙，一种焦躁的好奇心，等待着事情完成的感觉传来。

我整理了一下钞票，慢慢把它们塞进口袋，但是没有数一共有多少张。我关上盒子，叫来员工。*等到第三季度，他们打开盒子，发现一堆螺丝和玻璃碎片，那时会发生些什么呢？*

我身上什么也没变，在城里走动的我也没变，冷漠地迎着太阳，一只手揣在裤兜里，斜着往北走向方尖碑。没有什么特别之处可以将我和正午在那两个街区里匆匆而过的行人们区分开，我一直走到爱斯梅拉尔达街，从街边店铺光洁的玻璃上看到了我大汗淋漓的脸，我把短暂而模糊的记忆从一家店铺带到另一家店铺，那种记忆与盘踞我脑海的新的年轻状态相关，那是种既自信又挑衅的气息，是种带着无所顾忌的残忍的表情。我小心翼翼，害怕把那张飘浮着的新生幽灵般的面孔吓走，它在玻璃后面，陪着我，我时常斜眼瞥一下店铺橱窗，我和它们停在一起，微微抬头，辨别自己、研究自己，却从不打量下巴和默默做出吹口哨模样的奇怪嘴唇。

我躲在一家咖啡馆的角落里吃了几个三明治。我一直在想象迪亚斯·格雷面对死去的埃莱娜·萨拉时欢天喜地的样子，还有开朗而果敢的奥拉西奥·拉戈斯，他给格雷森小姐的小提琴演奏上加上舞蹈音乐，再拍拍她身上最性感火辣的部分，还有一个绝望的前逃亡人士，他本有发现自己想跟死去女人的丈夫一起吃喝的需求。小提琴的琴匣里塞着装着吗啡的玻璃瓶和舞鞋，那双鞋曾踏上过城市里节日时的街道——先是一只脚，再是另一只脚，快速转圈——，连琴匣也在通向某个突然但可预料的终点。

我兜里的日程表上显示午饭时间是 13∶30，实际晚了二十分钟。下一项安排——剃须、冲澡、在衣柜里挑选出最好的白衬衫——应该在 14∶00 完成。我在咖啡馆的桌子上放了几枚硬币，到街上去拦了辆出租车，我又忍受了一会儿在人行道上蔓延的种族仇恨。*也许，我在车里想道，最好还是不按日程表的安排来活动。大概最佳选择是洗个澡，然后躺在床上等待，在衣柜深处寻找赫尔特鲁迪斯的旧节拍器，试着让它能在慢拍模式上运转起来，然后任由自己躺着，什么也不做，就只是想着关于永恒的事情，而那种永恒被那个器械慢慢分割成无数碎块，直到下午六点钟到来的时候。那时我会再次遵照日程表行动，到街上去找个妓女，在 20∶30 的时候和她分开，再次回到智利街，从窗户眺望佩蒂特·埃莱克特拉酒馆里的那些无精打采、扯着嗓子喊叫的小伙子，停下来和门卫聊一聊，上楼，走进盖卡的公寓。她应该已经独自一人回来了。她会知道我是谁，另一个人又是谁。*

我从电梯走出来的时候看到了一个女人的身影，她背对着我，手抬起来，正在按我的公寓的门铃。直到她转过身来我才认出她，我立刻就明白了：在她身上存在着某种把我同激情与惊异分隔开来的东西。

289

"嗨，"她说道，"怎么了？你看上去不太高兴……"

我默默拉起她的手，冲她笑了笑，在她的脸上和身上寻觅拉盖尔从国外带来的令人反感的东西，那究竟是什么与我无关的滑稽玩意儿呢，它令我突然想起她所在的幽暗角落，也就是我的公寓门所在的地方，与盖卡家的门呈直角相对。也许已经新生的这个我没能认出她来，又也许那张苍白消瘦的面孔不是我见过、回忆过的那张，以前那张脸和拉盖尔很配，那张脸应该位于一个把她的额头遮住一半的小帽子下方。

"我很惊讶能在这儿见到你，"我嘟囔道，"赫尔特鲁迪斯已经不和我住一起了。"

"我已经知道了。"她点头说道。她的嘴唇慢慢咧开，直到我毫不怀疑她是在笑为止，在我眼前出现的是一张带着和善而漠然的微笑的脸，她通过这种方式来增强自己的忍耐力。"我已经是第三次来这儿了。我早上就来过，船一靠岸我就来了。我给你的办公室打去电话，他们说你已经不在那里工作了。"

"没错。"我说道。我打开房门，让她进去。我确信此时盖卡还没回家。*我真想给你说说我即将做些什么。* 我跟在她缓慢的步子后面走进房间时想道，她的脚步声在赫尔特鲁迪斯的画像前停了下来。"那事儿已经了结了，我已经没兴趣再谈它了。但我觉得你来这儿不是为了谈那个的，也不是为了评价你和我最近一次见面的情况。"

"的确不是，"她没有转身，而是用鼻尖摩擦着她姐姐的画像，"我明白你为什么以那种方式离开我，我明白你那时受的一切苦。我想来谢谢你。"

她突然戏剧性地转过身来，那种难以定义的令人反感的东西在她身上蔓延，也在她的脸上体现了出来。我坐了下来，调整了一下包着钱的小包在裤兜里的位置。她身上有某种对我有威胁的东西，那种东西从她的帽子碰到赫尔特鲁迪斯的画像起就出现了。等到她走了，那种让我不快的东西也依然会留下纠缠我，就像是块皮肤斑，像是在显露着内疚的形状。

"不，"我说道，"我觉得你没明白。我知道你在咖啡馆的厕所里呕吐，所以出来时需要我的陪伴。但我并不是可怜你，可能我有些胆小吧。不管怎么说，我就只是想摆脱一切，不想承诺任何事情，就只是这样。"

她又笑了，她走近我，步子短小，几乎是在拖着脚走路，每只脚都在地上摩擦。她找了把椅子，也坐了下来，她的动作十分缓慢，还得靠胳膊帮忙稳住身子。

"没人知道我来布宜诺斯艾利斯了，"话语穿越那迷人的笑容，并没有破坏它，"赫尔特鲁迪斯和妈妈都不知道。我打电话时也没和她们说。我就只想见你。"

我也默默回以微笑，我确信自己已经明白无误地再次露出了往日的那种理解式的表情，还有那种透着惊讶的目光，我总是这样看她。

"我想看看你，跟你说说话。从我明白过来你为什么要做那件事开始，我就想这么干了，这种想法变成了一种需求，所以我来了。"

她带来的那种肮脏的东西占据了整个房间，此时比起我们来，它倒是变得更加硕大、更加真实了。

"好吧，"我说道，"我明白。"

我想编个说辞，请她把帽子摘下来，我在脑子里把那句话过了好几遍。我需要看到她光光的额头和散开的头发。要是能重新爱上她，我愿意花光我兜里所有的钱。

"很可能你已经不再难受了，"她坚持说道，"但是我想把你以前受过的罪也都抹去。"

我没把那句话说出口，我开始玩味"以前受过的罪"这种说法，体会着其中的荒唐之处，然后任由它消散。突然，我不得不把面孔隐藏起来，因为我明白了正在改变它的东西是什么，我能够发现那种缓慢的步伐、走路时摇摇晃晃的身躯和入座时的动作中蕴藏的含义了。那种令人厌恶的敌对感是从她那隆起的肚子中出现的，已经生根发芽了，同时抹去了她的存在，它成功将她变成了一个普普通通的孕妇，使她注定消解于他人的命运之中。*她应该正在思考，一个字一个字地思考，而我的脸已被内心的光芒照亮。*从戴在头上的小帽子到那双把指尖并拢的鞋子，失败和古怪的幸福依然在她的身上飘荡，就像是种难闻的气味。

"那种需求让人忍无可忍，"她继续说道，"尤其是几天前，大概十天或半个月前，我收到赫尔特鲁迪斯的信之后。她跟我提到了你们的事。当然了，我当时已经知道了。但她还提到了你和我的事。不是直接提的，是以玩笑的口吻影射出来的。"

"这重要吗？"我心不在焉地说道。

"不是那样的，我希望你好好听我说下去。赫尔特鲁迪斯知道我们的什么事呢？你和她提起过我什么？"

"什么也没提。我从蒙得维的亚回来后一个字都没和她说过。在那之前，我可能给她说过我喜欢你，"我坦率地冲她笑了，我的动作强迫她注意到了我停留在她肚子上的眼神，"我说你很迷人，说你让人痴迷，你比其他任何人都更加充满激情，理解生活的奥秘。"*她和赫尔特鲁迪斯一样老了。她隆起的腹部与她姐姐被切掉的乳房大小相当。*"难道不是这样吗？难道赫尔特鲁迪斯能否认这些？能阻止我崇拜你身上所有的特质？"

"不是那些事，"她耐心地微笑摇头，脑袋从一边摇到另一边，驱赶不和谐的声音和怒意，"是关于我们的事，是关于如何结束这一切的事。"

"这一切？"我喊了一声，靠近她，靠近她的那张带着惊讶和天真表情的老脸，却没什么目的性。

"我收到那封信才明白必须结束这一切。我经历过一场危机，最后振作了起来，我知道我必须来见你。你和我之间没什么可后悔的事情，这我是知道的。但我们现在的处境是……"

可能她已经疯了，可能（那么就祈求上帝保佑她吧）她从一开始就在嘲弄我，现在则是在自嘲。

"你要把孩子生下来吗？"我打断了她。只是推动着"对"这个字从她的齿间进出的那种欢愉感就足以激怒我了。"我要是想明白需要结束的是什么事情，那才真是活见鬼了。"

"你不要生气。"她低声说道。

如果我告诉她我要杀掉盖卡，而且没有任何我能解释清楚的理由，她肯定会甜蜜地建议我说："你别那么干。"她会眯起眼睛，用生自子宫的慈爱和容忍来和我沟通。

"你别生气，亲爱的。我知道大部分的过错都在我。我无论怎样都不该……阿尔西德斯什么都知道了，他完全理解。我很喜欢你，也许我认识的人里没有谁跟你一样好。"

我站起来，走进厨房，寻找能喝的东西。我后悔了，又慢慢冲着那坚定、温和而无力的笑容走了回来。

"我没有理由生气，"我说道，"但现在的情况是我不认识你，我不知道你是谁，不明白你在这儿做些什么。你说的话我一个字都不明白。"

"对，当然了，"她开心地点着头，"我瞎了或是疯了，随便你怎么想。我还是和以前一样喜欢你，从你去波西托斯看望赫尔特鲁迪斯就开始了。我那时只是个十五岁的小姑娘，我不是为了你才这么说的，那个年纪的姑娘可以爱上任何人，从最亲近的人到最不可能相爱的人。也许我是因为你善良、聪明、善解人意才喜欢上你的，你是如此特别，如此具有人性。我不能怪你。现在，这次，当你回到蒙得维的亚的时候，每个人都或多或少地站在你那边，这种情况加深了那个错误。我确信我们当时并没有注意到这一点。你当时跟赫尔特鲁迪斯过得不幸福，我迷惑了，试探了一段时期。从精神的层面来看，我们是互相需要的。"

"但我是和一个女人一起去蒙得维的亚的。她为我付了旅途的费用，花的还不是她的钱，她是从另一个我不认识的男人那里把钱搞来的，代价就是和那人睡觉。你明白了吗？"

"这不重要，我们所有人都会犯错。"

"但是我们接吻了，"我笑着说道，"我抱着你，触碰到了你的舌头。"

她眨了眨眼，笑容没有间断，她把未来投向她的孩子的那种眼神投给了我。

"没错，我们接吻了。可严重的问题是你依然还处在那天晚上的状态中，而且你觉得我也一样。我当时瞎了眼，现在已经把眼睛睁开了。重要的不是我们做了什么，而是感觉到了什么。内心里每一种不公平的感觉，每一种让我们不完美的自私想法。不仅对我们而言是如此，对所有那些和我们有联系的人来说也是一样。我们传递出来的恶，他们会把它再传递给其他人。你明白吗？"

她疯了，她没权利这么做，没权利变成一片滑稽的废墟，也没权利把我每次感到难过时就会想起的拉盖尔变成这副模样。我要扯下她的帽子，我要看到她的圆脸和散开的头发，试着看到拉盖尔之前的面容，尽管这已经不可能了。她就像全世界所有即将临盆的母亲一样穿着直而宽松的连衫裙，戴着没有花边、紧的小帽子，就像戴着个头盔，这种装扮象征纯洁，鄙视生活中所有感觉娱乐的可能性，与义务和高傲的愚蠢联系在一起。

"也许你还没明白，"她继续说道，"你别担心，是我耽搁太久了。我记得我曾经拒绝过。我记得当我开始看清楚的时候，某种怒火在我身上出现了，它毫无理由地拒绝一切。"

"你最好还是别再说了。"我说着，坐到了床上。我看着她，她软绵绵地坐在椅子上，椅座陷了下去，我窥探她脸上的笑容，就和之前毫无缘由地表现得十分高兴一样。"别再说了。"

"你不想让我说了？"

"不想，什么也别说。我不认识你。所有这一切都悲伤而脆弱，我觉得你悲伤而脆弱。"

"悲伤？"她嘲讽式地说了一句，却不是为了伤害我，她叹了口气，"也许我从一开始就不该来找你聊？我本想给你写信，后来……我知道我应该见见你。"

我躺到床上，闭上了眼睛，边嚼着薄荷糖，边听着墙壁另一侧的静寂，那也是拉盖尔的一种甜蜜嗓音。

"咱们都错了，亲爱的。现在我能叫你亲爱的了。我知道咱们不想伤害任何人，无论是赫尔特鲁迪斯还是阿尔西德斯，抑或是我们自己。但恶可以隐藏在我们觉得最纯洁的那些感觉中。"

"拉盖尔，我想让你闭嘴，我想让你把帽子摘下来。"

"啊，对！我不想让你觉得我在这里……我都忘了要摘帽子。现在可以了吗？"

"可以了，谢谢。"我回了一句，却并不想看她。

"我们本来就不可能幸福。"她嘟囔了一句，然后就不再说话。*她摘下了帽子，她的头发可能是散着的，我只需要看她一眼就能认出她来。有可能她正在脱光衣服，再过一会*

儿就会向我走来，挺着大肚子，带着和之前在蒙得维的亚时一样让人难忘的表情，就是在乌拉圭体育场呐喊加油时的那种表情，唱着《茅屋》或《这个世界上不存在另一片土地》。也许她会想到用割开我喉咙的方式让我解脱，而我只能用嘴角表示嘲讽来报复她，任由她向我下手。"我们当时差点越陷越深，谁知道持续了多久。"她的嘟囔声缓慢、温柔、无法抑止、不为任何人而说，就好像她只是在履行开口说话的判决结果，开口说话，直到死亡让她紧闭嘴巴，让她蜷曲在椅子上，把肚子顶在双腿上。"你会获得幸福的，但不是感官上的幸福，而是由责任和爱组成的那种幸福，亲爱的。"

那声"亲爱的"在躺倒在床上的我的耳畔嗡嗡作响了两次，像只行动迟缓的将死昆虫一样扑到我的笑容上。

"我希望你闭嘴，"我说道，"我希望你走，我不想再见到你了，也不想再听你说话了。"

我不敢看她。我想象她僵硬地把帽子一直拉到眉毛处，抱歉的表情逐渐散去，向着大门和厨房的气味飘去，飘向这个世界的其他地方，飘向佩蒂特·埃莱克特拉酒馆里那些打了发蜡的小伙子，飘向盖卡和"胖姐"，飘向人们的过去和无可避免的那些错误。我又冲她喊了起来，借此巩固接下来的沉寂。我想象她犹犹豫豫地站了起来，在失望和信任之间摇摆。我听到属于善意和歉意的微弱声响，它们无精打采地回来，想要再次汇聚到拉盖尔身上。我听到她摇摇晃晃向大门走去时发出的响声。我害怕听到一句不带怨恨、透着信念的话语传来，就像是她把另半边脸伸过来让我打一样。

我孤独、困倦，我最终想到了拉盖尔的这次来访、她的肚子和令人厌恶的疯狂只不过是一场梦的片段。我忘记了拉盖尔，直到下午结束时听到盖卡到家的声音，我还听到了一个男人的嗓音，我从床上爬起来，看到桌子上放着张小纸板，上面写着：

新祷告词

从上帝心中射出光，
让这光流入人类的心田。
让这光降临人间。
它来自中心，神的旨意在那里尽人皆知，
让这旨意引导人类的微小意志，
主了解它，服务于它。
让光、爱与力量重构神在地球上的企划。[1]

在祷告文的底部还有一行铅笔写的字：*我会到妈妈家去，你今晚一定要来啊。*

我几乎明白了所有加了着重号的文字的意思，我想要把最后一句话读出声来，我并不抗拒它的意思。我想到自己对拉盖尔的喜爱很让人难以理解，也许我从来都没有喜欢过她，我不想碰她的原因只不过是害怕发现自己并不爱她。

---

1 原文为英文。

我脱光衣服，直到夜幕刚刚降临时我还一直在炎热的房间里踱来踱去，试图说服自己选定那个月，那一周，那一天，因为夏天始终拒绝死去，始终把人和事物带在身边——甚至在指示时间的石头上刻下了并不明显但无法混淆的痕迹——。我还试图说服自己热度可以通过眼神来感知，它还会在墙壁上和我正在移动的身体周围碎裂成各种各样的颜色，它会分裂成带状，互相交叉，但却不纠缠在一起，黄色，褐色，深而清爽的绿色，下午阴影中的草绿色。

　　墙的另一边一点声音都没有，那个男人已经走了。

十

又是埃内斯托

　　我突然想到我还不能行动，因为缺乏感觉、焦虑、希望以及对我即将要做的事情的期望之中蕴含的恐惧。掐住她的脖子，亲吻她，骑到她身上，我的胳膊压着她的胳膊，身子压着她的身子，腿扣着她的腿，这已经成了我必做的任务、习得的技能、挣口饭吃的冷漠方式。

　　我开始穿衣服，变成了睡梦被闹钟摧毁的可怜男人，闹铃声也立刻把义务和责任带回到了这个男人的意识里。我静静地移动着，时不时停下来听听隔壁的静寂，想象"它们"在睡着的盖卡头顶飘动、谈话、毫无目的地动来动去，可能只是为了感觉自己是活着的，为了在她醒来时不会发现自己已变得麻木。"它们"成群结队，黏黏的嘴巴开开合合，忽而变老，忽而变小，将房间里的空气吞入再吐出，死亡，污浊。

　　我穿上最好的衬衫，玩弄左轮手枪的圆形弹膛来分散心神，我听到收音机报时的声音，已经到了 20：30。到了我和那个妓女分开的时刻了，我会捏着她的脸颊，微笑着流露出挫败感和敬意，我要向那种不可能维持的爱意致敬。

我关上自己家的房门，没发出声响，我让电梯上行，按开电梯，用力发出声响。在把钥匙插入盖卡家门的钥匙孔前我就知道一切都会进展得很容易，她会靠近过来，我只需要挥出一拳就会让她惊讶地倒下，然后，等到她躺到床上后，不管她有没有在听我说话，我都会试着把一切能讲给别人听的话都说给她听。我会扶着她的身子，贴着她的耳朵，加重嗓音，不在意时间，也不顾及她是否能听懂，我确信只需要短短几分钟时间，我就能把自青年时代起吞下的苦全吐出来，把那些由于懒惰、感到无用而一直没说出来的话也吐出来。

我打开房门，走进凌乱的屋子，我发现家具都移了位置，衣服乱堆在一起，所有东西似乎都伸了个懒腰，来庆祝那种气息的回归。我又呼吸了几口，露出笑容以示感谢。床头柜上的灯亮着，那是房间里仅有的光亮，在那束光的照射中，盖卡赤身裸体——一条皱巴巴的被单盖住肚子——，双手交叉放在胸前，一条腿直伸着，另一条腿蜷着。

厨房洗碗池处响起了水流声，龙头开得很大，但很快就被关上了，水流声在那段时间里和街道上传来的声音分庭抗衡。我立刻就迷惑了起来。我费力地把目光从盖卡身上移开，一只手在左轮手枪上滑动，确保这个世界是属于我的。我叉着腿，手指依然在玩弄着钥匙，望向厨房传来水流声的方向。房间里安静了一段时间，远处的收音机播放着如梭子声般刺耳的小提琴声。尽管推开厨房门的不是"胖姐"——我一度确信厨房里的人是她，我见过她穿着睡衣在洗碗池边倾斜身子的模样，像大腿一样粗的胳膊裸露在外面，闻着自己衣领上刺鼻的香水味，长长的耳坠摇晃作响——，我依然未动，也依然自信，立刻适应了眼前的局面。那个男人——我知道他比我更年轻，几乎还算是个小伙子，我看他有点驼背，面部棱角分明，深栗色的头发自眉毛上方不远的地方开始长出，此时刚被打湿——用肩膀推开了门。他半走半停，转了转脑袋，身体摇摇晃晃的，眼珠直打转，身后的门传来一声闷响。他衬衫袖子里湿漉漉的手在朝着地面甩动，苍白的脸上每个棱角分明处都有片阴影，他面无表情，好像被迫要在接下来的几个小时里保持同一种笨拙的神色。他立刻向前走了几步，每一步都落在他身上的茉莉花味后面，他的目光射向我所在的位置，但却并不是在看我。就要碰到我的时候，他停了下来，任由香水味和无尽的迷茫飘散开来，他粗重的呼吸声迅速吸走了房间空气那遗忘的能力。

她没有动，什么也没说。在床上微弱灯光照射下的区域里，她手指上抵在胸前的戒指、膝盖的皮肤和唇间半月形的牙齿若隐若现。突然间，无用的解释开始不断被重复出来。

"嗯？"埃内斯托问道，但还是没看我，深色的眼睛几乎没有睁开，就像是盲了一样，只不过依然对着我的脑袋所在的位置。我既不想笑，也没想碰他。他冲着床的方向撇了撇嘴，慢慢举起一只手来，把它搭在了我的肩膀上。"她已经……"他说道，他像是在等着什么，并没有因为沉默而感到失望，"她已经……"

他把手指聚拢在胃部，互相摩擦着，一根摩擦另一根，交替进行。他从我身边走开，开始在房间里绕圈，眼睛盯着地面，用眼神来决定迈出脚步的频率。我走到床边，碰了碰盖卡立着的膝盖，我的手沿着她赤裸的皮肤一直滑到她的肩部。

"嗯。"我直起身子说了一句。

埃内斯托走的路线是个完美的圆，他的手指摩擦的速度变得很快，整个人显得遥远而孤独。我盯着盖卡脖子上的勒痕看，又再次俯下身子闻了闻她嘴巴的味道。*我从开门那一刻就明白了。*我在心里这样对自己撒了谎。我坐在床边，祈祷自己的重量不会打扰到她，同时默默忍受那个小伙子在肮脏的地毯上来回转圈。我摸了摸她冰冷而扁平的肚子，又拉了拉那条被单，给她盖好一点。

"咱们走，"我说了一句，他慢慢停了下来，最后背对着我，"咱们先离开这儿，然后再聊聊。"

他转过身来，还是没有看我，只是望向我的声音传出的位置。他的肩膀抖动了一下，又走了起来，弯着腰，双手合拢，反复摩擦。我捡起他的帽子和外套，径直走到了他用步子画出的圈上。

"咱们走，"我说道，"别这么厌。"他抬起头，没有朝向我，嘴唇静静地抽动了几下。那种按圆形线路进行的踱步让他的脸显得更瘦、更苍白了。他的目光停在了我拿着的帽子上，慢慢穿上了外套。茉莉花香水味就像记忆一样淡了下去。

"她已经……"他重复了一遍，鼓足勇气问了声。

我从地上捡起一件衣服，把它盖到了盖卡的脸上。

"咱们得走了，"我说道，我给他戴上帽子，推了他一把，"得立刻走，灯就这样亮着别动。"

走到走廊上后，我又听了听盖卡房间的寂静声，我任由房门猛地关上，还在楼梯间跺了阵脚。我没有松开他，而是拉着他的胳膊，打开了我公寓的房门。

"进来吧，我住在这儿。"

我觉得自己醒来了——并不是从这一场梦中醒来，而是从另一场更漫长得多的梦中醒来，那场梦包含这场梦，我在那场梦中梦见自己梦到了这场梦——，我带他走进屋子，看到他沿着床边走着，撞到阳台的玻璃上停了下来，转过身来，表情呆滞，但无意中流露出了只会因骄傲而激动的本质。我看到他笨拙地弯腰坐了下来，把一双短而方的手放在桌上，不安，眼神飘忽，但是眼皮抬得高高的，假装自己无力记起任何事，假装强硬、感到厌烦，连等待的模样也是装出来的。

我从自己的梦中醒来，既没有感到幸福，也没有觉得不快，站着，后退，直到碰到墙壁，然后从那里观察静静浮现出的这个世界的轮廓和色调，它如同一阵旋风，生自混沌，生自虚无，旋而立刻变得躁动不安起来。现在这个世界来到了我的面前，做好了与我的五感接触的准备，在被辨识之前显得如此让人惊愕，当记忆重新运转起来的时候，它又变得如此不可思议。我从墙壁这边望着阴影里静止不动的那另一个人，我用出必需的能量来穿透时间和空间，望着那个坐在椅子上、把手搁在桌子上休息的体态僵硬的男人。在灯光下，他开始出汗了，仿佛置身于夏日最炎热的夜晚中最炙热的那个点。他轻轻摇晃脑袋，像是在抵抗任由脑袋耷拉到胸前的想法。我放弃了能够永远盯着这张苍白湿润、棱角分明的脸的幻想，在那张脸上，青春成了种有瑕疵的东西。我盯着那张脸看，慢慢明白了过来，这个出于防御的心态摇晃着它的男人也是另一个我，或者说部分是我，有我的动作和表情：盯着它，就像是在盯着回忆，盯着对某个可受谴责的行为的内疚感。我本想把这个男人锁在屋子里，锁到时间尽头，就像是关小孩或动物那样，照顾他，尽管经历了所有不幸，但我还是可以庆幸他还活着，我还是可以继续回忆，我就以此宽慰自己。

可至于他的那双眼睛，它们挂在他的脸上，静止不动，好像只有脖子上的肌肉可以操控它们，它们此时正对着倚靠在墙壁上的我，我笑着走上前，抬起手来搭到了他的肩膀上。触碰覆盖他肩部的衣物布料、他放松的肌肉的幸福感过了片刻才传递过来。我觉得之前所有的感觉都无法与这种喜悦、这种轻蔑相提并论。

"来杯咖啡？"我对他说道，"或者喝点酒？"

他耸了耸肩，我拍了拍他，以示鼓励。我拿来了一瓶杜松子酒和两个杯子。我回来的时候，他正跷起手指观察它们，他观察所有十根手指，可手掌并没有离开桌面。他喝了一大口酒，有个时刻他把嘴张得大大的，呼吸着，然后看着我，他的身体在椅子上慢慢放松了下来，决定什么也不说。我又给他满上了酒。我在口袋里发现了一颗薄荷糖，于是开始把它清理干净。要是我能令他想到我们周围还在继续的生活，想到朋友们、女人们，他正在冲他们撒谎，他渴望他们，让他们听那些肮脏的故事。要是我能让他感受到他称之为生活的那些行动和感觉并没有中断，诺维提酒馆里依然在供应加冰啤酒，小伙子们还倚靠在台球桌前给球杆上涂白粉，玛丽亚还矫揉造作地在镜子前面试衣服，成百上千的笨蛋以及他们的兄弟姐妹们也还在从郊区涌入科连特斯大道，他们依然在向着电影院、咖啡馆和歌舞厅挺进，向着清晨时分那杂糅了成功与失败的气息挺进。要是他明白我就在这里，盯着他，没有刻意表现出友好态度，只是和他在一起，固执地揣测他的不幸……

他又喝光了酒，还故意喘了几口粗气。他移动手指，松了松领带，然后慢慢转过脸来，让我第一次看到了他的笑容，我这才相信他也是会笑的。他的牙齿很白，虎牙很长，唇边留着两条口水留下的白色印迹，他的眼神冰冷而怯懦。

"您别担心，"我对他说道，"我们能处理好这件事。"他闭上了嘴巴，眼睛依然盯着我的脸，并不想回答。她死了，就在墙壁的另一边。"您确定没落下什么东西在那边对吧？"

"我什么也没落下。我就没带来什么可落下的东西，"他又露出了笑容，同时抓起了酒瓶，"我留在那边的还不够多吗？"

"您再想想看。不管怎样，我都会再去检查一下。咱们得离开这里。也许明天事情还不会暴露。但要是过上两天……"现在就差他自命不凡起来，要为自己的所作所为有

所行动了。"哪怕是今天晚上,任何一个有钥匙的人也都可能会进到屋子里。"

他盯着我,好像没明白我的意思,他又出汗了,无力阻止在我眼前露出垮掉的表情,他的脸像是变成了白色的面团,只被焦虑占据的几团阴影勾勒出了轮廓。

"谁有钥匙?我什么也没落在那边,"他张开手,展示给我看,"我什么也没带来,我就只是把外套脱了。"

"您也不是百分百确定。还是得去瞧瞧……您再喝一杯吧,但是不能再多喝了。您想到什么了吗?"

"想什么呢……?"他深栗色的眉毛弯向被恐惧和汗水填满的空洞。

"怎样摆脱这种困境。"

我从他和他的恐惧面前走过,我努力克制住了抚摸他头部的冲动。我靠在阳台边,等待着摔门声、脚步声、打电话的骂街声、猛地出现旋即戛然而止的笑声响起,等了一分钟。我又走到了那颗装满软弱否定的脑袋后面。

"什么也没发生,不是吗?您并不想那么做。现在这样其实挺好。您觉得您还能留在布宜诺斯艾利斯吗?"我笑着重复了一遍这个问题,我停止摇头晃脑,看他把肩膀和双手抬高了起来,"您不清楚。可我确定您认为藏在这儿是可行的。您大概在这里有什么朋友,或者认识某个有能力把你藏在家里的女人。您就藏在那儿,直到被抓为止。因为警察早晚会把你抓到。咱们会一起读报,一起醉酒,一起吓得要死,最后,等到一个礼拜或两个礼拜过后,条子就会来砸门了。

这些就好像正在您眼前发生一样。您难道没有为哪个律师擦桌子的朋友吗？不能向他寻求点建议吗？"

"啊！"埃内斯托叫了一声。他开始站起身子了，双手握拳捶了下桌子，但是并没有转过身来。

"也有可能您的哪位朋友的七大姑八大姨刚好在法院工作……"

"这他妈跟您有什么关系？"他爆发了，依然背对着我，又捶了下桌子。我看着他的后颈，非常自信，就好像手里正握着那把左轮手枪一样。"我要做什么，不要做什么，这和您有什么关系？"这次他捶桌子的力度小了，显得有些无精打采。

"您可别忘了，"我嘟囔道，"总有人愿意聆听。"

他又坐了下来，身体还和刚开始时一样僵硬，双手也依旧不安地搁在桌子上。茉莉花香水味此时仿佛是从他突出的耳朵上散发出来的。我回到桌子边，给两人的酒杯里都倒满了酒。

"得好好思考，"我大胆说道，"当然了，我指的不是事情发生之前，要是什么都想通了，事情也就不会发生了。但是事后得想想怎么处理才合适。我是不在意的，您说得对。我去找警察都成。还是等您平静下来，咱们再看看怎么达成一致吧。"

"那个婊子。"他终于开了口。

"她确实是个婊子。你想为了她死在监狱里吗？我可找不到什么好的托词。待在布宜诺斯艾利斯，不到十天警察就会把您抓走。"

"您为什么要把我带到这儿来？"他又露出了笑容和怯意，"您是想要我，好让我别逃走吗？"

"您会平静下来的。您有地方藏身吗？"

"这是我自己的事。只要我想，我随时都能离开这里。"

"当然，"我说道，"您想什么时候走都成。"我摸了摸兜里的钞票：*我会给你打电话的，再不然九点钟的时候我会来。*"您想干什么都行。我马上回来。您别害怕，我只是去看看您有没有落下什么东西在那边。要是您最终决定离开布宜诺斯艾利斯，我有办法把您带出去，帮您越过国境线。这很容易。您考虑下吧。"

"别去！"我打开门时他这样喊道。我停下来，看见他把身体弯向桌子，我望着他的脸上能被我看到的部分，他面色苍白，光在他的脸上投射出了个不完美的圆形，他的脸依旧潮乎乎的，那股潮气夹杂着恐惧向我袭来，那是种十分单纯的恐惧。"别去。"他重复了一遍，只不过把之前的喊叫声变成了低语声。

我慢慢关上门，打开了盖卡家的房门，我闭着眼睛，想象出那颗带着恐惧表情的肮脏头颅的样子，直到大腿碰到桌子为止。我把钥匙扔到桌布上，又折道去打开了顶灯。我看到了地上堆成球形的黄色毛巾，我从兜里掏出那张纸来，又读了一遍，我寻找适当的地方，也就是盖卡在某个接待了无数奇怪访客，充斥着无数争吵与和解的午后会把它丢下的位置。最后我把它对折，扔到了桌子上的钥匙旁边。我慢慢低下头，直到看清蜷缩的脚趾和涂着指甲油的脚指甲。一只脚伸出床外，另一只脚在皱皱巴巴的被单里休憩。然后是腿和阴毛。一条腿僵硬地水平伸直，另一条腿弯曲着，弯向腹部，被压在下方的臀部若隐若现，膝盖处的骨头就像小孩子的头骨，再往上的部位已变成了阴影，坑洼，头发。我弯下身子，陶醉于这般奢靡之中，仔细查看这毫无意义的复杂局面。*疯狂的世界……*，我看着这一切，念叨了这么一句，就像是在念一个长长的外语单词。

我后退了几步，离远了一些。我记起在墙的另一边还有个人，我承认自己有义务去叫他来看看我看到的东西。"它们"已经不在了。在这个具有决定性意义的时刻，"它们"已完全占有了盖卡的身体，像一滴汗水在她死后落下，如今已溶解在各个角落的尘埃与绒毛之中。但是房间里的那种气息，自由，天真，就像黎明时分的蒸汽一样升起，静谧而愉悦地辨识出了我面部的轮廓。

我离开浴室门口，不再遮挡住她的头部和面部，慢慢地，她的面孔似乎已经确认自己拥有了无限的时间，于是先展现出死亡，又露出两排宽宽的牙齿，使它们暴露在空气之中。眼皮遮住的地方几乎成了两条弯曲而多水的线条。只有我们两个在这间屋子里，我开始分享对于永恒的发现。我后退一步，想观察一下床上那具僵硬的陌生躯体，那具我之前从未见过的女尸，它不久前才刚刚降生到这个世界上。她胳膊弯曲，手小小的，此时正张开着，分隔开两侧乳房，为呼吸开辟出了一条道路。她的面孔再次朝向死亡，而死亡却像是某种液体，自散开的头发滑落到蜷曲的双脚。

　　但是我看的不是盖卡，也不是她弯曲的双臂和双腿在这个房间里的放肆气息中摆出的荒唐姿势。我看的不是一个被男男女女、信心谎言、各式需求和由不解中自然生成的诸般风格玩弄的女人的冰冷尸体。我看的不是她死去后的面庞，而是死亡的面容，毫无生机，却又活力四射，指出这种荒诞性的正是那两排牙齿，影射它的还有仿佛正在寻觅某个难以讲出的单音节词的那张垂落的下巴。这具尸体属于死亡，它无惧无畏，怀揣信念，握有记录有种种发现的图纸。盖卡死了，她化作死亡，回到人间，来到床上，蜷起膝盖，手放胸前，分开乳房。她没有笑，因为她在被驱逐出人世之时便没有带着笑容。她熟练地被一种长时间养成的习惯指引，让身体的每一部分都按照指令摆出相应的姿势，她能够一直这样保持不动。她安静，亲切，到由问题的背面及日常生活中的种种影射构建而成的世界中远足，然后归来。她死了，又从冥界返回，像提早暴露的真相一样坚硬而冰冷，她放弃了炫耀自己的经历、失败和已征服的财富的机会。

十一

喜悦巴黎

在酒店里——靠近一家演出场所，笑声和音乐声从那里传进房间，像是海洋的杂音，又像是一束黄色的光，飘浮，炫目，就像总在某个适当的时刻之前或之后诞生的希望——，我等待着埃内斯托脱光衣服，我听着他结结巴巴地描述着某场会议中讨论的计划，那项计划覆盖人类在陆地上的冒险的诸多层面。我听他讲话，当他跪在抽水马桶旁向他的母亲祈祷时，我看了他一眼。房间里有股酒窖和杜松子酒的味道。他伸展柔软而多毛的身体，表现出反抗的态度和对命运的英勇的挑战，这种挑战近乎挑衅。我等到他开始啜泣，躺在床上，我给他盖上双腿，我不想拒绝他渴望有人用手给他的脸颊带去凉意的需求。也许他在入睡并打鼾之前嘀咕的那句让人无法理解的话具有决定性意义。

他脸上不再出汗了，但依然苍白，他又一次以难看的姿势枕在枕头上，头向床头柜伸去，好像是在拉伸脖子的肌肉。

我要抛开憎恨和虚荣。我在不安地帮助他睡觉时心里想道。我需要毫不怀疑地确信他只是我的一部分，是生了病的一部分，他可以杀死我，也可以毁灭掉我细心照料的东西。我是世界上唯一一个男人，我就是一切的衡量标准。我可以抚摸他，不带怜悯，不带蔑视，不带柔情，只是带着对"他还活着"这一事实的感知。我可以拍拍他，给他哼唱一首摇篮曲，确认他已睡熟，在想起他比我更帅气、更年轻、更愚蠢、更天真时我也不会再感到痛苦。我用以抚摸他的那只手将抹掉他打我那晚的记忆，他是当着怯懦的盖卡的面打的我，我也会忘掉关于盖卡躺在床上想要发火的记忆，忘掉她的能量，把她变成对我来说完全陌生的女人，变成哪怕她依然活着，我也将拒绝接近的那种女人。而他则只是我的一部分。他和其他所有人都丢掉了自己的身份，都是我的一部分。所有人，还有这束光，木头上的条纹，起起伏伏的音乐声，以及把我和音乐传出的那个地方隔开的距离感。

他张着嘴巴睡着了，我收起他的衣服，慢慢装进手提箱，我把依然装在各个口袋里的纸、纪念币、铅笔、打火机和钱分开，却并没触碰它们。我关掉灯，走出房门，手提箱一下又一下地碰撞我的膝盖，我盘算着能在哪儿把衣服藏起来或烧掉，又可能在哪里找到斯坦因，然后平静地对他撒谎，在面对他的愉悦、聪明和面对使他不安的生活时展现出的肮脏贪婪的时候，我会想到所有这一切，然后不带恶意地嘲笑自己。我坚信不仅有必要寻找斯坦因，还需要在第一次尝试时就准确找到他。我在酒店一角的烟酒店里给"妈咪"打去电话，却没能达成目的。

"我从昨天起就没见过他了，您知道胡里奥是哪种人。我很担心，因为他生病了，他真不该喝酒。他一向就不懂得怎么照顾自己。布劳森，您得来听我唱歌，我准备在家里唱上二十首歌[1]。我几乎确定胡里奥在帝国夜总会。但是您别给他说消息是从我这儿得来的。您懂我，布劳森。请提醒他我还活着，说服他给我打个电话，不过别给他说您跟我聊过。也许他还没喝醉。也许那女人还没把钱从他的腰包里掏出来，布劳森。您很清楚他有钱时是什么德行……他要是不在帝国夜总会的话，您就去更小一点的地方去找他，例如圣马丁广场那儿的玛伊普夜总会去找找。我今晚一个人挺好。我正对着巴黎地图犯糊涂呢，您从胡里奥那儿听过这个游戏。您问问他是不是很长时间没见我这个可怜的老女人了，他应该会爬起来给我打电话的……注意，他人太好，所有人都想榨干他。"

我决定步行走到科连特斯大道，然后向下走，一直走到帝国夜总会，享受着手提箱的重量，想象着自己能给每个街角和每个咖啡馆里靠近地下室栅栏窗的小便池带去的意义，我只需要弯弯腰，撒开手就行了。我在浑浊的夜晚不慌不忙地前行，我和善地检视为了我而出现的这个夜晚的种种细节，它一直都在等待降临的时刻。我微笑地看着剧院的一张张海报，呼吸着抚动汽车的慵懒空气，用眼神问候咖啡馆玻璃窗

1　原文为法文。

后的诸多面孔和展开的报纸，电影院前厅里几乎不动的人群，报摊和花摊，身材臃肿、吊着脸的情侣们，急匆匆的独行者和女人们，他们准备适度体验迷情生活，和神秘际遇、遭抛弃后的叹息以及可能从周六夜晚有利可图之事中攫取出的非永恒的东西进行短暂接触。

我沿着科连特斯大道一步接一步地向下走去，不断换手拎手提箱，让觉得累的手休息，目之所及，一切都那么美好，都堪称美谈，我指的是人们的需求以及有能力幻想出的那些东西。我穿过方尖碑所在的环形广场，决定重构青年时期的一个夜晚，在那个夜晚，我也许独自一人，又也许面对着一群对我充耳不闻的人，我本该在那时确定生命中的那段完美周期，幸福汇聚到一起并向外溢出的那几年（我们感到惊讶异常，就像是发现在房子的各个角落里，在街道里的各面墙壁上，在我们举起的每个酒杯下，在我们打开的手帕里，在书页中，在我们早晨穿上的鞋子里，在于某个瞬间看了我们一眼的陌生眼神中，都不可抑制地生长出了野草），使我们成为自己的关键日子，如果我们懂得沉溺于解读并服从命运的指示的话，如果我们懂得轻视那些通过努力可以获得的东西，轻视那些并非借由奇迹发生来到我们手上的东西——除此之外，别无他法——，那么那些日子才算真正降临。

生活的所有学问，我在帝国夜总会的衣帽间里决定不和手提箱分开，都存在于那个简单的软弱选择里，只需要栖身于那些不由我们的意志引发的事情的空洞中就行了，不要强求任何东西，就只是那样简单地过每一分钟。

就像在水流中和睡梦中那样放任自我。我拎着手提箱走进黑暗的舞厅时这样想道，我听着陌生的探戈曲，在遥远的钢琴声之上还有手风琴独奏。无论是在舞池里还是在酒桌前，我都没看到斯坦因的身影，我把手提箱放在腿边，点了喝的。我知道自己是不可能喝醉的，在斜倚到椅子上的时候我发现自己的身子非常疲惫，我开始想象我看到的每一张面孔在死亡时刻降临时会露出怎样的表情：我凭借第一印象把那些面孔分成庄严的和天真的，进而细分成在诠释人类死亡时坚硬的和干瘪的，还有些面孔显得冷漠而顺从。

　　所有的灯都灭了，聚光灯打在空旷的舞池中，一个穿着斗牛士服装的女人用手指打着飞吻，然后跳了起来。我找不到斯坦因。像头瞎了的母牛一样的"妈咪"把巨大而松弛的乳房搁在桌上，靠着电话，把带着染黄头发的脑袋凑向巴黎地图，*游客实用路线指南* [1]。她让长长的裙子随着脚下短靴的走动摇摆起来，上半身收得紧紧的，迟疑不决——她沿着*尚皮奥内街*从圣心教堂过来，停在（和其他人一样，那天是属于她的）*圣图安大道*的街角——，迟疑的是到底该选哪条路走，是走*贝西耶尔大道*，还是走*克利希大道*，选中之后，还要沿着*贝尔蒂埃大道*下行，走到*马约门*，可以这么说，就差一步就走到用蓝字标出的*凯旋门*了。甜蜜的午后开始不偏不倚地稀释成紫红色了，就在左岸和位于*植物园和奥尔良火车站（奥斯特里茨站）*之间的咖啡馆的上方，阴暗的小厅通风

_____

1　本章剩余部分的斜体字均指原文为法文。

很差，从几个月前开始就罕有人至了，它此时可能出现在了地球另一端的布宜诺斯艾利斯，当然了，不会在地图上被标出。温驯的午后也同样习惯性地消融了，消融于刚刚过去的日子和种种许诺之中。"妈咪"可能——面对*克利希门*，青春洋溢的眼睛沉没于自*塞纳河畔阿涅勒*升起的稀薄雾气之中，她用短靴头和阳伞柄连续踩踏和敲击地面，她除了在卖伞店铺中检查过它之外就再没把它撑开过，她买伞用的是胡里奥强迫她收下的钱，金色的防水布上有几只蝴蝶，翅膀是更清爽的金色，它们几乎算得上是在翩翩飞舞，蝴蝶的身子被绣成了黏膜般鲜活的玫红色——，她可能会把夜晚刚开始的那段时间用来沿着*贡费昂斯码头*闲逛。从那里继续前行，整个身子随着阳伞和肩膀的晃动而晃动，她踩着《舞女凯蒂》（音乐响起时，胡里奥没有对她说过把他们最终联系到一起的除了爱情之外还有其他别的东西吗？人们还不懂得如何命名那种东西，但绝不止爱情那么简单）里的节奏，从地图来看，她已经能够欣赏到*埃菲尔铁塔*和*圣皮埃尔大教堂*了。此外，如果运气够好的话，也就是说如果天没那么快黑下来的话，也许还能看到荣军院。

但是"妈咪"也可能会利用和胡里奥约会之前的几个小时来进行一场情感上的朝圣之旅，她大概会一直走到*蒙马特街*，那条街很难找，绝对不应该把它和横跨*内伊大道*和已经尽是绿色的古希腊人防御工事的*蒙马特大桥*搞混。在*蒙马特街*上，她曾经和胡里奥一起整晚跳舞，当他们跳到华尔兹舞曲《山丘少女》时，他想到了新的辞藻，可以用来向她描述他的愿望。"妈咪"没有回答，也没露出什么表情，直到他们来到昏暗的桌子边为止，这时她才能伸直赤裸的胳膊，恳求胡里奥用烟头烫她。但是无法解释的现实是，*蒙马特街*只能在钢琴声中被偶然发现，也许立刻就会被发现，也许得等到梦境在电话铃声响起前先降临时才会被发现。因此她离开了——带着这些决定带给她的相对平和的心态——*尚皮奥内街和圣图安大道*的拐角，她选择上行，她的注意力通过编织针聚焦到了总是呈灰色的天空上，也聚焦到了总是一片光亮的巴黎城（*L. 保梅尔雕刻，杜菲诺伊印刷，蒙巴纳斯街49号*）。她慢慢筹划，以十分克制的速度走着，从左到右，从东往西，然后向南倾去，从*皮托*——在绿底上用黑字标出，在两个村子之间——到*阿尔福维尔*，塞纳河在伊夫里桥处分成三条支流，继而消失，被一行八号字体的文字截断：*船只码头，TCRP*。飘浮到 700 米或 1200 米的高度上，当然得按照比例进行换算，从紫红色或灰色的天空上俯瞰，"妈咪"欣赏着那些很好辨认的楼房和街道，这些记忆如绷带般紧紧勒在她身上。她看到了*小皇宫博物馆和杜乐丽花园，马拉奎斯码头和托侬大街，克鲁尼博物馆，圣马塞尔大道*。她已经启程，穿越了*奥尔良火车站铁路线与小环城铁路线*的交叉点，突然，在幸运之神的点拨下——飘到*伊夫里教堂塔楼*上空时惆怅之情涌上心头——，她的左眼瞅向*蒙帕纳斯公墓*所在的那片绿色区域，就在*天文台、田园圣母院和普莱桑斯圣母院*之间。

在证实过生命的那种无法解释的感觉依然忠实而炙热地存在之后——尽管胡里奥整晚都没给她打电话，尽管膀胱剧痛再次在清晨让她疼醒——，她用针尖点击*维辛杰托里斯街*附近，在那片区域，也就是缅因大道所在的半个街区，应该会响起她听过的最后一次火车轰鸣声。在那里有一个房间，房间中央放着个她和胡里奥都不会用的暖炉，胡里奥在嘟囔那些每一个出身良好的女人在死前都该听到的淫秽、讨好、辱骂性的话语之前打了她一巴掌，那是唯一一句能够印刻在心里的话，在所有不顺心的时刻，那句话都能起到宽慰作用："我从没见过像你这么骚的母狗。"

掌声逐渐退去，灯光再次亮起，把舞池还给了跳舞的人。我又一次在各个桌子上寻找斯坦因，在各个来回转动的脑袋上寻觅斯坦因的面孔。一个不停跳舞的女人把两只被照成绿色的手举到头的高度。经过打理、直垂而下的头发遮住了她的脸。我喝了口酒，失望地把杯子放下，一条腿滑靠在了手提箱上。迪亚斯·格雷最终摆脱了圣玛利亚和先前的经历，他正在为那个姑娘感到难过——如今她想要在春日闯入这个城镇的各个角落的想法已经显而易见了，她总是背对着最先发现她的男人，脚步时而勇敢坚定，时而优柔寡断，肩膀总是一侧比另一侧高，可能是为了把左侧乳房露出来，也可能是为了保护自己不受背叛之苦——，她令他难过，他不断想起她，他抹去对她的记忆，也在身上抹掉了自己的痕迹，他有时能令时间静止下来，但却得不到另一种结果，只能让自己确信这事不会在永恒中发生。我反复看到他满怀热情地耍出无用的把戏，让拥有比他更灵活的双腿的那位姑娘在各个街口追上他，让人惊讶的是，她羞涩地用手挎住他的胳膊，面露笑容，两人都沉默不语。我反复看到他注定要把每一场相遇都当成每周在妓院里出现的场景的先声，也是抛弃的先声，还有遗忘，令人存疑的胜利，最后终结在床上。在那之后，每次紧接着出现的就是等待和悔恨。就像裤兜里放的东西一样，医生可能会感觉到她的种种动作，她想要躲避光线、服务生和其他情侣。他能闻到姑娘头上从枕头上染来的消毒剂的味道。消毒剂混上欢愉而熟悉的香水味后生成的新气味阴郁凄楚、死气沉沉。他不可能在等待男仆来收费并通知他们出租车已经到了的信息时去亲吻她，或是和她说话。和所有这些记忆一样，和所有这些尖锐而坚硬的物体一样，他们本身就代表着或强加上了某种隐秘性。迪亚斯·格雷被迫停止对这位姑娘的爱意，他的目的是把她和它分开，也就是把她的爱和那种隐秘性分开，和那种两人从开始利用那种肮脏污秽的东西时就持有的不言而喻的接受态度分开。于是他不再爱她，直到彻底分开。隐秘性的表征变得千变万化，他们活得筋疲力尽、伤痕累累，他们孤零零地存在于这个世界中——孤零零地存在于夜晚中，存在于载着二人的车子里，就像载着两个陌生人一样——，但是他们已经无力为他对那位姑娘的感觉而抱憾了，也无力为他损害了一段已经不复存在的爱情而抱憾。到了清晨，伴着睡着的埃莱娜·萨拉，医生在床边慢慢放置——就像放置腕表、香烟和火柴一样——那些他秘密获取的尖锐物品。他孤身一人，和那位姑娘没有任何联系了，如今的他只为了那些肮脏的象征物而活，为了那些萦绕脑海、让他漠然失眠的记忆而活。直到清晨降临，或者说次日到来，他才明白自己无法生存在这个微小的寒冰地狱中，这里满是稀疏的光线、羞愧感、男仆的目光和与汗味混到一起的睡衣的味道。他必须拯救自己，而他也的确在寻回爱意的时刻准时完成了救赎。他为自己经历过的每种悔意而感到后悔，为过去迈出的每一步感到后悔。物体变得柔软起来，在手部的压力作用下显得毫无抵抗力，迪亚斯·格雷又把它们放了下来，它们已经变了形状，可以代表他的爱意了，它们被放到了最合适的位置上：出租车的车灯照亮了墙壁，墙壁反射的光又照亮了姑娘的面庞，也把那种毫无生气的好奇心带回到了服务生的眼神中，姑娘身上又再次染上了消毒剂和香水混合而成的那种令人激动的气味。

十二

麦克白夫人

"这位双手染成绿色的麦克白夫人……"斯坦因突然说道。

在到另外三家夜总会寻他无果后，我又回到了帝国夜总会。他来到我的桌子边，站着，身边是个戴着绿手套的女人。他介绍她时说了个荒唐的名字，他让她坐下，面带微笑看着我，就像是在听某些重要的好消息似的，又好像是我离开了某个穷乡僻壤，来到他身边，告诉他他的想法是对的。

"麦克白夫人被绿色包裹……"他在坐下时重复了一句。他笑的时候握了握我的手，他有点喝醉了，但还是神采奕奕。"我就是那个总在适当时机出现在恰当地方的人，无论事情好坏。也许我有预感吧：我刚才一直在跟她谈论你。"他转向那个女人，她的嘴里正叼着根烟。"亲爱的，这位就是我的朋友布劳森。但是今天晚上，为了否定我，他来到这里，喝醉了酒。"

她噘起嘴巴，厚厚的深色嘴唇换了个位置，她好像在用那对嘴唇看着我们，平静地观察我们。

"你也喝醉了。"她的声音缓慢而深沉，显得心不在焉。

"我也喝醉了，"斯坦因表示认同，"每喝一杯，我就会更醉一分，但总得庆祝朋友的来访。我会根据欢迎仪式的情况来决定醉酒的程度，我会按照仪式的规定行事。禁欲者布劳森，抛弃了荒凉之地，吃起了龙虾和蜂蜜。他喝醉了，不过我并不认为他会想办法让我高兴。"

"来这儿的人都是为了买醉的。"女人说道，她用戴着绿色手套的手夹着嘴里的烟，让斯坦因给她点上，"至少你们是这样。我也有点醉了，不过我不会再喝了。您对我的手套有什么看法吗？"

"没什么，"我答道，"我喜欢它们。我在想您戴着手套，手指会不会觉得热。不过这都是您自己的事。"

"无聊的想法，"斯坦因喊道，"没有生命力的想法。所有的动物都会这么想：手套，长毛绒手套，热得很。但是除此之外我们还要想到麦克白夫人、收获、伐木、狩猎。我会想到把她变成蹼足鸟的湿气，在夜晚结束时我还得亲吻她。我将要庆祝你回归人间。但是，我应该高兴吗？背叛和陷阱在哪里呢？"

"没什么陷阱。"我说道。我看着女人的脸，把它分成两个部分，我从以鼻子为起点到发根为止的部分辨认出了赫尔特鲁迪斯和拉盖尔，我看到了迪亚斯·格雷的那位姑娘的嘴巴，柔软、色深，这张嘴巴与任何爱情的肆意界限相匹配，也与任何无力阻止悲伤的嘴角相匹配，它与浑圆的下巴相比显得突出而坚毅，不过却只揭示出了那种无意识的生存欲。"没有陷阱，也没有背叛，你应该感到高兴才对。"

"我也高兴，"那个女人拍走落在身上的头发，"您并没注意到这一点，对吧？"

"我会记起那些诗句。"斯坦因边说着，边把那个女人戴着手套的一只手放到太阳穴上摩擦。他让人上了一瓶酒，她冲着桌布发出咆哮声，以示抗议：*你就像是喜欢让人抢你。就好像你等不到关门似的。*"她是个美妙的女人。有天晚上我去找她，在大厅的另一头，当我看到那双捧着杯子、戴着绿色手套的手时，我就爱上了她。不过这件事里有些东西与你的风格不搭：侵略性，安全性，这里面有些完全'反布劳森'的东西。我得记起那些诗句，血腥味儿还在这儿。"

"咱们为什么不去跳舞呢？"女人问道。

"你刚才还说你累了，"斯坦因说道，"还是说'累'只是针对我说的，到我朋友那儿就变成邀约了呢？"

"我不想跳，"她反驳道，她吹了口气，烟灰落在桌布上，她把烟掐灭在烟灰缸里，"但是你们是来跳舞的。"

"我们可不会打起来，"斯坦因抢先说道，"我们平常就是这么说话的。"

"你们是朋友，"女人说道，她在关上烟盒时敲了敲它，然后又把一根香烟塞进了嘴里，"我知道你不是认真的，但一个人要是喝醉了，你就不知道他能做出什么事来了。"

"不会的，"斯坦因肯定地说道，"我们只会聊天。不会什么都聊，因为他总是藏着掖着。他觉得没人能理解他，他也并不在乎别人是不是理解他。"

"要是你买单的话，我就再喝点，"她说道，"你们继续聊，我不会感觉无聊的。"她给三个酒杯都满上了酒，又望向舞池的方向。

"我从没对你藏着掖着。"我盯着斯坦因，反驳道。

"他们怎么会允许您拎着个手提箱进来呢？"她问道。

"我说里面有很多钱。我从没对你藏着掖着。我只是不想劳心去跟别人讨论他们对我的看法、去修正那些看法。"

"但是在你身上发生了某些事情，"斯坦因坚持说道，"我确定今晚你不会烦于给出解释的。"

"我不无聊，我在喝酒呢，"女人这样说道，"我听你们聊，我能听懂一点，也能利用这时间想想我自己的事情。"

"为什么不是今晚呢？"斯坦因问道，"我会吻她，一根一根手指吻过去。有些晚上本来就是要被用来揭晓谜底的。你听到那沙哑的嗓音没？你能认出它来吗？为老麦克雷欧不朽的灵魂干杯。都已经过去两个星期了。你怎么会想到来这儿找我呢？"

"我来这儿两次了，还去过其他三家夜总会。我想找你，我想向'妈咪'寻求帮助。不，我没跟她聊。我已经有好几个月没……"我突然想到一整晚都不撒谎是不可能的，我就是这样改变这个无趣的世界的，这是这场游戏里唯一的乐趣。

"先生走开[1]……这是去除腐臭的好办法。您家里味道不好？要想让腐臭消失，请在众多货物中选择您的独家配方……"[2]

"词语，"我点了点头，"词语威力无穷。词语无色无味。把亲爱的尸体转化成某个卑微而充满诗意的词语。那些最好的讣告……"

"瞧见了吧？"斯坦因对那个女人喊道，"那种话语，那种笑话，那种说话的方式……这不是布劳森。我有幸与之共饮的究竟是何方神圣啊？"

她手指交叉，大拇指转着圈圈，她开始啃咬它们。

"别惹人烦，"她对我说道，"我今天一整晚都不想感到无聊。"

"我说的吧，她是个奇妙的女人，"斯坦因笑道，"我是自由的，哪怕被关在最潮湿的地牢里我也会这么说。我不会保证他必然能获得那些他正在获取的东西，活力，重新焕发的青春，成熟的艺术。"

她转过头来，冲着斯坦因笑了笑，又点燃一根香烟。有那么一刻她冲我露出了责备的表情，脑袋上半部分蕴含的智慧压倒了嘴巴，厚厚的嘴唇和浑圆的下巴此时显露出的东西变成了兽性。

"我要吻她所有的指尖，无须借助用耶稣会士宣教的口

---

1 原文为英文。
2 斯坦因此处的话疑为他和布劳森设计的广告词。

吻发出的天鹅的声音，"斯坦因得意扬扬地说着，可我却始终搞不懂他究竟想说什么，"胡安·玛利亚·布劳森，姑且借用赫尔特鲁迪斯的口吻来称呼你一次，要是最深沉的敬意还不够的话，我愿意再为她干一杯，您相信激情吗？"

"你们是朋友，你们是不会打起来的。今晚咱们三个都是朋友。不过欺骗是不对的。如果您骗过他的话，应该趁现在解释清楚。"

"我，你，他，"斯坦因说了句，他举高酒瓶，又点了瓶酒，"我们什么人都不是，不是这样吗？你是个特例？"

"我，你，他，"我修正道，"布劳森是谁？跟赫尔特鲁迪斯结婚的人。所有对我的了解都要契合这个身份，有必要把一切重新塑形，直到它们契合这个身份为止，这是基本思想，是先决条件。我想说什么就说什么，我有必要去想离开的事情。"

"不，"斯坦因纠正道，"我这么说吧：我的朋友让我惊讶，我突然发现我的朋友处于攻势了，他受到了荒唐的复仇欲的驱动。我的朋友用双腿夹着个手提箱，里面装着许多本黑色封面的《圣经》。我的朋友突然喝起了酒，他不想看我身边的女人，他冲我笑的样子让我感觉我是个孩子。"

"您别走，"女人说道，"这里马上就要关门了。咱们可以回家继续喝。你们愿意吗？"

"愿意。"我回了一句，我第一次望了她的眼睛。她的嘴巴柔软到了极点，突了出来，露出（我再次盯着她）中间的小空洞，那是嘴唇无法遮住的口子。"这很简单。结了婚的人做任何事情都得考虑钱的问题。她是个非常好的女人，和我结婚不是一段旅程，而是终点。我用了五年时间，经历了一件又一件事，这才明白让她如此与众不同的所有因素。换成别人，一晚上就够了，那人得够不要脸，还得自以为是才行。要是换成另一个人和她结婚，她要面临的大概就是另一种问题了，也可能没有问题。"

"就是这样，"斯坦因说道，"我也是这么想的。不过我没有考虑过那个被迫制造出问题和困难、掺杂和混淆各种定义的人。可是，为什么这种关乎对激情的信仰的事情要从赫尔特鲁迪斯身上开始呢？"

"赫尔特鲁迪斯是您的夫人吗？"那个女人问道。

"她什么人都不是。"斯坦因迅速、有礼貌又难为情地回答道。

"我问的是他。她是您的夫人吗？"

"曾经是，"我回答道，"那是很久之前的事了。"

"他醉了，他生气了，"她心中一动，嘀咕道，"他肯定很爱她。"

"因为这一切都是从赫尔特鲁迪斯身上开始的，"我说道，"从大家觉得那事和钱有关开始。可是当我真正熟悉那个白皙的身体的时候，当我记住它的时候，当我并不会画画却自认为能在黑暗中画出它的时候，我心里却只想着那些事情，只想着搞清楚刚刚冒头的问题是怎么开始出现的。谜团的关键在另一部分，谜团不能被床上的那只巨大的白皙动物代表。"

"我要再喝半瓶酒。"斯坦因说道。他倾斜身子，轻轻吻了吻那个女人的嘴巴。她不再看我，而是突然冲着斯坦因笑了笑，就像是刚刚回过神来似的。"我认不出你来了。这么说吧，我从你说的话里好像看到了自己的影子。从某种意义上来看，今晚你又变成斯坦因了。我得化身成那个令人难忘的布劳森，这样才能反驳你，哪怕只是用沉默来表示抗议，这样才能引起争论，才能利用好这个时刻。不过听到我用你的嘴说出话来可不是什么无足轻重的事情。"

"要了解某个人，可没有什么现成的体系可用。你需要针对每个不同的人创造出一种相应的技巧来。我慢慢创造那种技巧，在五年里不断修正它，最后搞清楚了赫尔特鲁迪斯究竟是个怎样的人。想要确信她属于我，我就必须搞清楚这个问题。"

"确信……"斯坦因笑着重复了一遍这个词。

"五年，后来我不得不回到床上去。但这并不矛盾，直到那时我才知道自己正在拥抱的是什么。只要需要，我每次都可以展示出同样的耐心、同样的敬意。"

"她的左手在我的头下，她的右手抱着我。但我在你正在说的东西里已经听不到和我相关的事情了。那不是我。好吧，我同意：你不是那个付出了代价的男人。"

"从那个意义上来看，我的确不是那个人。我不是那个寻找道路和方法的人，不是荒芜之地的居民，也并没有游走在生活的边缘。那人是见证者。除此之外，他还是和时间达成约定的人，那是我们并不着急兑现的承诺。他不急于让我兑现承诺，我也不急于让他兑现承诺。我一直知道所有对我有利的东西都会在某年某月某日出现，我也没兴趣调查清楚那个日期。话说回到我身上，我是提供证词的人，看到别人愉快幸福总会让我感到难过，因为要创作，就需要不幸。因为每个人都会在其他人的眼神中逐渐发现自我，然后接受那种自我，他会在那种同居生活中慢慢塑形，真实的他会和其他人假想出的他混到一起，然后按照那个并不存在的人在人们的期待中的行事方式去行动。"

"我不明白，"斯坦因说道，"我想说的是我并不相信那些东西。"

"今晚这里关门会晚一些，"那个女人预言道，"他们说客人足够多的话，哪怕交罚款也只赚不赔。"

"这沙哑的嗓音，"我评价道，"让我想起了麦克雷欧。且让我给小朋友们举个例子：从很多年前开始，麦克雷欧就已经不是原来的他了。他成为了他所占据的那个职务。他成为了人们让他相信他是的那副样子。在思考之前，他会先想一个和他工作一样、年龄一样、薪酬一样的美国人会怎么想。在生出欲望之前他会先想……这么说能更好理解一点儿吗？"

"我懂了，"斯坦因说道，"但这也说不通。为什么只有麦克雷欧是那个样子，而乐队指挥或淘金者就不是呢？别人凭什么要为我们的平庸负责呢？"

"从根本上来看，这个问题跟平庸无关，而和怯懦相关，也跟盲目和遗忘相关。我们的死亡意识并没有在每个骨细胞中觉醒。我可以在今晚剩下的时间里一直说这些事情。这一切都很好解释，不过却都与我无关。"

那个女人望向舞池，又往斯坦因的手腕望去，想看看时间。

"亲爱的，还差一点时间。你知道我不能提前走人。"

"这么多年以来，你一直以直接的方式对我藏着掖着，"斯坦因说道，"你不知道的是，我可以从你的每一个表情，每一个态度，每一句话中看出这一点。一个布劳森，嗓音一样，头颅低垂的方式一样，双腿之间夹着个藏尸块用的手提箱，突然之间就出现了，那个布劳森，或是另一个布劳森，开始辟谣，开始要求我反复琢磨漫长的过往时光，开始摸索上千种感觉，直到发现他的真实面貌为止。我不知道这些是否值得。"

"我一直做好了付出代价的准备，"我说道，"但不是为了买东西，而是在从上帝或魔鬼手中获得他们赠予我的东西后，能付出配得上那东西的代价。我不像你，不像所有其他人，我不在获得东西之前付钱。现在出现了一个女人，我要和她一起去蒙得维的亚了，我要重新认识拉盖尔、我的兄弟、你们所有人。我来找你就是为了告诉你这个。我不知道我要去多久。"

"我明早就坐飞机去，"我继续撒谎，"我本来觉得在这么多年以后，回到蒙得维的亚去见见他们所有人，这挺重要的。不过我现在明白了，真正重要的事情是要行动起来，远离布宜诺斯艾利斯，远离女版的麦克雷欧，远离赫尔特鲁迪斯，远离你，远离那段时光。因为那段时光已经结束了，但是也并没完全结束。就像有人说人死之后还会继续长胡子和指甲，都是一个道理。现在一切都真真正正地结束了，彻头彻尾，好像它只是另一个人做的一场梦。我想骗自己，我心心念念着那座城市，广场角落里的那家咖啡馆，那条在另外两条街道之间向下延伸的街道之上的夜空，那里有花坛，你应该还记得，就是拉米雷斯路和卡雷塔斯角之间的那条路。那些东西，还有成百上千更多的东西，再加上拉盖尔、我的兄弟、莉迪亚、吉列莫、玛尔塔和苏亚雷斯，所有那些人，还有其他代表我的青春时光的东西，那些只要我前往那里就能寻回的东西。"

"等她回来之后，别忘了好好看看她，"斯坦因说道，"看她的腿，还有走路时两腿之间的衣物。这些让我发狂。不过那种情况不会出现。如果出现的话，如果五年前的那个布劳森还在的话，你压根就不知道该拿他怎么办。"

"那是个谎言，"我答道，"重要的是一切都结束了，过去的事，之前发生的事，都结束了。也许我会在那儿待上一个月，然后到巴西去。我发誓我肯定会给你写信。"

在我看到她之前，那个女人就已经回到我们坐的这张桌子上了。她把绿色的手指摊开放到桌布上，变换着笑容的朝向。现在她已经找好了自己在这方天地中的位置，开始等待某件事发生，那事她从未经历过，但是她曾精细地幻想过，想过每一个细节，也想过每个细节的重要性和它会带来的后果。

这里应该是三点关门。埃内斯托还在酒店房间里睡着，

我确定。他当然可能逃走，但他们在钥匙边找到的那张纸会把他和我永远捆绑到一起。他可能逃走，但他没有勇气那么做，他觉得自己无法和我分开，这对我来说才是最重要的。您呢？我，随便吧。我为他感到遗憾，我觉得这场征程值得冒险。那张纸就在那儿，它希望把一切都和盘托出，可怜的小伙子。我没醉，只是因为这无尽的平和感和冷漠感而感到兴奋。我再没什么要和斯坦因说的了。

"还得再等会儿，亲爱的，"斯坦因说道，"对于那些'圣女贞德'来说，我也意味着某段过去时光。我成了她们那可耻过往的象征，她们也离开了我，她们总是跟着个喉结突出的散发的男人离我远去，他是个具有肮脏肉体的流放犯，一个逃避兵役的二十来岁的狂热分子，而且总是走背运，就像一块铁蒺藜，落在了首都布宜诺斯艾利斯的土地上。刚刚从打击中恢复过来，他就发现上帝正用指头指着他，用眼神跟着他，把他关在了一个三角形的空间里，想让他在世界范围内发起革命。众所周知，要是没有一个令人向往且有能力赚钱的姑娘亲近他、给他提供支持和灵感的话，他是绝对无法完成那项任务的。所以我需要忍受那些不那么像'奥尔良的少女'[1]的姑娘编造出来的关于我的小资产阶级行径，她们带着偏见（老实说，这种事往往突然发生，大概就在她们离我而去的一周之前，那时我盛名在外的男性知觉还没有怀疑那个天杀的散发男人就要对我取而代之了）控诉我，抹黑我

---

1 圣女贞德的绰号。

的所有作为和想法，她们带着慷慨而绝望的怜悯向我证明我只是一个垂死社会的造物，只是一阵噩声、一种羁绊。还有那些不知从哪冒出来的家伙，那一大群非常可疑的天真少年毫不犹豫地想让人理解——利用那些早已设计好的谴责话语和精准的遣词造句来支撑他们的长篇大论——他们的牺牲观和暴力观，他们利用那混合了耶稣基督和查拉图斯特拉理念的冗长而单调的布道词来暗示我被戴绿帽子的原因，他们认为那个难以掩盖的背景是我已经年过三旬，而且离四十岁也不远了。"

"咱们走吧，"那个女人说道，"我现在能走了。你比你的朋友醉得更厉害。"

"我的确打了哈欠，但我并不感到无聊。"我笑着说道，举起了最后一杯酒。我必须要绝对孤独才行，要处于一种持久的孤独状态才能记起死去的盖卡，才能做出新的尝试，去理解那具不属于任何人的僵硬尸体，才能罗列出所有让人不安的东西，那些从几个小时之前开始就变了样子的东西，它们被从过去抹掉了，而我则欺骗自己，认为我可以让它们复苏。

"她们远离我足以致命的影响力，以一种革命式的方式和别人同居，她们在节食和堕胎之间骄傲前进。为了获得那种自私的平静心态，我坚持回忆她们，让某种宽慰感涌上胸口。"

两个服务生走近过来收拾桌布，他们在逐渐安静下来的夜总会中心忙活着，管弦乐队的成员装好了乐器。她慢慢地转过身来，再次把我之前就在她脸上发现的东西展示给了我。她绝望地让我看到了她脸上的雀斑、痘印和色斑，这些东西就像是敞开心扉的表白，可以提升我们的亲密度。

"你要去拿报酬了吗？"斯坦因把钱收了起来，问道。

"我现在去，"她说道，"你们最好还是到外面等我，就到对面的咖啡馆里吧。我还得上楼去取外套。"

"咱们抽根烟去，"斯坦因向我提议道，"瓶子里还有点酒。就让他们等着咱们抽完喝完吧。你爱上要和你一起去蒙得维的亚的那个女人了吗？"

"没有。"我说道，我倚靠在椅子上，有些不安，脑子突然清醒了起来。就好像我刚刚才得知盖卡的死讯。透过埃内斯托在酒店房间里做出的那些明白无误的表情，我只能看到她的脑袋，坚硬，干燥，褶皱，一对宽大的门牙露在嘴唇外面。我惊惧地反应过来自己已经把她忘了，我曾幻想自己时刻都不会忘记那具冰冷的尸体，这样就足以避开危险。只要我想着她（带着点亲密、微弱的恐惧、适度的爱意），盖卡就会保护我，甚至比活着时更强大：一条腿蜷缩着，另一条腿伸直，嘴唇发黑，脸上还有两道泪痕。她死透了，身体僵硬到了活人难以维持的程度，甚至能承受住我身体倚靠的重量。

"但你有些难过，"斯坦因说道，"你想跟她一起去吗？"

那个女人站在我身边，一件灰色的闪亮大衣披在肩头，绿色的手套被她拉到了胳膊肘处。她把头发盘到了耳后，我看到她的脸上露出了和善又意味深长的笑容，还有那种能够用以接受爱人们的茫然态度的温顺表情。

十三

一段友谊的开端

凌晨3:30，酒店前厅，我在地毯上静悄悄地走着，双脚在后一天迈步，我总是习惯觉得"后一天"是不可能到来的。我冲着值夜班的人笑了笑，但是他把钥匙交给我时甚至都没看我一眼。于是我收回笑容，又夸张地把它展露给了电梯里的小伙子，他避不开我的笑容，也不知道该如何应对这种笑容。*要是我能理解自己的话，我就能理解一切、集结一切，然后用个不带强调意味的短句把那一切都甩给他。*

房间昏暗。我把手提箱放到衣柜里，打开灯，走过去看了看睡着的埃内斯托，他缩成一团，一只手枕在脸颊下面，呼吸时一片嘴唇反复突出、收缩。后来我发现了放着写字桌的角落、台灯、丝绸灯罩、信纸、墨水瓶和钢笔。我记起自己答应斯坦因要给他写信，我想把布宜诺斯艾利斯和我的过去都送给他，玩身后遗言的那套把戏。我只打了一个哈欠，就把睡意都赶走了，当我在写字桌前重新摆出那个蜷缩

的姿势之后，我就对倦意妥协了。我打开台灯，往灯罩上盖
了条手帕。埃内斯托，那个带着死亡的僵硬、冰冷和幽暗气
息的女人，他们就在我身后，溶解于阴影中。我开始描画迪
亚斯·格雷的名字，再用印刷体把它写出来，然后又写下了
"街道""大道""公园""步行道"等词。我拿起围绕那位医
生设计出的那座城市的平面图，又想到了他倚在诊所窗边的
那静止不动的微小身体。就好像是有些想法，有些愿望，一
旦确定它们必然会实现，激情也就消退了，我画出了诸多街
区、长满树木的区域和向下延伸的街道，那些街道要么在老
码头处迎来尽头，要么就在迪亚斯·格雷身后变得模糊，位
于城区和瑞士移民区之间的乡村的景色还没有被我设计出来。
我努力想以飞鸟的视角描绘出位于主广场——还有另一个靠
近市场的广场，已经废弃了，只有孩子们偶尔去玩——中央
的骑士雕像，雕像是靠捐赠的钱做出来的，是迪亚斯·格雷
将军的同乡们为了纪念和感谢他而建造的，他在战争时期驰
骋沙场，在和平年代也竭力斗争。我画出 S 形的波浪和海鸥
的轮廓，用以表示河流，我感到自己因为喜悦而激动起来，
同时也因为自己在不知不觉中成为了那片天地的主人而感到
激动，还因为其他人的悲惨命运而感到激动。我看到迪亚
斯·格雷将军的雕像用剑指着圣马丁的人马安营扎寨的方向，
雕像底座已经发绿了，上面满是污渍，那些简短克制又公正
合理的介绍将军传奇一生的文字被不断更新的花圈遮住。我
看到情侣们在某日傍晚来到广场上，结伴同行的姑娘们沿着
迪亚斯·格雷大道走过，在迪亚斯·格雷公园巨大的树下走

过步行道，在那个公园里，大部分姑娘都走上了她们的母亲们走过的老路，她们也体验到了某个挥之不去的念头在她们的母亲们那里引起的不安情绪，只不过那已经是二十五年前的事情了。我看见男人们装出慵懒的样子从迪亚斯·格雷咖啡馆走出，他们把帽檐压得很低，手指间夹着刚刚点燃的香烟。我看到许多汽车从移民区上行，朝圣玛利亚开来，在迪亚斯·格雷公路上慢慢给这个平静的夜晚带来一团尘雾。

我在地图上署了名，又把它慢慢撕掉了，直到纸片小到我的手指无法再撕扯它们为止，不过我依然在心里想着迪亚斯·格雷的那座城市，想着那条河，想着移民区，我觉得那座城市和无数的居民、死亡、傍晚、终结和我能挽留住的一个又一个礼拜都是属于我的，它们就像我的骨架一样和我不可分开，任何敌意和环境都无法改变这一点。酒店百叶窗外，清晨逐渐降临，我即将踏入其中，自信，享有特权，在敌视和冷漠的态度中穿行，面对着假装出爱意的那同一张面孔，圣玛利亚和那里的一切，还有那条我能够让它干涸的河流，瑞士移民区那明确而愚蠢的存在价值，我只需出于不公的快感就可以把那里变成一片让人迷惑的区域。

我把纸上印着酒店名字的部分裁掉，又转过身去，确认埃内斯托呼吸均匀，还在熟睡，然后就开始给斯坦因写信了，落款是一周后的蒙得维的亚。我开始讲述之前，也就是几个月前，和盖卡一起在蒙得维的亚经历的事情，从对港口附近肮脏街道的第一印象写起，一直写到拉盖尔的最终形象。我从她的众多形象中把那副样子挑了出来，决定保存好它，在接下来的年年岁岁中保护好它，尽管我能够这样做，可是生活却要求她在众多拉盖尔中选取一个加以代表。

清晨已降临——我能够看到天空中那潮湿且具有侵略性的光线了，也能听到打扫走廊和楼梯的声音了，铃声也逐渐多了起来——，我在写下信的最后一句话之前停下了笔，把写好的几页纸装进兜里，穿过烟雾缭绕的房间，坐到埃内斯托睡的那张床的床边，把他叫醒，让他看到我疲惫而紧张的面孔，进而回忆起死去的盖卡的面孔，我也借此把他再次容纳进记忆和恐惧之中。他快速支起身子——嘴巴张开，胳膊摆出防御姿态——，然后又躺了下去。担心和难过的情绪又涌到了他的嘴唇上、眼睛里、没有刮毛的皮肤上、双眉间的头发上，不过那些感觉已经不如前一晚强烈了，他已经在噩梦中体验过它们，已经熟悉它们了。

"几点了？"他望着房顶问道。

"我不知道，六点半或七点吧。咱们得赶紧走了。"

"我睡着了。你有烟吗？"

我们一起抽了烟，我打开房顶迎着太阳的窗户，把我的烟扔了出去。外面已经温热了起来，充盈着新鲜空气，我仿佛从来没有感受过那种气息似的。

"要想一切顺利，咱们还得做好几件事情呢。"我转身说道。我观察到埃内斯托的怨恨再次燃起，在他的面孔上、身体的动作上、敞开的双腿上、摸着脖颈的一只手上、把香烟拿近又拿远的另一只手上渐渐蔓延开来。我再次思考开口说话的迫切性和风险，思考我们两人那微不足道的共同命运，这种命运取决于我的话语。"咱们要去搭乘火车。但不是搭别人认为您会坐着逃走的那趟。我先出门,这段时间您得洗个澡,然后吃点早饭。您不要和任何人道别,不要用电话。把一切都忘掉,交给我去处理,会没事的。"

"我的衣服在哪?"他问了一句,但没有移动身子。

"我当时想着您要换身衣服,但是……"

"我的衣服在哪?"他坐到床上,把烟扔到地上。我伸脚把烟踩灭。"告诉我您把我的衣服藏到哪儿去了。我的衣服不在这个房间里。"

我感觉疲惫感涌上双腿,我有些犹豫,知道自己有义务说些话来描述某种未来,而我只对那种未来里的部分内容感兴趣。我的双眼因缺乏睡眠而火辣辣的,连动动嘴巴露出笑容都变成了一项复杂的工作。

"我想把您的衣服换掉,这样别人就认不出您来了。"我看着他缩在床边的白皙、肌肉发达的身体,还有他迎向我的那种谨慎小心的表情。我知道恐惧此时正在他的体内蔓延,哪怕虚张声势也压制不住它,它已经完全在他体内生根发芽了。"衣服在柜子里,在一个手提箱里。我之前想要去再买套新的来着。"

"浪费钱,"他耸了耸肩,用严肃的眼神盯着我,还带着嘲讽式的笑容,同时用拳头摩擦自己的胸膛,"太麻烦了,简直是浪费时间。我之前就一直在想这事。"

"咱们去坐火车,"我继续说道,"还要换乘其他交通工具。汽车,也许还要坐船。一切都安排好了,您别担心。"我走到衣柜跟前，拿出手提箱。我推动圣玛利亚地图的其余部分，直到它们落入纸篓。

"听着，"埃内斯托用平静的语气说道，"我就穿这身衣服，把它拿给我。咱们一起出门，我是不会逃走的，"他又坐回到床上，盯着自己从被单中露出的一只脚，"没人看到我走进她家，所以穿什么衣服都一样。"

"您确定吗？"我从门口问道。我试着固守斯坦因告诉我的如何让人重获新生的诀窍：陌生的酒店，睡觉，洗澡，放松心态，新衣服。"您不能确定是不是绝对没人看到过您。而且还有很多人记得最后一次见到您时您穿着什么衣服，"我笑了笑，把手提箱放在地上，伸了个懒腰，"要考虑全面，别无他法。"

"我想过了，"埃内斯托说道，"最好还是我去自首，面对一切。她当时开始……"他露出思考的神情，抬起头来，这样能更舒适地看到自己的脚。我没理他：他只不过是故意说反话，或者是想寻求安慰，又或者是想让我心烦。"那些纸呢？兜里的那些纸呢？"

"我会把它们装到新衣服里去的。洗个冷水澡吧，您会觉得好一点。"

"先听我说，先别走，谁杀了她呢？"他躺到枕头上，转身望向我，"我不在乎把事情告诉您。您把它说出去也好，不说出去也罢……昨晚我觉得您是在想办法不让我逃走。我醒了过来，却找不到衣服。但我没有理睬，又继续睡觉了。我当时想着会有个警察来把我叫醒，"他开始望着天花板笑，一束阳光在窗户上逐渐变得粗大起来，慢慢投射到地面上，"为什么你没把警察带来呢？我杀了她，还打过你，我不明白你为什么要掺和到这件麻烦事里去，还想帮我。我不明白。不管怎么说，我都要去自首。还是说我不能去自首？"他的笑容里没有侵略性，也几乎没有嘲讽的意味。他看了我一会儿，移开了目光。"你想干什么就去做吧，按你的想法来。给我买两身衣服，再买身礼服，还要身雨衣。"

"我不会回来了，"我边说着，边用脚推了一下手提箱，"我在雷蒂罗区的中央咖啡馆等你。我下楼时会顺道把账结了，一小时后我就到雷蒂罗区等你。八点钟咱们咖啡馆见。"

"就这样吗？"他努力在床上坐了起来，摇晃着低垂的脑袋，"可我不喜欢这样。我得光着身子到雷蒂罗区去？"

"装着衣服的手提箱就在这儿。"

"衣服肯定都皱了。你不是不相信没人看到我进她的房间吗？你不是说不是有上百号人知道我的穿着吗？"

我听到他笑了——笑声在他的胸腔里回荡——，我走到我没睡过的那张床的床边，把手提箱放在了床上。等我转过身来时，我看到了一双闪烁着光芒的小眼睛，那双眼睛正试着死死盯着我的脸，我感到自己受了冒犯。

"你怎么了？"我嘟囔道。我的手臂摩挲着臀部口袋里装着的坚硬的左轮手枪。我的憎恨仅限于他浑圆而结实的肩膀，他的笑容和眼神，还有垂在额头前的一绺头发。

"你说过多少次有人看见了我，记得我的穿着！你给我下了多少个命令！不断插手这件事！……"

"你怎么了，婊子养的东西？"我的一条腿动了动，不想让他看到我搭在枪上的那只手，"你为什么要起来？你在笑什么？"

他眨了眨眼，我能看到他的牙齿，他的笑容逐渐隐去。突然之间，就像舌头一样，疲惫感从他的张开的嘴巴里显露了出来。

"谁才是疯子？……"他嘀咕道。

我等了一会儿，直到恨意消退。我的左侧脸颊感受到了清晨，也再次感觉到用言语描绘我们共有的荒唐命运的必要性。

"你听我说，"我开始描绘了，"咱们得冷静些。咱们要搭乘火车，要逃走。我知道该怎么处理，该藏到哪儿去，去哪儿才不会被人抓住……杀她的人是你。我不知道该如何跟你解释现在我为什么要帮助你、为什么要掺和这事。我会在雷蒂罗区等你，你自己决定来不来，你可以去自首，也可以试着自己逃走。八点钟，我在咖啡馆等你。咱们随便搭乘一趟火车，并不急于穿越边境线，不过必须离开布宜诺斯艾利斯。咱们会去玻利维亚，但我不知道什么时候。在那之前咱们要绕上几圈，往东走，往西走，前进后退，来来去去。但是只要没人做出疯事儿，只要你不再感到害怕，然后学会怎么走我告诉你的路线，一切就都会顺利的。"

在往雷蒂罗区去的路上我走进一家咖啡馆，想把给斯坦因的信写完，我想用的那个句子自己已经在脑子里盘算过几个月了："我觉得她起了疑，因为她停了下来，在吧台拐角那边转过身来看着我，眼神带着惊恐，还有种表情，我是从她露出的牙齿发现的，但那却并非笑容。我招呼服务生想要付钱的时候，我走上街头的时候，我在细雨中狂奔想要赶上公交车并逃避到任何地方的时候，我都依然能看到她在铝质吧台边的消瘦身影，她歪着脑袋，犹豫不决，紧盯着我，嘴唇嘟起，露出决绝紧闭的牙齿。"

在雷蒂罗区，我把信装进信封，写上斯坦因的地址，我给我的兄弟也写了几行字，请他帮我把信丢进邮箱，但是不要读信的内容，然后我就研究起了火车时刻表。我最终决定转两趟车，在半夜到达罗萨里奥。我走进咖啡馆时是七点四十分，我开始徒劳地在杜松子酒酒杯里寻觅盖卡的气息，几个来吃早饭的金发女生和男生使我分了神，他们带着曲棍球球杆，穿着校服。

十四

给斯坦因的信

  按照约定，我这就开始给你讲述这趟旅程的故事，讲述一个男人通过回归拯救自己的过去的传奇，这段传奇是同一个男人书写的，他想要保护它免受遗忘侵害。我能鼓起勇气写下这封信，主要是觉得你可以按照你的意愿随时停止读信，不过没人能阻止我把它写出来。我重读了这封信，我觉得它很完美：我几乎确信你不会觉得我是认真给你写信的。

  港口那儿有家小酒馆，就在迪克斯酒馆旁边。第二间厅里有张巨大的圆桌，还有幅深色的画。您点了瓶热红酒，那是那家酒馆的招牌。您坐在画旁边的桌子上，看着画。怒气腾腾的蓝色天空、装满水果的帆船、椰枣树、山脉、穿着分不清是什么时代衣服的人们。当时是夜里九点到十点之间，没人打扰您。第二瓶酒倒出的第一杯酒下肚后，就开始明白了，就开始能够清晰地辨识出陡峭海岸的曲线、倾斜树木的线条、拦住一艘平底船的圆圆海湾了，还有艘冒着蒸汽的船在接近那艘平底船，蒸汽船的左舷还挂着个大桨轮。海岸边的男人们穿着紧身裤和短外套，还有另外一些男人，头上裹着手帕，忙着卸箱子。前一批男人没说话，没交谈，没交流，没讨论：只是在思考。有些穿着宽大裙子的女人，有女仆，有太太，被树荫遮蔽保护。白马拉着的四轮马车的出现是很重要的：入夜后，就在这里卸货，船主和黑人搬运工会分钱，最后马车应该会朝着画的最左上角奔去。几米之外还有只纯栗色的母马，正在往山的斜坡上奔驰，看来它必须在夜间穿越尽是木头房屋的正在熟睡的村庄。

有时那匹母马会受惊，穿过迷惑的羊群和一个正试图在羊群中重新树立权威的男人。它奔过一座木桥，奔到平原上。母马的蹄甲在那里打滑，一路踩毁无数蚁丘。不过却始终向北跑去，跑到此刻，直到遇到几间泥屋，泥屋顶是椰枣树的树叶铺成的，还竖着竹子做成的栅栏。更远一些的地方，在群山之后，越过泥塘和一座新的村庄，会发现一艘被树木遮掩起来的船，它预先被划到了岩石之间，靠到了另一侧的岸边。在树木之间，在一个沉默寡言的黑人指引下，可以来到一片空地，借着晨曦的光可以辨识出一间木头垒起的房屋，周围还有另外四座锥形泥屋。有必要在前进时注意不吵醒睡在门前的狗和乞丐。踏进门就能看到一个人站在房间尽头处，平静而骄傲，他张开双臂以示欢迎，身边还响起金属和硬币的碰击声。这间小酒馆就在迪克斯酒馆旁边，在第二个厅里摆着张大圆桌的酒馆只此一家。也许这——还有那些我停止写出就会终结的谎言——才是这封信里最重要的部分，不管我在接下来的几页里会写些什么。写这封信的是布劳森，不可能别人可以模仿他的字迹写出这么多句子。

这一晚和其他许多夜晚很相似。我的兄弟、莉迪亚、拉盖尔、吉列莫和玛尔塔。有时候斯坦因和苏亚雷斯也会出现在对话里。奥拉西奥在摆弄酒瓶和调酒器的时候冲我露出了笑容。"加了苏格兰威士忌的曼哈顿鸡尾酒。"他调侃道。"可以试一试。"吉列莫坚持说道。"但是就别给我们喝了。"我的兄弟快速回应道，同时简单行了礼。我并没有开口询问就得知拉盖尔的丈夫阿尔西德斯此时并不在蒙得维的亚。后来，在楼上被人们称作"图书馆"的房间里，拉盖尔当时正弯着身子看杂志，我在桌子边又一次跟她打了招呼，还冲她笑了笑，我仔细看了看她消瘦修长的手，上面有雪茄烟留下的印渍，指尖有点脏。我把酒瓶和杯子放在手边。她鼓起腮帮子，让口水从一侧流向另一侧，还发出了声响，最后又把它咽了下去。她一点儿也不像赫尔特鲁迪斯，我在她的脸上找不到赫尔特鲁迪斯的任何踪影。"这样更好。"我说道。"我是不是很不要脸？"她问道，"你想说我很不要脸吗？我想再次和你在一起。这么多年过去了，你不可能理解我，这我明白。难道我的眼睛不够清澈吗？"我认出了那双冷漠无情的绿色的眼睛。我微微转动脑袋，想在她的眼睑和嘴唇上找到往日的那种纯真与无耻混杂在一起的感觉。"那些人我一个都不在乎，"她斩钉截铁地说道，"我只在乎阿尔西德斯。我希望你能留下来，认识他一下。让我喝一口。"她站直身子，红色的头发垂到胸前。"我希望你不要一整晚都待在楼上，"在下楼之前吉列莫这样说了一句，"我们这些朋友也有权和你在一起。"拉盖尔又喝了起来，她静静地笑着，酒水一滴一滴地从酒杯里落到她的口中。"我想知道你是不是生病了，"她说道，"你独自一人生活之后生了场大病，有时你感到害怕，但还有些时候你毫不在意。就只喝这一口。我希望你认同我的看法，承认你病了，而且没人照顾你，哪怕撒谎也行。我只想知道那是夏天的事还是冬天的事，虽然我觉得不可能是在冬天发生的事。""对，是夏天的事。"我答道。于是她又笑了，松开了我的胳膊。那同一种笑容随着我对她解释为什么我们的命运不可改变，为什么那种命运代表不了我们以及为什么其他随便什么人都可以替我们迎接它而显得明智又贪婪。她没被我说服。她抚摸着自己的头发，带着此时显得有些悲伤的笑容轻咬它。"但我一向都是按自己的想法行事的，"她如此坚称，"我能继续那样行事。我确定。"我碰了下她的头发，又立刻缩回手来，我摆脱了向她坦承我心中充满的并非爱意和怀念，而是耐心与诡计的想法。我想利用她，就像利用一条手帕或毛巾那样。我需要粗暴地利用她，就像利用棉花、绷带、牙刷或是刷子。我想永久性地改变她的眼神。"这事永远都无法结束，"我对她说道，"因为无论如何，我永远都抵达不了你的内心深处。我没有那么多时间去了解属于金发男女的那些时代，那一个又一个下雪的冬天，还有你隐藏在背后的种种习惯。""赫尔特鲁迪斯是我姐姐，"她嘟囔道，"都差不多，不过一切都结束了。""并不是差不多，赫尔特鲁迪斯和你那位美国老爹一点儿也不像。""也许吧，"她笑了，"要是我把头发盘起来，我就和照片里的爸爸一模一样了。再给我喝点。我希望你能给我说点你绝对不会告诉我的事情。"我没对她说，而只是弯了弯腰，盯着她，假装困意袭来，我觉得要是我和她在一起生活，共同经历许多年里的所有夜晚的话，我肯定会经常提不起精神来，会体验到冰冷的空气、距离感，还有某个难以说出的词藻。她的皮肤泛红干燥，饱受恶劣气候的摧残，而且她没有往上面抹东西。"算了，还是算了吧。"她边后退边说道。楼下人声混杂，房间中央的位置还传来一阵笑声。"咱们可以假想出某种规则，"我的兄弟这样说道，"一种普遍秩序，就像在蚁穴里运转的那套规则一样。要想把它推行到全世界，只凭临时起意可不行。"现在我想起来了，拉盖尔当时把双手举到了眼睛的高度上，不停地从指头缝里盯着我看。她靠在墙上，开始哭泣："我想让你对我发誓，咱们明天白天会一直待在一起。"我吻了她湿润的脸，并没有阻止她的脑袋做出抗拒的动作。我并不高兴，我明白此时已经没有回头路可走了，设想没有做这些事情的话会怎样，这种想法本身就让人受不了。我们下楼时，他们望向我们，或者刻意不望向我们，总之没人和我们说话。她拖着难以弯曲的僵直身体向前走着，冲着每一个人露出不祥的笑容和高昂的头颅。我看着她向前走去，走过所有座位，又顺从而高傲地转身朝我走来。她眼神上移，等待我批准、下令，这时所有人也都望向我。吉列莫坐在椅子上笑，挥着一只手向我们道别。我让出租车先到市中心去。她没哭，十分安静地靠在我的肩膀上。我不想后悔，于是我带着所有的怜悯和羞愧抚摸着她，又有了想拥有她的感觉，直到她的身子挪开。
"要是你知道我盯着你看时心里是什么感觉的话就好了，"她
说道，"例如现在，我这样张着嘴看你的时候。"她挺直身子，
闭上眼睛。她的脸色逐渐变得苍白起来，我觉得她的脸甚至
可以变成彻头彻尾的纯白色，然后消失。她站了起来，迈步
走开，一只手放在嘴巴上，另一只手张开伸向我，阻止我靠
近。我扶住她的头，帮助她呕吐，我看到也闻到了从她口中
吐出的所有东西，就在那时我突然觉得我是爱她的，我还突
然想到一切可能都是真实的。我帮助她上了床，伸给她一只
手，让她亲吻它、隔着被单把它压到她的脸颊上。她睡着了，
又醒了，嘀咕了几句，又睡着了。清晨的光线穿透窗板，我
要和这座城市说再见了，我要和他们每个人说再见了。我人
在床上，发抖的拉盖尔在我身边，一线口水流到了我的手掌
上，这是我唯一确定的事实。早上十点钟时，我们一起离开
酒店。汽车在湿滑的路面上小心翼翼地行驶，车喇叭在雾气
中响起。"有朝一日，我还会再回到蒙得维的亚。"我这样想
着，却无法宽慰自己。尽管下着绵绵细雨，咖啡馆旁还是有
个卖花的女人。我擦干净窗玻璃想看清她，她体形肥胖，一
动不动，穿着条深色围裙。我们慢慢控制好各自的表情，然
后又开始看着对方，焦虑又空虚，拉盖尔的手盖在我的手上。
我寻找可以交给她的东西，我觉得我需要在她疲惫的眼神中
和僵硬的静脉里找到点什么。"你别看我，"她说道，"咱们再
也没必要说话了。昨晚我并没有戴上这枚戒指。"她把一根手
指举高，将上面的那颗珍贵的石头展示给我看，她的手又猛

地落了下去。"咱们什么不好的事情也没做。"她嘀咕道。"什么不好的事情也没做。"我说道。她和我还有我们二人的目光全都被禁锢在了没有时间的绝对孤独中，我们最终找到了那些必需的词汇，生自我们内心的词汇，潮湿而血腥的词汇。拉盖尔向后退了几步，咬紧牙关。她的面孔看上去病恹恹的，像是为了滋养那种眼神而变得萎缩衰老了。我带着细致入微的征服欲审视她，就像观察一具尸体的面孔一般。每一寸粗糙而紧致的肌肤，以及它带来的感觉，那肌肤饱受时间的折磨，曾被每一分钟摧残。她的面部特征变得模糊了起来，只剩下了看的能力，浓缩成了紧盯着我的那双眼睛的神经和肌肉。"你会发誓吗？"她问道。"会。"我说道。她慢慢支起身子，有些怀疑。"没用的。"她说道。她扶着椅子站了起来。有个小伙子从柱子那边盯着她看，还有个男人把他的白色饮品和报纸放在吧台上，也开始看她。"你能说的话、能做的事全都没用。"她说道，同时惊讶又难过地看着我。"我感觉不太好，我去去就来。我也想哭一会儿。"我有些羞愧地感到所有人都在帮着我骗她。那个小伙子，转过来看她结结巴巴、摇摇晃晃的那些脑袋，我的兄弟和那些朋友，赫尔特鲁迪斯，嫉妒与丑闻，把我跟拉盖尔分隔开来的这些岁月，天空和街道上出现的秋日迹象，她衣服上的香水味，在靠近我脸的地方燃烧、耗尽。

　　我觉得她起了疑，因为她停了下来，在吧台拐角那边转过身来看着我，眼神带着惊恐，还有种表情，我是从她露出的牙齿发现的，但那却并非笑容。我招呼服务生想要付钱的时候，我走上街头的时候，我在细雨中狂奔想要赶上公交车并逃避到任何地方的时候，我都依然能看到她在铝质吧台边的消瘦身影，她歪着脑袋，犹豫不决，紧盯着我，嘴唇嘟起，露出决绝紧闭的牙齿。

十五

英国人

迪亚斯·格雷一打开窗户就认出了他。他确信自己认出了那个人，那人坐在花园里的铁桌子边，和拉戈斯坐在一起。他的袖子卷了起来，手里抓着个没有冒烟的烟斗，面庞清瘦，骄傲自负，脸上不动声色地挂着深思熟虑的喜悦表情。那张面孔是借助意志、耐心还有夸耀构建出来的，尽管那种表情十分深邃，几乎深入骨髓，但看上去并不能起到什么作用，没什么真正的意义，唯一的用处就只是装腔作势。

拉戈斯站了起来，双臂高举，迎接医生的到来。

"早安，医生。这么长时间过去了，还发生了这么多事……能这样接待病人吗？一直睡到十点钟？还是在这么怡人的日子里，这种日子值得我们铭记，我刚才就是这么跟这位朋友说的。这位是欧文先生，我跟您提起过他。您知道他的许多好事。"

那个男人站了起来，他身材修长，介于青年和成年之间，显得坚定又憔悴。他带着笑容微微欠身，然后又再次显得自负而疏远了，他伸出手来，和医生的手握到了一起。

"欧文，"拉戈斯说道，"奥斯卡·欧文（Oscar Owen），简称O.O.，或者可以叫他'英国人'，他不停地咬他那个烟斗，所以这个称呼如今恰如其分。这些称呼方式已经被大家接受了。我刚才正在跟他说，就像一年里最热和最冷的日子会被记录下来那样，我们也应该把一年中最美的日子记录下来。每个季节里都有完美的日子。应该有机构负责确定那个日子。您同意吗？您可别跟奥斯卡那样，给我说我们没法知道会不会出现更好的日子。人们总能知道哪个日子最好。"

突然，拉戈斯向后退了一步，原本热情的脸色变得严肃冷峻了起来。他的目光此时盯在了迪亚斯·格雷的膝盖上。他的身体也表露出某种态度，僵硬，驼背，双脚并拢，强迫医生注意到他的黑色领带和戴孝臂章。

"我还没向您致哀呢。"医生低声说道。拉戈斯从迷离的状态中恢复过来，露出了接受的笑容，还向前走了几步，握住迪亚斯·格雷的手，把它抵在自己的胸口上。

"您也很难过，也在想念她，我确信是这样的。从某种程度上来说，那种信念……我知道您已经尽了最大努力。现在想念她的三个人成为朋友了，"他又笑了笑，头歪着，有些幼稚，还有些娘里娘气的，看上去很可笑，"对不起。有时候我想知道点细节，可是有时候我又什么都不想知道。那太可怕了。咱们回头再聊这事。"他松开医生，向欧文投去不信任的眼神，然后走到了他的椅子旁。"请坐，医生。咱们把所有事都聊一聊，咱们三个有必要成为好朋友。同一种思念把我们联系到了一起。"

英国人吸了口烟斗。虚荣和挑衅的意味弥漫在周围的景色中，也弥漫到了天空上。嘴的一角暴露出他对这场回溯式谈话、这些总显得有点荒唐的回忆的嘲讽态度，拉戈斯在服务生三次端上开胃菜的间隙把这些话题挑选出来，想让这张铁桌变得光芒四射。

"我刚才已经和老板聊了很久了，"拉戈斯在吃午饭时说道，"他是个很和善的人。我通过他得知您曾彬彬有礼地陪伴着她，慷慨地照料她，无比耐心。您不必道歉。埃莱娜是个非凡的女人，只有我们这样的人才能理解她。当我收到您从拉西耶拉拍来的电报时……"

"那份电报不是我拍的……"迪亚斯·格雷打断了他，"他们把我关了十天才放出来。应该是警方拍的。"

"这不重要，都一样。要是您好好想想的话，就会发现一切都联系到一起了。除了死在我身边之外，她就算不上死了。电报也是您拍的。这事咱们回头再说。收到电报时我就在想连移动一根手指都毫无意义了，继续活下去也毫无意义了。为什么我会有这种反应呢？因为我已经习惯了做出反应，在上学的那几年里我学会了要根据不同情况做出不同的反应。我去了拉西耶拉，把她埋了，看都没看她一眼。我也不想去找您。我猜到了您会对警方说些什么，后来也得到了证实。我说您陪在她身边是为了治疗她。我知道我的证词最后起了决定性作用。我已经死了，只能凭条件反射做出反应了，对吧？可是后来突然之间一切都变了，我明白了。请相信我，我要求火车停了下来（想到它正驶往布宜诺斯艾利斯就让人觉得毛骨悚然，那正是我不可能找到她的地方），我坐汽车走了几里路，来到圣玛利亚，为的就是和您交谈。或者只是单纯和您待在一起。不向您提任何问题。我知道一切的诱因可能只是一个错误，又或者是某个不适时的沮丧时刻。您不在城里，我问了很多人，花了两天时间，还花了很多钱，最后来到了这家酒店。我认识格雷森先生，他是位绅士，我也认识他的两个女儿。在他的酒店里，我遇见的是分量不小的理解和友谊。我得知你们跟在奥斯卡后面，继续往拉西耶拉去了。再回到那儿对我来说也没什么有意义。我只是需要走一遍埃莱娜曾走过的路。看看那些地方，体验那些地方，您肯定能理解我，我想体会她的感觉。然后我就可以停下来了，可以去死了。但是发生了一些事情，我后面再跟您解释。我知道她需要有人为她复仇。一切都是巧合，一切都在向我证实指引我的人就是埃莱娜，她在引导着我们的行进方向：奥斯卡走过的路，你们走过的路，我走过的路。为什么奥斯卡——他是位伟大的朋友，她跟踪他的唯一目的就是拯救他——会恰好在夜里出现在我所在的那家酒店里呢？我就是在那里明白过来的，所谓复仇，其形式就是致敬。而您又为何会到达那家酒店呢，医生？不，您一个字也别说。咱们后面再谈，不着急。埃莱娜是个擅长等待的人，她一向如此。"

英国人填好烟斗，站了起来。他瘦削，但很结实，他向医生行了礼，又朝着拉戈斯转过身去。

"我要去睡一会儿，"他说话的口气就像是在问询，"您和那位拉小提琴的姑娘有约，时间应该快到了。"

迪亚斯·格雷第一次在拉戈斯的脸上看到了一种平静但专横的眼神。他还看到他的表情逐渐趋于平静，那张带着虚伪和犹疑的活动面具消失了。这个男人——正从他的椅子上盯着欧文，一只手张开，搭在戴孝臂章上，他那坚定的目光不禁让人觉得他已经疯了——此时显得更加苍老了，心里满是多变而丰富的经验，如此自信、不可战胜、耐心十足，就好像他为了某个事业奉献了一生似的。

"不行，"拉戈斯说道，"在睡觉之前……"他朝着医生斜了下身子，再次恢复了柔弱、不安、客气的常态，"所有人都想在我定为完美之日的日子睡觉……你得先和医生聊一聊。咱们得跟他解释下复仇计划，然后回答他提出的所有问题，"他站了起来，整理了下领带结，"我本来想由我来跟您说的，但他会先大概跟您介绍下这个事情，然后向您发出我们诚挚的邀请。再然后咱们再一起讨论下您感兴趣的话题，医生。二位，抱歉，我得先离开一会儿。"

他径直朝酒店走去，脚步柔缓而自信。英国人再次坐下，继续用他那双冷漠的灰色眼睛盯着医生。他的烟管里有潮气，烟云围绕在他的脸旁。

"在您来之前，他一直在跟我说您的事，"英国人说道，"所以我觉得你们早就商量好了，所有一切都是在演戏。可是对我来说都无所谓。不管怎样，我都会把他希望我对您说的事情告诉您。事实是他想搞事情，利用您来赚一大笔钱。我不知道他需要我干什么。也许这就是他们那种人的习惯，利用所有人。此外，我还觉得他们两个一直都在干疯事儿。"

拉戈斯戴着帽子，拿着拐杖，以夸张的速度靠近那张桌子，对迪亚斯·格雷笑了笑。

"医生……"他行了礼，露出和善的笑容，一只手靠在腿边，另一只手拿着拐杖和草帽抵在胸前，"就一小会儿，半小时我就回来。我要去拜访下格雷森先生，这对于我们的计划来说是不可或缺的环节。"

他又行了礼，双脚并拢，然后朝着树木间的那条模糊发白的小道走去，他走路时身体僵直，按照迈步的节奏操纵拐杖，头低着，肩膀下垂，表露出他的悲伤。戴孝臂章把浅色西服的袖子分成两段，帽子上的黑色带子在树枝和灌木中格外突出。迪亚斯·格雷看着他远去。就好像那在午睡时刻逐渐远去的微小身影慢慢将他在圣玛利亚感受到的嘲讽和轻视的感觉完全抹掉了似的。*到访诊所的那个完美丈夫、那天晚上在广场一角的酒店相聚并上楼问候埃莱娜的完美丈夫就是这样的，他从不在遗忘的诱惑面前让步，也从不装作忘记了与丈夫身份相关的可笑且异常的事情，他用让人惊骇的同样的完美性在树木之间慢慢塑造出了那种忽然出现、无法宽慰的鳏夫的人格。*英国人也望着拉戈斯，直到树木把他完全挡住，再也看不到他用身体和拐杖推拨灌木的动作为止。

"就是这样，"欧文微笑着说道，"他疯了，那是他拥有的唯一特质。但是他身上没什么让我感兴趣的东西，那个女人还有您身上也没有。他并非要去拜访那位老人，而是要去找那个拉小提琴的姑娘。我看到过他把头靠在那位姑娘的裙子上哭。我现在想上床睡觉了。我用两个词来给您介绍一下那个计划：复仇，致敬。他想让咱们一起去布宜诺斯艾利斯，让您开含吗啡的处方，然后我们去把所有药店里的吗啡都买光。我负责开车。咱们在一天里跑遍所有药店，然后就消失。我们在每家药店花十比索，一转手就能卖五十比索，或者一百比索。您会收多少钱？他靠干这种事过活已经有年头了，她和他就靠做这种事生活。也许他已经找好买家了。但也可能他想先藏起来，然后把货一点一点出手。这次他肯定能赚够他想要的数额。如果您接受的话，您就开个价。这就是前面说到的致敬和复仇的内容。"

夜幕降临，拉戈斯往迪亚斯·格雷的房间打去电话，医生在床上靠着、开着灯，同时保持房门虚掩。鳏夫挂着微笑的脑袋伸了进来，连称抱歉，他开始时断时续地说出不同版本的开篇词。医生点燃香烟，把被子拉到脖子的位置，拉戈斯则让到一边，让女小提琴家走了进来。她拖动双腿，一直走到床边，畏缩之情逐渐褪去，她认出了他，于是脸上转而露出了问候式的笑容，最后她把手指插进了如头盔般罩在头上的散开的头发里。

"又见面了，"她说道，"上次您是和那位女士一起来到我家的。我拉琴从没像那天下午一样糟糕。"

拉戈斯突然走上前，带着微笑躬身行礼，就好像医生一直没发现他也在场似的，他一只手里拿着小提琴的琴匣，另一只手则抓着拐杖和帽子。他把所有东西都放在了地上，然后直起身子来。

"医生……"他说道。他抬起眼睛，优雅的嘴巴微微前凸，专注地盯着天花板。他悲伤而缓慢的声音传了过来："我知道您正在休息，我必须承认这一点，我一到这儿得知的第一件事就是这个。不过，如您所见，我斗胆打扰了您。因为时候到了，不是我刻意引发的，而是自发形成的。复仇的使命降临时，我就明白我需要奥斯卡，也需要您。然后你们二位就出现了。我需要这个女孩的纯洁和信仰，她也就和我们走到了一起。现在我知道接下来事情会如何发展了。奥斯卡在车里等我们。医生……"他笑着说道，眼睛眯起，双手放在肚子上，把医生的目光引向那个女孩，确信他的话和表情已经把所有有用的东西都表达出来了。

那个女孩一直保持安静，观察着迪亚斯·格雷的脸，双手固执地抓着床的铁围栏上沿，厚厚的嘴唇没有涂抹任何东西，几乎成了黑色，她用一半的注意力聆听拉戈斯讲述那些她已经知晓的、不容置疑的事情。

"您……"迪亚斯·格雷说道，她点了点头，笑着，显得十分期待，可是医生就单纯只是想这样叫她而已。

"她叫安妮，"拉戈斯插了嘴，"既然咱们四个已经有了如此紧密的联系，我觉得咱们应该像咱们的母亲称呼咱们那样称呼彼此，就用'你'。"

迪亚斯·格雷向那位鳏夫投去微小的同情式的笑容，又转头望向那个女孩。*她并不知道，把我们分隔开的正是我们共同经历的所有东西。"您"这个词在这种分隔中显得意义非*

360

凡，它阻止了她去理解和遗忘。我们被寒冷风大的三天分隔开，被我靠近酒店窗户查看街道上的恶劣天气，而她蜷缩在床上等着我的那一分钟分隔开。我们被从帕勒莫妓院打计程车回归的旅程分隔开，被迪格的声音分隔开，被她靠在我肩膀上时我观察她的垂直视角分隔开，被她告诉我回归生活时遇见困难是再平常不过的事情时的那种优雅分隔开，被我确信存在某个准确的句子可以形容看到她裸体时的感受的那种自信分隔开。因为我们共同经历的所有这一切，所有这些她并不了解的亲密关系，只有在我继续用"您"这个称呼时才会继续保持效力，我不能称呼她的名字，不能允许一段新的亲密关系出现，因为这段关系将会令前一段亲密关系消失。

"您……"迪亚斯·格雷重复道。

"医生……"拉戈斯嘀咕道。

医生看着那个女孩的脸，她的眼神充满期待、激情，又显得有些滑稽，意味深长地笑着。他探身把香烟从窗户扔了出去。

"医生，"拉戈斯坚持说道，"时候到了。这个女孩为了我，为了我们的使命抛下了一切。她抛弃了住处，中断了艺术生涯，就为了实现我们那已被明确指出的命运。她知道我在受罪，知道我需要她，知道她能帮忙解决问题，这对她来说就够了。她天真无邪，因此她能理解我们的复仇和致敬行动中蕴含的神圣性。奥斯卡已经在车里等我们了。"

"好，"迪亚斯·格雷说道，"你们在楼下等我，我马上就来。但我不想要这些解释，请不要试图用我们要做的事情里蕴含着神圣性这样的话来说服我。我需要对我为何要做那些事情的原因一无所知。"

"啊！"鳏夫气馁而友好地说了句，"就和奥斯卡一样。你们肯定能互相理解得很好。"

她的面部肌肉松弛了下来，抓着铁围栏的双手上的肌肉也是一样。她任由自己的双眼湿润，任由泪水落下，在向着迪亚斯·格雷的脸凑近时露出了笑容，又在亲吻他的脸时在上面留下了泪水的痕迹。他觉得自己闻到了她的嘴里散发出的饥饿感和焦虑感。

"您。"医生在和她的身体分开时自然而然地说出了这个词。

十六

塔拉萨[1]

也许从在佩尔加米诺度过的那天晚上起，埃内斯托的脸上就开始显露出友善而嘲讽的笑容了，只不过我没刻意看它而已。也许他听到了我在推动撤退计划每一步时进行的解释，都是些关于心理和策略的小型演说，我很在行这些东西，而他则带着容忍式的笑容听着。也许他在观察我的举动、我沉默应对的危机、我半夜起身简述自己与偶然相识的旅店老板和沿路搭车的司机谈话时表露出的激动与骄傲时，控制不住要露出那种表情。可能在看到我焦躁地辗转反侧时，看到我日渐消瘦时，看到我从精神百倍到憔悴颓废时，看到我一连几小时努力从嘴里挤出声音、说出自己的名字时，他也那样笑过。也许从佩尔加米诺开始——就在服务区的水泥柱子

---

1 塔拉萨（Thalassa）是希腊神话中的海洋女神，传说她无父无母无配偶。

旁，面对着卷着袖子、头耷拉在胸毛前昏昏欲睡的服务生时，我放弃了那幕不遵从法则的戏剧，转而顺从地投向不幸的悲剧——，他就察觉到了整趟旅程——这趟我称之为"撤退"但在心里却认为是"逃亡"的旅程——缺乏合理的目标，而他、公路、横向的道路、村庄、清晨、停歇都只是为了让我的游戏运转下去的必备要素。也许今天他在想到我时还是会露出那种笑容。

我们到达那个村镇后，我在书店里买了汽车俱乐部出的地图，还买了个笔记本和几根铅笔。在最近一周我已经感觉到不能再只是想着让迪亚斯·格雷做些什么了，必须真正让他做出事情来。我经常能看到那样一幅画面：在拉西耶拉的酒店里，他试探着向前走去，相信自己的预感，伸手摸了摸埃莱娜·萨拉的胳膊，然后后退几步，被地上的空瓶子割伤一只脚——在与死亡近距离接触过的那一瞬间过后，他不再看她，先让自己平静下来，恢复审慎的态度，然后赋予一切以某种启示性的意义——，他后退时心里想着那是他第一次看到并触摸到尸体，他怒气冲冲地与记忆进行对抗，只是为了继续相信那一切。

我想写出医生在酒店昏暗的房间里的样子，在医院走廊上的样子，在值班医生办公室里的样子，他在那里喝了杯咖啡，开始按照之前预想的那样回答每一个问题——在接下来超过一周的时间里，还会有许多张不同的嘴巴重复同样的话，有些还带着轻飘飘的不信任感，还有的则带着轻飘飘的信任感——，他会坦承他的职业，在试图解释时会在厚脸皮和过早暴露的腼腆之间徘徊。但是促使我买笔记本和铅笔的并非迪亚斯·格雷，也不是他在面对那个死去的女人时的反应和困境。在最近几天里，我唯一感兴趣的就是思考在医院里发生的事情，我想要把它描绘出来，甚至栖身在里面，栖身在值班医生的那间小办公室里，那里有白色的墙壁，摆放着电话和整齐的几摞纸的办公桌，墙上挂着肥胖的部长的照片，还有台搭着三角形羊毛罩布的收音机，在水管和水壶之间摆着的咖啡壶的滴口散发着湿气。我想到那里去，听他们在休息时刻礼貌地低声交谈，化身成在写字桌旁战战兢兢、支支吾吾的迪亚斯·格雷，化身成那个年轻的值班医生，他长着双能让病人放心的修长的手，还一直挂着冷峻却能激励人心的笑容。我想化身成那个房间，或者到它外面来，停步于孤独之中，停留在我经过的走廊上弥漫的黄碘的气味中，那种气味总显得如此遥远，在那里，一架推床的轮子发出刺耳的磨地声。我想观察值班医生办公室门口的粗糙玻璃，分辨出屋里几乎不动的人形，猜测他们说出的话、投出的目光，猜想他们每个人都在疑惑和恐惧。

埃内斯托想要抓住咖啡馆窗帘上停着的苍蝇，我在桌子上摊开地图时，他静静地笑了笑。我用手指触碰或越过一个又一个村庄、道路和铁路，在不规则的蓝色区域上移动，我并不清楚它的意义是什么。我一声不吭，专心致志，毫不理睬他冲着窗户露出喜悦的神情、重复吹唱愚蠢小调的举动，我计算了从偏僻的地点、村庄和小路到达圣玛利亚所需的时间和必要的路线，这么一来我们就绝不可能登上布宜诺斯艾利斯的报纸。

我在地图上代表圣玛利亚的圆圈上标了个十字。我一直在盘算抵达那座城镇的最优路线，我思考了几种可能性，从西边走有什么好处，从北边绕个圈进入圣玛利亚又有什么好处，穿过瑞士移民区，突然出现在广场上，伴着周日午后的音乐声，在躁动的男男女女之间挑衅似的迈着缓慢的步伐冒险穿行。

但我最后决定停留在恩杜罗，让埃内斯托进入圣玛利亚，了解一下那座城镇。他会读到报纸的想法已经不再困扰我了。恩杜罗是个离圣玛利亚很近的小村，只需要到某个房屋的屋顶平台上去——仓库和小酒店就有——就能看到圣玛利亚城里的人们走来走去的样子。只需要沿着干泥巴墙隔出的小巷爬上爬下，就能来到瑞士移民区最边缘的建筑面前，混到当地居民之中，在他们那稚气又羞涩的面庞下发现把善与恶转化为单纯职责的坚定意志，他们深信真相应当被埋藏在内心深处，这种态度就像是根火把，由曾祖父母、祖父母和父母在临终之际代代相传下来，相信这些念头就像皱皱眉头、动动手指那么简单，但同时也像某种手工记忆的奥秘一般复杂。我在恩杜罗朝着圣玛利亚城南的村口等待埃内斯托返回，那里离小教堂的墙壁和葡萄藤只有五百米远，离市政府塔楼也只有一千米远。但不管怎么说，我依然身处城外，在一个居民多是渔民和罐头公司工人的小村里，在简陋的木头房和锌皮房之间，墙壁上有许多涂鸦，屋顶是由被铁丝网和修补过的渔网固定的木板铺成的。这里的小孩脏脏的、丑丑的，男人沉默寡言，女人到了晚上就会换一身衣服——你会发现这么做毫无理由——，然后开始在仓库门口排队前行，手里攥着些吮吸她们手上汗水的一比索面额的钞票，怀里抱着些瓶瓶罐罐，卷发还在滴着水，油烟味和肥皂味混在身上，冷漠的眼神中透出要补偿自己的渴望。

我靠近那座城镇，但又在它之外，我能在旅店里的桌子下面伸开腿脚，翻看圣玛利亚几份旧的《自由报》，仿佛把埃内斯托派去了某个未来的日子，而他又将在意识不到的情况下用他的表情和声音把那未来的日子带来给我，回答我感兴趣的问题，在熟悉过那里之后把我的预期化为现实。我可以检查、揉皱再展平我身上剩下的最后一张一百比索面额的钞票，在已经死去的埃莱娜·萨拉和盖卡之间做比较，想象人们在报纸上读到的二人的讣告会如何描写她们的生平，发现爱应当迅速注入死亡之中。晒黄的旧报纸被贴在酒馆窗户上，替我阻挡阳光直射。我可以把它们撕下来，望向圣玛利亚，再次想到里面所有的居民都诞生自我的手里，我也有能力像神一样让他们理解爱的含义，通过带有爱意的行为理解自己，并永远接受这种形象，把它变成一条沟渠，让时间将它填满，从具有决定性意义的启示时刻直到死亡降临之时。在这后一种情况下，它会让他们每个人都体验到明澈无痛的终了时刻，以此让他们理解他们经历过的一切的意义。我想象着他们气喘吁吁又无比平静的样子，亲人们泪流满面，于是他们就被某种既想把他们推远又想把他们拉近的矛盾的渴望所包围，那些亲人慷慨而卑微，他们明白所谓生命，就是每个人自己，而每个人又都是其他人。如果说在我创造的人之中有哪个没能——由于让人惊讶的堕落——在爱中认清自己的话，他也会在死时做到这一点，他会明白他经历的每一个瞬间都是他自己，就和身体与他的关系一样不可分割，他会放弃斤斤计较，放弃寻找有效的宽慰，放弃信仰，也放弃怀疑。

我把贴在窗户上的报纸撕下一半，欣赏那片黄褐色的干裂土地、圣玛利亚的房屋、传出回荡于正方形广场上的钟声的教堂钟楼。我的目光从周日午后在广场上溜达的肥胖的男人们的上头越过，他们挽着冷漠而果敢的女人们的胳膊，另一只手则拉着精力旺盛的光头孩童，无精打采地迎接周末的荒唐休息时刻，无所畏惧地挑衅潜伏于驾轻就熟的慵懒之中的魔鬼，以对必定到来的周一的期盼聊以自慰。古铜色的强烈阳光准时升到移民区的上空，照亮那里的居民，也赐予他们永恒的买卖、搬运和采集的能力。

我们抵达圣玛利亚的时候，广场上的灯已经亮了。我从树木、花坛的铁栅栏和雕像底座之间看到了拐角处的酒店外墙、教堂和在通向移民区的道路起点处面向驾驶员的告示牌。我转过身去，望着平静的河面，再然后我们就沿着林荫道向码头走去。那条路坡度和缓，泛红的光在水面中央荡漾，我记得的关于这座城镇的东西或者我幻想的与之相关的东西就在那儿，我每一眼都能看到，有时清晰明了，有时遮掩躲避。移民区的居民就在那儿，你来我往，动作僵硬，泛红的脸上有时透出不信任感，有时又显得十分热情。姑娘们有的互相挎着胳膊，有的彼此搂着腰，沿着防波堤走去——所有人都由北往南沿着防波堤走着，一直走到划船俱乐部的船坞处，又贴着步行道的花坛往回走——，防波堤就像涨起的海浪一样，一开始没过她们的腿肚子，然后是胯部、胸部，最后连她们的头也没过了。

我迈了一步又一步，把埃内斯托忘了，我想在那些金发居民的身影中发现此地居民身上的那种怜悯和坚毅的特质。那些女人可能可以被理解。那些男人走着直线，要么沉默不语，要么评论着什么，不过并没有摇晃脑袋，直到那些深色的帽子——拉得很低，戴得很正，遮住眉毛，好像压根就没有弯曲，紧紧贴在头部，仿佛永久性地替代了他们遮起来的黄发、红发或白发——开始低于防波堤的水平面，似乎逐渐把它们的主人压低下去。他们停留在小港口的水湾处，用冷漠的眼神盯着俱乐部的小船看了会儿。女人们也模仿他们停步的动作，她们笨拙地把头前倾，更年长的女人们的辫子绑在脖子后，年轻女人们的辫子则直直地贴在太阳穴上。我不断自问，那一双双盯着船头、船帆和奇特船名的眼睛究竟有多少是我的手笔。再后来，那些眼睛移了开去，转向铺着深绿色草皮的步行道。伴随着游走的目光，我跟着胳膊垂下的男人们、体态丰腴的女人们和身着艳丽长裙的姑娘们前行，一起沿路上行，朝着广场走去。我望了眼在夜空中迅速涌动的风暴云，寻觅年复一年堆积起来的预感、希望和恐惧的痕迹，我们走在千姿百态的树木阴影下，走在弄脏了雕像的绿色污渍边。

"咱们得找家酒店，"我提议道，"但我不想在那吃饭。咱们订个房间，然后就出来。"

我坐在遇见的第一条空长椅上。之前乐队表演的地方一片杂乱，乐谱架和脚压过的痕迹周围遍布花生壳和纸杯。我躺在长椅上，数着河流上方遥远而微弱的闪电的数量。

"给我说说，你为什么一直不愿意跟我谈谈，"埃内斯托说道，"你知道我想谈什么。已经过去一个多月了。我说过，只有我在说。我不明白你为什么要掺和这事，为什么要帮我逃跑，一直跟我在一起，花你的钱。咱们这样已经一个多月了。"

"不为什么，"我嘟囔道，"这不重要。我就是觉得你因为做了那件事就要被关进牢房，这并不公平，因为换成是我也可能会做出同样的事来。"

我累了，期待犹豫踟蹰于河流上空的暴风雨赶紧降临，期待随便怎样的结局赶紧降临，把我从赋予这一个半月逃亡生涯以某种意义的责任中解脱出来。我心里想着兜里剩下的最后那张一百比索的钞票，揣测着当我对埃内斯托说撤退已经结束，这场游戏已经结束时他会做何反应。

"我不明白，"埃内斯托依旧不依不饶，"我对你没什么恶意，我再次为那晚的事情向你道歉。我已经给你解释过她是个怎样的女人了，我给你说了我从很久以前开始就像是疯了一样。但我不认为你会掐死她，我觉得你不会杀死任何人。倒不是因为恐惧，因为你就是这种人。为什么你会想到来到这座城镇呢？张着嘴坐在这条长椅上，就好像这里没有任何危险似的。之前每路过一个村子你都觉得人太多，甚至连一只鸟都能把你吓一跳。我不理解你。你表现得好像咱们从生下来就是至交好友一样。但是在我仔细想过后我发现自己永远都不可能了解你，我无法看透你。有时我觉得你喜欢我，有时又觉得你憎恨我。"

我任由他宣泄，偶尔冲他笑一笑，或是拍拍他的肩膀，又或是点点头。我心里想着胡安·玛利亚·布劳森，慢慢利用一些易忘的画面重新拼凑他的形象，我觉得他亲近又和善，但不可理解，我记得我对父亲的感觉就是如此。我看到埃内斯托耸了耸肩，抽出根烟来，点燃了它。

"你从来就不想谈谈。"他又重复了一遍。威胁和怨恨迅速消解于沉默中。现在已经没事了。我把脖子靠在长椅上，树木全都枝繁叶茂、歪歪扭扭的，最后几个行人的影子被路灯照耀着成了形，一秒钟后，覆盖在了被踩得沙沙作响的石子上。"只要你把真相说出来，告诉我你为什么要这么做，那咱们就能成为一辈子的朋友了，我也就能更坦然地面对逃亡生活了。"

此时寂静在深暗的天空中逐渐蔓延，就像暴风雨来临前的宁静。我身上只剩下一百比索了，我没什么好失去的了，但我还是决定不如他所愿。

"我已经给你说过上百次了，"我答道，"我愿意帮助你是因为我觉得你因为做了件我也可能会做的事情而被抓进监狱，这让我觉得很不公平，而且我觉得你做得对。"

"可能是这样吧，"埃内斯托说道，"加油箱那边的椅子上有个家伙。今天早上我就看到他在那儿了，我觉得他在跟踪我。"

我没往加油箱所在的街角看。迪亚斯·格雷曾经从我们周围的某扇窗户眺望过我眼前的这片广场。我记得春天的第一场暴风雨撼动树木，新开的鲜花散发出的香气和夏日般的热气在那些树木潮湿的叶子底下飘过。*穿着工作服*[1]的男人们拿着包装好的小麦样品，带着欲望和恐惧面对在冬日降临时想象出的场景的女人们。所有人都属于我，都自我的手中诞生，我同情他们、爱着他们。我也爱着广场上每个花坛里的每片未知的自然景观。就像是爱上一个女人，进而爱上了所有的女人，包括那些和我分开的女人，和我相距甚远的女人，失去机会未能相识的女人，已经死去的女人和依然还是小姑娘的女人。在和埃内斯托交谈的时候，我发现自己摆脱了过去，也摆脱了未来的责任，只剩下单线的人生，越懂舍弃，就越强大。

酒店在广场的角落处，这条街区里的建筑物和我印象中的样子相符，只是和我构思医生的故事时有了些许变化。我们在位于街区中央的旅者旅店租下了一个房间。他们给了我们一间大房间，两张床距离挺远，还有两扇面朝广场的窗户。洗过澡后，埃内斯托探身望着雨云密布的夜空，开始吸烟。他卷起袖子，挺直身体，动作僵硬，而我则从床上望着他静

1　原文为英文。

止不动的低垂的脸，外面光线太暗，我几乎看不清他的额头和鼻子。他看到他那张不修边幅的脸迅速没入阴影中，他应该正在心里暗暗盘算那所谓的真相。他像是踏上了回归布宜诺斯艾利斯、回归智利街的旅程，一点点去回忆又把一切抛在一边——一段时期接着一段时期，一个村子接着一个村子，一天接着一天——：那些让他逐渐焕发光彩的表述，那些把他的面孔变成我在广场长椅上躺着时的某个瞬间看到的那样顺从而干净的过渡时期。就好像那种冷漠的笑容，那种友善的声音，抛开荒唐感和复仇欲的行为，再加上傲慢和孤独，所有这一切都指向某个他能够企及的高点。如今，他被迫迅速下落，又变回面色苍白、困倦、堕落的样子，我第一次见到他时他就是这副样子，那时的他在盖卡那高傲的怯懦的加持下向我步步逼近。

"我对你说过那里有个家伙，"他说道，几乎是喊着重复了这句话，"穿灰衣服的家伙。我今早就见过他了。他当时正在跟一个警察讲话，现在他在溜达，或是在长椅上坐着，就是为了监视着大门口。不，你知道我从来不会感到害怕。那不是我的幻觉。咱们去吃饭，我指给你看。"

我凑近靠近我的那扇窗户，看到那个男人正在遛弯，用脚尖踢着一块石头。也许埃内斯托说得对，也许那个在树下移动的灰色人影意味着这场撤退的失败。我在河面上看到了最后一片光亮，还看到了和其他教堂没什么不同的一座小教堂，空无一人的土气广场。一阵汽车喇叭声由远及近，突然在我的右侧停了下来，离我很近。穿灰衣服的男人停了下来，望着拐角处的酒店，用一条展开的手帕擦了擦额头，在把它收好之前叠了两下。

"有一件事让我无法忍受，"埃内斯托说道，"咱们去吃饭吗？"

在我穿好衣服的时候，站在那个我应该会放置屏风、挂衣架或镜子的角落，我观察着窗边静止不动的埃内斯托，他倾斜身子，注视着那个男人走来走去。我利用他的身体来丈量这个充斥着另一种气息的空间，一种死气沉沉的空间，所有那些重要的缺席都无法用言语来形容。

"有人正在广场上和那条通往码头的街道上挂纸灯笼，"埃内斯托说道，"周六就是狂欢节了。在这儿跳舞应该挺有意思的。"

他很严肃，睡眼蒙眬，还是那副带着厌恶和不快的面孔。他应该感觉自己被抓住了，但不知道是在哪儿被抓住的。他也无法理解这段冒险的最后篇章就在这里等着我们，在一间大房间里，这个房间有两扇窗户正对广场、教堂、俱乐部、合作社、药店、咖啡馆和音乐学校的钢琴声被扩大的暴风雨的夜晚，这个空间曾被迪亚斯·格雷占据，在我的想象中，我觉得自己来到此地太晚了些。

我们从他身旁经过时，那个穿灰衣服的男人正在冷漠地清理他的指甲。我看到了他那张古铜色的圆脸，厚厚的嘴唇透着喜悦，他正用那对嘴唇吹着折刀的刀片。穿过广场后，我们来到了以码头为起点的宽阔街道上。

"这附近应该有家饭店，"埃内斯托说道，"再往左走几个街区，我记得我看到过一家。美国人开的……那家伙没跟着咱们。也许你是对的，我有些疑神疑鬼。"

如果说那个房间里的空气普普通通、无法辨识，这阵生自那条河流、在我们的背后呼啸的狂风就和萦绕在迪亚斯·格雷的故事中的气息一样狂野而乏善可陈——哪怕再来上五十次英雄般的尝试也无法将之改变——，正是这种气息阻止了医生的孤独和他人的孤独之间的联通。

"这些人已经开始过狂欢节了。"我们往饭店大厅走的时候埃内斯托这样说道，越往饭店中心走，声音越吵，烟气越浓，还出现了一个拉手风琴的胖子。所有的桌子全部客满，正占据那些桌子吃饭的人边摇摆边唱歌，看我们的眼神中透着股敌意。

"楼上还有位子。"一个和我们擦身而过的小伙子说道。

一条纸拉花横挂在房顶上，墙上挂着些照片和旗杆交叉的小旗子，在它们周围则挂着红色和白色的小花束。音乐停下来的时候——那个又胖又老的男人把乐器放在地上，站了起来，双手放在胸前，不断点着他的那颗光头，以示对掌声的感想，不过他没有笑，一双亮亮的眼睛睁得很大，透着股忧伤的感觉，还有酒鬼式的黑眼圈。埃内斯托登上演奏者占据的平台，向四周望去，慢慢观察从饭桌上的一张张面孔上显露出的微小的厌恶之情。他的脏帽子戴得很靠后，双手插在兜里，嘴里叼着根没有点燃的香烟，下巴仰起，露出挑衅的神情。他感受到每个人的情绪静悄悄地凑近他，在围绕在他周围时变得强大了起来。他又看了看那些面孔，这次动作无比缓慢，使得挑衅的意味消解在了围成半圆的人们脸上的惊讶和好奇的表情中，从楼梯底部如锈渍般的昏黄光线，到胳膊肘撑在吧台上的饭店老板无动于衷的神情。我看到他转过身去，向拉手风琴的男人借火，大厅侧边的声音开始逐渐增强，再次攀上排列成弧线形悬挂的已经干了的花上。

拉手风琴的男人坐了下来，把手风琴放在两腿之间。埃内斯托从烟雾后方冲我微笑，还眨了眨一只眼睛。一个高个子年轻小伙走到他身边的时候，已经没人从桌子上看他了，小伙等在一边，等着他转头看他。另一个小伙子在我面前摇晃一张餐巾纸，建议道："楼上还有个厅。"

我俩分开了，每个人都由一个小伙子带着走到半路，我们慢慢摇晃到了楼梯处，就在我们开始上楼梯时，那个男人又开始拉琴了，食客们也纷纷开始合唱一些难以听懂的歌曲。

楼上的厅很窄小，几乎是暗无灯光，桌子大多腿有问题，椅子上的座位基本都破了，只有我俩坐在上面，我们能看到，在我右侧，饭店入口处的吧台一端，饭店老板的胳膊肘撑在上面，他的面前还摆着杯马上要溢出来的啤酒，一个小伙子走到他跟前，打断了他的安静时光，他应该微笑或是点头——可以想象出此时他收拢双脚，不自觉地收了收肚子——来向走出饭店的人们致意。在我的左侧楼下，有个由流苏帘子和大厅隔开的独立包厢，我们来之后才被占。

埃内斯托快速吃完头菜，几乎没太吃就让服务生把第二道菜撤走了。他用眼神询问了我的意思，然后点了两瓶这里的人称之为"莫塞拉"的红酒：这样就不用麻烦那个小伙子

来回上下楼梯了。

"我受不了的是恐惧，"他说这话时没看我，"连我会害怕这样的念头都不能有。恐惧使我无法思考，什么都记不起来了，就好像我什么人都不是了。"

"你说得对。"我想帮助他，不过他开始抽烟喝酒了，把刚刮过胡子的脸靠在一个拳头上休息，他没再向我做解释，我也无法猜到什么。

就好像这是我们在盖卡家第一次相遇后立刻坐到一起似的，我惊讶地发现他面色苍白，难以揣测，似乎刚刚发现了一个由恐惧、贪婪、吝啬和遗忘构成的世界，这是个无法沟通的世界，他、盖卡、"胖姐"、她的朋友们、我已经忘记的那些从墙壁另一侧传来的说话声和脚步声的发出者都生活于其中。这个世界曾用恐惧来敲打我，并借助恐惧和我相连。

"除了让我忍受恐惧，别的干什么都行。"埃内斯托这样说着的时候，我右侧饭厅里的歌唱完了。在"博尔纳啤酒厂"的招牌和某个举着酒杯、戴着王冠的国王的画像下方，老板面无表情，直勾勾地向前望着，下巴离他杯子里的啤酒泡沫非常近。"我现在已经不害怕了，但恐惧还会回来。你从没见过我喝醉？有时我就是会这样。以前害怕的人一直就是你，你老是想藏起来放冷枪。现在我也这样了。我可以聊发生过的事情，而且要是能聊聊我会感觉更好，我喜欢回忆是我杀了她，然后把这事告诉你，再想想现在她已经死了……不，我当然不会大声说这些。自从看到她死了的那一刻起，我就不再明白我为什么要那么做了。"

在我的左侧，从被预订出去的包厢里慢慢飘上来烟气，同时传来的还有些窸窸窣窣的独白声和短暂的笑声，笑声之间间隔挺久。我给埃内斯托满上酒，把酒瓶放在他旁边。楼下又开始唱歌了，歌声压过了手风琴的音乐声。

"战争爆发的时候……"埃内斯托的表情起了变化，此时露出了笑容，"你从没听过这首歌吗？在洛埃弗勒酒吧也有人演奏它。"

我把我的椅子移向护栏，想要更好地观察包间里的情况。里面有个穿灰色外衣的女人，有些丰腴，但算不上肥胖，皮肤微黑，三十五岁左右。她把手指伸向摆放着葡萄的盘子，再抽回来，把手停在眼前，直到停止滴水，再把手指没入到漂浮着冰块的水里。她的另一只手放在桌子上，一个金色头发的小伙子抓着它，他目不转睛地盯着其他人，表情严肃，十分警惕，后背直直地靠在座椅靠背上。

"可这些是瑞士人，而且战争已经结束了。"埃内斯托说道。

楼下那个小伙子把纤瘦的手打开，覆在女人的手指上，吸了口烟，以一种优雅动人的姿态把头抬高。金色头发没经过打理，在脖颈处和太阳穴的位置上卷堆着，凌乱地遮住额头。他的左手边坐着个矮小肥胖的男人，嘴巴半张着，呼吸时下嘴唇颤动。黄色的灯光落到他圆圆的脑袋上，上面几乎没剩几根头发了，照亮他深色的绒毛，一绺头发孤零零地垂在一侧眉毛前。离我更近一点，准确地说就在我的椅子下方，一双瘦削的手在不停活动，此人瘦弱的肩膀上露出深蓝色的布衣。这个男人的头很小，头发湿湿的，打理得整整齐齐。另一个看不清楚的男人应该是靠着那条流苏帘子站着，就站在蓝衣男人身后。我看到他在笑，也看到了其他人投向他的目光。

"我只是问问而已。"那个矮胖男人说道（他长着个窄窄的鹰钩鼻，好像他的青春劲儿就保存在里面，那个鼻子给那张面孔添加了大胆专横的气息）。他一只手的拇指钩在背心上，把身子倾向桌子，又靠回到椅背上，就这样有节奏地摆动着，就像坐在开在糟糕路面上的车子里似的。"我只是想问问那是否合法。看看咱们是不是要根据那条市政法令行事。第两千一百一十二号法令。市政会议上已经把这条废除了？"

"可能制定那条法令的就是您本人，"那个看不到脸的男人嘲讽道，"命令不都是执政者下达的吗？"

靠近入口帘子处还有个年迈的男人，他戴着帽子，跛脚向前走了一步。

"咱们等着看，一切都会按部就班进行的。"他带着西班牙口音，讽刺般地把一些音卡在嗓子眼儿里，他从那个依然在摇晃身子、低着头的胖子身后走过，"借过。"年迈男人对那个把孩童般的手覆在女人手上的小伙子说道。他给自己倒了杯红酒，一口就喝完了，在抚摸自己的灰色胡须时打了个嗝，然后又开始给那个杯子倒酒，他让酒柱落得细细长长，发出响声。"咱们等着看，有个瞎子就是这么说的。'收尸人'先生，所有这些东西您都已经说烂了。您让这位夫人和这位医生感到心烦意乱，而且这些说辞并不能帮上什么忙。说什么市政会议啊，法令啊……"他朝着那个女人和蓝衣男人举起酒杯，望向帘子的方向，"而这位朋友，多次资助这项事业，使它能顺利进行，您对这项事业赞誉有加，而您自己也获得了人们的夸赞，您做了自己能做的。'收尸人'先生，您别再拿那些他根本无法作答的讼棍式的问题来难为他了。"站在帘子边的男人又笑了，向前伸出一只手："'收尸人'先生，您别再折磨这位夫人了。所有这些抱怨……"

"没必要管我叫'夫人'，"那个女人边说着，边把手抽了出来，点燃一根香烟，那个小伙子像是这才回过神来，不安地看了看四周，"朋友们都叫我玛丽亚·波尼塔。"

"谢谢。"年迈的男人扶着帽子说了句。他站着，透过眼镜从上往下看向那个女人。

"就像我和这个小家伙说的那样，"她继续说着，还拍了拍小伙子的脸颊，"问题就在于神父发了狂。这样的人难道能教会我去尊重上帝吗？"

"可能吧，"年迈男人说道，"也许就像医生预见的那样，所有这些事情实际上都是存在于愚民主义和我们的朋友'收尸人'所代表的光明之间的世俗斗争的一个阶段。"

矮胖男人把肩膀抬高了一下，把放在桌子上的手抬了起来。他的一双向外凸出的大眼睛望向那个女人和穿蓝衣服的男人。

"为什么市政会议还不取消休会？"他用颤抖的声音说道，似乎就要窒息了，"这是在让市政会议名誉扫地。"

"他们又能做些什么呢！都是执政者的命令嘛。"看不见的那个男人说道。

"您看到了吗，医生？"年迈男人问道，"'收尸人'可不仅只是为了填饱肚子而斗争，也是在为了文明和那项正直的事业而斗争。还能举出很多例子来，但是不可能把所有事情都罗列出来。他也始终在为尊重宪法规定而操心。所有这一切都有明确的证据佐证。但是，夫人，问题不止在神父那边。那位怒气冲冲的神职人员服从的是这座圣玛利亚城的精神，我们肯定是因为自己的罪过才被罚身处此地的。你们这些在这位朋友的帮助下离开这里的人是幸福的，"他往后退了一步，开始举杯高声吟诵，并不十足像个小丑，"万福玛利亚，你充满圣宠，主与你同在，你在……"

只有那个穿蓝衣服的男人轻轻地笑了，接着又停下来咳嗽。自负而忧郁的年迈男人拍了拍胖男人的后背，又走到帘子边消失不见了。

"现在，"他说道，"我该小跑去编辑部了。很遗憾我不能发表一份各位完全配得上的道别声明。第四权只能私下议论。"

"去睡吧，加利西亚人。"胖男人说这话的时候连头都没抬，却还在不停地晃动。

"是去工作，去移走几公斤重的烦心事和愚蠢事。比较而言，我更愿意记录下在这让我们担惊受怕的一百天里发生的事情。从满是小贩的肮脏城市罗萨里奥归来开始，直到这次在圣埃莱娜登船为止。从那里是可能逃走的，'收尸人'，是可能的。请收下我的敬意，夫人。"

流苏帘子抖动了一阵子，那个看不见脸的男人嘟囔了句再见，又笑了起来。

"喝点东西吧。"玛丽亚·波尼塔冲着帘子的方向说道。

"谢了，"男人拒绝道，"我每次进来，老板都会请我喝东西。感谢他。一点钟的时候我来接你们，咱们一起去车站。"

胖男人停止晃动，望向帘子那边。他转动那两颗凸出而明亮的眼珠，它们就像玻璃珠一样，不带任何感情。鹰钩鼻像船首像一样伸在前面，脸上堆满脂肪，显得十分苍老。

"你要走了吗?"穿蓝色衣服的男人说道。

小伙子慢慢在座位上直起身子，眨了眨眼，露出浅浅的笑容，嘴里的香烟也跟着咧到了脸颊处。

"坐第一趟火车走。"他说道。

女人转过身来，嘴里嚼着一颗葡萄："您在想什么呢，医生? 您一整晚都在盯着这个小家伙，却不开口说话。您觉得是我说服他来布宜诺斯艾利斯的吗? 您不了解我。我是个女人，我想事情时都是从母亲的角度出发。不过我这么说不包括'收尸人'和我该承担起的责任。"

"我可以坐另一趟车走，"小伙子脸红了，怒气冲冲地说道，"要是他们不让我上车，我就明天走。我会坐上能帮我逃走的第一趟火车。"

"听听他说的，"那个女人评价道，"他也是这样一字不差地对我说的。他说他要离开这里不是因为玛丽亚·波尼塔。您觉得如何?"她把一只手插进小伙子杂乱的头发里，"他十六岁……"

我们下楼走向几乎已经空无一人的大厅时，埃内斯托在楼梯上摇摇晃晃的，此时大厅里已经贴上了狂欢节舞会的海报。在潮湿、阴暗、无风的街道上，我拉着埃内斯托的胳膊，心里想着迪亚斯·格雷在那个夜晚之前很久就已经死了，他在诊所窗前独自思索，他和埃莱娜·萨拉的相遇和同行都应该发生在本世纪初的另外一个地方。已经没人在旅馆门前踱步了。汽车或摩托的轰鸣声撕裂了酒店所在街角的夜晚，那声音贴着广场呼啸而过，朝着河的方向逐渐远去，然后又转向恩杜罗的方向，最后在码头边的锌皮房屋和土街道之间消失不见。

　　埃内斯托脱掉鞋子，坐在他的床上抽烟。在很远的地方，雨水开始羞涩地落了下来。闪电闪过，照亮了他静止不动、蜷缩起来的身体，烟头上的火星逐渐熄灭。

　　"你睡了吗？"他问道。我从睡梦中苏醒过来，调整了下枕头的位置，以便望向天空。"抱歉。我今晚不睡了。很遗憾没带瓶酒回来。现在我已经开始感到害怕了。"他想要笑一笑，不过却咳了起来。我记起了那个男人的双手，他提出的问题以及他身上穿的蓝色外衣，包间里的人都叫他"医生"。"你有充足的理由往坏了想。但哪怕你不相信，我也想说我是你的朋友。请原谅我把你叫醒。"

　　"你当然是我的朋友。"我说道。

　　到了早晨，屋里几乎没有任何声音，雨还在下，落在房顶上，但是却给人一种雨在远处下的感觉。埃内斯托已经穿好了衣服，站在窗边抽着烟。他的床没有被睡过的痕迹。*他在那里，已经迷失，只存在于恐惧中。他先是因为我而被迫杀人，现在则被困在了一个被我幻想出的外省医生的生活消失后留下的空洞里。现在他发现了我硬塞给迪亚斯·格雷的故事，开始思考那些我让他想过的颓废思想了。*

他以为我还在睡着，他走到我的床边，把手搭在我的胳膊上，他叹气的声音粗哑刺耳，一看就是不经常唉声叹气的人。他给盖卡留下那张字条——"我会给你打电话的，再不然九点钟的时候我会来"——时也许就是这副样子，而我把字条留在死去的盖卡房间时应该也是同样的表情。离开前，埃内斯托在报纸边缘写了句话，把它撕下来放到了我的枕头上："放心，我会让你摆脱这个麻烦的。"我靠近窗户，看着他走远。我穿好衣服的同时瞅见雨水落到了广场上，几个穿着雨衣的男人停在广场上聊天，一个人把脚踩在树上，另外两个坐在一张长椅上，跷着腿，肩靠肩。我看到埃内斯托慢慢穿过街道，带着某种改变了他的意料之外的尊严，他停在树前，停在那个男人面前。他双臂下垂，就像断了一样，好像他已经再也无法把它们抬起来了似的。另一个男人笑了笑，抽出夹在胳肢窝下、已被雨水淋湿的报纸指着旅馆大门，指着我所在的方向，但是他并没有看到我。埃内斯托静止不动，面对露出笑容的男人低下了头，想要抵御一下雨水的侵袭。那个男人把脸凑近他，又把脸慢慢转向长椅的方向，后退一步，再次露出笑容。雨水和距离把我跟他们隔开，我觉得自己发现那群人中间缺乏喜悦感和信任感。那个男人走向长椅，埃内斯托在他身后慢慢走着。另外两个男人站了起来，抓住埃内斯托的胳膊，又松开了它们。在离开窗户前，我看到他们四个人的胳膊都下垂着，就像八个空袖子挂在衣服上。

那个男人再次来到广场边缘，又把报纸夹回到了胳肢窝下面。穿过街道后，他不再走动，用微笑向我致意，我停止不动时，他也依然保持微笑，我慢慢走向他时也是一样。这就是我从一开始就在寻找的东西，从那个跟赫尔特鲁迪斯一起生活过五年的男人死去的时候算起。我追求的是自由，无须再对他人负责，在真正的孤独中能够轻而易举地征服自己。

"您是另外那个人，"那个男人说道，"这么说来，您就是布劳森。"

埃内斯托显得冷漠又无聊，就好像雨水并没有落在他的身上，好像他正穿着厚厚的衣服观雨，等待着雨过天晴，他坐在长椅上，坐在两个男人之间，晃悠着一条腿。我认出了和我说话、盯着我的眼睛看的那个人的声音：那个声音曾在前一天晚上在包厢里的流苏帘子边响起，当时这人是在冲着那个吃着葡萄、化了妆的女人说话，也冲着那个生活才刚刚开始的金发小伙说过话，还冲着那个带着挫败感、畏畏缩缩的鹰钩鼻胖男人说过话。埃内斯托此时坐在面带微笑的男人旁边，睁大眼睛，正在寻觅我的眼睛。我不想看他。长椅上的男人们都站了起来，但是没有迈腿走路。

"您是布劳森对吧？"那个声音问道。

我静静地看着那个男人，我明白自己无论否认还是承认都没什么意义。埃内斯托打了那个男人的脸，抓着他向树上撞去。他在那个男人倒地时又打了他，那人静静躺在泥里，嘴巴张开，面冲正在落下的雨水，对折的报纸盖在了他的喉咙上。

十七

阿尔瓦诺先生

　　我起身打电话时——佩佩依然回复说"阿尔瓦诺先生还没来"——，刚好可以研究下那个戴着一顶向后拉低的草帽在吧台边喝酒的男人。也许他一早上都没注意过我，也许他对我们这桌没什么兴趣，英国人在喝着另一杯大杯咖啡，拉戈斯把脸靠在一只手上，您则盯着在桌布上转动烟灰缸的那根手指看。

　　我回到我的桌子上，点燃一根香烟。拉戈斯一动不动，几乎没有移动视线，因为他知道我没带来什么新消息。英国人奥斯卡把冷漠的脸转向大门，并不急于缩短我们迎接不幸命运的时间。您停止转动烟灰缸，心情没什么起伏，指向窗外开始蔓延的三月的早晨。我把硬币放在桌子上，最后又瞅了一眼那个吧台边戴草帽的男人。我看了眼收银台上的表，7：50，然后就上街了。我在树下溜达，从一个街角走到另一个街角，等待店铺开门，同时隔着咖啡馆的窗户望着您，您在安静地沉思，像是被那两个男人愈发沉重的沉默压住了一样。楼上，在某个开着窗的阳台里面，人们正在为狂欢节的最后一日做准备，紧凑的钢琴声向下传来，伴着水流的簌簌声远去，像是在揣测并跟踪我的脚步。

店铺现在开门了，太阳照亮了橱窗里的鼻子、胡子和丝滑的布料。我看到你们走出咖啡馆，您走在中间，拉戈斯用胳膊夹着拐杖，英国人叼着烟斗，手抄在裤兜里。

"早安，"我对那个眨着眼睛、把老脸向我凑来的矮小男人说道，"我们需要化妆服。很特殊、质量很好的那种。"

"跳舞用。"英国人补充了一句，笑着说了这三个字。

"好的。"那个男人无精打采地说道。他突然露出牙齿，转而望向您。

您站在我身边，冲我笑着。拉戈斯在拳头上套了个假发，朝着依然存在于房顶处的阴影抬高手臂。英国人有些悲伤地坚持道："化妆服。"

"好的，"那个男人还是没动，"今天下午用？"

"现在就要。"您快速答了一句。

"我们现在就需要把它们带走，"拉戈斯解释道，他倾斜拳头，假发滑落到玻璃柜台上时，他露出了失望的表情，"明天就还回来，这里一开门就还，等完成了不带恶意的伪装任务后就还，这些衣服会回到您和樟脑丸的手里。"

"必须一开门就还回来，"老板重复道，"还得留押金。"拉戈斯行了礼，掏出一叠钞票。老头的前臂、胳膊肘抬了起来。"我也不想这么说……只不过这是惯例。"

奥斯卡嘴里依然叼着烟斗，嘲讽般地笑着，强迫老头展现出忍受一切的天赋。老板掀开帘子，让我们一个接一个进去，他轻拍我们的后背，好像在数我们有多少人，我们一直走到一条阴暗的走廊上，那里有两排长长的柜子，上面盖着的帘布开始拉开，光线随即照了进去。

"女士们，先生们。"他冲着柜子晃动小手，说道。

我们茫然地看着那些彩色披肩、裙子、空袜子、带卡子的鞋子、一把将我们所有人吸引到一起的佩剑。我们慢慢把衣服从挂钩上取下，把它们转移到旁边被天窗透下的光照亮的窄小院子里。您翻看那些衣服，抖动它们，再把它们放回柜子，取下另一些衣服，速度如此之快，我只觉得眼前各种颜色在乱晃。我突然想到这一切——逃亡、救赎，把我们联系到一起并且只有我能记得的未来——的成败就取决于我们在挑选用来伪装的服装时是否犯错。我惊恐地看着英国人手里抓着、在挂钩前晃来晃去的那些衣服，还有拉戈斯，他几乎算是静止不动，只是在用拐杖拨弄着那些衣服。我听到您在笑，看到您把手放在拉戈斯的后颈上，我听到老头子想要试着迎合您的喜悦。但是我无法打起精神来，因为我正在自己可能犯错的危险面前颤抖。我蹲了下来，好像这样可以离真相更接近一些。

"我在店里等你们。"那是您的声音，您的脚步，您的沉默。

拉戈斯的拐杖从我头顶划过，碰到一件外衣，又跳到另一件上。突然，他伸长胳膊，拨开一件化妆服。拉戈斯任由握着拐杖的手垂了下来，往后退了一步。

"帮我拿那件。"他平静地说道。

您一个人待在店里，对着街道微笑。我徒劳地寻找您刚刚选好的那件衣服。我经过您的身前，我的化妆服几乎摩擦到您的身体，上面的亮片几乎闪瞎您的眼睛，但我却没能让您把目光从您正紧盯着的事物上挪开。

"很不错，"拉戈斯回来了，如此评价道，"每个女孩肯定都想和您共舞。"毫无疑问的是，他的这句话很让人高兴，而且像个预言。

老板站在柜台后的窗帘边笑了，伴着他粗哑的嗓音，英国人弯腰从他的胳膊底下钻了过来，走到我们身边。拉戈斯把他的衣服放到了我的衣服上面。

"持戟士兵服。"英国人说道。

"这套衣服极具原创性，"老板评价道，"您不这么觉得吗，小姐？"您点了点头，我们所有人都觉得这就够了，"极具原创性，非常漂亮。看看您选的！国王服！"

"光彩夺目，这毫无疑问，"拉戈斯答道，"这个夜晚，这个下午，我在社交圈子里的人望会空前高涨，保持高位。也许我该修修王冠上的这几块宝石，再恢复下貂皮的亮度。不过不值得。"

他侧身对老板说话，并没看自己的化妆服，他的话最后以一声叹息作为结尾。尽管他的话里有调侃的意味，我还是觉得他有些害怕，我猜他后悔了，我眼前的这人跟早晨在佩佩的咖啡馆包厢里对我们下命令的奥拉西奥·拉戈斯已经不是同一个人了，那时的他几乎就要让我相信他是真心实意要为埃莱娜·萨拉复仇并向她致敬了：*咱们在狂欢节里，应该藏身于狂欢节里。他们要找的是个穿灰色衣服的矮胖男人，一个穿栗色外衣的金发瘦男人和一个抽烟斗的帅小伙。他们还要找一位体形匀称、眼睛明亮、鼻子笔直、除了由于长期练习拉琴而留下的职业印记之外再没有什么显眼特征的姑娘。是这样吗？很好：我们就让他们要找的人消失，就像吹灭四根蜡烛一样，咱们改头换面，以杜巴丽夫人、河边的哥萨克人、荡寇游侠、最后一个莫希干人的身份畅游舞会和其他正经的娱乐场所。*

"所有衣服都很漂亮，"老板因为众人的沉默感到不自在，于是鼓足勇气说了一句，"绸子做的。"他摸着拉戈斯的衣服，掂了掂，抽回了手。

英国人叼着烟斗靠近我，持戟士兵服搭在肩膀上。他拿起拉戈斯的化妆服，闻了闻樟脑球的味道。拉戈斯微笑着看到了我放在柜台上的衣服，于是当着我的面大笑了起来，摇了摇头，走到了店门口。奥斯卡静立在那里，持戟士兵服依然搭在肩头，国王服挂在胳膊上。老头子高兴又热情，向您转过身去，开始在您身后和您讲话。

"您的化妆服呢，小姐？您真会挑衣服，挑的衣服很独特。它算不上是化妆服，因为它本来就是您会穿的衣服。这是个秘密。"他看了我一眼，冲我挤了挤眼睛。

您用大拇指碰了碰胸部，拉戈斯转过身来的时候，您还嘀咕了些什么，他摸了摸自己的下巴，冲我和我的化妆服走了过来。

"斗牛士服，"他说道，"对吧，医生？蓝绿搭配。"他把衣服举了起来，把它在空中举了一会儿。"斗牛士服，"他在把衣服放回到我的胳膊肘边的时候重复了一句，然后他拿起斗牛士帽，把它套在拳头上，就像刚才把假发套在拳头上那样，"我不记得我在后面见过这身衣服了。这有点复杂，您可能会用上这个词，医生。但我一直就希望有一身斗牛士服，穿上它照张相。要是您，医生，愿意在您数不清的善举中再加上一件……如果您愿意和我交换的话……"

"这身衣服是我挑的，"我干巴巴地说道，不知道我在因为什么事而报复他，"是您把它拨出来的，然后又把它放回去了。"我用胳膊肘压住衣服，卑微而悲伤看着拉戈斯："我现在就想把它穿上。"

"我不敢反驳您。不过您得承认，迪亚斯·格雷，挂在挂钩上时，所有的衣服看起来都差不多。我可能见过它，可能把它拨出来过，检视了一番。但实际上……"

他转头想要寻找英国人的眼睛，他保持那个动作，直到冲您露出微笑为止，他避开了露出一口黄牙的老店主。

"不行。"他再次望向我时，我这样说道。

"好吧，没关系。我应该付多少钱？"他倚在我旁边的柜台上，观察着阳光洒在街道上的情况，我又听到店外背后的楼上传来一阵钢琴声。

您和老板掀开帘子，消失在了走廊里。您回来了，又在拉戈斯的头边低声说了些什么。

"不行，"他说道，"想法很好，但不可能实现。他得租给咱们一个手提箱，或者帮我们把衣服打成包袱。"

我边溜达边等着，老头把衣服装进手提箱，拉戈斯付钱，奥斯卡试着衔着烟斗哼歌。您在树下找到了我，没看我，只是飞快地向我解释说我们要到雷内家去换衣服。我朝着拉戈斯转过身去，任由他向我走来——此时他昂首阔步走了过来，带着老练的眼神，几乎可以用"虚荣"来形容他的那副模样——，我会慢慢明白我有多么喜爱他、尊重他。英国人拿着手提箱，迈着大步向前走，看上去和您很般配。

"咱们要到雷内家去，"拉戈斯拍了拍我，说道，"他是个棒小伙。不过最好还是再给佩佩打个电话。原谅我做的一切，尤其是那些烦扰到您的小事，医生……"

也许他是在嘲弄我，也许他一直在嘲弄我。他的眼神里只透着友好和老年人的悲伤。我走进一家药店，在电话边露出笑容，我需要调查阿尔瓦诺先生的行踪。昨天晚上枪响之后，拉戈斯拦下我们，让我们撤退，他肯定感受到了我们的不甘和怀疑，后来在咖啡馆的包厢里，他编出了一个句子："阿尔瓦诺先生在那儿吗？"以此作为暗语，好在电话里询问佩佩他跟踪的事情有何新进展。真算得上是小心过度了，还可能打草惊蛇。阿尔瓦诺先生——"有了！"拉戈斯伸出食指说道，他的身子倾向我们，露出隐秘的胜利表情——就诞生自我们桌子上放的酒瓶标签上。不过在给佩佩打电话的时候，我还是感到自己对此事很感兴趣，让我感兴趣的是阿尔瓦诺先生不可能出现在那个小咖啡馆里的事实，他身着白衫，踏上污迹斑斑的地板，影子拖在地上；让我感兴趣的还有他那我之前从未听到过的声音，那是笨重的下腭吃力活动的成果；还有他打招呼时的表情，那种表情透露出了他的态度，他充满耐心，但用心险恶。

雷内穿着带黑圆圈图案的灰色丝质睡衣，先是出现在钟表店玻璃橱柜后面，拉开门门，打开小铁门，然后站在一边，让开我们进到里面去的路。我们低头走进小铁门的时候，他又跑上楼梯在房门前等我们，他直着身子，带着嘲讽的腔调——似乎是这样——笑着说他已经习惯了，他摘下眼镜，可能是在卖弄，也可能是为了能更清楚地看到我们。

现在他快速移动着，但是没费什么力气，他把写字桌上的书和纸挪走，没听英国人一再重复的笑话，在拉戈斯连连道歉时也只是晃了晃肩膀。

"请随意，"他说道，"想做什么就做什么吧，各位待上两年都行。不为了那事儿，就当是为了我吧。只不过，要是你们并没有那么快就从布宜诺斯艾利斯跑出来的话……那件事儿到底是谁干的呢？"他突然抛出了这个问题，眼神炙热而激动。

"是羊泉村干的！"[1] 拉戈斯说道。

"是我干的。"奥斯卡说道。他弯腰小心翼翼地把手提箱

---

1 典出西班牙戏剧家洛佩·德·维加（Lope de Vega）的戏剧《羊泉村》，在该剧中，羊泉村的村民们杀死了无恶不作的骑士团首领费尔南，在国王派人调查时，村民们为了保护杀人者，一致表示是所有羊泉村村民干的，后国王赦免了全体村民。

放在地上，然后站直身子，吞云吐雾，"所有这些事情都很愚蠢，是场游戏。我要再杀另一个人，然后自首。你们可以选择消失。"

您开始来回踱步，从开着的窗户那儿到圣龛处，里面摆的是圣克里斯托弗肩扛圣子的雕像，我们要入座的时候，先精心挑选了座位，确定入座的顺序。疲惫感立刻从座椅皮子上爬到了我的身上，渗入我的毛孔。我看了看您，我觉得您正在努力促成您在服装店发现的沉默和孤独中蕴含的喜悦和沮丧的回归。

"我对你们的计划不感兴趣，"英国人说道，"我是不会听的。"他把一条腿搁在了手提箱上，几根手指抓着烟斗。"咱们没权留在这儿。我也不明白待在这儿有什么意义。要是卧室里没有女人的话，我就要进去换衣服了。我想穿着瑞士卫兵的制服死去。雷内，您知道化妆服的事儿吗？"

"你们可以在这儿待两年，"雷内重复道，从我的角度看到的是他像奖章一样扁平的侧身轮廓，瘦削的脸颊，高耸的额头上的坚硬头发，"我不想知道任何事，如果你们担心的是我的话，我可以这么说。我只是接待了几个想在我家搞狂欢节舞会的朋友。"

您像是被自己的笑容牵引着，继续踱着步，走走这边，走走那边。我靠在椅背上，对抗着疲惫感和困意，我决定原谅您，放弃复仇，向您此时接受并耕耘的信念致敬，此时此刻，未来似乎可以以分钟计算，一切仿佛都陷入到了危险之中。

英国人站了起来，弯腰拿起手提箱，走去帘子后的卧室。

"抱歉，"拉戈斯说道，"不过您，我亲爱的朋友，还没回答我呢。您可以准确地告诉我您是从何时开始知道这一切的，我想不到告诉我这事对您来说有什么不便。有那么一刻，我觉得那个故事里所有的篇章可能都是真的。"

"随便您怎么想，"雷内说道，他坐在桌子上，摘下眼镜，带着微笑检查它，他苦行僧般的薄嘴唇削弱了嘴唇上的女性化特征，"这事儿简单极了。我完全不知道你们的事，现在也还不知道。我可以对天起誓，我不知道。当然了，收音机从早上就开始不停地播报那事，每过一刻钟就播报一次。我长了耳朵，也长了脑子，可以去想象、揣测，不过我也可以把我的猜测带进坟墓。"

他还是带着那种嘲讽般的笑容，不过却也充满爱意。他假装对自己透亮的镜片很感兴趣，借此逃避刚才的话题。

"雷内是谁?"我问道。

"雷内就是雷内。"他耸了耸肩，回答道，难过地摊开手。

"雷内是我的朋友，"拉戈斯说道，"您永远都想象不到我有多么喜爱他。很好，这么说只是些猜测。"他的表情既没有显得失去耐心，也没透出疲惫感。也许一切都是谎言，我们还在河边的酒店里，英国人没杀死任何人。"从技术的角度来看是不容辩驳的。而我们，亲爱的朋友，我们发誓会尊重您的秘密和猜测。"

"这么说来，"雷内说道，"咱们算是达成一致了。但我还是要恳求您暂时接受那种假设，也就是说事情是你们做的，而我知道一切。哪怕只是为了在等欧文回来时咱们能聊上一会儿。拉戈斯，咱们曾经一起下过棋。"

"非常感谢您还记得。您可能不是最强大的棋手，但应该身居世界上最优雅的棋手之列。那么咱们就姑且按您的假设来吧。"

拉戈斯坐在椅子边缘，他现在的身份在丈夫和鳏夫之间摇摆，在毫无意义的礼仪和无可拯救的绝望之间摇摆。您还在踱步，现在速度更快、身形更敏捷了。也许从来就没有什么问题，只需要在圣克里斯托弗的神像和窗外的白日光亮之间做出选择就行了，或者说在二者之间犹豫就行了。

"持戟士兵服。"英国人回来时说道。他坐了下来，想找火柴来点烟斗。我们试图装作不对他的装扮感到惊讶，感谢他愿意当第一个换装的人。我看着您的脚踝，想要从这个瘫坐在椅子上的男人带来的微小惊吓中逃离出来，他抚摸着自己的假发，手臂僵硬地横放着，搁在包着锡箔纸的可笑的武器状物体上。

"好，从技术的层面来看完美无缺，"雷内说道，"但是狂欢节今天就要结束了。到了明天，太阳出来后，乔装打扮就行不通了。到时候我就可以说你们浪费了二十四小时，就可以一再重复说要是换成我的话，会利用那段时间接近边境线。"

"没错，"拉戈斯说道，"不光您这么想，所有人都这么想。"他的指尖敲击椅子扶手的声音响起，他把身子凑向雷内，并没有快到让我无法察觉，他的动作还没做完，我就知道他正在撒谎，"而他们，那些警察，也会有同样的想法。所有人都那么想。路上那些背着毛瑟枪的人，汽车和火车经过的检查站里的人。太明显了……在这同一个时刻，在边境线的各个位置肯定都有人在候着我们。但是他们等的是谁呢？"他转向我所在的位置。我知道他这话是讲给您听的，他想在您的耳畔传播那种信念，仿佛"明天"这个词带有某种含义，而他则要比他那个年纪的人有更多得多、无穷多的活力。"我们姑且这么猜测，他们有，或者说他们应该有我们几个的肖像画。不过肖像画中的我们和这位持戟士兵，和我即将化身成的国王可没有半点相似之处。"

"没错，"雷内悲伤地嘟囔道，"我明白。"

"所有这一切，亲爱的朋友，"拉戈斯边说着，边站了起来，"全都在我们一开始的大范围推演考虑的范围之内。"他笑了，迈着小碎步靠近桌子，把手按在雷内的肩膀上，"我可怜的朋友。有一种突然出现的厄运，汹涌澎湃，但转瞬即逝。还有另一种厄运，灰色的，每天都出现，永远无法预知何时会结束。您面临的就是这种厄运。亲爱的朋友：轮到我了，我要去变成国王了。"他在卧室帘子旁停下脚步，我感觉他在疑惑是否将某种恐惧和不信任感抛在了身后，"如果由我来领导一场撤退的话……当然了，狂欢节的确要结束了。但我已经获得了绝对安全的二十四小时，我可以强化我的军队的心态，在我们应得的这段时间里，我会组织他们冲向边境。"

"这也没错。"雷内说道，但是拉戈斯还没有完全坚定自己的想法，他又笑着回到了房间中央，仿佛很吃惊能在那里遇见您似的，于是他轻轻把您拥入怀中。

"我是国王，"拉戈斯在桌子边说道，"您是否愿意陪我一会儿？"他行了礼，双脚并拢，和雷内一起进了卧室。

您又开始踱步了，走到了从英国人烟斗中飘出的烟雾的另一侧。我发现从持戟士兵那瘦弱的膝盖处、白袜子的褶皱处扩散出来的那片充斥着平静与冷漠的区域正在挤压您的领地。您在斗争，在坚持，但最后还是停下了脚步，对我笑了笑，没有看我，您走近过来，坐到了我旁边的椅子上。

乔装打扮后的拉戈斯看上去更胖但更高了。我看到他走路时散发着两倍于平常的庄严感。也许是为了验证变身后获得的天赋，他弯腰想在英国人耳边说话，后者坐在座位上一动也不动，胳膊呈直角状放在那个他称之为"戟"的短矛上，手里抓着草帽和黑色的记事本。

"我们要出去一下，"拉戈斯解释道，他看了看我，又冲您笑了笑，"我觉得我们不会耽搁太久。雷内有个绝妙的主意。很可能所有问题在两个小时内就能解决了。卧室里有部电话，医生。我请求您时不时地留意下我们的朋友阿尔瓦诺。"

"您可以随便使用电话，"雷内补充道，"不过要是有人来电话的话可不要接，也别用店里的电话。"

他客套的笑容里有些让人无法理解的东西，我预感到了威胁着我的厌恶感，那种等他们几个人在我们身后走向门口时会出现的怪诞而悲哀的感觉，国王，持戟士兵，还有这个像精神病看护人一样陪伴或引导他们的男人。

我走到卧室那边，我不想看着他们出门，我像刚才说好的那样用了电话。他们轻轻关上房门的时候，我正在拨号码，我有充足的时间感受在前面那个房间里愈发强烈的沉寂，孤独开始萦绕在您的周围，把您隔绝起来。话筒中传来佩佩的声音，他的四周充斥着提前于正午之前出现的嘈杂人声，还有令人不安的觥筹交错之声，装着苦艾酒和吸管的酒杯，盛着油橄榄的盘子，钱币，骨牌。阿尔瓦诺先生还没来。我道了谢，躺到了床上，不过此时已经没有困意了，我几乎把自己整个人埋进了蓝色的床垫里。我想着您，又忘掉您，接受遗忘您的意愿，我忘掉那个把我们联系到一起的不可能化为现实的未来，忘掉把我们连接到一起、正等着我们的微薄酬劳。我把双手枕在脖子下面，被蓝色、红色、奶油色的糊墙纸包围、穿透，我任由自己肆意回想过去的某个已经消散的幸福时刻。我回忆阿尔瓦诺先生的样子，却只想到脂肪堆积的深色皮肤上的深褐色毛发。我猜想我可能会突然之间了解到他的故事，知道他的长相、声音和神秘而克制的习惯，可能这些事情就会发生在佩佩一改否定说辞，开始解释新出现的复杂局面，列举终将抓住我们的包围圈的新发展状况的时刻。我记起了拉戈斯不得不用小孩子的语言下达指令时的高大姿态，他想让我们觉得一切尽在他的掌握之中，他唯一漏算的就是英国人把枪顶在靠近汽车想要拦住我们的男人身上时露出的那种轻飘飘的神情。我的思绪又回到阿尔瓦诺先生身上，幻想我们在咖啡馆包厢里的相遇场面，或者是在吧台边，我们勾肩搭背，不慌不忙地吐露那些令人厌烦的秘密：

可以用一个幽灵来替代一个死人。

我觉得我就要睡着了，于是我赶忙从床上跳下来。我看到您已经在一把扶手椅上睡了，我想象着您赤裸身体的样子，从脚底到那对闭起以保护梦境的眼皮。我穿过楼梯下方钟表店阴暗的作坊，来到做买卖的小厅里。街上的光几乎直直地射进来，照亮玻璃柜台里样品上的金色文字和方形金属报警器。街道的另一侧，在街角咖啡厅靠窗的座位上，侧坐着个头戴草帽的男人，他胳膊肘前伸，身体前倾，正在读报纸。

我一动不动地盯着他，听着背后、头顶、肚子边、橱柜里的二十几个钟表发出的不一致的嘀嗒声。我想象自己没听到这些机器发出的声响，存在保险柜里的、玻璃橱柜里的、映照在小型水族箱的绿光里的……我无法组织这些钟表的跳动声丈量并侵蚀这段时间以及我有能力记得和推测的事物。突然，这里的空气开始倒抽，化为沉寂，继而下坠。从四面八方传来正午的钟声，钟表反复高歌，不停折磨着我。我向后退去，直到装上一台落地钟为止。我浑身发抖，从昨天开始在无意之中逐渐堆积的恐惧感尽皆涌上心头，轰响声在继续，嘀嗒声已在我的记忆里消散。

我来到那个窄小的作坊里，坐在桌边的小板凳上。我给一只眼睛戴上了钟表匠的单目镜，大小刚合适，我点燃一根香烟，用一只透着冰冷目光的眼睛隔着薄薄的玻璃观察洒在店铺门前街道上的阳光。我听着在正午时分发动攻击的钟表声，那些声音推动正午降临，又将之耗尽。我听着各色钟表准时报时，庆祝阶段性胜利。我放空思想，也不插手干预，只是远离时间和光线，见证这场战斗，直到战斗结束，直到所有钟表的金属和玻璃开始反射并瓜分街道上亮起的第一盏路灯发出的光芒为止。我把单目镜放在作坊桌子上，深吸一口气，感受这趟旅程带来的疲惫感，拖着酸痛的身体然后走上楼梯，把一只手放在肾脏的位置。

在阴暗的公寓里，我慢慢地在家具之间行走，我听到您嘟囔了句什么，或是笑了声，我隐约见到您的白色衣服和墙壁分隔开来。您快速而安静地跑了起来，刚好在沙发边停下脚步。我慢慢看清了您的脸，还有您因为换上了芭蕾舞演员服而显得更加瘦小的身子。我坐在一把扶手椅上，我们开始聊您的装扮。我顺从地作答，接受您说出的或暗示的一切，我渐渐相信了您断断续续讲出的跟一件属于您的一位年轻姑姑的类似衣服相关的故事，那个故事里充斥着只有您感兴趣的两三种情绪，您还在随心所欲地美化它们。我发现您的双腿令人惊讶地变得结实起来了，我明白在天黑下来的这段时间里您一直在跳舞，没有休息，您从房间的一侧跑到另一侧，在圣龛脚下羞涩地做个跳跃，再在窗前做一个。

您讲完那个故事后，我用思绪万千的语气和一声叹息表达了我的情绪。从很远的地方传来一阵叫声和汽车声，在紧接着降临的寂静氛围中我有点紧张地预感到我们要共同体验的生活就要开始了。我决心让我们不要把一切都搞明白，我们需要用遗忘和良好的意愿来填补诸多空白。

门开了，那三个男人走了进来，楼下传来敲钟和前奏音乐的声音。有人开了灯。

"一切顺利，问题全都解决了。"拉戈斯说道。

"明天，清晨。"英国人补充道。

拉戈斯的脸坚定而喜悦地晃动着。英国人的脸上却卑微地表现出了顺从感和挫败感。我发现那两种情绪都属于同一张面孔，它们约好了要瓜分信心和沮丧。我没提问题。我来到雷内身边，帮他把桌子清理干净，打开包裹，拔出一瓶红酒的塞子。

有人往托盘上吐出最后一块鸡骨头的时候，雷内冲着天花板笑了，语速很快地说道："你们要是愿意的话，可以留下来。"

"不了，"拉戈斯答道，"现在比以前更不需要。我们还有很多事要做呢。"

您孤零零地坐在桌子一端，举起被食物的油浸得发亮的双手，挨个手指看了一遍，把手指并拢，分开，表情非常奇妙。在卧室里，我发现斗牛士的腰部衣物只剩下了一条鼓鼓的宽腰带，被用别针在背部固定紧。我不记得自己为什么想装扮成这样了，我已经准备好捍卫自己的这一选择了。我站在镜子前，滑稽又悲伤，我不敢挺直身子，也不敢直视自己的双眼。

也许当我们两两一组走在市中心的街道上时，拉戈斯也开始看到一个又一个戴草帽的男人和一个又一个宽下巴的阿尔瓦诺先生了，我们在人群中挤到一起，脸上倒并没有上妆。一个人的肩膀碰了我一下，我冲着您和英国人转过头去。

"你们进到这里来，医生，"他说道，"请吧，咱们得进到这里来。"

我们没提问题，拉戈斯在前面带路，我们来到剧院前厅，要买舞会的入场券。您笑了，手僵硬地挎着英国人的胳膊，头则歪向音乐传来的方向。一步又一步，我们试图找到某张空桌子。拉戈斯提醒我说："咱们还不需要跳舞。"但是他的提醒来得太晚了。

您的额头抵在英国人的胸前，你们抱着，舞着，却先我们一步找到了空桌子。

"等一下。"拉戈斯说道。他突然温柔地盯着您，有些不顾脸面，你们两人都笑了起来。您会像在另一个还未到来的夜晚中一样，低下涌上无名怒火的脸，您的嘴巴颜色发暗，带着苦涩，就像在用胸部迎着火热的空气，香水，香烟。"等一下。咱们先喝点酒，先干一杯。"

我们毫无缘由地干了杯，我们对着屋顶悬挂的彩带高举了一会儿酒杯。您跟着英国人走远时，我发现拉戈斯的眼神死死地盯着您的方向，生怕在众多舞者中跟丢您的僵硬圆裙和您的三角形裸背。我的酒杯里再次被倒满了酒，我放松了下来，继续观察着拉戈斯的脸，您和英国人抱在一起摇摆晃动，他的脑袋也就跟着摇摇晃晃。我不会说他已经垂垂老矣了，我会说老年时刻是刚刚降临的，就准确地降临在这一分钟里，就在这个时刻，他衰老了起来。

您回到桌前，一只手的手指伸开，撑在桌子一角，喝了口酒，您冲我笑了笑，像是要给我什么东西似的，您举高双臂来迎接拉戈斯，你们两人跳着舞走远了。

英国人紧紧抓住我的一条胳膊，但是没有开口说话。我决定无论他说什么都不予理睬。他喝光了杯子里的酒，又把瓶子里剩下的酒倒了进去。

"是今天早上的事，"他小声说道，"我们差点为了一件化妆服吵了起来。还有昨天下午，我把那个家伙击倒在地，让他脸朝上迎着雨水。我不想那么做，可我实在忍无可忍了。不过说到底，可能我在河边酒店里就决定要做类似的事情了。只不过我不知道自己是否有权把您这样的人拖下水。"

"谢了，"我说道，"那么那位姑娘呢？"

"拉小提琴那位？"他吓了一跳，有点嘲讽地说道，伸出一只手在空中摆了摆，"那种女人什么都配，就是配不上安宁的生活。她们的信条就是：追求刺激，刺激[1]。"她们生下来就是为了体验生活的，我尊重她们这种人，毕竟这样的人太稀缺了！

您跟我跳舞，跟毛利西奥跳舞，跟英国人跳舞，再跟我跳舞，我想起了电话的事情。我贴着舞池边缘走了会儿，来到酒吧，打电话打听阿尔瓦诺先生的事，我得知他们已经去过洗衣店了，在那儿的空心柜台里找到了您的琴匣，琴匣里装满安瓿。我和拉戈斯单独坐在桌边的时候，我看到您抬起笑脸迎向英国人的面庞，你们正在跳舞，我想起了英国人在洗衣店里的灵巧动作，他把琴匣藏在那一大堆衣服下面，直起身子望向我们的时候露出了细微的骄傲之情。我想起了那

1　原文为英文。

里潮湿而炎热的味道，还有穿过的衣服散发出的味道。

"他们去过洗衣店了，"我低声说道，"十点钟去的。"

"多谢，"拉戈斯答道，在他发现您的衣服出现在乐队旁边时，他又露出了笑容，"咱们走。"您和英国人回到桌前时他说道。他把钱放在桌布上，没有解释，也没看我们，也许他想要以此展示出最后的霸道和神秘。

他坚定而迅速地穿过舞厅和剧院前厅。只是在停步于人行道边时才明白他非常绝望，他转过身来，带着惊慌的笑容面对我们。我们上了辆出租车，穿越这座沉浸在狂欢节中的城市，谁也没说话。我们沿着一段长长的墙壁下行，墙的高处用白色大字写着政坛逸闻。

"那个，洗衣店里的事，"我问拉戈斯道，"意味着……"

拉戈斯拉着我的胳膊，阻止我开口询问，直到您和英国人在黑夜中走进一片灯光昏暗的街区。

"现在还说不准，医生。您是不是想说咱们已经满盘皆输了？请原谅我用一个问题来回答您。我的计划，我们的计划，还行得通。咱们继续藏身于狂欢节人群中，直到明天早上。您总是十分镇定，我很钦佩这一点。您这些天是不是有些怨恨我这段时间一直没跟您提起埃莱娜？朝那边看看，医生，看看奥斯卡身边的白衣女子。她就是埃莱娜。没有什么事被打断，什么事也没终结。尽管有些目光短浅的人会因为环境和人的变化而感到迷茫，但您不是那种人，医生。听好：我让您和埃莱娜去追寻奥斯卡的那趟旅程，难道不正和今天清晨的旅程一模一样吗？一个舞女，一个斗牛士，一个持载士兵，一个国王，乘着小船从蒂格雷出发。"

他松开我的胳膊，继续静静地走着，谦逊而庄严，决定把最后一句话留在我的心里，就像在那里种下一棵小树，让它生根发芽，茁壮成长。

"我不要再去舞会了，"您在拐角处说道，"现在再继续去参加舞会的话，就再也不会对跳舞感兴趣了。我指的是真正的舞会。但是我可以去你想让我去的其他随便什么地方，随你们吩咐。就是这样。"

英国人搞来了一辆车，我又重新坐到了副驾驶的位置上，车子朝西驶去，却没有明确的目的地。拉戈斯改了主意，在到达他指定的几个路口后发现情况和预期不同，于是我们又把车开向另一个街角，可他还是不满意。我们在各个街道间行来驶去，车里混杂着笑声、音乐声和对向来车射来的灯光，我猜想拉戈斯和我都慢慢感到愧疚了起来，因为我们无视几十个阿尔瓦诺先生从阳台上、咖啡馆座位上和其他汽车里向我们投来的问候，他们放松下腭露出笑容，在我们的车子经过时挥动草帽致意。

此时此刻，我们依然处在狂欢节的氛围中，我在遍地干树枝和尘土的凉亭里站在您的身边，凉亭里还挂着彩带和纸拉花，上面写着些首字母、日期和文字，我们的视线扫过它们，动着嘴唇默念出来。我们等待着服务生，一段吉他曲前奏响起，似乎无休无止。

"干杯，"英国人举起酒杯，另一只手搭在载上，没等我们就开始喝酒了，"为理发店大厅干杯，里面只有一把扶手椅，一个黑白混血小伙，一面破破烂烂的镜子。为一小时的午休时刻干杯，为在阴影里冒着汗翻看杂志的我干杯。此时此刻，我想不到什么更重要的事情了。"

"没什么新消息。"我打完电话，回到桌子上时说道，电话那边告诉我阿尔瓦诺先生不在咖啡馆里，我经过在院子里弹奏前奏的吉他手身边，他正对着四个不吭声的朋友拨弄吉他，还有三个女人，似乎就要睡着了。

"他们去过洗衣店了，"拉戈斯说道，"亲爱的医生，我有义务向您坦白，并不存在什么小船。"他举起酒杯，后来又冲我们露出微笑，但是嘴唇并没有咧开，他让我们看到他已经老了，不再爱任何人了。

我轻抚你藏在桌子下面的手，我用指甲勾挠手镯的边缘，突然间，我理解了生活，我在其中辨识出了自己，也感受到了对生活的彻底失望，因为它太简单了。

"现在，"英国人嘀咕道，"让我们为一个老极了的男人干杯。他靠一些毫不重要的微小谜团活着。死亡时刻降临到他头上时，他说他有些困了，相信自己得到了拯救。"

往电话的位置走的时候，我看到了废弃的庭院，杂乱堆放的桌子，一轮明月在枝条间支离破碎。我打去电话，询问阿尔瓦诺先生的事情，佩佩则自说自话，长篇大论了起来，就好像是在背诵某段已经讲了上百次的信息，他已经无法从中发现什么意义了。

"谢谢，"我答道，"我不知道我还会不会给你打电话。"

我往回走向桌子的时候——凉亭上空，月光清澈明亮——，感觉自己的装扮滑稽可笑，我那双带卡子的鞋子踩在院子里的红色地砖上，踩在您和他们等我所在的凉亭地面上，一点声音都没有，我为此感到羞愧。

"他们去过雷内的店了，去过钟表店了，"我坐下时说道，"雷内本人在听到敲打房门的声音时把消息传递给了佩佩。"

"谢谢，"拉戈斯说道，"我们也可以为此而干杯。"

您像是刚睡醒一样挺直身子，用您的腿碰了碰我的腿。在很长一段时间里，笑声都阻碍了您开口说话。

"您是说衣服……我们不能换回原来的衣服了？"

"看上去，咱们在狂欢节活动里躲得很不错。"拉戈斯评论了一句，试图让我看到他的笑容。

您举起胳膊，看了看它们，又看了看身上的女式背心和似乎正在您的膝盖上休息的僵硬短裙。您笑了，此时笑得轻柔，笑声越来越缓，似乎在渐行渐远。

"不只是衣服和证件，"拉戈斯说道，"咱们的钱也在雷内家。"

"咱们用空杯子干杯吧。"英国人提议道。

沉默开始弥漫，街上最后的声音只是在这种沉默中微微露头，就立刻消失于其中了。在这种沉默中，我错误地接过了拉戈斯和英国人的思绪，替他们思考了一会儿。我能看到您在十年前把一双舞蹈鞋藏到枕头下面的样子。我从您的肩头望去，望见了从几本厚旧杂志上剪下来的图片，我还能看到剪刀在光滑的纸面上裁剪的痕迹。我能看到您跳舞，跳的正是他们强迫您用小提琴拉出来的曲子。在这儿，在凉亭里，在桌子上——微弱的鸟鸣声响起，似乎只是想遮盖并保护这种沉默——，我能看到英国人年轻而冷漠的面庞，他斜着眼睛盯着用牙齿叼着的空烟斗的孔洞。我能看到拉戈斯在一声又一声有力的喘息中变老，他似乎正在向自己的意志力求助，向那种骄傲感求助，他想要在岁月中继续前行，战胜时间和季节，不怕别的，只怕自己会过早离世。

伴着笑声、低语声和不安的表情，我们慢慢迎向次日清晨带来的巨大嘲讽。我们跟在拉戈斯身后前行，肆意践踏节日的残骸，天真地走在混沌的街道上和像蒸汽一般缓缓消失的声音中。我们由拉戈斯的意志指引，尽管我们并不了解它，但我们还是决定最后一次信任他。我们带着不朽的沉默，前行。

过马路时，我并没有搀扶您的胳膊，我无意保护您，我已经不记得您了。微弱的风捕捉已故狂欢节的残留物，把它们混到一起，清晨正在给这个世界设置新的界限，与此同时，拉戈斯不再指引我们了，我们四个坐到了一张没有靠背的长椅上，这里是个泥土地面的小广场，没有雕像也没有铁栏杆，只在广场中央种着棵巨大的松树，为我们在正午时分遮挡阳光。我们就等在那儿，身体僵硬而沉重，尽管已经慢慢迎来了清晨，我们还是被风吹得发抖，我们就那样坐着不动，逐渐接近光亮和结局。我在树木之间辨识出一闪而过的男人们的身影，他们全都戴着草帽，轻轻踩在草地上，犹犹豫豫，最后鼓足勇气向我们问候致意，我忍无可忍，不想再继续坐在长椅上等待阿尔瓦诺先生了，于是我站了起来。过了一会儿，您和英国人也站了起来。

我们看着拉戈斯深陷的嘴巴，被逐渐亮起的光线照射得眯起的眼睛，还有从假发底下露出来的一绺白发。英国人警惕地摇摇头，像是慢慢发现了在花坛上方毫无耐心地浮现出来的一众鬼魂，还有一些藏在树干后面。再后来，他开始在拉戈斯面前，在他坐在长椅上的那具高贵但已被击垮的躯体面前踱步。他踱来踱去，把戟扛在肩上，走上几步就按卫兵的惯例转身再走。

我可以安静地离开。我穿过小广场，您走在我身边，我们走到拐角处，沿着空无一人但栽满树木的街道上行，不逃避任何人，也不寻求任何偶遇，我们一点一点地拖动脚步，不全是因为疲惫，更多是因为幸福。

（京权）图字：01-2024-3551

图书在版编目（CIP）数据

短暂的生命／（乌拉圭）胡安·卡洛斯·奥内蒂著；侯健译.
-- 北京：作家出版社，2024.10. -- ISBN 978 - 7 - 5212 - 2996 - 7

Ⅰ . I551.45

中国国家版本馆 CIP 数据核字第 2024056UX5 号

中国外国文学学会
西班牙葡萄牙语
文学研究分会
HISPANIC & PORTUGUESE
LITERARY STUDIES ASSOCIATION

新拉丁美洲文学丛书

短暂的生命

作　　者：（乌拉圭）胡安·卡洛斯·奥内蒂
译　　者：侯　健
责任编辑：赵　超
封面设计：吴元瑛
出版发行：作家出版社有限公司
社　　址：北京农展馆南里 10 号　　　邮　　编：100125
电话传真：86 - 10 - 65067186（发行中心）
　　　　　86 - 10 - 65004079（总编室）
E - mail: zuojia@zuojia. net. cn
http: // www.ZUOJIACHUBANSHE.com
印　　刷：河北京平诚乾印刷有限公司
成品尺寸：130 × 185
字　　数：273 千
印　　张：14
版　　次：2024 年 10 月第 1 版
印　　次：2024 年 10 月第 1 次印刷
ISBN　978 - 7 - 5212 - 2996 - 7
定　　价：78.00 元